华东师大作家群
丛书
第 4 辑

渔鼓

缪克构文学自选集

缪克构 著

华东师范大学出版社

图书在版编目(CIP)数据

渔鼓:缪克构文学自选集/缪克构著.—上海:
华东师范大学出版社,2020
ISBN 978-7-5675-9983-3

Ⅰ.①渔… Ⅱ.①缪… Ⅲ.①中国文学－当代文学－
作品综合集 Ⅳ.①I217.2

中国版本图书馆CIP数据核字(2020)第028078号

渔鼓
——缪克构文学自选集

著　者	缪克构
责任编辑	阮光页(策划)
	朱妙津(组稿)
	李玮慧(审读)
责任校对	时东明
装帧设计	储　平
出版发行	华东师范大学出版社
社　址	上海市中山北路3663号　邮编 200062
网　址	www.ecnupress.com.cn
电　话	021-60821666　行政传真 021-62572105
客服电话	021-62865537　门市(邮购)电话 021-62869887
地　址	上海市中山北路3663号华东师范大学校内先锋路口
网　店	http://hdsdcbs.tmall.com
印刷者	上海龙腾印务有限公司
开　本	890×1240　32开
印　张	15.625
字　数	324千字
版　次	2020年4月第1版
印　次	2020年4月第1次
书　号	ISBN 978-7-5675-9983-3
定　价	68.00元
出版人	王　焰

(如发现本版图书有印订质量问题,请寄回本社客服中心调换或电话021-62865537联系)

目录

001 / 自序

第一辑　小说八题

003 / 暗器
008 / 黄鱼听雷
020 / 一个人的航线
030 / 渔鼓
037 / 这是真的吗
049 / 少年立权之死
072 / 公安不会来啦
121 / 廊桥约会

第二辑　散文十章

139 / 黄鱼的叫喊
146 / 捉海

152 / 大海与盐

175 / 活在民间

181 / 望乡

196 / 温暖

214 / 观我

232 / 鱼和树

238 / 浮庐笔记

250 / 中文系男生宿舍

第三辑　　诗百首

259 / 盐

266 / 听雷

275 / 羿

304 / 梦幻之鱼

307 / 把一个英雄的梦想解下绳索

312 / 独自开放

318 / 有一种力量在空中操持

325 / 带动

331 / 汉语中住着卷舌音
　　　　——加拿大诗抄

336 / 沉默之诗

343 / 独语之诗

349 / 流逝之诗

354 / 不倦的渔火

361 / 海之乡

365 / 盐的家族

372 / 秘密

381 / 无尽夏

390 / 上海密码

397 / 走失

404 / 只留下远方,命名为思念

410 / 出埃及记

416 / 梦境突围

423 / 生命和盐

第四辑　把诗歌当药?

433 / 夏雨诗歌

437 / 诗歌生态恶化是谁惹的祸

442 / 把诗歌当药?

445 / 诗　内心　抒情

447 / 作为一个人而生,作为一个诗人而写作

451 / 新时代,诗人何为?
　　——兼论城市诗歌创作的一种方向

003

附录

459 / 读克构诗集……辛笛
463 / 盐:一种鲜为人知的家族抒情……沈健
473 / 小说短论
   缪克构的叙事魔法——罗四鸰
   那些极富戏剧张力的文字
    ——读缪克构长篇小说《少年海》——张裕
   呈现复杂多样的童年风景
    ——读缪克构长篇小说《漂流瓶》——郝瑞娟
486 / 缪克构创作年表

自序

我自少年时代开始练习诗文,至今已三十年。真正知道自己的所好和志向,大约要延至大学时代,细心的读者可能会发现,我的文字中流淌的,是丽娃河畔的那一脉书香。据说那里的一树一石都是天堂的模样,我想,在校园中留有恋恋风情的学子,大抵都会认同这一说法。

这些年胡乱写来,我似乎已更加确信文学乃生命中不可或缺的一个部分,而不是一次遇见。最近这十年,又更加清晰地思索自己所为何事,如何去为,这就有了写祖父百年的诗集《盐的家族》,写父亲大半生岁月的散文集《黄鱼的叫喊》,以及关乎自己的"海滨三部曲"之《少年海》《漂流瓶》与《白沙滩》。故乡盐廒,也终于精显为邮票大小的所在,在字里行间出没。

《渔鼓》这部自选集,收录了除中长篇小说之外的较有代表性的小说、散文和诗歌等,仔细看看,并没有多少篇什,却几乎就是全部了。我在文字中念念不忘的,大多是大海中的盐和鱼。这是不足为奇的,一个人应该知道自己来自何方,盐鱼就是我全部的过往与历史，我经意不经意地去打捞的，无非是生命中本源的东西。当我在上海生活了二十多年之后，似乎有了一个城市的胃，它自然也要去消化城中的风暴和风景，这大概是我后半生中翻腾的另一个大海。

华东师范大学这所江南的高等学府，似乎比其他大学更符合人们对江南意蕴的想象和认同，你看，丽娃河、夏雨岛、澜亭这样的名字，以及河上的拱桥、岛上的亭阁、水上的睡莲这样的景致，无不加持诗意的印象。文科大师、大家辈出，春风风人，夏雨雨人，这里走出作家群是一点也不奇怪的，他们在文学领域的闯荡，以及构建的独特的精神世界，尤其是对人生和人性的孜孜探求，已成河畔最为重要的风景之一，不少学子进入这里就有了当作家和诗人的梦。如今，我也被归入这一群体之中，这大约也是当年梦想所期待的一种仪式，内心欢喜自不待言。

第 一 辑

小 说 八 题

暗器

面前的盲人鼓词手似乎有点面熟。在我偶然的回神中,我发现他的温州鼓词唱得实在太差,要不是我正沉湎于一件往事之中,我真想跟他说,在我见过的所有盲人鼓词手中,他的技艺是最差的一位。

一大片潮湿正将我带入某个雨季之中。由于风向预测错误,满载黄鱼的船最后停靠在一个叫炎亭的地方。我真不知道此地离我家乡盐廒有多远。看着淅淅沥沥绵延不绝的雨,我担心那些刚刚打上来的弃置于船舱中的黄鱼,肯定会发臭、腐烂,爬出无数的小虫,慢慢地将我吞吃光。全船的人——除了我,还有三个同村人——都感到非常害怕。我是船长,他们都向我建议:还是将这些黄鱼随便卖给附近村民吧,即使只有几个钱,也比落下一身臭气要好。我摇了摇头,炎亭这个地方实在太小了,即使每户人家都到船中挑走一担黄鱼,也不能让船舱空出一半。海神面前我注定发不了财。前一年里,我们没有遇到一次像样的黄鱼汛。这次出海已经一个月,先是在一场莫名奇妙的风暴中迷失了方向,然后意外地打到了一舱又大又肥的黄鱼。就在我们归航之际,风向突变,一场三十年不遇的大风,让我们突然置身异乡。

我作出了一个惊人的决定:趁黄鱼还新鲜,请附近村民将它们全部分走,拿回家中,剖片晾起来。"等这些黄鱼都变成了鱼干,我们就收回其中的大部分,留下小部分,作为给村民的酬谢。"那些收购黄鱼鲞的小贩们不知道在我家中已经着急地等了多少天了,我却只能在陌生的地方——炎亭,而不是家乡盐廒,冒险做这件事情。

我请炎亭村村长驼背锡来监督这件事情,有条不紊地让每户人家都从舱中挑走三担黄鱼。做完了这些事情,我请驼背锡到舱里喝酒。

驼背锡其实长得很好看——除了背有点驼外。他拍了拍我的肩膀,"船长真是精明呐,要不然这满舱的黄鱼只有等着发臭,然后扔到海里去——当然那已经不是黄鱼啦。"

我为他斟满了酒,"现在万事俱备,只欠天上出个太阳了。如果事情真正能成,我们是不会亏待村长您的!"

驼背锡嘿嘿一笑,说:"你们竟碰上了百年不遇的特大黄鱼汛,真让人纳闷。但你们的船突然停泊在我们炎亭,我倒丝毫也不觉得奇怪。因为几天前,我的瞎子弟弟说,他在夜里听到了黄鱼的叫喊声,有很多很多的黄鱼在叫,害他一宿未睡。过几日,我弟弟就要结婚了,我妻妹要嫁给他。"

对驼背锡这些话,我将信将疑。因此我答应他,明天就到他家中喝酒。他的瞎子弟弟竟能在夜里听到黄鱼的叫声……我感到已经有无数条黄鱼正向我游来,仿佛我每撒出一张网,总能网回一根金条。

第二天我没有见到瞎子弟弟,驼背锡说,他喜欢唱温州鼓词,不知跑到什么地方去了。

我见到了驼背锡的妻子。她长得异常的好看,我甚至有点想入非非。要知道,我离家已经有一个多月,在四个男人的天地中,在有风有雨到处是惊险的大海中,我不知已憋闷了多久。

我和驼背锡面对面坐在一张圆桌前。驼背锡的妻子先上了几道菜,然后又给我们各拿了一壶酒。她对我说:"这酒不知放了多少年了,除非稀客,我们是不拿出来招待人的。"

驼背锡给自己倒上了一杯,顿时满屋的香味,我心中暗想:人好,酒更好,真是好酒!可他倒给我的一杯,我却感觉不到一点香味,而且舌根发麻——凭我多年品酒的经验,我想,我该带领几个伙伴赶快逃离此地,一场杀身之祸,似乎马上就要来临了。

就在我拔腿想跑之际,突然有一种力量极力告诉我,在这次噩梦一般的出海经历中,我必须为自己留下一点什么。

在驼背锡的妻子转身离开之际,我借口方便一下,绕到了驼背锡的身后,掀起一条长凳将他打晕过去,然后摸进了内房。

让我大吃一惊的是,驼背锡的妻子正在抹澡。她变得更年轻了,回过身来看了我一眼,她赶忙慌慌张张穿衣服,行动速度之快让我深感吃惊。我几乎不费什么力气就将她放倒在床上。在整个过程中,她几次想挣脱,却不说话,口中只是咿咿呀呀,像个哑巴。我突然想起了驼背锡的话:"过几日,我弟弟就要结婚了,我的妻妹要嫁给他……"

盲人鼓词手终于断断续续将一曲词唱完了。

父亲从记忆的莽原中走回,吩咐母亲上饭。每次请路过的盲人鼓词手唱词,父亲总是这样招待他们:先上黄鱼头,后上白米饭。这在贫困年代中是一场盛宴。父亲用一根火柴梗剔着牙缝,将口中残余的黄鱼肉一一除去。他刚喝过酒,满脸红光,七八成的醉意,十二分的舒坦。在他的对面,一位盲人鼓词手还在断断续续地弹拨着牛筋琴。也许是摆在他面前的两个黄鱼头的香味屡屡飘进鼻中,他每句唱腔在坚持了三秒钟的正调后一次又一次滑向了食欲的边缘。好在父亲并不在意,在正午的阳光之下,他正细眯着眼睛,看着从檐角垂下的一株瓦花……

父亲想到了什么,开口说道:"现在的黄鱼真是越来越少了,每个黄鱼头代表一条黄鱼,但黄鱼头显然要比黄鱼香得多。"

盲人鼓词手并不动筷子,他说:"黄鱼是越来越少了,这对听得见黄鱼叫声的人来说,是一件喜事。"

父亲一惊,脱口问道:"听得见黄鱼的叫声?"

盲人鼓词手说:"没有了黄鱼,自然也就听不到它的叫喊声,夜里就睡得踏实了。"

父亲还在喃喃自语:"很多年前,我也听说过有人能听得见黄鱼的叫喊声,在炎亭……"

说到这里,父亲突然大惊失色,他知道了,为什么这个盲人鼓词手这么面熟,原来长得像极了驼背锡。他明白了,盲人鼓词手原来就是驼背锡的瞎子弟弟。可是已经明白得太迟了。

盲人鼓词手说:"我听见你的心跳得厉害,皇天不负有心人,我找了这么多年,终于找到你了,我可以为含羞死去的未婚妻报仇了!"

盲人鼓词手双手齐发,剧烈地弹动着牛筋琴。牛筋剥剌剌地爆响,词琴突然裂开,从琴腹射出几枚锋利无比的暗器,射向我父亲的身体……

母亲一再告诉我:在1983年你的故乡盐廒,到处都晒着你父亲出海打来的黄鱼。黄鱼只卖八分钱一斤,只要谁扔下一块钱,一次可以随便拿走多少。那时候,黄鱼都当饭吃,你们兄弟几个都是吃着你父亲打来的黄鱼长大的。可是黄鱼实在太多了,满村庄晒着大大小小的黄鱼,招惹来你父亲的仇人。他终于将你父亲杀死了。

我仔细算了一下,发现母亲描述的盛景是上世纪五十年代的事情,可是她却将此事与1983年我父亲的死联系起来,实在太巧妙了。

显然,母亲疯掉已经有好些年了。

1996年夏初稿,2008年改定

黄鱼听雷

一.

一听到雷声就头疼的毛病,似乎在我很小的时候就落下了。我觉得我的前身或许是一条黄鱼。

我五岁那年,听到"黄鱼听雷"的故事——每一条黄鱼的头部,都有两粒石子。打雷的时候,石子发出共鸣,黄鱼头疼异常,狂躁不安,纷纷浮出水面,发出浑浊的咕咕声……叫声如微弱的游丝,即使用耳膜贴着海面,也难以捕捉到那奄奄一息的喟叹。在雷暴与狂风中,在巨浪掀起的涛声里,黄鱼的叫声根本微不足道。但经验丰富的赶海人知道,只有在暴风雨即将来临的午后出海,才可以捕捞到无数探出海面透气的大大小小的黄鱼。

我觉得我的头部也有两粒石子。从很小的时候开始,每当闪电在遥远的天际劈开一条隙缝,我就吓得慌不择路,撒腿狂奔。我一路跑回家中,躲进被窝里,用被子将身子紧紧裹住,把耳朵捂得严严实实。即便这样,我依旧头疼不安,吓得簌簌发抖。

我这个毛病,在村里一五一十传开了。人们都喜欢看我的笑话。连村中说话都不利索的大舌头友贵也嘲笑我,他大老远看见我就笑嘻嘻说:"打……打……打雷……雷喽!"

我吓坏了,拔腿就跑。跑开几步见没有动静,才停住脚步,翻翻白眼看看天空,朝大舌头友贵哼一下鼻子,啐一口痰,扬长而去。

大舌头友贵笑得直跺脚,似乎从中体会到了无穷的乐趣。

连村中上了年纪的老人都爱作弄我。独眼阿三平时严肃得像一堆土疙瘩,但一看见我便直流口水,蹲下身抚掌跟我说:

"雷公来啦!雷公来啦!"

一个老人都这么说了,我信以为真,吓得嘣地跳起来,慌不择路往家里逃,一边逃一边用双手紧紧捂住耳朵。快到家门口了我才发现,天空依旧晴朗,没有半点打雷的迹象。我回头看看独眼阿三,他几乎笑岔了气,用两只手使劲拍着大腿,就差点没躺在地上打滚了。

真正打雷的时候,一群大小孩子迅速地跟上我,嘴里发出哄、哄、哄的打雷声,看着我惊慌失措地奔进家门,跳进被窝,用被子紧紧捂住自己。如果家中没有大人在场,屋子一下子就会被他们挤得水泄不通。

村里人都喜欢看我笑话。其实,他们根本不是嘲讽我胆小,而是看我父亲笑话。

我父亲是江南一带声名远播的捕鱼人,据说他能听得到黄鱼的叫声,所以他总能捕到比别人更多的鱼。在一至三月的越冬渔汛和四至五月的产卵渔汛中,他总是满载而归,让村中的捕鱼人又羡慕又嫉妒。我父亲很骄傲自己有四个弟弟、三个儿子,以至于连走路都发出铿锵的声响,眼睛从不瞟人一下。他的傲慢态度让人们感到无可奈何又充满嫉恨。现在好了,村里人如获至宝地看见了他的小儿子——也就是我,一听到雷声就头疼欲裂、六神无主的样子,心里很平衡:

"真是一报还一报啊!"

我五岁那年自从听说了"黄鱼听雷"的故事以后,内心十分好奇:我的脑袋里是不是也装着两粒石子?黄鱼听雷的时候会不会也和我一样惊恐万状?每次就着黄鱼吃大米饭,我总爱把黄鱼的头部翻来覆去检查得仔仔细细。在黄鱼的头部,果然有一对耳石,就像小孩子刚刚长出的嫩牙般细小晶莹。我便觉得自己的脑袋中也是装有这样的石子的,我甚至想到用小刀刮开来看一看,但比听到雷声还要厉害的疼痛让我害怕地停下了刀子。我只有拿黄鱼看个究竟,因此每吃一条黄鱼,我都瞪大眼睛仔细搜索它头部的石子儿,然后把它抠出来扔到地上。很快,父亲捕回来的那些晾在屋顶上的、平台上的黄鱼,还有挂在篱笆上、竹竿上的黄鱼,头部也被我一一刮开。我找出了一把的耳石,把它们统统扔进了家后的小河里。那些黄鱼被我一一扒开后,自然不成样子了。

我的异常表现——包括听雷时惊恐的样子和在黄鱼头部抠石子的举动,让父亲非常恼火。他每次听到母亲说到这样那样的事情便火冒三丈,恨不得将我吊起来一阵毒打。

"这哪是我的儿子?"他说。

但他又无可奈何,因为每次打雷的时候,他总在海上。只有这个时候,那些听雷的黄鱼才成群结对浮出海面,被雷声敲得一阵阵发晕,嘴里发出微弱的咕咕咕的声音,然后稀里糊涂被闻讯赶来的渔佬儿父亲兜进网中。

"别让我看到你的熊样,"父亲对我说,"我要见到你那样子,就把你拖到天底下,看雷公怎么劈你!"

父亲的话让我更加恐惧了。一到打雷的日子,我就浑身发抖,原来只是吓得骨头都快散架了,现在连肌肉都要抖掉几块。

二

这个要将我拖到天底下听雷的男人——我的渔佬儿父亲,在我很小的时候就开始下海捕鱼。此后,每年的春夏之季,初雷乍响前他便驾船出海,捕回一舱舱大小黄鱼。和他同时代的人要么葬身大海,要么一无所获,要么就是蜷缩在家中不敢出门,而他每次都不会空手而归。人们都说,他有一双能听得见黄鱼叫声的好耳朵。这双耳朵遗传到了我的身上,就变成了一听到雷声就头疼欲裂的"定时炸弹"。

我的人生命运,自五岁那一年开始发生变化了。那一年春天,一个走街串巷的盲人鼓词手,一手搭着引路少年的肩膀,一手撑着磨得发亮的竹杖,笃、笃、笃沿着石板路,来到了盐廒村我们的家中。在此之前,我看到过这样的鼓词手,他们几乎都是瞎子,在每个村庄集市的时候,被请来唱词。村中的祠堂里挤满了人,坐着、蹲着、站着,听盲人鼓词手唱着《王母娘娘过生日》《陈十四收妖》或者《说唐》和《封神榜》。在我的家乡温州一带,这又称"唱娘娘词"。在祠堂的庙台上,摆着菩萨,供着香火,在烟雾缭绕中,在闹哄哄的人群中,鼓词艺人用本地方言唱着代代流传的故事。

盲人鼓词手似乎沿着黄鱼的香味来到了我们家,到了家门口便停下了脚步。我父亲正在屋檐前晒太阳,刚刚喝好了小酒,满脸通红。他双眼微闭,用扫帚尾巴上的一根细枝条剔着牙缝,将一团团塞在牙缝里的黄鱼肉剔出来,弹到一米开外。一群小鸡斜睨着眼睛,等待在他的跟前夺食,场面壮观极了。

渔佬儿最爱听温州鼓词。见到背着米袋、扁鼓的盲人拄杖进来,便慷慨吆喝他坐下来:

"唱一曲来听一听。"

盲人鼓词手有些激动地使劲睁了睁眼睛,扶着引路少年的胳膊,窸窸窣窣在一张条凳上坐下来。他从身上解下扁鼓,又吩咐引路少年从身上解下牛筋琴、三粒板,在桌子上一字排开。嘭嘭嘭,当当当,哒哒哒,三音试罢,盲人鼓词手问道:"船老大,要听一曲什么词?""《薛刚反唐》可会唱?""你听我唱来——"

> 唐朝太宗李世民,
> 建都长安坐龙庭,
> 扫北征东平天下,
> 治国安邦尽英明,
> 有功将士封官职,
> 万民乐业庆升平,
> 词唱反唐历史传,

情节离奇动人听。

……

温州鼓词民间流传,都由瞎眼艺人传唱。七字句式,韵文与道白相间,让渔佬儿父亲听了很受用,很陶醉。听到高兴处,他吩咐母亲烧上几条黄鱼,端上两碗白米饭。

"都是自己捕来的,尝尝黄鱼味道。"

盲人鼓词手闻到鱼香喉节滚动,直咽口水。一碗白米饭、几条黄鱼下肚,他舔舔嘴唇说:"老大可曾听说,石砰乡一支船队前日敲了两万斤黄鱼?"

"真有这样的事情?我也只是听说了。不知怎么捕到的?你走街串巷,听讲得多,说来听听是怎么敲鱼的?"

"听说从福建惠安传来一种敲舳捕鱼法,几十条大小渔船列队敲梛,大小黄鱼纷纷浮起,捞鱼就像囊中取物一样简单。"

"敲舳捕鱼?梛是什么梛?敲又怎么敲?"

"这个,说不端详,"盲人鼓词手摸了摸嘴,站起来说,"唱得开心,吃得肚饱。菩萨保佑老大,身体健康。"

"走好,走好!"

渔佬儿父亲内心雀跃,作为捕鱼人他深知此法得理。他是聪明人,知道这与黄鱼听雷一个道理。既有此术,又何必非要听着雷声出海?

隔几日,他去了一趟石砰乡,主要是想看清大小渔船一起敲响的是什么梛。事实一目了然,绑在船舷上的都是一些木板,采自山上的柚子树。

他当即学来了用。村中18条大小渔船被他鼓动起来,跟他一起下海。村里人起先都将信将疑,但听闻父亲有一双能听见黄鱼叫声的耳朵,心中便存一分期待。大舌头友贵也吵着要用他那放鸭子的小扁舟去捕鱼。"你这不是要找死吗?"父亲瞪了他一眼说。他似乎一点都不记得母亲对他说的——这个大舌头一直在作弄我,嘲笑我。也许这是父亲的有意安排——"你就上我的船,摇个橹、起个帆什么的。"大舌头友贵激动不安地连连点头。

渔佬儿父亲第一次带着船队出海。潮涨时分,风和日丽,连他都怀疑能不能敲到黄鱼。但放手一搏完全符合他的性格,他便坦然地把船队带到南麂渔场去了。其实这么多年来他屡屡捕到黄鱼,是因为深谙海域与暖流,熟知黄鱼在哪一片海域越冬,随哪一股暖流洄游。当然,还借助于他的胆略与气力,敢于在雷暴天到近海出没,懂得到哪一片浅湾与海港避风躲浪。

船队在南麂海域分两列排开,渔佬儿父亲在大船上坐镇,挥动旗帜,指挥大小船一起敲响绑在船舷上的木板。18条船上发出的梆梆梆梆的敲击声,震耳欲聋。海面被震动,敲梆声通过水波逐次传递到海面以下。船队还没行过几米,就有小黄鱼惊慌地窜上海面。渔佬儿看在眼里,心中有说不出的激动。他挥动旗帜的手狠狠地做着刀劈斧砍的动作,连嘴巴里也呼呼发出声响:

"嘿、嘿、嘿、嘿……"

翻出海面的黄鱼越来越多,起先是拇指大小的,接下来是两指宽的,再后来是巴掌大的,往后连脚掌大的黄鱼也纷纷浮出水面,翻白眼,露肚皮,每一条黄鱼如喝醉了酒一般,糊里糊涂跟着船队往前游。海面上的鱼群越聚越多,看得船上的人都目瞪口呆了,嘴里发出"嗬嗬"的叫声。两条大船在前方停住,大网撒出,围成一个圈形。小船合拢,将黄鱼群往网中赶……

满满的一网黄鱼,数量多得难以数清。老黄鱼带着一家老小,子子孙孙,统统被捞上来了。拉网的时候,据说船只差点翻了过来。村中上了年纪的老人都说,一辈子都没见过这么多的黄鱼。

三

父亲这一次出海敲鱼,既没有刮风,也没有下雨,雷声在遥远的天边安息,天空中没有一丝乌云。但我的脑袋像被锯开一样,剧烈地疼了大半天。仿佛无数次的劈雷往我头上狠狠锤下,我躲进了被窝里也无济于事。

这一天,我好好的在地里拔草。隔壁地里的独眼阿三弯着身子,朝我不怀好意地挤眉弄眼。他边干活,边朝我看,做出随时要吓唬我的样子,又像在等待我最不防备的时机。他吓唬过我几次,这一回我也变聪明了。我埋头拔草,不觉得天空会突然雷声大作。

独眼阿三悄悄地靠近我,突然立起身在我耳边吼一声:

"雷公来啦!"

我吓了一跳,身子突然就僵住了。一种不祥的预兆在我体内的某一个角落萌动。我抬头看看天空,万里无云,但双耳隐隐震动,仿佛天边有万马奔腾,正朝向我的方向奔来。

独眼阿三乐不可支地看着我,又喊了一声:

"雷公来啦!"

我哇的一声大哭起来,跳起来有三尺高,双手抱头沿着田埂夺路而逃。我几次从田埂上滑到了地里,又连滚带爬跳上田埂,弄得全身是泥。我感觉万马齐奔已沿着天边的羊肠小路踏浪而来,嘚嘚马蹄声砸向我的脑际,每一次都欲将我的脑袋劈开两半,再劈成四半、八半、十六半……

独眼阿三也没见到过我这个样子。他愣了一会儿,朝我追了过来,喊道:

"没有雷公,没有雷公。我吓你的啦!"

母亲在屋前纺纱,远远地看见我屁滚尿流狂奔过来。她气不打一处来,对着我身后的独眼阿三破口大骂。她是个温良敦厚的女人,这一回也忍不住脏话连篇,顾不上独眼阿三还是一位长辈。

我飞速地爬上阁楼,好几次差点从楼梯上滚下来,拖泥带水好不容易藏进了被窝,但疼痛感丝毫也没有减弱。一万匹马,不,十万匹马,一百万匹马,在我的头顶四蹄踏下,在我的脑袋上砸出一个又一个坑,脑壳被敲碎,脑浆飞溅,我很快就只剩下半个脑袋了……

整张小床被我抖得吱咕吱咕乱摇,在地板上蹭出咯吱咯吱的声响,整幢房子似乎也被我摇动起来,天旋地转,摇摇欲坠……我觉得快要被毁灭了,天地一片黑暗,墙角找不出一个洞可以钻进去,唯一的想法就是快点死去……

我醒来的时候,耳边的声声惊雷消失了。我爬下楼,听到村子里发出了一片欢呼声。原来,父亲的船队归来了,满载而归,公社的仓库里很快堆满了如小山一般高的黄鱼。

父亲满面红光,听着村子里的人对他说着恭维的话。这时,他看到自己的妻子忧心忡忡地走来,他疑惑而又不耐烦地向她摆摆手,让她回家再说。

几万斤黄鱼分配停当,父亲才回到家中。他看到桌角像病猫一样缩着身子的我,说:

"你哪像我的儿子?!"

母亲刚要开口,就被他一瞪眼制止了。

"胆小如鼠!给雷劈了算数!"

他喝起了小酒,大口大口嚼着黄鱼的鱼头,脸上马上就变得红扑扑了。

"得治治你的病!"他说。

隔几日的一个午后,雷公真的来了。我惊魂未定地看着天色暗下来,闪电狰狞地将天空撕裂。让人惊恐万状的雷声几十秒后就要在头顶炸响,我像往常一样感到世界末日即将来临,顿时如猴子一般从村口的树上跳下来。藏在衣服里的几个鸟蛋啪啪啪全摔在地上,像婴儿拉出的一泡屎。

我狂奔回家。因为惊恐的心理与长期的训练,我短跑的速度大大加快,一溜烟就将那些跟在我身后起哄的小毛孩甩在身后。我噔噔噔冲上了自家的阁楼,不知觉迎面撞在了一个人的身上,差点从楼梯上滚下来。我苦丧着脸,气喘吁吁抬头一看,发现那人正是一脸铁青的渔佬儿。他嘴里发出几声冷笑,用右手巨大的爪子拎起我的衣领。我顿时四脚腾空,两只布鞋很快被我蹬飞了。我哇哇乱叫,声音凄惨而尖锐,渔佬儿一点儿都不怜悯我,只花了十几秒钟,他就像拎小鸡一样把我拎到了门前一片抹黑、闪电莹莹、惊雷轰轰的空地上。

我双手捂住耳朵,朝天空瞪大了眼睛,发出颤抖的喘息——我被突如其来的灾难吓蒙了,根本来不及哭,一阵大雨便浇在我的身上。寒冷使我缩紧了身子,眼前突然一阵发黑,一片比天空更黑的黑暗罩上了我的头顶,我突然听不到雷声,也感觉不到头痛了。意识里无比清晰的是父亲双手叉腰,冷冷地看着我,发出得意笑声的样子。

四

1975年的秋天,政府全面禁止敲舴作业,盐廒村大小船只再也不能成群结队到近海敲鱼了。渔网上缴,船只转产,渔民上岸,专心种起了庄稼或者做起了小买卖。

我的渔佬儿父亲,和江南一带几十个有名的船老大、渔佬儿以及顽固不化的渔业大队的队长,一起被叫到了县里,关进了一个教育改造渔民的学习班。在被关了整整三个月之后,他回到了家中。组织渔船下海敲鱼的事情自然做不成了,他依然固执地划着小船到海中打鱼。但是,从此以后他再也没有捕到过一条黄鱼,哪怕拇指大小的黄鱼也没有再遇到过。人们都说,因为敲舴捕鱼,东海附近的大小黄鱼已经被赶尽杀绝、断子绝孙。还有人说,渔佬儿父亲的那双能听得见黄鱼叫声的耳朵已经失灵,根本就与普通人无异。

而我清晰地记得,自从被父亲拎到天空下听完雷声,我头疼欲裂的毛病便一去不复返。任凭惊雷轰鸣,连环炸响,我已经能够不为所动,心如磐石,如死灰般安静。当然,我也看不到绿莹莹的闪电和空中狰狞的黑与白了。

我的两只眼睛,已经完全瞎了。

渔佬儿父亲再也不能捕到一条听雷的黄鱼,而我,再也不用害怕雷声在头顶炸响。

我被父亲送到了盲人鼓词手那里学艺,在江南一带走街串巷,只是,再也没有回到过盐廒村。后来,我成了江南一带最出色的盲人鼓词手。

2008 年

一个人的航线

父亲对子女的冷漠是惊人的,即便我是他最小、最疼爱的儿子。他几乎不说话,卖掉那艘海轮后,他的情况就是如此。五年来,他跟我总共说了十几句话。其余的时候他板着面孔,不理人。

我和母亲到了家后门,那艘小船已经被拖起来,平置在空地上,帮忙的人正慢慢地散去,父亲给他们发烟。

是要修船?母亲问。

父亲从鼻子里回答了一声。

漏水了?母亲又问。

父亲给最后一个离去的人发了两支烟,自己也叼上了一支。

母亲的迷惑暴露在直扑扑的阳光下,让人感伤。

父亲不再回答她,顾自进屋去了。母亲看到大儿子也在场,手上捏着两支烟——是父亲刚刚发给他的。母亲说,怎么突然要修船?大哥说,不知道。母亲想弄个清楚,父亲没给她答案——我们家的事向来如此,我哥——她的大儿子也没有答案,是他叫来几个人帮忙,一起把小船拉了上来。为什么把船拖上来,是否叫了修船师傅,怎修,他统统不知道。

确实是要修船,父亲已经回答了。他并没叫来修船师傅帮忙,连他大儿子也没有叫上。运来一堆木料,他自己准备了锯子、刨子、凿子,斧子磨得贼亮。他的五十岁的胸脯肌肉结实,臂膀上的肌肉也是块块凸起,抡起斧子,虎虎生风。他脸上的表情不再冷若冰霜,而是变得平静和愉悦,似乎要努力完成一桩多年未了的旧事。他做得有模有样,有条不紊,对锯、斧这类工具的熟悉程度丝毫不逊色于熟练的木匠,对船的熟悉程度,可以与任何一位造船师傅一比高低。他曾在海上度过了三十年,被迫回到了陆地。一切迹象都在表明,他丝毫没有忘记以前开过的船,没有忘记大海。

除了一日三餐喊他回来吃饭以外,母亲不去父亲的"工地",她在楼上的窗口看他,看他刨木板、砍木料。我周末放学回家,她悄悄地告诉我说,这个礼拜父亲在不停地锯板子、刨干净,给船尾上加了一个篷。这个礼拜父亲不停地锯木板、刨干净,在船中央加了一个舱,又加了一扇门,看起来像一间小房子。这个礼拜他给整条小船涂上了一层油漆,这船大概就要修好啦……

母亲的话变得越来越多,越来越不像以前的样子,这让我有一种预感,父亲在从事一项惊人的事,有一天他会突然宣布出来,让我们猝不及防。整条小船上漆的阶段,母亲变得快活起来,她说小船再晒两天,就可以下水了——她像小姑娘一样快乐地说,她明天可去教堂做一次礼拜了。几个星期以来父亲都在修船,她脱不开身,只能在家做祷告,已有好久没去教堂做礼拜,母亲内心十分不安。好在这一切都快结束了,她能在周日下午从容地去教堂,弥补心中的愧疚,不去管父亲多么不乐意。

我仔细去看过父亲的船。正如母亲所言,小船确实已经修好了,十分结实而精致。船中的新舱,坡顶有檐,还开有一扇门,说它像一间房子并不夸张。船的旧漆被刮除,已经涂上了一层新漆,乌黑发亮。从任一角度看,它都像一条新船。但这条新船让我的内心不安,特别是船中的那间小舱房,我无法理解它有什么存在的必要。这类小船只在江南水系密布的小河道里运营,运载盖房的砖瓦、铺路的石子,船腹的这块空间是最能派上用场的,缺了这一块,运载量至少要减少一半,难道要把砖瓦和石子往小房子里装?或许这间小房子用来装运贵重的物品?对于第一种预想,我马上否定了。父亲是个聪明人,开这条船也有四五年的历史,更别说在海上的三十年,他懂得怎么利用有效空间装载最多的货物。对后一种预想,我将信将疑,不管怎么看,它都像一间住人的房屋,而不是一个装东西的货舱。站在梯子上,我很想爬到船上去看个究竟。父亲说油漆未干,这样爬进去会把一切弄得乱糟糟。

我从梯子上下来,他破天荒地和我并肩回到家。在海上的那三十年,他已经养成了沉默寡言的习惯,回到岸上五年,他也没能改变过来。谁也无法改变这一点,大家都习惯了,母亲、已经出嫁的姐姐、大哥和我。他是家中的大王,他的沉默寡言、冷漠使我们觉得孤独,但谁也不曾想过改变这一切,剩下的只是习惯,而且还会习惯下去。然后是,姐姐出嫁了,这里变成娘家。哥哥结了婚,住到了属于自己的一间房子里去。我考上了高中,到镇上读书,住在学校里。从心底里,我们都希望从家里逃出来,偶尔回来一趟,然后又逃出去。我们的理由都是光明正大的，也因为不得不这样。五年前父亲在海上时，我们还能忍受，他在家的日子毕竟很少，无论他怎样严肃和沉默，都是短暂的，出海的日子多，等待他出海的希望总不落空。只有台风来临，他的出海计划才被搁置起来，但每年只限于夏秋之交的一段时间，此外，任何小风小浪都不能阻挡他的行程。他在家的时候，我们像见到猫的老鼠，吃饭不敢抬头，大气不敢喘，提任何要求要有十足的勇气，低下头，声音比蚊子的嗡嗡声还轻——我们的确不曾叫过他几声"爸爸"。

五年前，父亲从海上回到了陆地，再也用不着出海了，这种间断的父与子之间的局促关系发生了改变，不是变得缓和，而是成为全天候的冷漠。我们在屋子里进进出出，无处躲避。我们姐弟三人闷闷不乐。姐姐熬到头急急地嫁出去，面对母亲红肿的眼睛，姐姐内心窃喜。我哥等不及到结婚的实足年龄，在一个夜晚迎娶了新娘，婚后他们有了一间自己的房子，过起了小日子。我考上了镇上的高中，拿到录取通知单，看到"学校提供住宿"这样的字眼，心里怦怦跳得厉害，背起行囊急忙往镇上赶。我们把父亲扔在了身后，像长出翅膀的小鸟飞走，一劳永逸地找到了办法，在父子之间打上很长的破折号。这似乎就是我们在等待的。

父亲这次和我一路并肩走到家，使我十分局促。他大口喝完一碗水，问："你妈呢？"

我说："做礼拜去了。"

这消息惹怒了他。"做什么礼拜！"他的声音很响，他重重地坐在竹椅里。屋外明晃晃的阳光渐渐暗了下来，云层正从东往西拉动。

以前父亲出海回来，也这样问，你母亲哪儿去了。如果是周日，不用回答也知道她干什么去了。大姐织布的手停了下来，哥哥切猪草的手冒出殷红的一抹血，我两脚发抖，跑到门前，看见母亲从田埂上回来。她急匆匆的脚步加速了我的心跳。母亲看到我，就明白了，走进家门，手里的《赞美诗》不知往哪儿放，急忙用手帕包了往角落里一塞，然后给父亲做热气腾腾的鸡蛋面，烧水让他洗澡，把该洗的洗干净。父亲一声不吭，表情冷漠，屋内总是沉寂。

现在屋内也是沉寂，姐姐和哥哥都离开了，只有我一人。我到门前看了看，田埂上没有一路小跑的母亲。

我打算独自承受这让人憋闷的漫长时光。父亲说，你看书去吧！他的语气缓和下来，已经不是当年的模样了。

父亲和母亲在信仰的两条道上已走得太远。他们在同一个屋檐下别扭地过着日子，神和佛常常吵闹到屋里。父亲信奉佛教，常在节日时给菩萨奉上一个猪头。而母亲则信奉基督教，常常乞求上帝保佑在大海中颠簸的父亲平安。两种信仰水火不容，这场默默的争斗进行了二十多年，母亲饱受委屈，父亲也开始厌倦。这依然不能改变他们什么。母亲有一段时间变得越来越虚弱，只有在祷告的时候才能勉强起身。父亲终于答应她可以去做礼拜，不再干涉了。母亲身体逐渐好了起来，开始要求父亲跟她一起做祷告，哪怕闭一闭眼睛也好。以后母亲的态度更坚定了，要求父亲一起去做礼拜，因为只有这样，她的身体才能完全好转起来。

父亲不愿意，像有人拿着刀子架在脖子上那么可怕，他一次次拖延时间。母亲说，只要他有真心，任何时候都不会迟。有一次她甚至提议,如果他不好意思去教堂,她可以请一些弟兄姊妹到家里来做祷告,这是无比愉快的聚会,能使他以后获得永生。直到父亲脸上有了阴沉的表情,她才住口。

这个下午父亲重新表现出来的怒气,会不会在母亲从教堂回来的时候爆发,我不得而知。我从心底里不愿他们再起什么纠纷,不愿再待下去看结果如何。我背了十斤大米到学校去了。

又一个周末回家,母亲没有到大路旁接我。我预感到也许他们真的发生了什么事。父亲也许彻底忍受不住了,他已经发现母亲越来越弱的身体迹象只是个圈套,逼迫他在信仰上和她走到一起,母亲又一步的紧逼让他无路可走。

事情并不像我想象的那么糟,母亲正在洗衣服,看到我回来了,她停下了手中的活,忧心忡忡地说,你父亲买了一大块帆布,并且把帆布拉上了桅杆,看样子是想把这条巴掌大的船开到海里去。

母亲的话让我恍然大悟,看到他在船上造房子,就知道会有什么事,现在准备了风帆和桅杆,肯定是打算出海了。

我说,赶快叫姐姐回来,把哥也叫回来,不能让他驾船到海里去。

母亲惊慌失措地跑出门,脚下一块石子差点使她摔倒。她歪歪扭扭跑步的样子让我差点哭出声来,觉得我们快要大难临头了。

我赶到那片空地上,修葺一新的小船静置着。父亲正在整理桅杆,我不假思索喊道:爸爸,你要驾着它出海?

我的声音把自己也吓了一跳,几乎没怎么叫过他"爸爸",更没有像现在这样大声地叫过。

他抬起头来,惊奇地看了我一眼,用鼻音给了肯定的回答。

这么小的船,能行吗?我说。

为什么不能?我在你这个岁数,就开着这样的小船在海里滚。

我再也说不出什么话,内心是无边的恐惧。我们一家谁也无法忘记那个恐怖的夜晚,我那年六岁,父亲驾着这样的一叶扁舟,带着两个同伴出海去了,船里载的是棉纱。几天后,算日子船该回来了,海上却刮起了暴风雨。那个晚上,海上大风长驱直入,到达我们在海边的村庄时仍然掀起了屋顶的瓦片。在呼呼的风声间隔里,能听到狂涛的咆哮。母亲吓坏了,一直局促不安地做着祷告。在世的祖父喊出我哥哥,两个人抬着一个面鼓到屋前敲打起来,驱赶可怕的风魔……天未亮,我们一家哭累了,吓累了,昏昏欲睡之时,家门突然被什么推开,这让人毛骨悚然。母亲怯怯地问,是谁?听到一个沉闷的声音说,我回来了。我们都无比高兴起来,父亲没事了。我们顾不上穿衣服,跑下楼去看父亲,父亲扑倒在地上,浑身湿漉漉的,仔细看时,他的身上都是血。我们一家抱在一起,痛哭了一场。

那场暴风雨把父亲的船打烂了,两个同伴失踪,后来,尸体被冲上了海滩。父亲因为幸运地抱住了一块木板,才游上岸来。

父亲并没有离开大海,他说,你们的爷爷奶奶,我和你们,都是靠海养大的,海不可怕。这是父亲这些年来说得最多的一句话。

几个月后,他与人合伙购买了一艘铁板轮,相比第一条船,要大得多,也结实得多。为此我们家借了很大一笔钱,我们都期望能依靠这艘铁板轮把钱赚回来,此外还有生活费,包括衣食住行、学费、给姐姐办嫁妆、盖一间新房子给哥哥结婚,等等。

很多年过去了,父亲的船没有在海上出过任何事。船大了,识别天气的通讯工具发达起来,父亲作为船长的经验也越来越丰富了,但这个阶段,父亲回到岸上最热衷的是去有关部门上访,强烈反对一条新建的公路从村中穿过。谁也不会同意他的意见,等几年后公路开通,那些载着货物的大卡车一辆一辆从村口驶过的时候,他眼中闪过了一抹忧伤。这条路四通八达。原来只靠港口与外界联系的城镇,车来车往,陷入繁忙之中,而港口却沉寂下来了。运载的布匹、啤酒被纷纷装到了卡车上,船舱里空了,父亲的心中也空荡起来。他找到那些老客户,靠几十年的交情还能航行一两趟,不久人们纷纷抱怨船运实在太慢,价格也不见得便宜。生意没了,船员只好散伙。父亲就这样回到了岸上,他从十六岁出海打鱼开始,到三十岁那年改行跑海上运输,再到四十六岁回到岸上,我无法猜想这三十年的生活,大海是怎么对他,他又是怎样看待大海的。总之,岸上的五年让他苍老了,身材开始萎缩,人也更加沉默寡言。

父亲到岸上的第二年买了这条小船。这条船实在太小,只在小河道里运载石子、砖瓦。

有小船那天起,父亲经常驾着它到海边去。海有什么好看,待了三十年还不够吗?我总是这样想。

哥哥、姐姐和姐夫都来了。母亲叫回父亲,一家人要开个会。从来审视家人的父亲,这回要受到家人的审视。大家都有理由审视他,因为他的做法太出格了。

真要出海?母亲问,这船不能出海。

能。父亲说。

船太小了。姐姐说。

不小,父亲说。

这船能载什么呢?姐姐说。

什么也不载,去海里看看。父亲说。

大家就不说话了。母亲看着我,不理解为什么我不说话。

父亲要出海了。

姐姐和姐夫给船里装了煤气灶,哥哥在舱里装了几十斤大米、一筐蔬菜、咸肉,母亲准备了生活用品,父亲给船配备了几大桶柴油。

船就这样驶到大海里去了。

我们站在海边,看着小船慢慢地开远,直到变成一个点,消失。

什么时候回来呀?!站在岸上的母亲对着大海说。

母亲突然想起,父亲并没说过什么时候回来。她慌张地问我们,他什么时候回来?

母亲开始轻轻啜泣。

几十斤米吃完他会回来的。哥哥安慰说。

一罐煤气烧完了,他会回来的。姐姐说。

那要多长时间呀,母亲说,还不得一两个月!

时间过去了两个月,父亲还是没有回来。我们四处打听他的消息,有人说看到了他,当时他正将桅杆升起,身手已没有年轻时能将风暴打折的桅杆接上的敏捷。有人在临近的琵琶山上看到他,正在烧烤一条大鱼,只一会儿工夫,地上就只剩下一堆鱼骨头了。姐夫跟着别人的渔船到海上转了一天一夜,但并未发现父亲的船。哥哥去了一趟琵琶山,在那里候了两天,不见一堆篝火,更不见一个人影。

父亲就此消失了踪影。

母亲一直为他祷告,周末准时做礼拜,一周两到三趟,与教友们结集在家中做晚祷。在有暴风雨的夜晚,她也不再顾忌,与我们一起点起香火,一起用力敲起面鼓,驱赶风魔。

等到姐姐和哥哥的孩子出世,我们抱着孩子一起到海边,希望能看到父亲,也希望父亲看到孩子,希望他幡然醒悟,回到家中团圆,他该疲倦了,回家歇一歇也好。我们甚至有最可怕的念头,希望大风暴把那条小船打烂了,只留给他一块木板,让他游回家中⋯⋯

但父亲再也没有回来,直到今天。没有父亲的我们显得更加孤独了。

2008 年

渔鼓

我爷年轻时喜欢上一个女子。她二八年华面若桃花,从河边走来时腰若细柳。我爷划着一船粪水,双目顿时瞪大不能移开,握桨的双手一阵慌乱,双脚也难以立稳,差点跌入一舱的污水中。

划过八个村将一船粪水运回田地,我爷早就没有了挑粪施肥的心思。他满脑子都是那扎了麻花瓣的姑娘,盘算着如何才能再见上她一眼。

八十亩柑橘地,一年拢共才施两回粪,一次是开春花季前,一次是秋收冬至后。那时节地里施肥都靠粪当家,一家人一年也就拉上一茅坑,于是,得一个村一个村去买,一身的臭气,谁喜欢这个不讨好的活儿?

我爷想了一个法子,跟着我瞎眼的二曾公唱渔鼓。那一年他十五岁,嘴唇上开始长出细细的绒毛,喉节开始凸起,声音也开始变调,如公鸭嗓子般叫人难以忍受。二曾公叫他跟着先做个"搭背",顺便也帮着驮点走街串巷讨来的稻谷、白薯。从那以后,我二曾公每逢出门,便咳嗽一声将左手搭在我爷的右肩,右手撑着一根细细的竹竿,

壳笃壳笃点在乡村的石板路上,嘴上喊着:

"唱渔鼓嘞!"

我爷便跟着喊一声:

"唱渔鼓嘞!"

我爷哪有什么心思唱渔鼓?他跟了我二曾公出去,纯粹是为了给自己东游西荡找到合适的借口。他脑子里想着那买粪路上见着的妹子和那个村庄的名字新美州,出了门便一腔心思地把二曾公往那里引。二曾公虽在温州江南一带唱了十八年的渔鼓,见多识广,但也不知道他的"搭背"心里有这样的打算,便跟着我爷紧赶慢赶到了新美州。傍晚,叔侄俩在一户人家落了脚。我爷茶饭不思便走到小河边寻那女子。哪有这么凑巧的事情,他自然失望而归,寻思着第二日便挨家挨户找个遍。

第二日叔侄俩老早起床,简单行李背上肩,绕村就喊:

"唱渔鼓嘞!"

一户人家叫住了他们:

"来这嘞,老人马上要做生日,你给唱个词。"

二曾公随着"搭背"进了这户人家门,问:

"多大的生日?"

人家回答说:

"五十啦!"

二曾公道一声:

"啊呀好,唱个《子孙满堂》。"

主人家不高兴了,说:

"你这不是笑话我吗?我那个儿媳妇,树上不结果。"

二曾公犯了难,说:

"那我就唱另一个。"

渔鼓是一截长竹筒,不足一米长,碗口粗,一端蒙上板油薄膜,箍上扎了布条的铁环,敲起来"嘭嘭嘭",声音也能成曲调,四乡八邻都爱听。

二曾公先学婆婆唱:

地是肥土地,

花是芙蓉花,

好花不结籽,

何必在我家?

四句唱完,二曾公觉得很不妥,于是嘴里没了词。主人家听到心里去了,催他往下唱。二曾公犯了难,唤我爷道:

"侄儿,咱要起身!"

我爷却不知哪里去了,二曾公顿时没了方向。主人家又催,说四句也太短了,米给一升呢还是半斗?要不两个白薯打发了。

二曾公没法子,一急,又"嘭嘭嘭"敲起渔鼓,学起了媳妇唱:

田是水头田,

碰着三年大旱天,

种子没落上,

怎有丰收年?

主人家听完,顿时没有了声音,过半响才蹦出几个字:"唱得倒也地道!"然后吩咐里间的儿媳妇量出半斗米来。

我爷在小河边寻人不着,赶回来时刚好撞上那打米出来的小媳妇。可不是那面若桃花、腰如细柳的女子吗?我爷血气翻涌,心跳"嘭嘭嘭"响起,比渔鼓还响。

夜里,我爷悄悄走近了这户人家,见那后屋萤火般的灯光还亮着。他眯眼往门缝里去看,他日思夜想的女子正给一个躺着的汉子抹身体。汉子也不能转动,看样子是瘫在床上的人。

我爷落下两行泪,转身离去。

三个月后,我爷又引二曾公到了新美州。这时候是农历正月十八,过完年的村里还很热闹。走过村口,又到了那户人家。二曾公眼睛不灵光,记性却很惊人,说:

"花是芙蓉花。"

那家人正在门口晒太阳,见叔侄二人来,便叫道:

"来来来,再给唱上一曲。"

我爷看见,旁边的"芙蓉花"搬来一张条凳。她身后一个面容白皙的汉子穿着棉袄,坐在藤椅上。"芙蓉花"搬好条凳,又回到那汉子身后,手搭着他的肩。

二曾公问:"今天唱上哪曲?"

主人家道:

"唱个喜气点的!"

二曾公"嘭嘭嘭"敲起渔鼓:

做得寒衣成，
　　门前水结冰；
　　做得春衣成，
　　门前杨柳青。

主人家和几个晒太阳的人齐声夸：
"好！"
我爷时不时看着"芙蓉花"，这时突见笑盈盈的她朱唇轻启：
"老人家，我也给唱一个。你只管敲你的渔鼓。"
旁边一个惊喜附和：
"好呀，渔鼓花儿可几年没唱了！"
二曾公翻了翻眼睛里的白翳，疑惑地问：
"可是那远近闻名的渔鼓花儿？"
"可不是嘛！谁不知道远近闻名的渔鼓花儿！"
二曾公起身抱拳，道一声"献丑"，渔鼓"嘭嘭嘭"响起，竟传递出从未有过的细腻与柔和。
渔鼓花儿果然不同凡响：

　　郎有心，妹有情，
　　两人好比线和针；
　　针儿几时断了线，
　　线儿几时离了针。
　　郎有心，妹有情，

哪怕人多话又深;

人多哪怕千双眼,

话多哪怕千重门。

听毕,二曾公一拍大腿站起,拱手道:

"果然是渔鼓花儿,从此不登门了。"

言毕,二曾公谢绝一升稻米,带着我爷离开了新美州。

隔三年,二曾公风烛残年,再也没有了走街串巷的力气。我爷的唱技已突飞猛进,只是这几年,再也没有去过新美州。他的名气渐渐响了起来,慢慢盖过了二曾公,有人便来讲亲。我爷这些年东游西荡,心里却始终有一块柔软的湿地。曾公快咽气的时候,我爷终于答应了一门亲事。第二日,他便去了新美州。

我爷划了一条船来到了新美州,一个渔鼓背在他的右肩,一对竹拍挂在他的左膀。这些年,他发明了一对竹拍,右手拍鼓,左手打拍,大大增强了渔鼓的节奏感与感染力。江南八村,他的足迹不知踏遍了几回,新美州却如禁地般被他狠狠拒绝。

过村口,我爷弃船登岸,来到渔鼓花儿家。主人家手里抱着一个两岁的孩子,大老远便喊:

"你有几年没来了,你叔呢?"

"我叔已经唱不动了,今儿我来唱一曲。"我爷也大声喊道。

"告诉你叔,'地是肥土地,好花也结籽。'我养孙子啦!"主人家道。

"地是肥土地,花是芙蓉花。"我爷道。

渔鼓花儿闻声从里间出来,她的脸红朴朴的,像蒸好的红薯一般。她的腰变粗了,像秋后盛满谷子的稻桶。她的麻花辫不知何时已齐脖剪断,散乱如麻。

我爷坐定,右手拍鼓,左手打拍。

"今儿个我唱一曲《听〈孟姜〉》:"

种田儿郎听孟姜,

插田忘记去挑秧;

撑船老大听孟姜,

撑竿掉落水中央;

木匠师傅听孟姜,

栋梁切乂做横梁;

裁缝师傅听孟姜,

小襟贴在大襟上。

卖油人客听孟姜,

菜油倒乂满路香;

豆腐人客听孟姜,

豆花倒乂白洋洋。

渔鼓"嘭嘭嘭"三声,余音不绝于耳。唱毕最后一句,我爷用力过猛,板油薄膜"嘭咚"敲裂,留下一声空洞的回响。

2009年1月28日

这是真的吗

那是很多年前的事啦。凉棚巷的剃头洪达家里发生了一件很令人奇怪的事情,他家里的那只母鸡,突然生了一只猴子。

生下那只猴子之前,老母鸡在屋里咕咕咕不停地叫唤着,惹人讨厌。剃头洪达三次把它赶出了家门,可是剃头洪达的老婆又三次把它找回来。剃头洪达骂他的老婆说,别把它找回来,你以为它要生孩子呀?

剃头洪达的老婆用手指指着剃头洪达的后脑勺,骂道,你非要它把鸡蛋生到别人的屋里去吗?

剃头洪达还不肯罢休。但旗杆底八十二岁的麻脸皮叫他的孙子来喊他了:剃头洪达,我阿公叫你去把他头上的几根毛理一理。

剃头洪达一看来生意了,就回屋拿了他的剃头刀,跟麻脸皮的孙子去旗杆底。刚走几步,他突然想起忘拿剃头布了。他叫麻脸皮的孙子等一等他,自己回屋去拿剃头布。他在拿剃头布的时候,看见他家的那只老母鸡还在屋里叫唤。

剃头洪达跟着麻脸皮的孙子走呀走,突然想起自己忘背剃头箱了。他叫麻脸皮的孙子等一等他,自己回屋去背剃头箱。他在背剃头箱的时候,没有看见他家的那只老母鸡,也没有听见它的叫唤声。他得意地一笑。他走到了刚才的路上,发现麻脸皮的孙子已经不在那儿了。他就一个人往旗杆底的麻脸皮家去了。

后来呢,后来呢?我们问。

后来,剃头洪达把麻脸皮的最后几根头毛刮光了,正用耳捣子掏麻脸皮的耳屎,麻脸皮的孙子慌慌张张地跑回来了。

麻脸皮的孙子慌慌张张地跑到屋里,对剃头洪达说,不得了啦,你家出大事啦!

剃头洪达说,等一下,等我把你阿公的最后一颗耳屎掏出来。

然后剃头洪达说,什么事,难道是母鸡生了个儿子?

麻脸皮的孙子气喘吁吁说,不、不是一个儿子,是、是一只猴、猴子。

八十二岁的麻脸皮咯咯咯地笑起来,他那掉光了牙齿的嘴巴像一个漏了气的风箱,笑起来的时候,那只漏了风的风箱就拼命地抽动起来。

麻脸皮的孙子说,是、是真的,你们家的门槛都快叫人给踩扁啦,你们家的屋子都快叫人给挤破啦,你们家所在的凉棚巷,都快叫人给挤成大街啦!

麻脸皮漏风的嘴还是笑个不停。

麻脸皮的孙子还在继续说,这是真的,这是真的啊,你家的老婆,都叫人围得拉不了屎啦!

一直愣在那里的剃头洪达马上放下手中的家伙,说,这可不行,我得马上回家看看。

麻脸皮说,我也去,我也要去,背我一起去看看吧。

剃头洪达满屋子找他的剃头箱。他找剃头箱的时候,突然想,自己可不就是家中那只满屋子转的母鸡吗?

麻脸皮说,你带我去吧,我给你加工钱。剃头洪达一把抓住了他,把他背在身上。

后来呢,后来呢?我们继续问。

整条凉棚巷像一条怀了孕的大莽蛇,痛苦地扭动。本来只供五人并排走过的巷子,现在至少并排挤下了十个人。这小小的凉棚巷就像我十八岁在县城里看到的最热闹的一条街……四面八方赶来的老老小小男男女女都分不清谁是谁啦,人群里头到处听到有人在说:

多大的猴子?

鸡蛋那么大!

多大的鸡蛋?

猴子那么大!

剃头洪达背着麻脸皮,麻脸皮的孙子背着剃头箱,三个人拼命地往剃头洪达家里赶。麻脸皮的孙子挤着挤着,把剃头洪达的剃头箱给挤丢了。麻脸皮的孙子哭着说,我他妈的真不该来告诉你呀剃头洪达,我挤出来告诉你,我他妈的再也挤不进去啦!

麻脸皮趴在剃头洪达的背上兴高采烈地挤着,一边挤还一边喊,牛来啦,牛来啦,让让道,让让道。他喊着、喊着的时候,突然一下子被抛了下来。他刚要责怪剃头洪达,可是仔细一看,背着他的原来已经不是剃头洪达,而是凉棚巷卖咸菜的驼背钊。

剃头洪达背着麻脸皮汗流浃背地往人群里头冲，挤着挤着发现背上的声音变了样，他回头一看，发现在他背上的哪是什么麻脸皮，分明是一位八十岁的老太太！老太太问他，啥样，那猴子长啥样？

这时候从前头传来声音：

猴子死啦！

过了一会儿这边也响起声音：

猴子死了！

再过一会儿，后头也响起声音：

猴子死了！

剃头洪达终于赶到了自己的家门口。他看到自己的妻子蓬头垢面，坐在门槛上，目光呆滞，两只手不断比划着，喋喋不休地说，那只母鸡平常只生鸡蛋，每次生蛋的时候总喜欢咯咯咯叫唤，这次它又咯咯咯叫唤，我以为它要生蛋，没想到它跳到我床上。我嫌它太脏，又舍不得那鸡蛋。我就让它在床上生了。它生下了一个鸡蛋，也没有什么特别的地方。可是过了一会儿，那只鸡蛋裂开了，从里头跳出一只猴子。这只猴子只有鸡蛋那么大。我吓坏了。我跑到东屋告诉了二妈，我跑到西屋叫来了八婆……

剃头洪达在老婆面前呆立了半天，突然对老婆大吼一声：那只猴子在哪儿，我掐死它。你看我们的门，都可以走得进十八个贼啦！你看我们的家，都可以住得下一个水泊梁山啦！

我们都咯咯咯笑起来，二公也咯咯咯笑起来，他那掉光了牙齿的嘴，让我们想到了麻脸皮的嘴。

我们问道，这是真的吗？

二公说,当然是真的。如果不是听来的,肯定是做梦梦到的。那时候我正带了三十块大洋,去场桥贩私盐。我只在场桥的一座桥下眯了两眼,我头下枕着的三十块大洋就没了。我的三十块大洋是用白布包了十八层的。白布还在,那三十块大洋没了。盐还没贩成,贩盐的三十块大洋没了。那三十块大洋是我的全部家当。我的一家老小全靠这三十块大洋过生活。可三十块大洋全没了。我眯了一眼,我就少掉了十五块大洋。我不但眯了一眼,少了十五块大洋还不够,我又眯了一眼,把另外十五块大洋也眯掉啦!

我们又问道,这是真的吗?

二公说,当然是真的,我刚才不是说了吗,剃头洪达在老婆面前呆立了半天,突然对老婆大吼一声,那一吼把我也吼醒了,我发现我头下枕着的三十块大洋没了,用白布包了十八层的三十块大洋没了。

我们仍问道,这是真的吗?

当然是真的,二公说,就在剃头洪达家的母鸡生下那只猴子的前一个月,剃头洪达让一个耍猴的人借宿了一夜。半夜里,鸡笼里吵吵闹闹的,剃头洪达以为有人来偷鸡了,就披衣起床,拿了一条棍子偷偷地摸近了鸡笼。他没抓到什么人,却看到了一只猴子发亮的眼睛。剃头洪达推醒了耍猴人,说,呔,敢情你的猴子还偷鸡呐。耍猴人睡得正香,转了一下身说,猴子从来不吃鸡的。剃头洪达起先没在意,后来东窗事发了,才知道那夜里猴子跟鸡干了见不得人的事。

什么见不得人的事?我们问。

这就不能说了。

我们都等着二公把故事继续说下去,可是二公闭了口。半天后,他突然问我们,你们知道三十块大洋被偷,心里是啥滋味?

我们一起摇头。

就像你们的八叔——我的独养儿子,突然被国民党兵抓去当壮丁。我真想不明白,这小子为什么不好好地在坟坑里蹲着,却跑回家吃什么鸡蛋面。这下好了,他一跑回来就被国民党兵抓住了,锅里的鸡蛋面也叫国民党兵给吃了。

他又问我们,你们知道,独养儿子突然被国民党兵抓去当壮丁,心里是啥滋味?

我们又一起摇头。

就像一个人在场桥贩私盐,私盐还没贩到,那贩盐的三十块大洋突然被人偷走了。二公自己回答说。

这事把我们搞糊涂了。我们真不明白,这两件事情哪件在前哪件在后。

都一样,二公说,我在场桥丢了钱后,你们的八叔就被国民党兵抓走了。你们的八叔被国民党兵抓走后,我到场桥贩私盐。我刚眯了两眼,我头下枕着的三十块大洋就没了。这两件事情是一样的,就像我在场桥丢了两次钱,就像你们的八叔,被国民党兵抓走了两次。

二公把这样的故事讲了不知有多少遍。先是我父亲这一代人的耳朵听出了老茧,再是我这一代人的耳朵听出了老茧,最后,到了我侄子这一代,对这故事也滚瓜烂熟了。

我的二公越来越老了,他坐在住了八十多年的老房子里,问我的侄子们:

你们知道,一个人去场桥贩私盐,盐还没贩到,三十块大洋突然被人偷走,心里是啥滋味吗?

我的侄子们一起摇头晃脑:

就像独养儿子突然被国民党兵抓去当壮丁了。

对!二公说。

你们知道,独养儿子突然被国民党兵抓去当壮丁,心里是啥滋味吗?

我的侄子们又一齐摇头晃脑:

就像一个人去场桥贩私盐,私盐还没贩到,那贩私盐的三十块大洋突然被人偷走啦。

二公咯咯咯笑出了声,说,对,太对了。

我九叔一出现,我二公马上就闭嘴,好像突然之间成了哑巴。

我九叔对我二公说,你真是越老越幽默了,哪会有母鸡生出一只猴子来的?你真扯蛋个瞎鸡巴!

你真是越老越糊涂了,你每掉一颗牙齿就多糊涂一点,你把你那瞎鸡巴扯蛋的故事讲了一千遍、一万遍有什么用呢?你的独养儿子早就消失了几十年了,说不定早吃了枪子儿,连骨头都找不到啦,你还瞎鸡巴扯个什么蛋呢?你这一辈子不知赚了多少个三十块大洋,也不知用掉了多少个三十块大洋,你还扯瞎鸡巴个什么蛋呢?

你真是越老越不行啦,你的脑袋真的再也记不住什么啦!你儿子被国民党兵抓走,我不是过继给你做儿子了吗?我不要我的老子,做了你的倒霉蛋儿子,你怎么一点都记不住啦?

你的脑子真是越来越混啦,你的夜壶满了你不知道去倒掉吗?你看不见你粪桶的蛆都爬出来了吗?你一定要这些蛆爬满地上,然后爬到厨房间,最后爬上饭桌才舒服吗?

你真是越老越麻烦啦……

你真是越……

你真……

九叔说完这样的话,转身走了;九叔一来,就说这样的话。九叔一走,二公马上恢复了说话的功能;九叔一来,二公马上变成了哑巴。

有一天早上,九叔手上拿着一封从乡政府转来的信,带着从未有过的神色,屁颠颠地往二公住的老房子跑。

爹哎,爹,爹,爹哎,可不得了了,爹,爹哎,爹。

他跑到二公的床头,掀开被子一看,爹不在。他在房里头转了几圈,看见爹正在马桶上坐着,这会儿马桶里响起咚的一声,一颗粪便落了下去。

爹,你怎么不答话?小奔子回来啦!

爹,你不会哑巴了吧?小奔子,你的独养儿子,被国民党兵抓去打仗的,我的哥哥,他要从台湾回来看你啦!

二公擦了擦屁股,提起裤子,从马桶上站起身子。

九叔急道,爹,你看这是他寄来的信,不信我给你念一段,"父亲大人,不知您老是否还在世……"

见爹又成了哑巴,九叔也不理睬他,自己跑到外头,逢人就宣布消息,村里的每一户人家都被他走遍了。

有一天午后,巷子里吵吵闹闹的。二公躺在床上,心想一定有什么事了。果然,不一会儿门就被推开了,九叔带着乡政府那个经常来催粮的副乡长、搞计划生育的妇联主任和一个高大魁梧的人来到了他面前。

二公刚要起床,那个高大魁梧的人一下扑上来,在他的床前跪下了:爹,是你吗?你还在吗?

二公愣了一下,开口说,我早听说你要回来啦。做梦,都梦到你。

八叔嚎啕大哭。

二公说,那一年我在场桥贩私盐,钱被人偷走了,空手而归,回来时就听说你被抓去打仗了。我心想你不是好好的在坟坑里躲着的吗?后来我在场桥贩私盐,我的三十块大洋就被人偷走了。

八叔说,爹,你就别提那事了。

二公说,你知道,一个人突然失去了养老送终的独养儿子……

八叔说,爹,让你受苦了。

二公说,你知道,一个人突然被偷走一大笔钱……

八叔说,爹,让你吃了不少苦。

二公说,唉,一个人失去多年的儿子突然回来了……

八叔说,爹,是我回来啦……

乡政府准备了招待所,八叔不住。九叔给他准备了房间,八叔不住。八叔住二公的老房子里。老房子的前间住着二公,后间住着八叔。

二公和八叔一起吃饭。八叔给他碗里夹鱼夹肉。八叔喝酒,二公不喝酒。八叔喝一口酒,吃一点菜,把筷子放下。二公吃一口饭,吃一点菜,把筷子放下。

八叔说,爹,你别放下筷子,你多吃。

二公拿起筷子扒一口饭,又把筷子放下。

八叔一边吃一边讲述他这几十年是怎么过的。八叔说着说着就哭,眼睛都哭肿了。

二公说,你走的那一年,你娘的眼睛哭瞎了。你娘念着你咧!

八叔很惊愕,说,我娘?

八叔问一旁的九叔,我娘早就过世,我爹后来又续过一个?

九叔说,没有,他肯定记不清了。

八叔点点头,问二公,爹,你的耳朵还灵光吗?

二公说,灵光。

你的眼睛还中用吗?

二公说,中用。

二公接着说,你娘死后,惦记你的人就剩我一个人啦!那时候我从场桥回来,听说凉棚巷发生了一件事……

九叔打断他的话,说,爹,你真是越老越幽默啦!

八叔说,爹,你讲。

二公说,那是很多年以前的事啦。凉棚巷的剃头洪达家里发生了一件很让人奇怪的事情。他家里的那只母鸡,突然生了一只猴子……

八叔仔细地把这个故事听完,说,爹,你可以当作家啦!

二公接着说,剃头洪达在老婆面前呆立了半天,突然对老婆大吼一声。那一声把我也吼醒了。我发现我头下枕着的三十块大洋没了,用白布包了十八层的三十块大洋没了。

八叔说,肯定被人偷走了。

二公说,你知道,一个人突然丢了一大笔钱,心里是啥滋味吗?

八叔说,当然会心疼,谁都会心疼。

二公说,我心里的滋味就像你突然被国民党兵抓去打仗一样。

一连两个晚上,八叔在二公那散发着陈腐气味的老房子里睡得很香。他跟二公说,这辈子只有两次能睡到这种境界。除了这次,还有一次就是年轻时怕被抓壮丁,睡到了坟坑里。

八叔发现自己包里的三千块钱被人拿走了的时候,已经是第三天早上了。这让他愉快的心情蒙上了阴影。几日来屋子里人声鼎沸,来过领导,也来过邻居,来过朋友,也来过亲戚,来得最多的是过继给爹的九弟和他的三个儿子,是谁拿走了包里的三千块钱?他觉得自己的心里实实在在压进了一块石头。

这件事情根本就无法声张,他只好试探着问二公,爹,昨天夜里你听到什么声音没有?

二公说,杨彩媳妇的衣服没收进,被风吹得噗噗响,被雨淋得嘀嘀响;维留孙媳的鸡笼没有提进去,进了黄鼠狼,夜里闹了一宿……

两年以后,二公在他九十一岁高龄的时候疾病缠身,他再也不能说话了,无数的浓痰从他的口中涌上来,尽管身边的人不断地用手从他的口中掏出黏乎乎、脏兮兮的浓痰,但谁也无法阻止涌上的任何一口痰都会使他突然断气。

眼看二公马上就要不行了,九叔站在他的床前,问道,爹,你还有什么话要说吗?

二公什么话都没说,在最后一口浓痰涌上喉咙之前,他紧紧抱住了自己的枕头。

在二公的枕头里侧,缝着一个白包。解开十八层的白布,里面有三千块钱。

2009 年

少年立权之死

一．

立权是个驼子。第一天上学,他就被大家推搡着。"小驼子"、"小驼子",大家一边推着他一边叫他的绰号。

立权在人群中踉踉跄跄,但面色冷峻,一声不吭。

大家继续推搡着,终于将立权推倒在地。立权的背显然伤得不轻,但他在大家的取笑声中艰难地爬了起来,一声不吭坐到教室里。

几天后,逐渐熟识的同学们玩起了"搭背"游戏。每个人都弓着背,双手按在膝盖上,并排站好。最边上的人从一个个弓着的背上飞身而过,到了另一头再以同样的姿势站好。谁要是承受不住重量或者不能飞越过去,就会被清出游戏队伍。

最先,立权站在边上看着大家玩游戏。友生怂恿他说:

"驼子,你敢玩吗?"

"驼子,来吧,你往这一站就行,背都不用弓起啦!"

于是人群中发出一阵阵笑声。

谁也没想到，立权真敢站出来，说：

"玩就玩，我又不怕！"

立权大踏步地来到游戏者当中蹲好，他矮小瘦弱的身子在人群中特别显眼：背部虽然高高耸起，但还是没有别人的身子高。大家在他的背上飞过时，手下总是特别地加重分量，立权被揿得踉踉跄跄，但他每次都挺住没有趴下。大家看着他被推得东倒西歪，高兴得哈哈大笑。

轮到立权飞身跳跃时，大家又故意刁难他，一个个弓着的背差不多都立起来了，立权当然无法从他们的背上飞过，还未跨过第一个人就摔了下来。大家又哈哈大笑起来，七嘴八舌地说：

"驼子，你输了，你输了，你要学狗叫啦！"

"驼子，快学狗叫！"

"驼子，快学狗叫！"

立权被大家欺负得没有办法，有一天把他的哥哥立长叫来了。

立长长得人高马大，还没放学，他就来到操场上站好了。等友生和同学们走到操场，立长上去一把抓住友生，问立权说：

"他欺负你了吗？"

立权点点头，说：

"他叫我'驼子'。"

立长啪的一声刮了友生一个耳光，说：

"下次还敢不敢？"

友生脸都被打红了，忙不迭地说：

"不敢了，不敢了。"

立长又抓住一个高个子,问立权说:

"他有没有欺负你?"

高个子吓坏了,忙不迭地摇着双手说:

"没有没有我没有啊!"

立权看着他哥哥气呼呼的脸,说:

"没有了没有了,我们回家吧。"

第二天友生也叫来了他的哥哥,他们俩在操场上等呀等,就是不见立长来。友生的哥哥不断地问友生:

"人呢,人在哪儿?"

友生一脸讨好的神情,说:

"就来,就来。"

一直到放学,他们才看到立权一个人出来。友生对他哥哥说:

"就是他哥哥打的。"

友生的哥哥不耐烦地说:

"一个驼子,你对付他就行了。"

友生看着他的哥哥行色匆匆地走远了,他对着慌慌张张的立权气呼呼地喊道:

"驼子驼子驼子!"

立长双手叉腰,往操场上一站便威风凛凛的样子让我羡慕不已,他一个巴掌朝友生脸上刮去,友生顿时原地打转,眼冒金星,全没了平日的不可一世,让我真是又想称快又觉担忧。很长一段时间内,在同学中饱受欺负的我盼望着有立长这样的一个哥哥,他长得人高马大,力大无穷,往我边上一站,就让那些找我麻烦的人闻风丧胆,而我则可以趾高气扬,无所畏惧。

我可以冲那些对我虎视眈眈、跃跃欲试的大孩子们说:

"哼,我哥哥马上就要来了,他会揍你们的。"

他们定然不相信,一个一个从弄堂里大摇大摆地走出来,嘲讽我说:

"你哥呢?叫你哥来呀,我一个指头掀翻他!"

这时候,我哥哥立长果然就从弄堂的矮墙上翻出来,他把马步一扎,一声大吼:

"来呀,你们一起上!"

这帮大孩子们定然吓得面如土色,个个屁滚尿流,抱头鼠窜。

我长期沉醉于这样的梦想,往往想得口角流涎。但立长并不是我哥哥,他不可能保护我。如果我把立长搬出来充当我的哥哥,他们肯定会一阵狂笑,然后把我追得鸡飞狗跳。

当我意识到把立长视为我的哥哥是不现实的时候,我开始有意无意地接触立权。少年立权皮肤白皙,面容清秀,一双眼睛大而有神,头发黑而茂盛,算得上是个英俊少年,但他矮小瘦弱,且又是一个驼子。当人人都在取笑他的生理缺陷的时候,我却异乎寻常地向他走去。我意识到我向少年立权走去的时候,我的身后开满了黄色的小花,少年立权激动不安地看着我,最后,他显得泪眼蒙眬,因此他在我身后看到的不是一朵两朵黄花,而是黄灿灿的一大片。

偌大的教室在课间只剩下我们两人。我向立权走去的时候显得十分羞涩,我试探着对他说:

"立权,放学后我们一起写字吧!"

立权对突如其来的邀约不知所措，他的肯定的回答显得语无伦次，那一刻我们都为横空出世的友谊激动不已。

二

我与立权的友谊真正取得突飞猛进的发展，是在随后到来的一个下午。那是一个星期五，在第三节的班会课上，我显得心不在焉。我家住在五里外海边的林子里，为了读书，平时我住在学校附近的奶奶家里，一到周末就迫不及待地跑回林子里去。此刻，透过教室的窗户我看到村民家中的炊烟已经穿过烟囱袅袅升起，这情景令我浮想联翩，仿佛看到我妈妈正为我烧了一桌鸡鸭鱼肉。我打算铃声一响立即就跑，就像无数个周末一样，奔回到林子里的小木屋中，呼吸那自由而清新的空气，沐浴着那略带咸味的海风。在我开始读书的日子里，这是我无与伦比的快乐。

谁知铃声刚响过，还没等我收拾书包离开课桌，我们学校那个刚来的白面书生一样的校长就推门进来了。他凝重的表情掩盖不住内心的兴奋，仿佛发现了巨大的秘密一般，他白净的脸庞变得生气勃勃。

校长把走到门口的学生们都堵了回来，他走到讲台上，表情严肃地说：

"同学们都坐好，现在，把书包里的文具盒都放到桌子上。"

我们的班主任李老师跟着说：

"大家把文具盒、笔呀什么的都从书包里拿出来，放在桌子上。"

大家都照做了，其实压根儿还不明白怎么回事。我也把文具盒拿出来放在了桌上，还东找西翻，从书包的角落里翻出一支用得差不多的双色铅笔。

我压根儿没有意识到，这支两头都快磨平了的双色铅笔，马上就将给我带来意想不到的麻烦。

校长马上在书桌上搜寻起来，还没走过几排桌子，他就在我的书桌前停住了。

他的目光落在了我的双色铅笔上。同学们都站立起来，看着校长从我的桌上拿起那支短得不能再短的双色铅笔，举着它走到讲台上。

我傻眼了，不知道发生了什么。

校长走到了讲台上，挥动着举在头顶的双色铅笔，抑制不住内心的兴奋，一字一顿地说：

"凶手找到了！"

我还不明白怎么回事呢，校长继续着他一字一顿的语气，指着双色铅笔磨平的一端说：

"教室外边白墙上的红线，就是用这支铅笔划的，这就是工具！"

我的脑袋轰的一下，被这突如其来的惊吓弄得六神无主，嘴巴语无伦次地重复着：

"不是我不是我不是我……"

校长全然不顾他的行为已深深地冤枉和伤害了一个九岁少年脆弱的内心，继续说：

"这支铅笔就是证据。这种破坏公物的行为，非要好好教育教育不可。否则,教室里外刚刚刷好的白墙壁,非得面目全非不可。"

大家的目光像箭一般向我射来,有几个同学窃窃私语起来,小声地指责我破坏了公共财物。"这可不是你家呀,"他们说,"可以任凭你胡乱涂画!"

班主任李老师走过来,拍拍我的头说:

"怎么会是你?"

我的眼泪在眼眶里直打转,却一点也不懂如何为自己申辩。

就在我几乎被认定为"凶手"的时候,立权高高地举起了手。立权瘦小白皙的手臂在我的面前坚定而醒目地举着,像芦苇丛中突然立起的一根箭簇,为孤立无援的我带来了希望。

校长意外地看了看立权,让他站起来。

"那红线不是他划的!"

立权站起来说的第一句话让大家感到很意外。我的眼泪因感激而流了下来。

立权接下去说:

"我看见一个五年级的学生用红蜡笔划的。不是李海划的,李海的铅笔划不了那么长那么粗的红线。"

立权!我几乎喊出声来。我的眼睛因感激和洗刷了罪名而不断地溢出泪水。此后我一直注视着少年立权坚定而刚毅的表情,甚至不知道校长和同学们是怎样离开教室的。

"立权,我们一起去林子玩吧。"我流着泪、带着笑,这样邀约立权。

少年立权此后曾无数次地表现出他的聪明才智,让我羡慕不已,但他对我的羡慕总是报以羞涩的一笑。

我家住在海边的防护林里。立权到了林子之后,首先建议我们在鸭棚后面的河道上铺一张渔网。"这样,鸭子就不会把蛋下到淤泥里去啦。"他说。

我们家在鸭棚后面隔出了一截河道,供鸭子们栖身。这些呷呷呷叫唤的馋嘴家伙们,不接触水源就叫个不停,一跳到河里就扑腾扑腾地玩耍个不停,很不情愿上岸。它们一到水里就忘乎所以了,全然忘记了我们费了多少心血,才把它们的屁股养得胖乎乎的,仿佛一摸就能摸下鸭蛋。它们全不管了,一到水里,咚一声就把蛋生下来,咚一声又把蛋生下来。这些圆滚滚的鸭蛋一个个嵌进了淤泥里,有的从此再也不见天日了。天气要是允许,我和爸爸就爬到河里去摸,一摸就摸上一个蛋,一摸又摸上一个蛋,这让我们又高兴又难过。高兴的是我们终于摸回了一些鸭蛋,挽回了一些损失,难过的是我们始终无法把所有下在河里的鸭蛋全都找回来。

我和爸爸在满是鸭粪、臭气熏天的河道里摸蛋,往往一干就是几个小时。鸭屎在河底长年累月地堆积着,开始发酵,脚一踩到便直冒气泡,一股股怪味道直往鼻孔里钻,让我们无法潜下水去。我们在浅的地方用双脚摸索着,往往左脚刚踩上一个蛋,右脚又碰到了一个蛋,一不小心还会踩坏它们,让人心疼得直掉泪。

我们不在家的时候,每每就有人潜到我们家后的河道里摸蛋。他们把斗笠翻过来,放到草丛中,摸到一个蛋就偷偷地往斗笠里放。他们可不管什么鸭屎和臭气,一个一个猛子地往河里扎,争分夺秒地把河道摸个遍,把淤泥和鸭屎都挖起三层才肯罢休。他们极少空手而归,因此一逮着机会便明目张胆地干起来。有一回我远远地就看到家后的河道上挤满了人,还有两个人正为一个鸭蛋到底是谁先发现的打得不可开交。另一回,我在村口的路旁看到一个人捧着一斗笠的鸭蛋,乐不可支地往家里赶。那一斗笠的鸭蛋呀,足足有二十多个,我看了甭提有多心疼。可是我什么也不能说,眼睁睁地看着他捧着一斗笠的鸭蛋走了。

我们父子俩冒着白灿灿的太阳,在臭气熏天的河道里摸蛋的情形,在立权提出美妙的计划后,从此消失了。从村中收罗的一些破渔网,经过妈妈的缝补后,连成一张虽然简陋但很结实的网。这张网就铺到了河道里,四个角用绳子扎好,吊在了插在河中的四根竹竿上。等到鸭子们在河道里游够了,我们就把它们赶上岸,把渔网收起来,往往能收获十几个鸭蛋。而那些瞅准机会便摸到河道里来的人,每次空手而归,就再也不来了。

从此以后,少年立权成了林子里的常客。几乎一到周末,我们便手牵手奔到林子里去。我们在树林里摆开桌子,一起完成功课。在树间架起网兜当摇床,伴着海风,听着鸟鸣,美美地睡上一个午间。另一些时候,我们一起去看大海,看日出时的万丈红霞,日落时的鸥鸟翔集;看涨潮时的惊涛拍岸,退潮时的平静海滩。

我还带立权到河里摸螺蛳,到沟里抓蟹。立权怕水,他从不敢到河里去,连沟里也不敢下,因此更多的时候,他只愿意跟在我的身后,帮我提着水桶或竹篓。我摸上一个螺蛳,就往岸上扔,他在草丛中找到后,咚一声把螺蛳放在水桶里。"十八个啦。"立权高兴地说。我抓到一个螃蟹,也往岸上扔,立权顿时手忙脚乱,他又怕螃蟹逃走,又怕手被夹到,于是发出哇哇乱叫:"别逃,别逃!啊呀,我的手被夹住啦!"我在沟里乐开了花,跟立权说:"莫怕莫怕,我用水草捆住它。"我每抓住一只螃蟹,就扯一根水草把它绑起来,或者抓一把湿泥把它的大螯封住,然后往岸上扔。立权小心翼翼地用三个手指揿住螃蟹,把它抓起来,塞进竹篓。他对还在沟里埋头抓蟹的我说:

"一共有二十个螃蟹啦!"

"竹篓越来越重啦!"

"啊呀,竹篓已经满啦,你再抓上来,我就只好装在短裤里啦!"

我这才从沟里爬上来。晚上,我们可以美美地吃上一顿,还让立权带上一袋回家。

少年立权在那些快乐的时光里,在林子里奔跑的场景至今仍深深地留在我的脑际。他年少英俊的笑脸迎风荡漾,长发飘飘;他的驼背从我的方向看去,似乎只是微微弓着,丝毫也不妨碍他像兔子一般敏捷地奔跑。少年立权在树影中奔跑,林子里的鸟儿开始欢唱。少年立权跑着跑着开始唱歌,这是我年少时听到的最美妙的童谣:

正月灯

二月鹞

三月麦秆做鬼叫

四月地橘(即陀螺)勃勃跳

五月龙船两头翘

六月六,河水滚河毒

七月七,巧手侬子(一种米做的食物)一畚箕

八月半,粉丝一大担

九月九,日头佛落山早

十月十,番芋连根掘

十一月捡猪屎

十二月烘火篓(汤婆子)

此后很多年,我一直认为少年立权就是这样唱着美妙的童谣,去赴死神之约的。他奔跑的情形像慢镜头一般在我的眼前无数次出现,英俊的笑脸、飘扬的头发,在无声的世界中,缓慢地向前移动。我在他身后声嘶力竭地呼喊,而他什么声音也听不见。少年立权就这样一点一点地迎向死神,没有感到任何痛苦,他懵懂无知地带着残缺的身子,走完他短暂的人生之路。

三.

我只知道立权怕水,却从没有意识到他会死于水。

死亡不是直接找到立权的,它先找到了友生,然后驱赶着友生,一步一步地逼近立权,终于把立权逼进了死角。

友生其实是最歧视立权的人,自从被立长刮了一个耳光后,他不敢明目张胆地挑衅立权了,但他常常像个好斗的公鸡一样,在立权的边上打转。他不再对立权动手,而是用话来刺激立权:

"驼子,你敢跟我一对一打架吗?"

立权不理会他,自顾自往前走。

友生继续说：

"有本事，咱们单挑。叫你哥哥来，算什么本事？"

立权说：

"我就叫我哥来，你敢吗？"

友生说：

"来呀来呀，我也叫我哥来。我哥打不过你哥，可我一个手指头就把你打倒在地啦，咱们最多扯平！"

说完这些话，友生往往就罢休了，他会哼一声，然后往回走了。

我和立权的友谊确立以后，友生对立权的态度发生了很大改变。友生之所以会改变对立权的态度，显然不是因为我，甚至也不是因为害怕立长，而是因为立权本人。

立权的成绩稳居班里第一。当发现班里的很多同学都希望抄立权的作业以后，一做作业就只会咬笔头的友生，决定改变对立权的态度了。

中午一放学，友生就回家背回一个木箱。木箱里放着几十根棒冰，用棉絮层层裹着。棒冰的进价是四分钱，卖出一根可以赚一分钱。友生和他的哥哥轮流着卖，下午课前轮到友生卖。友生背着木箱，在学校里一圈圈地转，用一截木头敲着箱子吆喝：

"棒冰棒冰，棒冰棒冰……"

看到立权和我在奶奶的院子里做作业，友生就慢慢吆喝着走过来，隔着矮墙讨好地问立权：

"立权，要吃棒冰吗？"

友生不叫立权为"驼子"了，他叫立权真名。这让我和立权都很

意外,但立权没有犹豫就回绝了:

"我不买棒冰!"

友生又走前几步,说:

"不用买的,我送给你吃。"

立权更觉得奇怪了,看了看我说:

"我不要。"

友生背着木箱走进了院子,把木箱放在了地上,打开箱子,解开层层棉絮,从中拿出了两根棒冰,塞给立权和我,说:

"你们吃吧吃吧,这是最后两根,不吃就要融化了。"

我和立权拿着棒冰,面面相觑,还不明白到底怎么回事呢,那棒冰已经开始融化了,冰水透过指缝,一滴一滴往下掉。

友生背起箱子,意味深长地朝我们笑笑,走出了院子。

我和立权犹豫了一下,最终还是把棒冰吃了。"大不了明天给他一毛钱。"我说。立权心事重重地点点头,同意了。

第二天,立权并没有要到五分钱,我们决定第三天再把一毛钱交给友生,但友生已迫不及待地跟立权说:

"让我也跟你们一起写字吧?"

立权看着我,我也看着立权,不知道该拒绝还是同意。

友生已自说自话道:

"那我放学后来找你们啦!"

我以为立权已经同意了,他也许想与友生化敌为友呢?老是提防着别人,叫人多难受啊。何况友生也未必是坏人,他虽爱玩,也很调皮,但我们在一起做作业,说不定正可以帮助友生进步呢!

我完全没有想到，一根棒冰使立权显得心事重重，欠着的五分钱使他几天来都郁郁寡欢，不知所措。

原来，立权根本就没有向家里要过那五分钱！

几天后我第一次来到立权家里，发现立权家实在很穷很穷。他的家在河边的茅草房里，屋前长着五棵苦楝树，棵棵枝繁叶茂，倾斜着身子长到了河面上。茅草屋内，几乎什么也没有。浓重的中药味和酸腐气差点让我捂住鼻子。立权的妈妈躺在门板改装成的小床上，剧烈地咳嗽着，立权正给他妈妈递上一碗水。

见我来了，立权马上把我拉到茅草房外，我们坐到了河边的苦楝树下，少年立权双眉紧锁，默默无言地看着河面。我不知所措看着他，不知道该说些什么。

一串苦楝果从树上掉了下来，立权捡起它，说：

"你知道这树为什么叫苦楝树吗？"

我摇摇头。我只知道村里到处都有这种树。到邻村去的小路上，有几十棵大腿粗的苦楝树，夏天的时候枝繁叶茂，树上知了鸣叫不已。到了冬天，光秃秃的枝头就只剩下几串苦楝果，小路显得很荒凉。

"我妈说，苦楝树结的果又苦又涩，连鸟儿都不愿吃，"立权说道，"苦楝树夏天结了果子，冬天掉到地上烂掉，没有人会知晓。我妈说，她就是一棵苦楝树，我就是一颗苦楝果。"

我难过地抱住立权。"不会的不会的。"我说，心中有说不出的伤感。一个九岁的少年能对另一个九岁的少年安慰些什么？我至今仍不知道。从立权的口中，我知道立权家的房子在前年被一场大火烧得干干净净,立权的爸爸也死了,妈妈从此瘫痪在床,家中穷得没钱让她看病,生活的重担全都压在了十八岁的哥哥立长的身上。立权能读上书完全靠学校里减免了学费。能背着书包上学,已经十分不易,他还能再开口向家里要钱吗?

一根棒冰使少年立权背上了沉重的包袱,没有人知道他的内心所想,也没有人能够帮助他,包括我,一个与他亲密无间的人,在这时候也茫然无措,不懂如何将他从困顿中解救出来。立权在贫穷和自责的双重压迫下,渐渐走向了另外一条道路。

友生来到我们中间,其实压根儿不是为了做功课。起先他还能小心翼翼地向立权请教几个问题,接下来他就偷偷摸摸地抄起了数学题。他给我们带来了棒冰、糖果,有时候是一些瓜子和花生,有一次他居然给我们一人一个肉包子。这种肉包子里面有一块精肉、一些卷心菜和葱花,吃起来味美无比,街上要卖两毛钱一个,但友生却慷慨地把它们带来了。看着我们惴惴不安的样子,友生挥挥手大方地说:

"吃吧吃吧,这是我自己挣钱买的,我已经吃过啦!"

立权看着肉包子,直咽口水。他不顾一切地接过来大吃大嚼起来,狼吞虎咽的样子让我目瞪口呆。也是从这一天开始,我感觉到立权慢慢发生了变化,他与我的关系,也渐渐开始疏远了。

友生此后每天都很晚才来到院子。那时候,我们的作业都已经做得差不多了。友生急匆匆地赶来,一屁股坐下,对立权说:"把作业本借我抄抄。"立权起先还显得犹犹豫豫,但随着时间的推移,他开始非常爽快地把作业本交给友生。友生接过后龙飞凤舞地抄写起来,立权则在边上嗑起了瓜子,或者把一粒糖果嚼得吧唧吧唧响。

再后来,友生觉得自己抄作业太麻烦了。"干脆你帮我抄吧,"他跟立权说,"我要去挣钱啦。"友生把作业本往立权手上一扔,跑得不见踪影。等到村中炊烟四起,友生才不知从什么地方跑出来,从立权手中拿走作业本。有时候他干脆不来了,第二天上学一早再跟立权要作业本。

我对他们乐此不疲的游戏感到忧心忡忡,我感到少年立权已经改变了原先的模样,变得馋嘴、贪婪和诡秘。可我也参与游戏,也吃着友生带来的零食。我一方面感到这样做不对,一方面又无法克制自己的欲望。有时候我很希望自己能像友生那么有钱,能把自己和立权从友生趾高气扬的奴役下解救出来,但事实上我根本无法做到。

友生很快意识到我的存在对自己不利。他只要立权帮自己抄作业,但他提供的食品却需要两份。我的存在成了多余而麻烦的事情。于是他跟立权说:

"你不要去李海奶奶的院子里写字啦,你到我家来写字就行啦。"

看立权还有些犹豫,友生像一个大人一样拍了拍立权的肩膀:

"这样,你一个人就可以吃两个人的零食啦!"

我的少年伙伴立权,就这样在饥饿、贫穷的压迫下,在散发香味的食品的诱惑下,下课后慢慢地走向了友生家的院子。他几乎熟视无睹地从我的边上走过,走向友生为他提供的肉包子、棒冰、糖果、花生、瓜子……和不可知的未来。这让我感到无比的神伤和难过,我像被抛弃了一样,极力想重新找回过去的立权,于是用苦心积攒的两毛钱为立权买了一个肉包子,因为除此之外,我不知道还有什么更好的办法了。我惴惴不安地把肉包子偷偷塞给立权,但立权打开后又重新包起来还给了我。他默默地从我边上走开,全然不是那个意气风发、迎风奔跑的英俊少年,全然不是那个在林子里唱着美妙童谣陪我下河摸螺蛳、在沟里捕蟹的少年立权了。他失去了往日的笑声,变得疑虑重重、忧心忡忡的,令我伤心而困惑。

很快,我发现立权并不是每次课后都往友生家去,在开头的几天过后,他把友生的作业本带回家中,他先为自己做一份作业,然后模仿友生潦草的笔迹抄写一份。要是晚上干不完,第二天他就一早跑到学校,在早自习的时候继续干。另一些时候他则反过来,先用潦草的笔迹为友生做完作业,然后在早自习的时候才端端正正地完成自己的作业,这样,就不会被老师和同学发现了。显然,同时做两份作业,立权已经得心应手。

早自修结束的铃声一响,立权和友生就分别走到操场上,立权把作业本交给友生,友生则塞给立权一毛或几分钱。拿到钱的立权慌不择路地奔到街上,为自己买一根油条或一个肉包子。我有好几次看到他,像饿极了一样,三口五口就将一根油条或一个肉包子吞进了肚子。

四

友生为什么这么有钱,在他被当作一个小偷抓住之前,对大家来说一直是个谜。他自己不但从不缺吃的,而且还源源不断地为立权提供食物。为了显示自己的阔绰,他甚至带着一包糖果到教室里来,在课间的时候像天女散花般撒向同学们。看着大家争抢,友生发出得意的笑声。其实友生家根本不富裕,要不然,他怎么会和哥哥一起卖棒冰呢?

友生是在一个早上被卖油条的人当小偷抓住的。那个卖油条的人,是友生的邻居,每天一早,他就开始搬着锅啊油啊到街上去,需要来回几趟,才能把家什都搬完。为了保险起见,他往往在最后一趟专门去搬钱匣子。友生就在他搬着家什往街上去,而钱匣子还留在家中的当儿,推开他虚掩的家门,潜到他家中偷钱的。钱匣子里的钱虽然不多,但有不少留着找零用的角票和分币。友生抽出几张角票、抓上一把分币,再像猫一样潜出来。隔三岔五,友生就干上一回。碰上缺钱花的时候,他则接连干上几天。每天他都不会空手而归,因为卖油条的人总是风雨无阻地在街上摆摊,而且墨守成规地先搬家什,后搬钱匣子。

但友生的胃口越来越大了,他不再满足于抽几张角票、抓一把分币,而是越偷越多,甚至偷走一半的角票,把分币也抓得所剩无几,终于引起了卖油条的人的警觉。

卖油条的人那一天早上似乎像往常一样,先搬着一口锅走到街面的摊头去。友生看他走出一段路后,见四下无人,潜进了他的家里。哪知卖油条的人早有防备,他走出一段路后,又从原路上折了回来。他悄悄推开自己的家门,马上回身上了闩,然后拉开了灯。像料事如神一般,他在钱匣子旁发现了瑟瑟发抖的友生,手里正抓着一把角票。

卖油条的人发出嘿嘿的冷笑,走上去一把将友生拎了起来,说:

"原来是你。"

友生吓得面如土色,连连挣扎着哀求道:

"你放了我吧,我再也不敢啦,你放了我吧,我再也不敢啦。"

卖油条的人不加理会,气呼呼地将友生拎到他爸爸床前,把事情讲了一遍,然后说:

"你要是教不了他,那就交给我吧!"

友生被他爸爸反绑着双手,吊在了楼梯上,狠狠一顿打。每打一下,友生就发出一声哀叫。那时候,卖油条的人也不去摆摊了,他搬了一张躺椅,坐在了家门口,得意洋洋地听着友生发出一声声的哀嚎。友生的爸爸打得心疼了,就把皮鞭抽在了梯子上,一边抽他一边喊:

"看你还敢不敢?看你还敢不敢?"

友生发出一声声哀嚎:

"我不敢啦,我再也不敢啦。"

友生再也不能从卖油条的人那里偷到钱了,从此断了财路。没有了钱的友生两眼发光,到处乱闯,但是一无所获。再也不能从友生那里得到食物和零钱的立权饿得两眼发光,他徒劳无益地帮友生做作业,结果总是一无所得,不由得变得心烦意乱。有好几次立权不再帮友生抄作业了,他在早自修的时候,像往常一样把作业本交给友生。友生翻开一看,里面什么也没有。友生根本不认得几个字,没有了立权的效劳,他根本就无法完成作业。友生只好不交作业本,几次下来,班主任李老师催促无效,只好把情况反映给了友生爸爸。李老师说:

"友生平常的作业都做得不错,就是字迹潦草。现在,他不知怎么的,突然不交作业了。"

李老师前脚刚走,友生的爸爸又把友生吊了起来。友生爸爸一边用鞭子抽着友生一边说:

"我看你还敢不交作业,我看你还敢不交作业。"

友生大声哀嚎着:

"我再也不敢啦,我再也不敢啦。"

就这样,友生走向了更危险的境地。他开始在班级中行窃,趁人不备,他就偷走同学的钱。他也偷铅笔、橡皮、文具盒。他把偷来的东西卖给了别的班级的同学,然后拿了钱慌不择路地到街上买上一根油条或一个肉包子,狼吞虎咽地吃起来。他也用偷来的东西作交换,让立权继续帮他抄作业。他偷偷摸摸地塞给立权一块橡皮,叫立权帮他抄一次数学作业。他悄悄地塞给立权一支铅笔,叫立权帮他抄上十遍新教的生字。他还冷不丁把一个文具盒也塞给立权,说:"这个星期的作业,你要全包啦!"

友生偷了班级中同学的东西,然后源源不断地交到立权手中的日子并没有持续多久,我们那个习惯于在课后搜查学生书包的白面书生一样的校长,又将同学们堵在了教室里。

这一次,那个曾为我仗义执言的立权显得忐忑不安,等大家都把书包放到了桌上,他才将书包中不属于自己的文具清理干净,然后把书包放在了桌上。经验老到的校长几乎不费周折,就在立权的抽屉里翻出了一大把文具。他举着它们,如获至宝般地走向讲台,大声宣布:

"凶手找到啦!"

这情景我再熟悉不过了,我就曾这样被当作"凶手",然而,这次却轮到了曾为我仗义直言的立权身上。那个坚定、刚毅、无畏的英俊少年,此刻,比我当初还要显得慌张,并且已开始抽泣。

校长对立权说:

"哭有什么用,回家叫你爸爸到学校来,不然,你就再也不要读书啦!"

这时,立权不知哪来的力量,站起来大声说道:

"这不是我偷的,是别人放在我这儿的!"

校长劈头问道:

"你说,是谁?"

我看到与我同排的友生一阵慌乱,他盯着立权的背影,而立权就在这时候回过头来,指着他说:

"是他,是他偷的,他叫我帮他抄作业,然后把这些东西给我,我不知道全是他偷的。"

友生矢口否认:

"是你自己偷的,凭什么说是我干的?"

立权的眼泪很快流了下来,说:

"是你给我的,我没有偷!"

友生大声说:

"就是你偷的!"

他们两个争了起来,校长很不耐烦地止住了他们的争吵,说:

"回家叫你们的爸爸都来吧,不然,你们都不要到学校来啦!"

这节课后,我看到立权忧心忡忡地背着书包回家。在操场上,不断地有同学骂他"小偷"。立权走走停停,终于在操场的河边坐了下来,用手掬起河水洗了洗满是泪痕的脸庞,才又背起书包往家里走。他没有想到,友生已拿了一根棍子,等在了他回家的必经之路。还没等立权走近,友生已举着棍子向他追来。立权撒腿就跑,逃向了通往自家茅草房的田埂小路。友生一路追赶着,一直追到立权家的茅草房。

晌午时分,田里劳动的人们谁也不知道,死神正通过一个孩子,把另一个孩子逼向死亡。他们只会直起身、摇着头说:

"这两个孩子,玩疯了。"

立权跑到家里,没有看到他的哥哥立长,只听到他妈妈还在不断地咳着。他又从家里跑了出来,这时候,他看到友生已逼近了他。立权退到苦楝树下,开始抱着最小的一棵苦楝树往上爬,他好不容易爬到了树杈上,听到友生用棍敲打着树干说:

"你给我下来!"

"我不下来。"立权说。

友生把棍子往后背一插,开始爬树。

"你不要上来,"立权说,"我要跳到河里啦。"

立权平时和哥哥闹矛盾,就用这句话来吓唬人。立长知道他怕水,不会游泳,一听他要跳河,马上就让步了。但这一招平常很灵验的计谋,在友生那里根本不起作用。友生三步五步就追到了树上。立权只好再往上爬,一边爬一边哭喊:

"你不要再上来啦,我真的要跳下去啦,我不会游泳的!"

友生还是气呼呼地往上追,压根儿就不知道,他已把立权逼上了绝路。

十岁的少年立权在苦楝树纤细的枝头颤抖不已,面对步步逼近的友生,别无选择地掉入了河中。

同样只有十岁的友生坐在枝头高兴不已,他看着立权在河里挣扎,自己慢慢地爬下了树干。等他爬到地上的时候,河面已恢复了平静,他对河面说:"你就永远潜着水不要出来啦!"然后扬长而去。

当立长闻讯赶回家的时候,村中的一个青年正在河中打捞立权的尸体。立长扑通一声跳到河里,把立权捞了上来。他对立权又是吸气又是捶胸,但立权已毫无反应。村中一个上了年纪的人说,快把他倒立起来,背着他跑。立长马上把立权的双脚提了起来,挂在自己的肩上奔跑起来。

那个下午,一个铁塔般的汉子背着自己的弟弟一圈一圈地奔跑着。汉子跑得精疲力竭、气喘如牛、汗如雨下,但他背上的弟弟像一只麻袋一样抖动着,始终无动于衷。

2005年初稿,2009年改定

公安不会来啦

1.

晚饭后,我爸爸成守林扛着五十斤大米,背着二十个鸭蛋,要送到两千米外凉棚巷我奶奶家,这是我们家给爷爷奶奶的每个月的口粮。

我爸爸为什么扛着五十斤大米,还要背着二十个鸭蛋?他为什么不用一只手轻轻松松地拎着那二十个鸭蛋呢?因为我爸爸只有一只右手,他的左袖空空荡荡,里面什么也没有。他扛着五十斤大米,用去了他唯一的一只手,那二十个鸭蛋只好装在一个袋子里,从右肩到左胯斜背着,像个读书郎背着书包。爸爸扛着大米的身子更加倾斜了。他拐过了一座小桥,刚换上的衬衣就被汗水湿透了,贴在了背上。

从我会记事时,我爸爸就用他那唯一的右手锄地、砍柴、划船、放鸭。除了他的左袖空空荡荡地抖动外,我看不出他干活时与别人有什么两样。在锄地的时候,他将锄把顶在左臂腋下,用右手使劲,速度居然丝毫不亚于别人。砍柴、划船、放鸭,这些动作就更不能难倒他了。让人伤脑筋的是插秧和割稻,这些完全得靠双手配合才能完成的动作,折腾着我的爸爸。如果你在田埂上看到我爸爸在田间劳作,你一定会在惊奇不已的同时想流泪。我爸爸几乎完全用左脚代替了左手,如果不是亲眼所见,谁也不会相信他的左脚竟是如此灵巧。在插秧的时候,他用左脚的两个脚趾夹着一捆秧苗,在他的右手从脚趾间分秧插下的时候,他一直做着"金鸡独立"的动作,而只有当他往后退、要插另一行秧苗的时候,他的左脚才好蜻蜓点水般在地上停一下,好让右脚后移。在收割稻谷的时候,我爸爸几乎做着同样的动作,他用左脚上的两个脚趾夹住稻梗,右手握着镰刀,"咔嚓"一声齐根割下,拢在身后的稻架上。

因此,如果你站在田埂上远远地望去,你根本觉察不到我的爸爸是个独臂人,而会觉得他只有一只脚。他在田间劳作时一蹦一跳的样子让人忍俊不禁。整个农忙季节,他左脚发麻、抽筋,右脚发酸、颤抖,但除了妈妈外,他从来没有依靠外劳力为自己的两亩地收耕播种过。

另一些时候,他用嘴巴和牙齿当左手。比如为柴禾打捆,他就先用右手将绳子的一端送到嘴上用牙齿咬住,打结的时候牙齿与右手一起使劲,将柴禾捆紧。要搬动一筐稻谷,他就先蹲下马步,用牙齿咬紧箩筐,然后用右手抓住箩筐的另一头或用右手抱住箩筐,"嗨"的一声提起来。

我从来没有看见我爸爸被这样的事情难住,虽然他只有一只手,但他总能干得有条不紊。

我爸爸失去左臂,看起来像一个巨大的玩笑。但在这个巨大的玩笑背后,隐藏着深沉的悲哀。你几乎很难想象,世间竟有如此作弄人生的故事。

故事还得从我爷爷成洪达那里开始讲起。因为家境贫困,我爷爷年轻时在地主洪尚家扛长工。那一年中秋过后,我爷爷在地主洪尚家扛长工刚好满三年。这时节,洪尚应该把第三年的工钱算一算交给我爷爷了。

在西房,洪尚似乎没带什么算盘。他捧了个水烟筒,对我爷爷说:"那工钱,我就不打算给你了。"

我爷爷听了一惊,额头上的青筋冒了出来。

洪尚把头一仰,口中的烟雾长驱出来:"我那女儿,归你。嫁妆,我会备,不亏你。"

洪尚说话的时候就像泼一盆水。水泼完了,他就转身走了。

地主洪尚家的大小姐是个没有双脚的姑娘,两条腿安上假肢能走上一小段路,像穿了木屐一般,发出吱咕吱咕的声音。

这个我后来唤作"先奶奶"的女人,就这样嫁给了我爷爷。

这场糊涂的婚姻在我爷爷晒盐赚了几个钱后结束了。晒盐,在二十世纪三四十年代我的故乡盐廒,是大众化的活儿。我的故乡盐廒地处浙南,依海而居。男人们只要有力气,凭借这得天独厚的自然条件,加之极其简单的操作程序,就能在猛烈的日光下晒出一坛一坛雪白的盐花来。虽然当时的国民党政府对私盐的生产控制得很严,还在当地驻扎了不少盐警,以防盐民贩卖私盐,虽然经过层层盘剥,真正到了盐民身上的钱所剩无几,但村里有力气的人都去干这样的营生。

　　猛烈的阳光给盐民们连续的"恩赐"。在海边广袤的土地上，隔三差五一坛又一坛白花花的盐晶闪烁着耀眼的光芒。为了赶日光，不少盐民都光着膀子在离海最近的地方扒泥。这些泥土饱受海水的浸润，仿佛里面都是很细的盐花。盐民们挑着这些盐泥，堆在属于自己的一片片龟裂的土地上。他们把一堆堆湿湿的盐泥平铺在地面，赶着牛，拖着粗壮的铁耙子，将这些盐泥匀细。这样，在直射的阳光下，这些盐泥就干得特别快。等晒到了火候，这些盐泥再次被堆积起来，一担担被挑起来，放在了一个悬空的大木桶里。盐民们再从河里抽水，浇灌在大木桶里的盐泥上。海水经过过滤，并且携带着盐泥里的盐质，成了一股股晶莹的盐水，从大木桶底端的小孔里流出来，流向另一片铺满瓦片的盐坛，在这里接受阳光的暴晒，变成浅浅的一层盐花。

　　我爷爷把晒盐这件又苦又累的活干得有条不紊，他的汗一滴一滴砸在地上，毫不夸张地说，完全可以汇成一条小河。他的汗一滴一滴、一团一团地流出来了，身上湿了又干、干了又湿，连短裤上都结成白霜似的盐花。那些盐水也经过过滤、结晶，变成了一层薄薄的盐花。我爷爷卖了这些盐。经过层层盘剥，最后得到的几个钱十分有限。我爷爷攒着这几个钱，希望能为自己养一个儿子。

　　这时候，我爷爷的八个哥哥，人人都养出了一堆儿子。我总共有几个堂叔，我一直没有搞清楚。这个从不分家的大家族迅速扩容了，最后，把我爷爷和先奶奶挤进了一间朝北的茅草房。看看兄弟们的儿子牛犊般地长大起来，看看自己的住房日益缩小，爷爷的心像被草绳揪紧了一般,但我的先奶奶肚子仍像扁豆一样,就是不愿为我爷爷生下一男半女。

我的先奶奶其实是个灵巧的女人,她虽然没有双脚,但安上假肢也能走路。村中上了年纪的人都说,我先奶奶总是起早贪黑,到河埠头洗衣,在家里纺纱。假肢发出的吱吱咕咕的声音,往往天不亮就响起,一直到太阳落山才静止。村里的人感叹道:"这女人,地主千金,却是长工婆娘的命。"

在那个劳苦的年代,人人都需要下地干活,由于装着假肢,先奶奶无法下地劳动,爷爷只好一个人担负起所有的农活。但我爷爷在三十五岁的时候做出一个惊人的决定,原因却不是这个。他要解决已经困扰他许久的香火问题。

一大清早,他就跟我的先奶奶说:"今天我们要去赶集。"

先奶奶的脸上泛起一片潮红。"这个平常沉默寡言的男人不知为何今天来了一个180度的转弯。"她仿佛看到了沉闷的日子有了转机的希望。

爷爷背着先奶奶走在赶集的路上。大路旁金黄的油菜花满地开放,芳香沁人心脾,蜜蜂嗡嗡地在头上飞旋,和风吹抚,田野静谧,又蓝又深的天,白云一朵一朵。七年来丈夫第一回背着自己去赶集,这条金黄的大道在先奶奶的心中通向了阳光和幸福。

金黄的大道在我爷爷的心中也通向了阳光和幸福。七年来第一次背着自己的女人去赶集,事实上这一场交易只有他心里明白。和风吹抚,田野静谧,又深又蓝的天,白云一朵一朵。

先奶奶问他:"这是到哪儿赶集?"

我爷爷说:"李家洋呀!"

先奶奶说:"不对呀,李家洋在西边,你咋背着我往太阳升起的方向跑啊?"

我爷爷说:"往东走近,往西走远呢!"

先奶奶没吭声,一想又觉得不对,她对我爷爷纠正说:"快掉头,李家洋越来越远啦!走不到啦!那是陈家堡啦!"

我爷爷把她放下来,一转身就不见了踪影。先奶奶的假肢错了位,她花了很大的劲才把它扭回来,弄得她满头是汗。

我爷爷迟迟没有出现。先奶奶使劲喊他,喊了半天终于来了一个人,又老又驼背,一边咳嗽一边拼命地抖动着身子。

他对先奶奶说:"你归我啦!成洪达把你卖给我啦!"

先奶奶这才明白是怎么回事,一下子大哭起来。

就这样,我爷爷成洪达又在凉棚巷娶回了他的第二个妻子,也就是我的奶奶。

然而不幸并没有因此得到改变。又五年过去了,奶奶的肚子一如扁豆,就是不愿为爷爷生下一男半女。

这五年中,去土地庙烧香,去观音庙求子,年关时用硕大的猪头祭祀祖先,这样的事情我爷爷不知干了多少回。再后来,他偷偷摸摸地从土郎中那里抓回了一帖又一帖草药,让奶奶熬了喝。也不知喝了多少回,反正事情仍无转机。

我爷爷的脾气越来越暴躁了,他终于下定了另外一个决心:为自己过继一个儿子。

奇怪的是,他的兄弟们总共有三十多个儿子,他竟无一看中。经人介绍,他抱回了我从小生长在山间的爸爸。那一年,我爸爸才三岁。

我爷爷也因此得罪了他的兄弟们。他们对我爷爷要将自己的家产留给外人的做法很不满。而我爸爸,一个懵懂无知的三岁小孩,自从一来到我爷爷家,就莫名其妙地受到了鄙视和排挤。

我爸爸长到了七八岁,终于可以和他的堂兄弟们一起去割草了,但他往往寸草无归——他割的草全被他的堂兄弟们抢到自己的箩筐里去了,而他带去的干粮——馍馍、饭团之类的东西,早被他的堂兄弟们一抢而光、狼吞虎咽吃到了肚子里。他的脸上往往还挂了彩——当他试图说"不"的时候,他的堂兄弟们便会群起而攻之。这一切,都因为我爸爸是个外人。

我善良的奶奶对此无可奈何,除了一遍遍擦洗我爸爸的伤口。而我爷爷,除了唉声叹气,就是计划着早点搬离这个家族。

我爸爸并非愚鲁之人,在饱受欺凌之后,他逐渐明白了自己的身世,并采取聪明的办法为自己抗争了。他再也不愿与他的堂兄们一起放牛割草、下海捕鱼了。无一例外,在群体行动中他总是吃亏。他开始选择比他年纪小的堂弟堂妹们,用小恩小惠指挥着他们为自己干事。

他腰间挎着木制的宝剑,带领一群三五岁的小毛头,在棕榈树间玩游戏。他扮演着"皇帝"的角色,呼风唤雨。有时候,他命令他们交叉着双手,把自己抬起来。有时候,他命令他们为自己捶背敲腿。作为回报,他则将糖果敲碎,每个人分一点尝尝。

与他的那些兄妹成群的堂兄弟们相比,我爸爸可以算得上是一个富有的人。他的堂兄弟们一个馍馍往往要分成四五份,一人只能吃上一小口;一个饭团要分开四五份,一人只能吃到一小份;一粒糖果也要敲碎,往往还分不均匀,打得头破血流。而我爸爸往往一人独享一份。凭借这样的优势,他往往用半个馍馍换来满满两箩筐的菜叶子;一小半饭团,换来一担干草;一粒糖果,就把堂弟堂妹们竹篓里的小虾小蟹,全装在了自己的竹篓里,满载而归。

我爸爸乐此不疲、偷偷摸摸地干着这些事情的时候,完全没有意识到危险正慢慢地向他走来。他在做着他的自以为聪明的举措时,无一例外地告诫那些小毛头们:不许告诉父母和自己的兄弟,否则,下次就再也不让参加游戏了,至于馍馍、饭团和糖果,那就更没有你们的份啦!他的那些堂弟堂妹们,头点得像鸡啄米,口中还咽着口水,生怕从此失去了一饱口福的机会。

我爸爸完全没有意识到危险正像漫长的雨季一样向他慢慢靠近。这是一场无与伦比的灾难,降临到他的身上的时候,他才十岁。

我的爸爸,十岁的成守林在一个初秋的午后,一如既往带着那些比他还小的堂弟堂妹们,到大海和村庄间的一大片空地上割草。那天他的心情还挺好,因为整个夏天他为家里储存了不少的干草。这些干草不但完全可以使家中用柴无忧,而且还可以卖出几个钱。而只要从这几个钱中拿出很少的一部分,就可以买回一大把糖果。一大把糖果又可以换来一筐筐的干草……如此周而复始,他仿佛看到了自家的干草垛越堆越高,简直可以烧上几个冬天了。

当然,他最为得意的是,家中越堆越高的草垛,几乎全是别人的劳动换来的。他只需动动口,再拿着花花绿绿的糖果在堂弟堂妹们面前晃一晃,他们就会争着抢着把他的箩筐填满,然后再嗍着一小块犒劳的糖果,割草把自己的箩筐装满。当然,谁也没有我爸爸箩筐内的草多。

那个初秋的午后,在一片空地上,我爸爸从兜里摸出了几颗花花绿绿的糖果,在堂弟堂妹们面前晃一晃,他们便争先恐后地为他割草去了,而我爸爸,像个小大人似的反背着手,慢吞吞地踱着步,来到一小块斜坡上躺下,细眯着眼睛晒着太阳,开始打盹。

我爸爸完全没有意识到,危险已经像一条蛇一般慢慢地向他靠近。

我爸爸很快就睡着了,完全没有看到他的堂兄成继财扛着一把锄头朝这边走来。

成继财在自家地里干活,这会儿溜出来想找个地方睡上一觉。他没有想到自己的弟弟妹妹们正忙不迭地为我爸爸割草,而我爸爸,正靠在斜坡上睡得口水直流,连兜里的糖果滑出来了也浑然不觉。

十八岁的成继财人高马大,一脸横肉,平常见着我爸爸就动手动脚找茬。这会儿他发现了我爸爸不劳而获的秘密,脸上闪过一丝不易觉察的微笑。

他在我爸爸的身边坐了下来,把锄头搁在了一边,顺手拿起我爸爸滑出裤兜的糖果,剥了糖纸津津有味地吃起来。他吃完了一颗糖果,又吃了一颗糖果。他干脆把手伸进了我爸爸的裤兜,摸了个底朝天,然后把所有的糖果都抓在了手里。他一颗一颗地把这些糖果扔进嘴里,津津有味地嚼着。他在吃着这些糖果的时候,他的弟弟妹妹、堂弟堂妹,噤若寒蝉地立在他的身边,不断地流着口水,而他似乎熟视无睹,独自一人把所有的糖果都吃完了。

我爸爸还没有醒来,而成继财已经把所有的糖果都吃完了。糖纸撒了一地,花花绿绿的煞是好看。

吃完了糖果的成继财拿起了身边的锄头,站了起来。他的弟弟妹妹、堂弟堂妹们害怕地闪向一边。成继财朝我爸爸大声地吼起来:

"给我起来吧你,你他娘的还睡得真香!"

猛然一个晴天霹雳,我爸爸一个激灵从地上弹了起来,看到了身前站着凶神恶煞般的成继财。

我爸爸先是吓了一跳。当他看到自己的糖果已经被成继财吃得精光时,他的双眼猛然就燃起了一堆火来。

他喊道:"成继财,你得赔我的糖!"

成继财说:"我赔你个屁!我说呢,就你那瘦骨零丁的样子,还能在家后堆起老高的草垛,原来干的这等好事!"

我爸爸继续喊道:"你吃了我的糖果,你得赔我!"

成继财说:"好,我赔你,我剁了你的手,看你以后还使坏脑筋!"

我爸爸呆住了,但两秒钟过后,他的一股子韧劲猛地蹿了上来,说:"成继财,我瞧你敢!"

成继财说:"你瞧我敢不敢!"

他一把将我爸爸推倒在地,抓过他的一只手臂搁在坡上,举起了锄头。

成继财说:"我要是砍下去,你敢不缩手?"

我爸爸说:"我要是不缩手,你敢砍下去?"

成继财说:"你真不缩手,我就真砍下去!"

我爸爸说:"你要真砍,我就真不缩手!"

成继财想,我要真砍下去,瞧你还敢真不缩手?

我爸爸想,我要真不缩手,凭你成继财有再大的胆子也不敢砍下来!

我爸爸变得悲壮起来,在一群比他还小的堂弟堂妹们面前,他要与霸王般的成继财决一决勇气。

成继财的锄头从天而降,砍了下来。

我爸爸的左手飞离了他的肩膀。

2

三十岁以后,我爸爸才谋了个守林的活儿,每个月可以得到村里补贴的三十元钱。他思虑再三,将两亩地包给村里的养牛户李老江。他在田间劳动的时间少了。此后,他就买了两百只鸭子,过起了一边守林一边养鸭的生活。

我爸爸看守防护林的主要职责是,防止防护林内的木麻树被人砍伐。我很小的时候,就被爸爸派到防护林内巡逻。我两三岁的样子,说话奶声奶气,走路磕磕碰碰,根本无法区分一个好人与坏人的样子,往往是日上三竿,还在徒劳地守候着一只大脚蟹从洞内爬出来,或者在草丛中用干树枝耐心地拨弄着一只丑陋的癞蛤蟆。那些偷盗树木的人连正眼都不瞧我一下,绕到一边独自砍走树木,背起来若无其事地离去。

我八岁的时候,情形发生了很大的变化。我在防护林内已经能够健步如飞。因为割草,手里还时常拿着一把草刀。我可以轻而易举地叫出村庄中每一个年轻人的名字和他们的绰号,从他们的眼神里分辨出他们的图谋。砍伐树木的年轻人往往还没动手,就被我盯上了,我漫不经心而又时时刻刻提防他们,让他们几乎无从下手。他们若是强行下手,我就大喊着我爸爸的名字,挥舞着草刀阻止他们。

有一天,我看见一个老态龙钟、满脸皱纹的老人也来砍树,这让我不知所措。我默默地躲在树后,看着他把一棵小树砍倒,然后偷偷摸摸地背走。

我跟我爸爸描述这砍树的老人佝偻着背,脸像炭一般的黑,小得几乎只要用一只手就可以盖住整张脸。他的头发花白,而且所剩不多。脚肚子上青筋暴出,像蚯蚓一般东一条西一条蠕动着。一个最明显的特征是,他扛着一把短得不能再短的锄头。在整个村庄中间,你几乎见不到第二把。他砍了一棵手腕粗的小树,背起来就走。

我爸爸一听,自然就知道这人是谁。这老人是成继财的亲爸,我爸的叔叔,我爸能不认得他吗?

我爸爸的手臂被成继财一锄头砍下来之后,我爷爷成洪达找到了成继财的爸爸,也就是他的哥哥成洪江,要他赔五百块钱。成洪江和成继财拿着锄头将我爷爷赶了出来。成洪江跳着脚说:

"赔?他活该!"

我爷爷见自己双手不敌四拳,便到村口、桥头到处扬言,要到县上告官,让公安把成继财抓进去。

"你们知道吗?那至少要判个八到十年。"我爷爷说。

成洪江和成继财父子一点都不感到害怕,还到处跟人们说我爷爷肯定疯了。"成守林不过是一个山间抱来的外人,继财可是成洪达嫡亲的侄子呀。他成洪达要把嫡亲的侄子送进大牢,他不是疯了吗?"

我爷爷成洪达开始收拾行装,搭着村中唯一的一辆拖拉机车,突突突突地往县城去了。成洪江父子这一天显得局促不安,一边轮流跑到村口看动静,一边到处向人们打听:

"他成洪达真要告官呀?他成洪达真要疯了呀?"

到了傍晚,成洪江一家见我爷爷还没回来,急得像热锅上的蚂蚁。他们一会儿把成继财藏在阁楼上,一会儿把成继财藏在柜子里,一会儿又把成继财藏在猪圈里。为了把成继财藏起来,一家人忙得鸡飞狗跳。到最后,气喘吁吁的成洪江突然想起了什么,说:

"不行,不能躲在家里。"

成继财又从后门奔出去,跑了几百米,躲在了一片玉米地里。

太阳落山后,村中的拖拉机车突突突突地回来了。成洪江看着我爷爷面无表情地回到家中,猜不透到底发生了什么。他在村口立了一会儿,没看到有什么公安来,又急忙跑到开拖拉机车的李队长的儿子家打听。

李队长的儿子说:

"我把他放在县城,就去卸货了。我回去接他时,看见他一个人在公安局门口踱来踱去。"

成洪江满脸狐疑地问:

"那他没告官?"

李队长的儿子说:

"他没告官。"

成洪江放心了,叫小儿子把成继财从玉米地里叫回了家,安安稳稳地睡起觉来。

这一天的半夜三更,李队长突然带来了两个公安,闯进成洪江家,把成继财抓走了。成洪江和他老婆一边拉着成继财,一边用最恶毒的话骂着成洪达,哭声和骂声几乎让全村人都听到了。

十八岁的成继财被判了半年劳动教养。成洪江此后逢人便说:

"我迟早要把成洪达家那兔崽子给掐死!"

别人劝他说:

"算啦,是成继财先废了人家孩子一只手。只判了半年,你已经赚啦!"

成洪江大叫起来:

"你怎么能这样说?成继财是我的亲儿子,他成守林是成洪达身上掉下的肉吗?"

从此以后,我爷爷家就再也不得安宁。不是地里的秧苗被踩坏,就是圈里的猪被放跑,要不,就是煮熟的米饭上突然被扣上一堆屎。要不是整天形影不离地跟在我爷爷奶奶身边,谁知道我爸爸会不会被成洪江一把掐死?

半年以后,我爷爷家遭受的恶作剧才宣告结束。

这一天,成洪江在桥头跟人说闲话,突然看到村口走来一个白白胖胖的年轻人,很像他的儿子成继财。他简直不敢相信这是真的,直到成继财走到他的跟前,喊了他一声"爸"。

当成洪江看清这个长得白白胖胖的年轻人就是自己的儿子时,

立即显得满心欢喜：

"儿子啊,你长白了,你长胖啦！"

奇怪的是,成继财从此变得游手好闲。他见着太阳就躲,到最后连遇着大风也躲了起来。

……

我把成洪江到防护林砍树的事情告诉了我爸爸成守林后,成守林又把这事告诉了李村长。李村长就是李队长开拖拉机车的儿子。我们的村庄盐廒大队变成了盐廒村后,李队长也"退位"了。李队长就把自己的位置让给了自己开拖拉机车的儿子,他儿子就成了李村长。

我爸爸成守林对李村长说：

"成洪江砍了林子里的树,我现在把这事儿告诉你。你把林子交给我,我要做到六亲不认。"

第二天,李村长一大清早就跑到成洪江家,在他的家后发现了一堆树枝树叶。还有一根被剥了皮的木麻树杆子,架在成洪江家的猪圈顶梁上,白得耀眼。

成洪江正在抽着一袋水烟,不停地咳嗽。等李村长在他的屋后屋前转了一圈,跟他说要罚映一场电影时,成洪江重重地从鼻子里冲出一声：

"哼！"

谁偷砍了防护林里的木麻树,谁就会被罚映一场电影,这是村子里好些年来的规定。放一场露天电影要十五块钱,比砍一棵木麻树的所得要贵得多。

在电影开映前,李村长拿着扩音器对大家进行教育:

"村民同志们,大家好,今天要放的电影是《地道战》,这是一部很好看的电影,大家看了会很受教育。今天放这场电影,主要是对成洪江砍伐木麻树的罚款。大家知道,防护林是用来固土防沙、抗击台风的,而不是用来搭房子当柴禾的。上面有规定,谁砍树,罚谁款,罚款,就用来放电影,对大家进行教育,告诉大家不能再砍树了。如果谁砍树,谁就要被罚款,就要再放一场电影,再一次对大家进行教育。"

村民们在底下大声嚷嚷:

"快放《地道战》,快放《地道战》!"

李村长接着说:

"《地道战》是会放的,但电影不能白看。大家要受到教育,知道游击队打仗不容易,我们解放了不容易,要好好爱惜新社会、新日子,不要再砍树了。我的话讲完了,下面开始放《地雷战》。"

李村长讲完就下去了。村民们又在底下大声嚷嚷:

"怎么又成《地雷战》啦?"

村长又跑上来说:

"今天放映的电影不是《地雷战》,是《地道战》噢!"

这样,电影才真正开始放映了。

为了看电影,我晚饭后一早就拿着一张矮凳,在村东头坐好了。每场电影都在村东头放映,两根长竹竿竖在一面斜坡上,一块四周镶着黑色的大白布被挂了起来,这就是银幕。天色暗下来的时候,放映员驾着小船,运来了放映机和装在一个大铁盒里的影片。在村里几个年轻人的帮助下,放映员在银幕前的三十米处架起了放映机。这时候,四乡八村的人已将村东头一大片空地站满了。卖零食和水果的小贩也早早抢占了地盘,点起了油灯,开始做生意。

我的那几十个堂兄弟、堂姐妹们像过节一般快乐,在电影放映前跑来跑去。唯有成洪江的孙子成东、成西、成玉林,跟着成洪江站在自家的门口,仿佛面对一场耻辱,充满恶意虎视眈眈地看着我。

3.

也许从那以后,我和成家兄弟间的恩怨就真正开始了。

一天下午,成东和成西赶海回来,又路过我家后门。他们在海里滚得浑身都是泥巴,光着身子,像两条泥鳅一样,竹篓绑在腰上,走起路来一颠一颠的,看来在海里捞了不少东西。

我刚好从家里跑出来,一看到我,成东和成西马上解下竹篓和衣服,骂骂咧咧从地里捡起石块,隔着一条小河,往我和我家的木屋扔过来,木屋被砸得砰砰响。

我不甘示弱,拿起石头、树枝反击他们。我借着树木挡身,勉强和他们打了个平手。

他们砸过来的石头,在我们家的瓦楞、墙壁上撞出噼里啪啦的响声,他们还齐声叫骂:

"独臂人!叫你告我们状。独臂人!叫你罚我们款。"

我拿着石头、树枝,隔着河砸向他们,回骂:

"你爸才是独臂人!"

成家兄弟听了哈哈大笑。

我意识到我骂得毫无道理,急得直挠耳朵。我突然想起他们的爸爸成继财长得很白,就朝他们大声喊道:

"白骨精!"

成家兄弟这一回笑不出来了,用石头更加疯狂地轰击我。成家兄弟像两只猴子一样跳跃着,躲过我的还击,他们扔过来的如雨点般的土块和石子砸在我头上、身上,让我感到很痛。但心里的痛更让我委屈,我禁不住哭了出来。

这时候,我爸爸回来了,他从前门转了过来,看了成东和成西一眼。

成东和成西赶紧从地上拿起竹篓和衣服跑了,一边跑他们还一边叫骂:

"独臂人来啦!独臂人来啦!"

爸爸不是经常在家,他一次又一次地离开家门,卖鸭蛋、买饲料,这几乎成了日常生活。当小鸭子们长出粗毛,那些老鸭子们渐渐地开始不下蛋了,爸爸得把它们装在大竹篓里,划着船到集市上去卖掉,然后再购进一批还长着黄茸茸嫩毛的小鸭子,再将它们养大。如此循环反复,周而复始,才能保证不断有鸭蛋可以出售,用以维持我们的生活。

爸爸离开家门以后,偌大一片林子和家,就留给了我和妈妈。虽然我对此早已习以为常,但仍觉得夜晚不同寻常,有时候甚至有点阴森恐怖。

夏天,虽然天暗得晚,但我们仍然早早就关了门。妈妈安顿我早早睡下，自己就着一盏煤油灯，开始缝制衣服。林子里的夜晚静极了。没有风，听不见浪涛拍岸和风过树梢的声音，几声虫鸣更增加了夜晚的静谧。

长年待在林子里，我们一家已经习惯了安静，习惯了黑暗中的孤独和劳动，也习惯了刮风下雨时响起的各种声音。我从小养起了一双灵敏的耳朵，一有风吹草动就警觉地竖起来。长期以往，我对各种各样的响动似乎已经习以为常了，我几乎一下子就可以分辨出是人还是动物走动的声音，它们不能惊动我。

在我迷迷糊糊快睡着的时候，突然，响起了几声敲门声：

"嗒、嗒、嗒。"

我们从来没有听过这样的敲门声，几乎每个在夜里赶海的人，如果有求于我们，大老远便开始发出讲话的声音，敲门时也带着话，让我们一听便知道来了什么人。

"嗒、嗒、嗒。"

陌生的敲门声，是我们从来没有遇到过的，而且爸爸也不在家，我们不觉毛骨悚然。

妈妈壮着胆问：

"是谁？"

可是没有应答。

"也许是枯枝落在门上了？"妈妈自言自语地说。

哪知妈妈话音未落，又响起了"嗒、嗒嗒、嗒嗒"的声音。

这一回，让我们更加害怕了。我竖起了耳朵，仔细听着外面的动静。没有脚步走动的声音，也不像落下的枯枝撞击到门，声音从半空中发出,像一个黑衣人从屋顶垂下来,用手指的指甲在敲着门。我从来没有听到过这样的声音。

"是谁在敲门呀?"妈妈又问,声音带着颤抖。我们已经茫然失措,不知该如何应对了。

门外又是一片死寂,根本没有任何应答。

"我去看看。"我壮着胆说。

爸爸不在家,我是家中唯一的男子汉,我决心要保护好妈妈。

但妈妈不允许我去,她拿了一根棍子,决定自己去门外看个究竟。

我不容分说,拿了手电筒和她一起去。

妈妈去了闩,把门一下子推出去。她举着棍子,紧张地准备应对任何突发的情况,而我拿着手电筒使劲照着外面。门很重地被推到底了,继而,反弹回来,门外,显然没有什么人。黑漆漆的林子里不见一丝亮光,夜色沉重得像一块铅。

"看看屋顶。"我大声对妈妈说。门再次被推开,手电筒往屋顶射去。可屋顶上哪有什么人?连只猫也没有。

林子里,实在黑得吓人,连树与树之间的空隙也消失了,像一团墨。我和妈妈不敢再走远,只好又退回到屋中,把门紧紧闩上,只听到心还在扑腾扑腾地跳动。

越是害怕的事情,越会来临。没过几分钟,敲门声又一次响起来了:

"嗒、嗒嗒、嗒、嗒嗒、嗒嗒嗒……"

我们几乎跳了起来。

妈妈紧紧地抱着我,把煤油灯吹灭。

敲门声还在继续:

"嗒、嗒嗒、嗒、嗒嗒、嗒、嗒嗒嗒……"

妈妈紧紧抱着我,我感觉到她微微的颤抖。

虽然没有进一步的响动,但在空寂的夜晚,每一声敲门声都让我感到了阴森恐怖。

妈妈一边期待着敲门声快点结束,一边叫我做好准备。也许我们要赶夜路,躲到凉棚巷奶奶家去。

下半夜,门外突然刮起了大风,风吹过林子发出哗哗的声音,渐渐掩盖了敲门声。而后,那敲门声便停止了,只剩下哗哗的风声。

我从小听着哗哗的风声长大,从来也没有觉得那有多可怕。相反,我们往往在哗哗的风声中睡得更沉了。

敲门声停止以后,我们心头的紧张总算松弛了下来。不一会儿,我便睡意蒙眬,但妈妈一直坐在床边,我看到黑暗中她的双眼闪着亮光。

爸爸是在第二天上午回家的,我像见到了救星,放炮仗一样把昨晚的经过讲述了一遍,妈妈又把经过补充完整,她说:

"肯定是有人恶作剧!"

爸爸听完后,到门外转了转。他在门上,发现了一摊血迹。

奇怪的是,爸爸跟妈妈悄悄说了几句话后,下午又划着小船离开家门了。

我不解地问妈妈:

"爸爸怎么又走了啊?"

妈妈悄悄告诉我,其实爸爸没有真正离开家门,这只不过是个假相,晚上爸爸会从另一条路上折回来,看看究竟是谁在捣乱。

果然,傍晚时爸爸悄悄地回到家中,拿了一个手电筒别在腰上,又拿了一把草刀,悄悄地躲进了林子里。

我自告奋勇,要和爸爸一起去,爸爸同意了。

我和爸爸躲在一棵大树后面,眼睛一动不动地盯着家门口。因为紧张,我的两个拳头捏得紧紧的,手心里满是汗。

妈妈早早就关了门,点亮煤油灯。像昨天一样,树林里很安静。但天空出现了半个月亮,天黑下来的时候,仍可以看见朦胧的亮光。

突然,两个鬼鬼祟祟的黑影在林子里出现了。他们东张西望,悄悄地靠近了我们的屋子,然后,在门口静静地站住了。

我很紧张地问爸爸:"会是谁啊?"

爸爸没有吱声,只是示意我不要轻举妄动。

两个黑影在门口站了一会儿,再次动起来。只见一人提着一袋东西,另一人飞快地在门上涂抹起来。

"走!"爸爸说。

我和他一起冲向黑影。

两个黑影听到声响,拔腿就跑。一个黑影脚下被绊了一下,摔倒在地,被赶到的爸爸拦腰抱住。

黑影蹬着双脚,喊道:

"哥哥,哥哥,快救救我!"

我用手电筒照在黑影的脸上。

我和爸爸同时惊呆了。

黑影原来是成西!

爸爸不由得松开了手,成西飞也似的逃向通往村口的小路。

爸爸叹了一口气,接过我的手电筒照在门上。门上,一摊新抹上的血迹还闪着亮光。

"这是鸭血。"爸爸说。

几只蝙蝠已经闻到了血腥味赶来了。它们趴在门上,吮吸着血迹,发出撞击声:

"嗒、嗒嗒、嗒嗒嗒……"

4.

我九岁这一年的秋天,开始在盐廒小学的读书生涯。我对读书这件事情,不是感到欢欣雀跃,而是深感恐惧。离开防护林和大海,让我感到无所适从,对如何打发今后的日子,我简直一筹莫展。

这一天我哭哭啼啼地坐在船头,背着的书包让我感到万分沉重。爸爸划着小船,赶着一大群鸭子,沿着弯弯曲曲的河道,送我去学校。他打算把我送到教室后,再赶着鸭子到附近的田野觅食。收割后的田野,有遗落的麦穗,田埂上正跳跃着无所栖身的青蛙,洞穴里泥鳅正肥,这些都是鸭子们的美食。

进村后,鸭子们上了岸,顿时溃不成军。我和爸爸只得一阵忙碌,才将它们集合到学校的操场上。

说是操场,其实是一排民居的屋后空地,因为连着小学的后门,所以被用来当作操场。操场上寸草不长,由于长期用来上体育课,地上被践踏得只剩白花花的泥土。操场上散养着猪、鸡、鸭,地上稀稀拉拉留着它们的粪便。操场的边上是一条小河,河边长着几丛翠竹,便是唯一的景色了。

奶奶的房子便在操场前边一排的民居中。民居低矮,尖顶,后半间是很长的披檐,放着长长的纺纱机。屋后,是用砖块垒成的围墙,圈起一块空地。这房屋和空地,便是此后很长一段时间内,我生活和学习的场所。

爸爸将我和一大群鸭子安顿在操场上后,匆匆忙忙进屋跟奶奶说了一句话,然后便牵着我从后门来到学校。我一坐到教室,他便飞也似的去照顾那一群鸭子了。

坐在嘈杂喧闹的教室里,我感到心烦意乱。与空旷的林间相比,这里人声鼎沸,吵吵嚷嚷。更为糟糕的是,在这一大帮即将与我成为同班同学的人中,有不少族内的兄弟和曾在防护林内结过梁子的"玩大王"。处在他们中间,不能不让我这个从小习惯了独来独往的人胆战心惊。

在人群中我发现成玉林在注视着我。

我也开始注视着成玉林。我注视着成玉林时,仿佛看到了成玉林蛮狠凶猛的大哥成东和独来独往的二哥成西,仿佛看到成玉林的爸爸成继财和爷爷成洪江。他们仿佛站到了一起,正虎视眈眈地看着我。

我在与成玉林对视的时候,内心强烈地感觉到我与成家兄弟的恩恩怨怨,将在今后的日子里无可挽回地交织碰撞,我们还将沿袭着一代又一代人的偏见和仇视,进行着无谓的纷争。

成玉林对我的注视让我感到忧心忡忡,要知道,他的两个哥哥都在学校,他们要是联合起来对付我,我准会吃大亏。我甚至意识到,我迟早有一天得背起书包从盐厂小学滚蛋,回到我在防护林的小木屋去。

一想到我将回到林子里,我就有些兴奋起来。要是在林子里,我就不怕成家兄弟了。爬树、潜水,他们哪样会是我的对手?我一口气潜出十几米,可以与一只鸬鹚媲美;往上一蹿就可以爬到树梢,速度丝毫不亚于一只猴子。在林子里我可以健步如飞,在空地上一觉可以睡到天亮,而且草刀不离左右,弹弓常在手中。我甚至想象着成家兄弟在林子里分不清东西南北的时候,我突然出现在他们面前,发出嘿嘿嘿的笑声把他们吓得屁滚尿流。

而我现在必须小心翼翼地保持着对成家兄弟的警觉,尤其是对近在咫尺的成玉林。课间的时候我基本不出教室,一下课,我跑得比兔子还快,躲到了奶奶的家里。

因为回家路途太远,我上学后就住到了奶奶家里,从星期一到星期五,我像一只老鼠一样躲在奶奶的家里,单调乏味的生活和对成家兄弟的处处提防,让我疲惫不堪,我像盼过年过节一样盼着周末的到来。只有在周末,我才可以像出笼的鸟儿一般飞回林子里去,过上两天无忧无虑的生活。

很快,我发现成玉林只是常常注意着我,并没有对我采取进一步的行动。读三年级的成西忙于在班级中当"大王",对这个文弱的弟弟简直不屑一顾。有一回,我看见成玉林在操场里哭,而成西把书包往屁股后一甩,大声呵斥着成玉林:

"胆小鬼,你自己回家去,跟着我干吗!"

成东已经读五年级了,嘴上长出了一层浅浅的胡子,他开始对学校里教音乐的小秀老师表示出浓厚的兴趣,我经常看见他尾随着小秀老师走出很远很远。

但我仍然跟成家兄弟保持着距离。我想他们随时都有可能想起来我是谁,对我来么一下,现在只不过有更重要的事情等着他们去做,我不如趁早离他们远点算了。

所以,当成玉林有一天课后来到奶奶的院子外,隔着半人高的围墙对我说"成海,我们一起写字吧"的时候,我简直吃了一惊。

我几乎想都没想就拒绝道:

"离我远点!"

成玉林在围墙外站了一会儿,一个人背着书包走了。

我为自己对成玉林的断然拒绝激动不已。很长时间内,我兴奋得睡不着觉,不仅为自己一眼识破成家兄弟的诡计而兴奋,也为对成玉林主动示好的鄙视而心生豪情。这心理上的胜利很长时间内让我心潮澎湃,满面春风。

成玉林对我的提防似乎有着足够的耐性,当我毫不犹豫地拒绝了他提出要与我一起做作业的要求后,他显得一点都不在意。在他的两个哥哥放学后还在操场胡天野地玩耍时,他则默默地背着书包离开了。他虽然成绩平平,但算得上是个学习用功之人。他与我的亲近,大抵是出于这个原因吧。

成玉林依然在默默地注视着我,在我们眼光对视的瞬间,他会朝我粲然一笑。随着时间的推移,我越来越注意到他对我并无敌意,因而在我最落寞的时候,他的微笑给我带来了片刻的暖意。

一天,成玉林再一次路过我奶奶家的院子,他隔着围墙对正在做作业的我说:

"成海,我们能一起做作业吗?"

相比于上一次的断然拒绝,这一次我显得有点举棋不定。我显然不能再次断然拒绝他,没有任何迹象表明成玉林心存诡计,何况他坦诚的目光还给我带来了丝丝感动。但我又不能随随便便答应他,我心里对成家兄弟毕竟还存着疑虑。

我从桌前站了起来,犹犹豫豫地对成玉林说:

"我不能和你一起做作业,你哥哥会打我的。"

我以为给自己找到了一个最好的理由,不是我不愿意,而是我不能够;我不能答应一起做作业的要求,也不是因为你成玉林自身,而是因为你的哥哥。他们会打我的,我不能冒这个险。

成玉林在院子外呆立了一会儿,他显然不知道该如何解决我说的问题,只好再一次默默地离开了。

我十岁那年的农历五月,盐廒村迎来了八年来最热闹的日子。从五月初五端午节划龙舟开始,到五月初十办集市、做社戏,时间长达一周左右。作为成家桥地区的八个自然村之一,盐廒村在八年的等待中,终于迎来这样一个盛大的节日,无疑令人欢欣雀跃。准备工作早早就已经开始了,村中上了年纪的人开始给四方八乡成姓的村庄下请帖,盛邀他们在五月初十集市的这一日光临。无疑,他们会在这一天杀猪宰羊,备下厚礼;还未到达村口,早就有人给他们吹开了唢呐,敲开了锣鼓,点燃了爆竹,像迎接贵宾一样迎接他们。待到来年,盐廒村也会备下丰厚的礼物,参加他们的集市。这是民间的礼数,礼尚往来,绵延不绝。村中的一拨中年人则前往邻县,聘请越剧小百花剧团来演出,他们会在此后的几天中押送着道具和戏台子,千里迢迢坐船从河上回来。戏台迅速搭起,民房早已腾出,只待剧团的演员早日到来。村中的年轻人也没闲着,从土地庙里抬出龙舟,重新描上鲜艳的色彩,修葺折坏了的木桨,补上裂开的隙缝。搬出龙鼓,抹去灰尘,点上香火,请来有威望的鼓手,祭神开鼓,排定划手、鼓手、锣手、童子、老翁等人……

我和成玉林被村人排为一对童子,这是我始料不及的。也许只是村人的一次未加思索的随意提议,而且未遭他人的反对。我们被各自通知到的时候,也未打听另外一个搭档是谁。仿佛是一种无上的光荣,我们未加思索就答应了。一对童子要分坐在老翁的左右,在龙舟靠近每个村庄的河埠头时,帮助老翁接过馈赠的香火和礼物。

我爸爸将这视为小事一桩,当村中的一个年轻人跑到林子里跟他讲这件事的时候,他满口就答应了,丝毫也不知道与我在一起的是成玉林。那时候的成洪江已经疾病缠身,他躺在终年不见阳光的后屋,咳嗽不已。当村中的那个年轻人跟他讲这件事的时候,他的双目突然炯炯有神起来,连连说:"好,好。"然后他告诉成继财:"做童子是你儿子的光彩,让你的儿子在乡人面前风光一把,还可以像大人一样,分回一份厚礼。"

他无比欣慰地对成继财说:

"我已经敲不了龙鼓了,你也划不了龙舟了,现在,只有靠着你的儿子风光一回啦!"

成继财摩擦着双掌,显得兴致勃勃,一点儿也未想到,与他的儿子坐在一起的,是成守林的儿子。

龙舟下水,我被通知去练习的时候,我才知道我的搭档是成玉林,这让我显得有些闷闷不乐,而成玉林却显得十分激动,他抑制不住喜悦,偷偷地看着我。

说是练习,其实那更多的是鼓手、锣手和划手们干的事,他们要把节奏踩准,才能发出整齐划一的力量,让龙舟飞速向前驶去。也就是说,一切尽可能听从鼓手的指挥,鼓手双手齐下,越是敲出急促、高亢的单音,划手们的桨就越要划得快,划手们需要立着上身、猫腰,单膝抵着船身,这样才能使得出劲;而当鼓手放缓节奏,划手们则可以一起坐下,桨仍在划动,但劲道可以减轻许多。

我和成玉林无所事事地坐在船首,说是练习,其实只需坐直身子、目光平视,而无需再干别的什么事。成玉林还是偷偷地看着我,他似乎对做童子没有什么兴趣,而对我却兴致勃勃。我对他不理不睬,心里盘算着怎么把这事告诉我爸爸,要知道,我们两家还是对头呢,现在却莫名其妙坐到了一起,这算什么呀,化敌为友吗?嘿,还从未遇见过,真让人有些不知所措。

这一天练习结束的时候,成玉林问我说:

"成海,明天你还来吗?"

我头也不回,跟他说:

"说不定!"

我爸爸对这件事情不太关心,他不置可否,完全把决定权让给了我:

"这事情,你自己完全可以作主啦,还要问我?"

第二天,成玉林看到我准时出现在龙舟上,显得很高兴。他跟我说,他的爷爷和爸爸既没表示支持,也没表示反对。总之,我们俩一起做童子这件事情,不会有什么问题了。

端午节这天中午,龙舟准时开出村后的小河。整齐的队伍、统一的服饰,令村人赞叹不已。划手们小试牛刀,在鼓手的指挥下,飞速地划桨,龙舟如飞一般轻轻飘出村后的小河,驶向乡里的主河道。锣鼓声、号子声,吸引了河两岸的乡民。如同遇上盛大的节日一般,他们兴高采烈地吹呼着,让龙舟上的人热情高涨、激情澎湃。

成家桥八个村庄,分布在主河道的八条支流上。龙舟每驶进一条支流,我们就到达了一个村庄。还未进村,这个村庄的鞭炮就已在桥头劈里啪啦地响起来了,大人小孩将河两岸围得水泄不通,以欢呼和鼓掌表示欢迎。为了迎接龙舟的到来,每个河埠头早已立着一个老人,手捧香火和礼物等候着,礼物基本以绒线居多。我和成玉林分坐在老翁的左右,在龙舟轻轻靠近河埠头的时候,帮助老翁接过香火和礼物。在这过程中,我们不得不密切地配合着。成玉林始终面带微笑,起先我还表情严肃,但时间一长,马上也变得兴致高昂起来。

时间一天一天过去,我和成玉林的关系也慢慢地发生了变化。从最早的不理不睬,到虽然接触但充满警惕,到最后的默契配合。在划龙舟结束后,我们几乎已经成了一对朋友。

社戏开始演出,集市也达到了高潮。从四面八方过来赶集的、看戏的乡人几乎将盐廒村围得水泄不通。小商小贩甚至占据了河埠头,看戏的小孩则爬到了树上。整个盐廒村像涌动着无数的蚂蚁一般,到处黑压压的一片。

我和成玉林手牵着手,在人群中穿梭,在这个盛大的节日里已全然忘记祖辈父辈之间的前嫌,而像兄弟般显得亲密无间。

5.

在我奶奶家的院子里,此刻正坐着我和成玉林。每一天,从夕阳西下到薄暮四合,我和成玉林相对而坐,朗读课本和抄写生词。

成玉林是个外表怯弱,内心机智的人。在他来到我奶奶家后不久,他对窜来窜去的老鼠表现出浓厚的兴趣。那时候我正对着一道数学题冥思苦想,成玉林突然跟我说:

"我们来灭鼠吧?"

我几乎吓了一跳,我想成玉林自己都胆小如鼠,他还敢灭鼠?

见我未加理会,成玉林又说:

"对于老鼠这种坏东西,你只能让它来自投罗网。"

我放下了手中的笔。我对成玉林的这种说法显得很好奇,问他道:

"怎么让老鼠来自投罗网?"

成玉林的双眼闪着机智的光芒,他飞快地跟我这般那般地说了一番。

接下来成玉林不知从哪里弄来了一块厚木板和一根细长的绳子,他气喘吁吁,小脸因为奔跑而变得红扑扑的。他叫我去拿一根筷子来,在膝盖上一折为二。他将细长的绳子绑在那半截筷子上,然后在围墙的角落里,撑起了厚木板,厚木板的下面放上一团米饭。

这时候,成西不知道从哪里走了出来,他手上拎了个瘪瘪的书包,几乎拖到了地上,晃晃悠悠朝这边走来。

成玉林放下了手中的活,不知道成西要来干什么。

我看着成玉林紧张的样子,提醒他说:"你哥来了。"我与其说是提醒成玉林,不如说是提醒我自己。谁知道成西这个时候跑来要做什么。

成西急匆匆地走进院子,把书包往桌子上一扔,对着成玉林喊道:"把书包给我带回家去!"说完,他刚要走,又盯着成玉林手中的筷子和绳子看了看,问道:"你们在干什么?"

成玉林和我对视了一下,战战兢兢地说:"灭鼠。"

"笨蛋!"成西对着我们说,"筷子那么长,等木板砸下来,老鼠早就跑掉了。"成西说完一把夺过筷子,又折去了头上的一截,然后再撑起了厚木板。

成玉林和我牵着长长的绳子,躲在了围墙的外面,只露出两个小脑袋来,成西躲在另外一堵墙后,偷偷地观察着围墙角落里的变化。

不一会儿,我们便兴奋地看到一只老鼠偷偷摸摸地向那团米饭爬去。

"看看,老鼠自投罗网了。"成玉林说。

我也显得很兴奋,捏着绳子的手不禁微微有些出汗。

成玉林示意我千万别闹出动静,他则帮我一起捏住绳子。

那只老鼠偷偷摸摸爬到了木板底下,我刚欲拉绳子,就被成玉林止住了。他跟我摇了摇头,示意我还为时过早。

果然，狡猾的老鼠又爬到了木板外面，它又是一阵东张西望，确信四周无人之后，才又钻到了木板底下，试探着吃上两口后，才放心地大嚼起来。

成玉林用眼神示意，可以动手了。

于是我们一起拉动绳子，筷子被轻轻一拉，便倒了下来，撑着的厚木板说时迟、那时快，顷刻间啪的一声压下，将老鼠砸成了肉酱。

我和成玉林欢呼着冲进院子，庆祝我们的胜利。

成西则冷冷一笑，很不屑地对我们说："小把戏！"说完扬长而去。

很多时候，我与成玉林放学后刚一坐下来写字，成西也慢悠悠来了。他像个"土匪"一样，把书包往成玉林跟前一摔，吆喝着说：

"把书包给我带回家！"

说完，成西头也不回，跑得不见踪影。

成玉林像一只木鸡一样，把他哥哥的书包放好，做完作业后，老老实实地带回家。

成东则隔着院子就对成玉林指手划脚：

"快回家割草喂猪去，猪都叫了十八遍了。"

或者他干脆就闯进了院子，揪住成玉林的耳朵说：

"你怎么又在这里写字啦？写了字，就能让你当三好学生吗？快回家割草去！"

成玉林在他的大哥面前噤若寒蝉，一声也不敢吭，乖乖地收拾书包回去割草了。

成东冷眼看着我，朝我哼了一声，扬长而去。

在家里，成玉林同样被两个哥哥指使，当成东偷偷地跟在正在发育的少女身后越走越远、成西带着一群孩子在秋后的田野打仗的时候,他正在循规蹈矩地帮着他爸爸成继财垒草垛。

重病缠身的成洪江坐在门口,一边咳嗽一边指挥着成继财垒草垛:

"你先要把根基打实在,这么松松挎挎的,老母鸡都能在草垛里面做窝啦!"

成继财没有办法,只好重新再垒。成玉林只好重新把一捆捆草团搬给他。成继财在用砖头铺平的地基上再次开始垒草垛,哪知成洪江还是不满意,他一边更加厉害地咳嗽着,一边又对着成继财骂开了:

"你叠得这么歪歪扭扭的,能垒得高吗?你非要让风一刮就倒地才开心吗?你非要让雨一淋就塌了才高兴吗?"

"成继财呀成继财,我这生病才一年,你这日子就没法过啦,我要是两腿一蹬,你还活不活啦?"

"成继财呀成继财,你真是越来越蠢了,你看你长得越来越白越来越胖,你真是什么事情也干不成了啊!"

成继财被骂得不耐烦了,吆喝着成玉林说:

"成东成西死哪儿去啦?你赶快去把他们叫来!"

成玉林慢吞吞地应着,但就是不挪动脚步。

成继财在草垛上深一脚浅一脚地转来转去,继续对成玉林吆喝着:

"快去呀,成东成西死哪儿去啦?你快去把他们叫来呀,你递得上草团吗?你不怕草团把你压扁了吗?"

成玉林没有办法,只好说:

"我找不到他们的!"

成继财火冒三丈,在草垛上跳着脚喊道:

"那你也不要回来啦!"

成洪江气得直跺脚。他一边咳嗽,一边不停地往地上吐着浓痰,对着成继财直骂:

"成继财,你只会骂儿子,你就不会用这点工夫架个梯子吗?你就不会用这点工夫拿根竹竿把草团挑上来吗?你就不会用这点工夫拿根绳子把草团吊上来吗?"

看到我从家门口经过,成洪江马上就停止了责骂,他一下子变得兴高采烈起来,对成继财说:

"好,好,差不多了,再垒高一点,可以收顶啦。这堆草垛,可以烧到开春啦!"

说完成洪江便咳嗽起来,为了掩饰,他大声笑了起来。又笑又咳使成洪江的表情变得十分怪异,声音更加荒诞。

此刻,成东从凉棚巷折回了学校。他一看到我们学校的音乐老师,便对他已尾随了几百米的少女失去了兴趣。那时候我们学校的音乐老师小秀正与刚来的代课老师小林谈朋友,成东对此很恼怒,好像小林老师抢走了他的女朋友。

小秀老师和小林老师在巷子上买了一些灯盏糕和水果,一路说笑着往学校走。成东跟在他们身后,一边走一边从地上捡起一粒粒石子,打算用来袭击小林老师。

小秀老师和小林老师一进学校,就上了二楼,还顺手把铁门锁上了。成东被锁在外面,气愤不已,骂骂咧咧地拨弄着铁锁,但他无法把铁锁打开。

成东在楼下转来转去,想着法子。最后他找来了一根竹竿,架在二楼的栏杆上,哧溜、哧溜往上爬,他好不容易爬到一半,又改变了主意,从竹竿上滑了下来,跑到田里抓了一把烂泥,塞进了铁锁的锁孔里。然后他对着楼上喊道:

"你们就别想出来啦!"

小秀老师和小林老师慌慌张张从楼上向下张望,但是什么人也没有看到。"是谁在喊呢?"他们问道。依然没有回声。小秀老师和小林老师只好从楼上跑下来,但锁孔里塞满了烂泥,怎么也打不开铁门。

小秀老师问小林老师说:

"这下可怎么办?"

小林老师说:

"我从楼上爬下去,从外头把锁砸开。"

小秀老师和小林老师又跑到了楼上。小林教师看到了竹竿,对小秀老师说:

"太好啦,我就顺着竹竿爬下去,你就在这儿等我把锁砸开吧!"

小林老师刚开始顺着竹竿往下爬,背后就遭到了袭击。成东躲在墙角,从兜里掏出一粒粒石子,往小林老师背上、屁股上砸来。小林老师东躲西藏,在竹竿上摇摇晃晃,但身上仍有多处受袭,疼得哇哇大叫:

"这是谁呀,这是谁干的呀?"

小秀老师也在楼上大叫：

"当心啊，当心啊，那人在墙角，那人在墙角！"

还未等小林老师落地，成东便将兜里的所有石子一股脑儿扔在小林老师身上，飞也似的逃走了。

成东自从在盐厰小学毕业后，对小秀老师的搔扰就变得更加肆无忌惮起来。他的兜里似乎永远藏着一把石子，一有机会便掏出来袭人。对小秀老师，他不是用石子砸，而是用石子侵扰。小秀老师正在前面走路，成东便把一粒粒石子丢在她的身后，引起她的注意。等小秀老师转身向他走来，他就往后退，他一边后退一边掏出一粒粒的石子，丢在小秀老师的身前。成东像逗小鸡一样一步步把小秀老师引出来，小秀老师进几步，他就退几步；而当小秀老师重新转身向前走时，成东又紧紧地贴上去。成东就像一条又长又臭的尾巴一样，跟着小秀老师，让小秀老师又怕又恨，无可奈何。

成东在干着这些事情的同时，对学校里的小女生也不忘欺负。他时常跑到学校里来，蹲在学校的茅房里拉屎拉尿。学校的茅房搭建在一个大粪池上面，下面铺着长石板，中间用一堵土墙隔成两间，上面披着稻草。一根毛竹，嵌在用砖头垒起的齐膝高的土墙上，便是用来搁屁股的坐凳了。成东跑到男厕间，多半不是上厕所，而是往粪池里扔石头。每一块石头扔到粪池里去，总溅起一摊粪水，把小女生们吓得惊叫不已，成东则躲在厕所间手舞足蹈，暗笑不已。

与成东喜欢独来独往、对那些伙伴和小毛孩不屑一顾不同的是，成西更热衷于做一个"玩大王"。他虽然长得矮小黑瘦，但出手狠辣，俨然已是班中的"首领"。他下课后总是召集一群同伴东游西荡，捉迷藏、打群架，下河摸鱼、田里捕蟹。对于"随从"，成西并不在意年龄的大小，而是来者不拒。因此他的身后经常跟着一些走路跌跌撞撞、说话奶声奶气的小孩。

因为手下有一班"随从"，成西在学校和村子里总是一副趾高气扬的样子，把谁都不放在眼里。他经常挂在嘴边的一句话是：

"怎么样，比试比试？"

成西说这话的时候，总是斜着眼睛瞧着别人，扬着眉毛，还抖着他的右脚。

很多人听了他的挑衅，都退缩了，不敢与他比试。成西更加神气活现，不可一世。他逢人便说：

"怎么样，比试比试？"

也有人跳出来，跟成西比试比试，但不是当即败下阵来，就是被成西缠得没有办法，只好甘拜下风。成西并没有多大力气，他人矮个小，有些时候根本不是别人的对手，可是他出手狠辣，专攻别人的要害，还会偷袭。当别人一拳打在他的背上、肩上、胸上的时候，他正将一拳打在对方的脸上、肚子、小腹，或者一把卡住对方的脖子。成西真正不是人家对手的时候，并不认输，而是死缠烂打，非要争个胜局不可。他一把被人家打倒的时候，人家放开了他，可他的手还抓着对方的衣领，在地上滚动不已，非要翻过身来。人家又一把将他掀倒在地，他像死鱼一样躺在地上，等对方刚一转身，他一个鲤鱼打挺站起来，从背后向对方扑去。对方被成西纠缠得没有办法，只有认输服败，认他作"老大"。成西有时候也指挥着他的"随从"一起上，大家一拥而上，拳打脚踢，以多胜寡，从不讲什么体面不体面。

这样的人，谁敢跟他比试呀，因此成西的对手越来越少，几乎所向披靡了。

成西的自我感觉越来越好，他逢人不只说："怎么样，比试比试？"还加上一句："我只用一只手就行了！"或者他干脆就说："我只要用一个手指头就行啦！"

在一个风和日丽的午后，成西带着一群毛孩子无所事事地在操场上荡来荡去，他也许实在无聊得发慌，便走到我奶奶的院子里跟我说：

"怎么样，比试比试？我只要用一个手指头就行啦！"

我已记不得他是第几次这样挑衅我，总之，他就像一个好斗的小公鸡一样，一看到我经过他的身边，便放下别的事，这样对我说。我的每一次避让，都让他感到很满足。最后，他对我都不抱什么希望了，只是习惯性地用这种挑衅性的动作招呼着我。

成西没有想到，在这个风和日丽的午后，遭到了我生平第一次的狙击。

在他问完后，我看了看他身后那群跌跌撞撞的小毛孩，感到他的挑衅十分弱小。我似乎长了力气一般，从书桌前站了起来，看着与我差不多个头的成西，感觉他并不比我强大多少。仿佛多年的压抑找到了一个薄弱的出口，我激动不安地朝他点了点头。

成西不相信地看着我，对着他身后的那群小孩说：

"你们看，他长力气了，他敢跟我斗了！"

那群小孩奶声奶气地起哄：

"打架喽，打架喽。"

站在我边上的成玉林忐忑不安地拉了拉我的衣服,示意我不要与成西打架。我的热血直往上翻涌,心里只有一个想法:今天我非要和成西干一仗不可!

随着成东的离校,成玉林与我结为同伴,我对成家兄弟的看法发生了奇妙的变化,化干戈为玉帛虽然困难重重,但我认为处处受气的日子也该结束了,至少以后可以井水不犯河水。

而且,我还有一个幼稚却不无邪恶的念头,那就是看看成玉林对我到底是什么态度。如果成玉林在这一刻走向他的兄弟,那么我们之间的友谊也可以宣告完结了,我对他的揣度和心底深处的隔阂也可以言之有理了。如果成玉林保持中立或默默走开,这是可以理解的,但此后我们是否会变得形同陌路?如果成玉林站在我这一边……当然,这是不可能的。

在这个风和日丽的午后,我像发狂了一般,急于与成家兄弟,确切地说,是与成玉林的关系作一个了断。这狂热的情绪驱动着我,产生了一个更为可怕和残酷的念头。

成西嘴角挂着讥笑,扬着眉,抖动着右脚问我:

"怎么比试?"

可怕而残酷的念头在我的脑际拱出来,我的内心因此而微微颤抖。我对成西说:

"骑猴斗,你敢吗?"

其实我的心里再明白不过,选择"骑猴斗"这种方式与成西一比高下,对我是多么有利。这种游戏是一人骑在另一人肩膀上,两两成对进行互相拉扯、打斗。在学校里,这种打斗方式司空见惯。人多的时候甚至可以各组成十几对,双双"厮杀",以不落地者为胜。胜者往往是配合默契的一方,骑在上面的人要高挑敏捷,被骑在下面的人要粗壮有力。虽然成西在这方面可以算得上是一个老手了,但眼下的情况却大不一样,他要在他的那一群小毛孩中选出一个"坐骑",并非易事,更别谈要选出一个威武有力的"坐骑"了。而我的情况不一样,明摆着,我要选择成玉林做我的"坐骑"。无论从哪一方面说,成玉林比那群小毛孩不知要强到哪儿去了。

我一方面为自己的主意感到暗暗得意,一方面又为自己的"阴险"感到不安和心慌。无疑,我已将一个残酷的选择推到成玉林面前,为了友谊还是亲情?成玉林此时不得不在这两难之中做出选择。

很多年后,我仍然记得成玉林那张在午后充满矛盾和痛苦的脸庞,记起自己因饱受压抑而扭曲的念头给他带来的伤害。但在那一刻,我知道自己已别无选择,仿佛丧失了理智一般,我不但野心勃勃,欲将成西"斩"于马下,还要他的兄弟成玉林做出巨大的抉择。

成西对我提出的比试方式显然无法拒绝,他处处以强者的面目出现,对一个他一向不以为然的对手,根本就不愿讨价还价。他看了看他身后那群东倒西歪的"随从"们,起先还显得有些犹豫,但他很快就坚定了表情,说:

"好,就依你!"

成西在他的"随从"中挑了一个稍微强壮点的孩子,当自己的"坐骑"。被选中的孩子慌慌张张而又无可奈何地站出身来。其他的孩子挥着柳条起哄:"打架喽,打架喽!"

我看着成玉林。在这个风和日丽的午后,一切都静悄悄的。成玉林忧郁的表情让我感到无比畅快。我不知道他是选择离开还是留下来。如果他要走,我不会拦他,当然比试也无法进行了,但错不在我;如果他留下来,我与成玉林搭档,显然会胜券在握。

我就这样试探着而又无比坚定地看着成玉林。

成西也看着成玉林,他的目光冷冷的,讲不清是在示意成玉林离开呢,还是示意他一起给我点颜色看看。

成玉林脸上满是复杂的表情,他迟疑了片刻,最终还是蹲下身,让我骑在了他的肩膀上。

成西让那个被他选中的小男孩也蹲下来,然后自己骑了上去。那男孩吃力地站起了身。成西对他喊道:

"站稳喽,抱紧我的双腿,冲!"

那一群孩子挥着柳条,跟着喊道:

"冲啊,冲啊,打倒他,打倒他!"

驮着我的成玉林也向前迎去,他一边走一边喊道:

"就比试比试,不许动真格的啊!"

成玉林说完了这句话,便如释重负般迎向冲过来的成西,他也许以为我们可以点到为止,不至于闹出什么麻烦,而且,从他的话语中可以听得出他还向着我。谁不知道成西是"拼命三郎"啊?要是动起真格来,我岂是他的对手?成玉林也许担心我招惹上成西后,便会麻烦不断,加上我们曾经有过的宿怨和矛盾,事情肯定越变越糟,还会殃及我与他的友情。那样的话,我们可怎么在一起读书写字啊?

然而,事态的发展远远超出了成玉林的预料,也远远超出了我的预料。

就在两"骑"相遇的时候,成西一拳狠狠向我的脸部砸来。我也不示弱,刮了他一个耳光。成西又一拳砸向我的眼睛,幸亏我躲避及时,但眼角仍感到一阵钻心的疼痛。接下来我与成西的打斗变成了互相撕扯,我扯他的头发,他卡我的脖子,双方都恶狠狠的,毫不示弱。

但我很快占了上风,原因是驮着成西的小男孩渐渐体力不支、双脚打颤。成西一边和我打斗,一边还要分神叫小男孩站稳脚步,他也不敢跟我有过多的拉扯,怕小男孩站立不稳,他会一头栽下来。

然而我十分明白自己的优势,我完全被一种狂热和报复性的情绪控制着,狠狠地用拳头直捣成西的胸口、小肚,我还扯住他的衣领、头发不放,嘴角呼呼冒气、唾沫横飞。

这一仗没进行多久,驮着成西的小男孩首先支撑不住了。就在成西又一拳砸向我的眼角、我也一拳回在他的脸部的时候,小男孩瘫倒在地,而成西也一头栽了下去。

就在这时,我还没有细细体会胜利的喜悦,就听到栽倒在地的成西发出惨然的尖叫。

成玉林马上放下我,走向他的正在满地打滚的哥哥。他看着成西抱着右脚大声喊着"疼死我啦,疼死我啦",有些不知所措。他意识到了事态的严重性,一下子变得六神无主,小声哭泣起来。

那一群小孩见势不妙,纷纷逃走了。

我看见路过的几个大人向成西走去,疑惑地互相打听:

"这是谁家的孩子呀,他的脚肯定摔折啦!"

"这是谁家的孩子呀,快叫大人来呀,他的脚腕都肿得像馒头啦!"

6.

我记得在那个风和日丽的午后,天高云淡,空气洁净。和成西干完一仗后,我既神清气爽,又忧心忡忡。与往常一样,我从奶奶家里出来,回到林子里去,但心中增加了一丝不安。我不知道成西是否真的出了什么事,但他们哥俩的哭泣让我感到前景莫测。我也不知道成玉林回家之后会遭遇怎样的呵斥甚至打骂。是我置他于不顾,将他推向了尴尬的境地,而事情又朝着越来越糟糕的方向发展,接下来会怎样,十二岁的我根本无法想明白。

我沿着小河向林子走去,河水流向大海,我回到林子,这都是天经地义的归宿。

远远地,我就看见成继财和成东站在路中央,他们俩的手上还拿着绳子。我这才意识到了事情的严重性。他们正在等待我,准备将我绑起来呢!

看到我正走在路上,成东已拿着绳子向我奔过来。我见势不妙,赶紧撒腿就跑。这时候,我听到有人在豌豆田里叫我:

"快到这儿来,快到这儿来。"

我一看,原来是成玉林,简直喜不自禁又羞愧难当。我赶紧向成玉林奔去,成玉林带着我在齐人高的豌豆林里七拐八拐,转眼就躲藏了起来。

成玉林告诉我,成西的小腿骨折了,他也被爸爸一顿抽,成东还刮了他一个耳光,叫他永远不要回家了。他们俩现在拿着绳子,正准备将我绑起来,送到公安局去。

成玉林说,他的爸爸成继财和爷爷成洪江正兴致勃勃地计划着,让我蹲上半年牢,让我也尝一尝坐牢的味道,好报当年成继财坐牢的一箭之仇。

成玉林的话让我害怕不已,我这才感到人祸临头了。

我与成玉林,两个十二岁的少年在这一天下午不知所措地在豌豆田里待到了傍晚时分。肚子饿了,就在地里刨出两个番薯,扯了藤,啃去皮,大口大口吃起来。我一边吃一边跟成玉林说:"我打算就待在豌豆田里了,你回去吧。"我已无法顾及成玉林的处境,现在我得想想我该怎么办了。

天黑的时候,成玉林走了。我一个人在田里感到越来越害怕,何况我还担心家里,不知道成继财和成东去我家了没有,不知道我爸妈怎么样了。一想到这里,我急急忙忙通过小道向家里跑去。

我看到家里只有妈妈一个人,她呆坐在床沿上,一盏昏暗的灯照在她凝固的脸上,一副愁苦的表情。

我叫了她一声,她万分欣喜地回过神来,将我搂进怀里:

"你去哪儿啦?你可回来啦!"

我说:

"我爸呢?"

我妈说:

"他找你去啦,你怎么跟人家打架了,人家找上门来了。"

我很紧张地说：

"他们在路上绑我，要抓我见公安。"

我妈哼了一声，说：

"他们找上门来了，你爸说儿子都没回来呢，见公安也轮不上你们来抓！"

我心里稍稍安定了一些。正狼吞虎咽我妈妈给我准备的饭菜，看见爸爸回来了。

爸爸也看见了我。他无比生气地夺下我的饭碗，我看到他第一次朝我发起了火。

我记得在那个黯淡的傍晚，我爸爸的心情显得无比沉重。面对爸爸唉声叹气的样子，我全然忘记了刚才的惧怕和退缩，我准备勇敢地站出来，为自己的所作所为负责，我理直气壮地说：

"见公安，我去，坐牢房，我去。我不怕的！"

爸爸回过身来，说：

"见什么公安？！坐什么牢？！"

趁着天色还未完全黑下来，爸爸决定到李村长家去一趟，由李村长出面调停，该赔多少钱，他愿意赔。

哪知成洪江一点也不卖李村长的账：

"这官我告定了，赔钱干啥，我丢不起这个人！"

李村长说：

"告官也没用，那是孩子闹着玩的，公安来了也只是个赔偿医药费的问题，何况公安也不愿意来。"

成洪江说：

"那成继财以前为啥要进牢房?我就不信,公安不管这事儿!他是存心报复。一报还一报,成守林的儿子也要坐牢!"

李村长见说不通,只好算了。

第二天,成继财打扮得整整齐齐,坐着长途客车到县上去。一路上,他逢人就说:

"我要进城告官了,让成守林的儿子也坐牢。你们等着,公安马上就要到我们村子里来抓人了。"

我爸爸意识到事情的严重性,他虽然知道两个十几岁的孩子打架闹出的纠纷,还不至于要一个未成年的孩子去坐牢,何况只是骨折,不至于落下伤残的严重后果。但几十年来两个家庭不曾间断的争闹,让他很伤神。他清晰地记得发生在自己身上的惨剧,这么多年来不知让自己多么懊恼和悲伤,时间无情地流逝,争闹如今在下一代人身上延续,不知还会闹出怎么样的乱子。

成继财进城告官的消息让我爸忧心忡忡,不管事情结局如何,他都觉得有必要到城里去一趟,了解了解这样的事情到底有多严重。

傍晚的时候,爸爸回来了。他告诉我们,成继财真的到公安局去了,公安局的人把事情登记了下来,就让成继财回去了。成继财前脚刚走,爸爸就进了公安局的门,一个民警告诉他说:"两个孩子打架,多大的事情?也要来找我们。我给当地派出所打个电话,叫村长去协调一下,你们赔个钱啊什么的就行了。"

傍晚的时候,成继财也回到村里。人们看到,他的一身白衬衫已经变得灰蒙蒙的了。人们问他:

"怎么样,成继财,你告上官了吗?"

成继财说：

"当然告上啦，你们等着，公安马上就要来了，成守林的儿子马上就要坐牢了。"

人们说：

"成继财，你也太小题大做了，这事还能让公安来抓人啊？何况人家还不过是一个小孩子。"

成继财说：

"你们爱信不信，公安马上就要进村了。"

在此后的日子里，成继财隔三岔五就叫成东或者成玉林到村口看一看，公安来了没有，但他每次总是很失望。他跟他爸爸成洪江说：

"公安说这事要来解决的，不会言而无信"。

成洪江一边咳嗽一边问他：

"公安说什么时候来解决？"

成继财说：

"快了、快了"。

我在家里躲了几天后，照常去学校上课了。我的心里惴惴不安的，不是担心公安来抓我，而是害怕成东来找我算账。但成东似乎并没有这个意思，有一次他经过我身边，我以为他会动手，但他只是朝我哼了一声，说：

"公安会来抓你的！"

成继财期望的公安一直没有来，但他显得一点都不着急。成洪江几次告诉他，该到县里催一催啦，但成继财还是懒洋洋地躺在屋前,什么农活也不干,吹着夏天的凉风,呼呼大睡。

村中上了年纪的人告诉成继财:

"公安不会来啦,你以为这是谋财害命的案件啊!赔几个钱得了。"

成继财一点也不加理会。他继续懒洋洋地睡着觉。稻谷该施农药了,他也不急,田里长满杂草了,他也不除。最后,当别人开始收割金黄的稻谷,他才跑到地里,一看,他的稻田里根本没长几颗谷。

等成西的脚解除了木板,可以慢慢地开始走路了,公安还是没有来,村中的年轻人甚至跟成继财开起了玩笑:

"成继财,公安来了,公安来了。"

成继财急急忙忙跑到村口张望,哪有什么公安的影子?那几个年轻人哈哈大笑。最后,那些调皮的孩子在夜晚玩游戏时也对着成继财的家喊:

"公安来啦,公安来啦!"

成东从家里跑出来,到处追赶着那些调皮的孩子,抓住了便掀翻在地。成东回到家,把饭桌捶得嘭嘭响,他告诉成洪江和成继财:

"你们别做梦啦,公安不会来啦!"

2005年初稿,2009年改定

廊桥约会

八九月间,在福建宁德登陆的台风,把浙江泰顺的三座廊桥冲垮了。这丝毫是不值得惊讶的,因为山水相连,性灵相通,山洪奔流至此,两岸皆水泥筑地,高楼夹击,无法容身的它们便层层相叠,仿若站起的巨人,将架立在两岸的木拱廊桥轻轻地抱走了。

年迈的薛宅桥经不起这孔武有力的强拥,顿时身子断开,手足分离,披头散发。随着那奔流而去的滔滔浊流,沉浮不定,惊慌失措,最后被东一块西一块地乱扔于浅滩上、石缝间,有的甚至挂到了树上。

薛宅桥已无迹可寻。

这离他们上一次约会十年过去了。

"我在薛宅桥上留了一行字。希望十年后我们能够再见。"她曾经在短信里告诉他这样一句话。

这行字上写了什么?他一直费劲去猜。但这十年来,他的确再也没有去过廊桥。

现在,薛宅桥已经消失了。

年轻的大学教授宋河在美国做了一年访问学者,回到杭城第二天,便接到了一个来自家乡的电话。号码是陌生的,但工工整整的数字,显示这来自一家单位。以往,这样的电话往往是某个研究机构、文化部门,或者报社的记者发出的邀请或采访,而不是同乡、朋友向他求助为老人看病、孩子读书出力。作为从东海这个小小的地级市走出来的青年才俊,宋河在当地可谓声名显赫,全市的文科状元,北大的高材生,当上杭大的中文系教授时还不到三十五岁。在外人看来,宋河是春风得意马蹄急。只有宋河自己知道,内心的孤寂与迷茫是多么绵长。

宋河接起了电话。那一头是试探性的问询,在得到肯定性的答复后顿时变得喜悦起来:

"你肯定听不出我的声音了吧?"

但宋河马上就听出来了:"啊,是雨荷吧!"

"你还不错!"雨荷说,她没有寒暄下去,甚至简单的问候也没有,"我就是想问问你,法院系统是不是有什么朋友。我同事的女儿考公务员,报考的是书记员的岗位,想请你帮帮忙。"

"哦,朋友倒是有的。"宋河听出来她的同事就在身旁,提醒她要问这要问那。

"电话里一下子也说不了那么多,我能不能把你的号码给我同事,她和她女儿来找你一次?"雨荷说。

"行啊。"宋河说,"来之前跟我联系一下。"

电话就这么挂断了。

宋河静下来想了想,这是他们八年或者九年来的第一次联系。这些年,他也真切地想过她:大学时代还算频繁的通信,甚至信中的内容,都还大致记得;大学二年级时,他还叫了一个同学陪着,去过她的家里,并随着她去了她一个小学同学的家中,那个溪流旁的村落从此便留在他的脑海中;在她临近毕业那年,她也来过他家,他们一起去看了大海。

这些早期的交往化作记忆之后,就被时间击打得越来越模糊。后来他想起她来,更多的便是那张笑脸,拥吻过的半掩藏着的美好身体,以及她的拒绝。他记得自己感觉到了她的犹豫,以及之后更坚定的拒绝。

几分钟后,一条短信进来了。"我的同事真会用人!我才提了一句'我有个同学在杭城当教授',她便揪着我给你打电话。麻烦你了,你还好吗?"

是夏雨荷。宋河第一次知道她的手机号码。

"我给你打过来?"他回了一条。

差不多一个小时没有回应。

"我给学生们上课去了。"她又回了过来。

"我在县城的薛宅中学教书。泰顺。泰顺你来过吗?这里有廊桥。"

"哦,我知道的。没有去过。"

"那你什么时候来吧!我带你去看看薛宅桥。"

"廊桥约会,这可很有诱惑!"

她给他回了一个笑脸的表情。

在夜里,他们还是通了一个电话。

夏雨荷已经有了一个儿子。"两岁了,非常好玩。"一说到儿子,她便收不住了,甚至把孩子牙牙学语的那些话都拿出来和他分享。这让宋河一时恍惚:她这是在向我炫耀自己的幸福生活?

"你呢?孩子几岁了?"

"还没有呢!"他淡淡地说。

"她做什么?"

宋河知道"她"指的是谁。"出版社编辑。她不想要孩子。"他说。

电话那头沉默了一会儿。

然后,两人互道晚安。

在留了电话号码之后,宋河开始有意识无意识地给夏雨荷发短信。夏雨荷也会给他发。起先都是"吃过饭了吗?""在干什么呢?""周末去哪儿玩?"之类的短句,时间长了,话也多了起来。

"在一个古镇开会。这里下着雨。想起那一年春天,送你过渡口。也是细雨,青石板上有青苔。"

"你记得这么清楚。我即使记得雨,也不会记得青苔。我每周过两次渡口,就盼着有一座桥。"

"有了桥,我就想那个渡口。我问过同学,渡口早就没有了。我还记得坐渡轮的'票'是一根竹签,在窗口买好后,到了码头,吧嗒一声扔进一个箩筐里。箩筐后面坐着一个老头,他有一个很大的肚子,可以把茶杯挺立在肚子上。"

"这么大的肚子,我怎么都不记得。"

有时候,夏雨荷会发有关儿子发烧、学生早恋之类的短信给宋河。宋河也帮不上什么,无非是送上一些安慰,或者给出一些建议。这时候,彼此都没有心思再说别的什么。

到了晚上,两人都不发短信了。宋河把白天的短信翻一遍,然后,一一删除。他在想,夏雨荷会这么做吗?

有一天中午,夏雨荷给他发了一条短信过来。

"我的同事说,我最近的笑容总是那么灿烂,问我是不是恋爱了。"

"哈哈,那要恭喜你啊!"宋河给她回过去。

"去!"她回了一个字。

隔了几天没有联系。有一天晚上,宋河在外面散步,忍不住发短信问:

"生气了?"

"没有。孩子发烧了,在看医生。"

"谁帮你带呢?"

"一个人。"

宋河给她打电话,夏雨荷并没有接。过了一会儿,夏雨荷才给他回过来。宋河从电话中知道,夏雨荷一个人带着儿子,丈夫和公公在外地开厂,每个月有几天会回来。她因为舍不下教书的工作,就没有跟到外地去,养了孩子后,婆婆也回来了,白天会来带一下孩子,夜里回去休息。

"你太辛苦了。"宋河说。

到了半夜,宋河还在书房看书,突然手机一个振动响起:

"我想到你的怀里来。"

宋河吃了一惊,既而,全身像被注入了暖流。

宋河工作的头一年,他与夏雨荷还有断断续续的信件往来。虽然,宋河知道夏雨荷已经有一个多年的男朋友,受他家中资助多年,她与他结婚也是自然而然的事情。

这一年的暑假,夏雨荷答应和宋河去看大海。他曾经多次邀约,不想在工作以后可以成行。这其中的含义显得有些特别,要知道,宋河是在回乡的时候,突然带了一个女孩子回来,如果不是女朋友或者未婚妻,似乎有点说不过去。

但夏雨荷心中究竟怎么想,宋河并不十分清楚。这在她,或许只是一个告别的仪式。

大海就在宋河老家的边上,其实也没有什么可看的,无非是一望无际的滩涂,天好的时候,能看到朦胧的远山。

他们叫了一辆人力三轮车,沿着凹凸不平的石子路,到海边的时候已经是午后一点多了,因为夏雨荷要赶傍晚的车回家,决定三点多就往回走。他们在海堤上走了一会儿,又下到滩涂中,在石缝间捕了一些小螃蟹,时间就差不多了。

人力三轮车约好这时候要来,而没有来。风雨却来了。海面上起了一阵微风,堤岸上的沙土便飞扬起来。缓慢上涨的潮水这时候似乎加快了脚步,驱赶着一场阵雨迎面杀到。趁着这当口,宋河拉起了夏雨荷的手,他们飞奔起来,带着意外的喜悦,找到了一间废弃的盐仓,躲进了里头。盐仓里有一股湿咸的潮气,但好歹挡住了风雨。

夏雨荷放开了宋河的手,这使得宋河本想抱住她双肩的念头冷却了下来。雨却没有止住,密密麻麻地下了一个多小时。黑点般的雨燕在海上飞得缓慢而辛苦。他们又说了一会儿话,关于一些以前的同学,以及大学时代和参加工作的事情,直到宋河的家人借了一辆皮卡车,把他们接回去。

经这场意外的风雨折腾,夏雨荷当天已经没有办法回家了。乡村也没有什么旅馆可住,夏雨荷就在宋河的家中落脚。

夏夜雨后的乡镇十分热闹,唯一的一条街上,少男少女们成群结队来来往往走着。他们嬉笑着,青春的情愫热烈而奔放,在恋爱的大好年华里,敞开着自己。街上也有卡拉OK和冷饮店,里头吼着流行的歌曲。他们在街上逛了一会儿,夏雨荷觉得很是新奇和热闹。海风吹来,让她感到夜晚的美好。等回到了宋河的家中,两人单独待在一个房间里,夏雨荷的兴致仍是很高。宋河显得激动不安,等剥好一个橘子送给夏雨荷时,就握住了她的手。

夏雨荷笑着说:"你还让不让我吃啊?"顺势把手抽回来,吃起了橘子。宋河难以控制自己,又将她抱在了怀里。夏雨荷挣脱开来,说:"不要,我不要。"

宋河怔怔的,落了一行眼泪下来。

他没有想到,夏雨荷突然放下了手中的橘子,扑到他身前,使劲地抱住了他:"我不可以这样的!"她的两只瘦弱的胳膊在他的背后合围,像捆住一个物件一样,用力一系。他真切感受到一种被箍紧的力量,这力量让他感到了意外,感到了疼痛,感到了眩晕,感到了崩塌和无力。

没等宋河回过神来,夏雨荷已经松开了双手,她不知所措地坐在沙发上,脸上有一种想哭的感觉。

宋河静静地坐近了她,吻上了她。他继而将头埋在了她的身体里。怦怦的心跳在他的耳膜上打鼓,他完全被她胸口上清澈的果实散发的芳香所迷醉,为那种暖烘烘的潮湿,以及浓郁、稠密的甘甜气味感到眩晕。

他感受到了夏雨荷内心的挣扎,她有十次、一百次、一千次的挣扎,这挣扎如在火上炙烤、如在烈日下灼烧。

"不!不!"她最终还是在口中喊出了命令。宋河稍一迟疑,夏雨荷便坐起身来。

很多年以后,宋河仍记得夏雨荷身上的气息。即使在两人密切的短信来往中,这种稠密的、甘甜的、潮湿的、暖烘烘的气息仍然从字里行间洋溢出来。他觉得这是一种青柿子的味道,很多年他都求索而不得。直至有一年他出访伊朗,在伊斯法罕的阿巴斯宾馆的花园里,闻到了密密麻麻的即将成熟的青柿子的味道,他顿时心旌摇曳,激动万分。他想,这种青涩的味道就来自于少女身上的芳香,令人不禁浮想联翩。

四月,宋河接到了东海大学的邀请函,请他参加一个关于当代小说创作的研讨会,他想也没想,便决定前往参加。他先给夏雨荷发了一个短信,决定提前两天前往:"我要去看看廊桥。"然后,他又告诉了妻子即将出差的事情。他的妻子正忙于自己的事情,对他的任何事务并不关心,好像不逼她养个孩子,其他事情都不过小事一桩,随便你干什么去。

宋河特意去修剪了头发，还去了一趟麦德龙，买了两件新的衬衫，几双袜子。他不禁感慨自己的生活过得有些酸楚，妻子打扮入时，但即使换毛巾，也不会给他换上一条。买完这些东西，他又鬼使神差去买了一瓶香槟。提着香槟往家走的时候，他突然想起自己有一次在妻子的包里发现一张收银条，上面留着买香槟和开酒器的记录。他当时还纳闷她出差时为何还带着这两样东西，现在不禁疑窦丛生。他觉得自己早就被这样的信息所刺激，以至于自己也不由自主地做出了同样的举动。

坐了十几个小时的长途汽车到了东海之后，宋河并没有在城市里逗留，而是直接喊了一辆车，往泰顺县城赶，此时已是夜里八点多，司机告诉他，最快也得两个多小时才能赶到泰顺。"那里有很多地方还是石子路，也就我愿意帮你开车进去，也不会有人搭我的车回城。"他说。

司机也不打表了，两百块钱，他觉得还能接受。一路上，宋河向他打听了县城能住的几个宾馆，司机也说不出所以然来，但对氡泉宾馆赞赏有加。"几乎所有去泰顺旅游的外地人，都住在氡泉宾馆，能洗温泉啊，氡能美容，还能治病呢！"司机说。

车子开得还算快，十点半，宋河入住完毕。他给夏雨荷发了条短信，告知已到。正准备美美地泡一泡温泉，夏雨荷的两条短信却快速地回了过来："我在学校值班，等下过来。""哪个房间哩？"宋河的心怦怦地跳跃起来，也顾不上放水泡温泉，就打开水龙头飞速地冲洗起来。

等他冲洗完毕，换上干净衣服，正欲打开香槟时，门铃响了。宋宋河一开门，来人正是夏雨荷。她瘦了，根本不像刚生完孩子的样子。他原先以为她应该身材饱满，体态丰盈，容光焕发，像他大多数的女同事一样（这也正是他的妻子最为担心的事情）。而现在眼前的夏雨荷身材扁平，细瘦轻飘，似乎一阵风都可以刮走。

只有那张精致的脸，脸上出现的笑容依旧是往日貌样。这让宋河觉得时光毕竟没有飘走多远。他记得这张脸多一点，而不是她身上隐秘的地方。

"你来得真快！"见面的最初一刻，他们都有一些尴尬，夏雨荷进门说完这句话，径直走到椅子上坐下来。宋河显得有些不知所措，他在酝酿中的行动是直接逮住她，然后有些疯狂的行动。现在，氛围完全不像这么回事。

宋河正想着打开香槟，夏雨荷却从椅子上站了起来："我得去一下卫生间。"

卫生间的水哗哗地响了起来。

宋河想把香槟打开来，剥开锡纸才发现里头是个橡木塞子，没有带开瓶器，这让他一时着急起来。"她带着香槟去出差干什么呢？"宋河突然又想起了妻子的行为。"怪不得她连开瓶器也买了，原来她早就想得周全！"他在房间里转悠，希望找到一根筷子之类的东西，好把活塞往里头捅进去。找来找去，发现除了笔，并没有什么坚硬的条状的东西。喝香槟的杯子也没有，当然勉强可以用茶杯代替，但已是大大地煞风景。

杯子在卫生间，他犹豫着要不要推门进去。夏雨荷在洗澡，水声哗哗的，让他心潮澎湃。可是，香槟还没有打开呢，要杯子有什么用？

他突然又找起筷子之类的东西来,甚至想到了叫服务员送一双来。"那还不如叫他直接送个开瓶器过来呢!"他不禁想到,"但是,这是宾馆,哪有什么开瓶器呢?"

手机的声音响了起来。宋河竖起了耳朵,声音从卫生间传来。

过了一会儿,水声停止了。夏雨荷在接电话。

宋河只听到里头传来"知道了,知道了"的话。

夏雨荷的头从卫生间里钻了出来,她的身子还在里头。

"我得走了。"夏雨荷对宋河说,"孩子在闹了。"

宋河"哦"了一声,这一晚的情节进展得太快了,他有点来不及翻篇。

"非要回去吗?"他向卫生间走了几步。

"只好回去。"夏雨荷说,"要不然我婆婆非要把孩子抱到学校不可。她一直是这么做的!"

宋河等夏雨荷穿好衣服出来,送她出了房间的门。

"我明天来。"夏雨荷说。

这天夜里宋河横竖睡不着觉,不知何故,夏雨荷匆匆离去的背影衬托在一条奔腾而下的溪流中,这条湍急的溪流中翻滚着木头、杂草、衣物甚至家畜,势不可挡地往山下一泻千里。溪流的两岸,散落着农舍,在春秋之交的季节里,虽然草木茂盛,但在疾风的劲吹下,显得疲倦而狼狈。

宋河想起,大二那一年暑假,他去了夏雨荷的家,他其实没待多久,就随夏雨荷去了她的一个小学同学家里。那个叫阿剑的小学同学就住在这样一条时而奔腾时而安静的溪流旁边。那天夜里,宋河以及他拉去作伴的同学,包括夏雨荷,就住在了阿剑的家里。阿剑的父亲显然热情得过了头,他先是烧了一桌子的菜,端上来一箱啤酒,而后,又不停地叫人送来了熏鸡、红烧鲤鱼、泥鳅,最后,又送来了一盆蟾蜍炖的汤。"这个能解酒。"他说。席间,他不断地提到了夏雨荷的父亲:"我知道你爸爸的,这两年做皮草生意,倒是不好做的。还不如和我一起到外地开厂。"

三个男生喝得醉醺醺的,阿剑的父亲一边啃着鸡翅,一边说着自己的办厂经验,喋喋不休的样子表明他好像赚了不少的钱,现在急欲为儿子说一门亲事。

"我要跟你爸爸说说这个事情。你们两个其实挺合适的。"阿剑父亲摇摇晃晃地说。

夏雨荷显得很尴尬,她借故吃饱了,和阿剑的妹妹先离席。"等下还要去溪边洗换下的衣服。"

三个男生继续陪阿剑父亲喝着酒,大概过了半小时的样子,窗外传来了"梆梆梆"的捣衣声。宋河上野厕时抬头望了望,月色正好。

这一夜宋河睡得很沉,第二日起床时吃完了早饭,还不见夏雨荷。想起了昨晚阿剑父亲的一番话,他越发觉得不安起来。他去溪边转了转,看到了那块可以捣衣的大石头,在清澈的溪流中似乎沉浮着。溪面上有一层薄薄的轻烟,在青山绿树间萦绕,此地仿若仙境。

他又回到住的地方来,楼上楼下就几个房间,倒也不难找到夏雨荷。令他意外的是,夏雨荷还睡在一张老式的双人床上,在乡村,这种作为祖母嫁妆的雕花木床,倒不鲜见。鲜见的是那一床乳白色的透明蚊帐,夏雨荷睡在里头,可以看得清清楚楚。

当然，如果仅仅只是这样，宋河也不会觉得有什么惊讶。令他实感意外的是，夏雨荷床前的沙发上，坐着穿着睡衣的阿剑。

当宋河从一扇开着的门走进去，并看到睡着的夏雨荷和坐着的阿剑，他们三人彼此都没有打招呼。

第二天上午十点钟左右的样子，夏雨荷来了，这一回她把两岁的儿子也抱来了。小孩儿十分可人，两只眼睛如黑葡萄般诱人。一下到房间的地上，孩子就好奇地打量起来，他连走路都不稳当，但还是跌跌撞撞地在房间里"巡视"起来。

夏雨荷放下随身背来的一个大包，从里头拿出孩子要用的奶瓶、奶粉，还有葡萄等几样洗好的水果。"昨晚一夜没有睡，到早上孩子的烧才下来一点。"夏雨荷说，"我累死了，我要睡一会儿。你等下给他吃点葡萄，给他泡点奶粉就好。"

宋河说："那我帮你看一会儿孩子。我也没看过孩子，不知道行不行。"

夏雨荷脱了外套钻进被窝里，把整个头也埋了进去："有事叫我。"

宋河跟在孩子后面，随着他转悠。孩子倒也不怕生，看看宋河，自顾自去玩门把手，他打不开，就嗷嗷地指示宋河来开门。"不行不行。"宋河牵过他的手，想把他带到沙发上坐，孩子不乐意，"哇哇"地哭起来。夏雨荷把头伸出来："你给他拿个东西玩，包包里有一个小汽车，你拿给他玩。"

小汽车果然管用。趁孩子坐在沙发上玩耍的时候，宋河去给他弄葡萄吃。他剥开葡萄，晶莹剔透的果肉显露了出来，当他将果肉塞进孩子小小的口中时，内心抑制不住地激动起来。他走过去，掀开了夏雨荷藏身的被子，将自己也藏了进去。

被子裹着一层的浮香，宋河像婴儿般迷醉起来，他将自己的头埋在夏雨荷的胸前，寻觅那记忆中甘甜、饱满的果实。他的脑子里流淌着十年前那个乡村的夜晚，被欲望燃烧时身体和精神双重的挣扎，不由得浑身颤抖起来。但是，现实却给了他沉重的一击，在那崭新文胸包裹下的果实，已经被揉皱，空荡而沉寂。除了源源不断的母乳的芳香在散溢，他已无法再闻到那醉人的青柿子的香味。他恍惚起来，有点不知所措。

"啪"的一声，一个东西敲在地上砸碎了。

他们俩同时坐起身来。孩子不知什么时候已从沙发上跑开来，到电视机旁搬动了那瓶香槟，香槟碎在地上，孩子傻在那里，也不知道哭，也不知道动。

他们赶紧爬起来，把孩子抱到床上，一遍遍翻身检查。孩子倒没有被碎玻璃扎伤，就是身上烫得很，一测，体温已经蹿到了39℃。夏雨荷抱着孩子到卫生间，用温水给他降温，宋河把碎瓶子收拾好，又趴在地上看是否有碎碴子遗漏。经过一番折腾，他们还是决定应该送孩子去一趟医院。

"你不要去了。"夏雨荷说，"我一个人行。"

宋河表示担忧，执意要送。

夏雨荷还是拒绝了。"不方便，真的。"她说。

临出门前，夏雨荷欲言又止，最后还是苦笑着对他说了一句把他吓了一跳的话：

"他正闹着做亲子鉴定呢！"

从东海大学开完当代小说创作的研讨会后，宋河回到了杭城。"还去看廊桥吗？"隔了几天，他给夏雨荷发了一条短信。

她几天后才回复："我在薛宅桥上留了一行字。希望十年后我们能够再见。"

他心里就想：她在桥上留了什么话呢？为什么是十年之后再见呢？

现在，临近约定日期的时候，一场台风把廊桥冲走了。

"你在桥上写了什么呢？"他拿出手机，急迫地想发个信息问问她。

可是他找来找去，也没有找到夏雨荷的手机号码。

2017 年

第二辑

散文十章

黄鱼的叫喊

1.

冬日的一天夜里,我突然清晰地梦见了父亲。这个渔佬儿还是旧时的模样,表情严肃,不苟言笑,在海滩上忙忙碌碌,好像浑身有着使不完的劲。梦境中最为奇特的是,一群黄鱼发出叫喊,从海上如飞沙走石般席卷而来,吓了我一身冷汗。

前几天我大哥从温州乡下带了几条黄鱼来,隔几日我就做了这样的梦。捕鱼的父亲离开我们已经有十五年了,经历了那么长的岁月,他仍然固执地夹带着黄鱼的叫喊来到我的梦中。在电话中我便告诉了姐姐:"怎么这么奇怪?好多的黄鱼,还发出了叫喊。"

"是什么样的叫声?"

"咕咕的声音,像窃窃私语。很浑浊,冒着水泡。"

"爸爸以前说过,大黄鱼在产卵时会发出咕咕的叫声。夜里在海上,听到的都是这样的声音。他就睡不着觉,心里开心。那时候打回来的都是一船一船的黄鱼。我们姐弟四个,都是吃黄鱼饭长大的。"

"怎么会有那么多黄鱼？野生黄鱼,现在很难得能吃上一条。用网真能捕那么多鱼吗？"

"是敲来的,都说叫'敲鱼'。一船又一船的黄鱼,放不住,就剖成鱼鲞,屋前屋后晒满了。"

"怎么'敲'来的？为什么叫'敲鱼'？"我很好奇。

姐大我十岁,出生于上世纪六十年代,她也讲不清楚。

我心里就老想着这个事情。隔几日,终于坐不住,利用休假时间,坐着动车回了趟老家,查县志,访渔民,想一探究竟。

2.

据1992年出版的《苍南县渔业志》记载:"(温州)苍南县海域的大、小黄鱼由1—3月越冬渔汛和4—5月产卵渔汛构成。1—3月,大黄鱼常栖于40—60米深水域越冬,小黄鱼常在60—100米深水域越冬,构成越冬渔汛。4—5月,随着台湾暖流势力的增强及鱼类生理上的需要,大、小黄鱼先后进入本海域向北或西北移动,进行产卵,形成大小黄鱼汛。1956—1975年这二十年中,'敲𦩘'时起时消,致使小黄鱼在六十年代中期,大黄鱼在八十年代初期相继消失,形不成渔汛。"

"敲𦩘"捕鱼,是不是小时候常听到的"敲鱼"？渔业志里没有详说。苍南县原属于平阳县管辖,1981年析出后建制,于是我又找来1993年出版的《平阳县志》,里面有一节专门对"敲𦩘"作业作了记述:"这是一度一哄而起的破坏性作业。1956年6月福建惠安县渔船,在(平阳县)石矸乡海面开始敲舢捕捞大黄鱼获得高产,渔民纷纷仿效。"而所谓"敲舢",就是"以大群渔船敲响竹杠(另一说为柚子树做的木板),利用震动来围捕黄鱼,一次围捕几十万,使大小黄鱼因脑部的受震荡浮水而死"。

黄鱼属耳石科,每条黄鱼的头部都有一对耳石。我小时候常听到这样的故事:每条黄鱼的脑袋里都有一对小石头,春天打雷的时候,黄鱼都会从海面上探出头来,听雷声隆隆……

没想到,就是利用黄鱼头部的一对耳石,渔民们想出了敲舢捕鱼的方法。

然而,敲舢究竟是如何作业的,县志里虽有记载,却语焉不详。好在,与我父亲同时代的渔佬儿还有些人在世,我四叔小时候也跟着我父亲下过海,对这段历史,都有着深刻的记忆。黄昏的时候,我便请了他们来姐姐家饮酒,等到脸色酡红,大家牵出了一大堆热闹的旧事来。

据说,每到捕鱼季节,几个村庄的青壮年就集中在一起。捕鱼的船队由两三只大船、近百只小船合成一艚。小船放在大船上,开到有渔汛的海域,再放到海面上。每只小船上坐两三个人,有风时起帆,无风时摇橹。大船由马达驱动,各有一名船老大负责掌舵和指挥。我父亲十六岁下海捕鱼,二十岁时就做了船老大,算是一个叫得响的人物。

船队开到海域,大小船只很快列成一个"O"字形。小船听从大船上挥动的旗帜指挥,一起敲响绑在船舷上的竹杠或木板,近百只小船齐声发出"梆梆"的巨大合音,通过水波震动,传到黄鱼的耳朵中。海面下的大小黄鱼被震得头昏眼花、神经错乱、狂躁不安,乖乖地被船队赶着往前窜。鱼群越聚越多,海面上浮成一片,甚至把小船挤得歪来扭去。大船在前头张网等候,等鱼群进入网阵,从两边包抄,将渔网兜紧,只见黄鱼如小山般堆积起来,从海面上拱起。一把又一把大网兜从船上伸下来,一勺一勺将大小黄鱼统统捞到大船上,船舱不一会儿就堆起黄灿灿的鱼山……

村中上了年纪的人讲,渔船出海捕鱼,往往会作业好几天。船上的人员有明确的分工,谁掌舵,谁起帆,谁举旗,谁烧饭……都一一排定。敲舭捕鱼是村庄中的大事,人群聚集如过节一般,每当船队满载而归,公社的仓库里黄鱼就堆积如山,四面八方的鱼贩子纷纷划船而来,在水系密布的村庄码头买走一船又一船的黄鱼,剩下的黄鱼则分到每家每户去。为了防止黄鱼变质发臭,渔民们把它们剖成鱼鲞,晒成鱼干再卖出去。据县志上记载,1957年底最高峰的时候,全县共有敲舭渔船三十八艚,投入大小船只一千三百多只,下海劳力约七千人左右,1957年共获黄鱼两万吨左右,产量比1955年增加了二十倍。那时的黄鱼价格非常便宜,一毛四分钱一斤,还常常卖不掉,甚至发生将变臭的黄鱼大堆大堆倒进茅坑的事情。

3

从有记忆开始,我常见父亲在不出海的午后,在屋檐前晒太阳。走街串巷的瞎眼唱词人,左手搭着引路少年的右肩,右手拄着竹子拐杖,"笃笃笃"从石板路上一路走来,到我家门口坐下。牛筋琴,扁鼓,三粒板，一字排开，唱起一曲温州鼓词《征西大传》或者《说岳》。七字句式，韵文、道白相间的鼓词，让我的渔佬儿父亲觉得很陶醉。母亲烧上几条黄鱼，端上白米饭。我看到唱词的盲人喉结滚动，直咽口水。那是我作为乡村少年，最温暖最深刻的记忆。

那时我的渔佬儿父亲年轻力壮，作为一名船老大的声威名扬乡里。他有四个弟弟、三个儿子，连走路都喜欢发出铿锵的声音。他觉得有了近在咫尺的大海中取之不尽的黄鱼，根本不用担心将来的生活。他很感激1956年从福建惠安传入的敲舣捕鱼术，使黄鱼的产量一下子就翻了几十倍。之前，他带着大伙儿靠夹网、拖网、撺网，根本就捕不了多少鱼，而竹杠那么一敲，黄鱼的肚皮就纷纷从海面上翻起，一船船的黄鱼几乎唾手可得。

但他很快意识到，鱼群大量消失。那些鱼儿不是逃走了，而是大群大群、举家老小被捕捞上来，填进了饥肠辘辘的肚皮里。看着那些手指大小的黄鱼被垃圾一样扔在一旁，他显得忧心忡忡。他打算放大网眼，好让那些鱼子鱼孙逃生而去，繁衍后代。他还没来得及这么做，县里开始动真格的了，采取措施，要彻底禁绝敲舣作业。

对这些，他一点都不陌生。1956年，因为敲舣作业的产量奇高，县里开始时推出的是扶持政策，银行放贷支持，发展渔业五艚，大小船只达百余只。1957年初，县里意识到这种滥捕滥杀的行为，会使大小黄鱼灭绝，于是开始限制艚数，划分渔场，并确定5月到7月中旬为禁渔期。到当年10月，敲舣作业更被全面制止，全县三十艚渔船全部转产。但到1960年，农业歉收，渔业减产，村中患水肿病的人越来越多，敲舣作业在"救鱼不如先救人"的口号中，东山再起，出现了第二个高潮。1962年,邻村的渔船一网捕上大黄鱼四十多万斤,轰动四方。刚刚得到休养生息的鱼群遭到灭顶之灾。渔佬儿蠢蠢欲动,再次带人下海捕鱼。1964年,动静闹大了,惊动了国务院,发布关于禁止敲舻作业的文件。直到十多名坚持敲舻捕鱼和抗拒缴网的渔业大队干部和为首渔民被拘留,才使敲舻再次得到制止。我的渔佬儿父亲乖乖从命,交网歇业,躲过一劫。

到了1966年,"文化大革命"开始,我大哥出世了,看着面黄肌瘦的一家人,渔佬儿又坐卧不安了。他开始了最后一次冒险的行动,召集村民商量出海敲舻,并约定如果被查出,由他一人去坐牢,如果捕鱼成功,他则要分到两份。大家赞同,纷纷按下自己的手印。行动悄悄进行,夜里摸黑出海,第三日天未亮就收网回家了。黄鱼捕到不少,行迹也没有败露,渔佬儿顺利分到一千多斤黄鱼。母亲背着褴褓中的大哥,站着剖了一夜的鱼鲞,纳闷自家的黄鱼怎么比别人的多。父亲这才如实相告。因为害怕事后追查,一家人的内心恐惧仍在,直至数周后才将心儿收回皮囊中。没想到,敲舻作业第三次高潮由此兴起。1967年3月22日,国务院再次发布《关于禁止敲舻作业的通告》,至1975年才彻底禁绝。一艘又一艘的渔船不得不转产,渔民上岸,有的专心种庄稼,有的开始做起了小生意。父亲的船开始运载布匹、啤酒,往返温州和宁波间,有时候也开到上海,开始了人生的另一段旅程。

从那时候起,黄鱼已经形不成渔汛,甚至很难再捞上来几条了。

在物质匮乏的年代,靠海吃海的渔民们,用黄鱼喂饱了肚子,养大了孩子,度过了饥馑之年。敲舻作业时消时长,从一个侧面反映了上世纪五十年代中期到七十年代中期的时代背景和历史遭遇。但未在预料之中的是，大小黄鱼遭到了毁灭性的打击，以至于小黄鱼在六十年代中期、大黄鱼在八十年代初期相继消失，更别说能够形成渔汛了。这些发出咕咕叫声的黄鱼如绝迹般消失了，再也不会回来。只是，那些咕咕的叫声还在我的梦中出现，和我的渔佬儿父亲一起，成了我挥之不去的乡村记忆，成了追溯时的惋惜和心疼的情怀。

2009年

捉海

1.

我的老家住在浙南的东塘脚下。在我祖父小时候,那里还是一片海。到了我父亲青年时代,他要赶到几里地外的海滩去晒盐——陆地其实已经像手掌一样伸出去了。而在我的少年时代,陆地又往外伸出了一里多。等到我儿子出生的时候,再往外,一个四万亩大的海涂围垦项目即将合龙,围堤外仍是一片汪洋,围堤内,一个叫"台北小镇"的新区即将拔地而起……

故乡人习惯把到海里捕捞鱼虾叫作"捉海"。将生计喊得如此"海量",大概是一代代人在此繁衍生息,日益庞大,早就有了一种人定胜天的气概。其实,相比于他们一日日捉回海中生物果腹谋生,他们一寸寸捉回海中土地,这样的生存需求和胆略,才真正让人感慨万千。

沧海变桑田,情形确实已经大不同了,"精卫填海"的古老方式,早已经是神话。站在海边可以看到,先进的绞吸船,将海底的淤泥搅拌吸附上来，一根连着一根的大水管将黑色的泥浆排向吹填区，在空中划出一道浩浩荡荡的弧线，据说，一个小时可以吹泥三千五百立方米，相比之前用宕渣填海，不仅成本低了，速度也不知加快了多少。从堤岸望去，让人叹为观止。

2

人类对大海的捕捉，从来没有像今天这般疯狂。

我翻阅了《浙江省区域地质志》，据记载，故乡的滩涂围垦始于汉代、唐、宋、明、清时期，前后共修建了四条海塘线，也就是说海岸线向外迁移了四次，平均二百八十二年一次。《平阳县志》上则这样写道："自宋至民国的八百余年，沿海地区曾有几次较大规模的海岸线外移，年均外移二点七五米。""1949年以后，每隔一段时间就向外围垦一次，但滩涂每年只不过向外延伸二十至三十米。"而到了2012年，主堤十三公里长、面积达四万余亩的海涂围垦项目，开工建设不到四年的时间，围区面积就全线合龙了。

与之相应的，大概是人类对大海的捕捉，也从来没有像今天这样便捷。

开始时是异常艰难的。远的不说，就从这半个多世纪来看，故乡人从大海中夺地，不但要付出血与汗的代价，而且常常以失败告终。同样是县志上的记载，从新中国成立到1985年的三十多年间，政府曾组织农民先后五次筑堤造地。"1955年，全乡劳力投入海涂围垦工程，历时一个冬春，工程被1956年汛期冲毁"；"1958

年,历经一个冬春,筑堤二千七百余米,1959年汛期,土堤全线被潮水冲垮。""1973年第四次计划围垦四千亩,已筑四万土方被潮水冲刷无踪。""第五次,1984年9月开始围垦工程,至1988年7月竣工,工程期达四年,围垦面积八百亩,由于受1990年台风暴雨袭击,建成的围垦工程被全线冲毁。"五次围垦"捉海",唯一成功的是第三次。1963年,也许是老天眷顾,成功围垦三千二百亩地,但付出也是十分惊人,"总投资八十八点四八万元、总投工三十余万工,分段分块突击施工"。

今天,我们已经无法亲眼目睹这些工程浩大和艰辛的场面。但是,从"全乡劳力投入"、"分段分块突击施工"这样的只言片语的描述中,可以体会那是怎样一幅画卷。大海无常,且故乡常遇台风,当辛辛苦苦筑起的堤坝在暴雨和惊涛中被冲毁,无能为力的乡民们是何等的痛苦和失望!

不消说,围垦工艺发生的翻天覆地的变化,让一代代故乡人在风雨中摇曳的背影渐行渐远。从新中国成立初期至六十年代末,限于技术条件,围垦主要集中在高滩上进行。到了七十年代,高滩围垦发展到中滩围垦、沿江围垦和堵港围垦。九十年代以后,大中型土石方挖掘运输机械开始普遍使用,围垦工程向低滩推进,爆破挤淤、土工格栅、轻型海堤等新工艺、新材料不断被应用到填海工程中。如今,围垦则基本都用吹填法,隔堤——吹填——回填——软基处理,这就是围垦的全过程。当地官员有这样形象的说法:"填海就是做豆腐干,淤泥很软,就像豆腐,经过软基处理,变成豆腐干,达到一定的受重,就能做工业等用地了。"

"豆腐"如何变成"豆腐干"？在泥浆上面铺上一层由真空膜、无纺布、滤管网组成的密封膜，将排水管密密麻麻插进泥里，用真空泵将软泥里的空气和水通过排水管排出地面，再利用大气压强把泥面压结实。就这么简单。

3.

我偶有回乡。家人知道我从小在海边长大，喜欢吃海鲜，嘴正馋着，早早就和还在捉海的乡里人讲好，让他们把在深海里捕捞到的青蟹、红章（鱼）、软壳虾留下来。据说这才是野生的海产品，才有我小时候吃过的味道。

我知道这样的味道久违了。在近海，大量的海洋小生物已经消失无踪，我们吃到的大多是养殖的海鲜。一年中，6月上旬到9月中旬是禁渔期，从冷库中出来的带鱼、海鳗、鲳鱼、墨鱼、对虾，早就消失了食物原来的味道。

海岸线上的生物多样性迅速下降，靠近陆地的水域里已经少有海洋生物活动，以及鸟类的大规模减少，这些看似不过小事。在这些问题的背后，是湿地的丧失在降解污染、调节气候的功能上出现的许多环境问题，是海水因自净能力减弱导致的赤潮泛滥，乃至小岛的消失和海岸线的改变容易引发洪灾和海啸……这才真正可怕。

也许有人说，从世界范围看，土地资源贫乏的沿海地区，无一不以围海造地作为扩大土地、发展经济的重要手段。最典型的当然要数荷兰,为了生存,从十三世纪开始,就在西北部的顺德海围海造田,与海争地,八百多年来共修筑堤坝一千八百多公里,造地七千多平方公里,相当于全国陆地面积的五分之一。亚洲也不例外,在日本,仅人工岛的筑岛面积就达一千六百平方公里,为世界之最,其沿海城市约有三分之一的面积都是通过填海获取的;韩国大多数入海河口也都围海造地……

围海造地,看似无可厚非。只不过,这样的行为在其他国家正逐渐成为历史。不是吗?当那些国家发现因早年国土不足而填海造田带来一系列危害后,开始还原海岸线和湿地。1990年,荷兰农业部制定《自然政策计划》,决心花费三十年的时间恢复这个国家的"自然",位于南部西斯海尔德水道两岸的部分堤坝被推倒,一片围海造田得来的三百公顷"开拓地"再次被海水淹没,恢复为可供鸟类栖息的湿地。在亚洲一些国家,意识到大规模填海造陆破坏了生态环境后,除了开始审视填海建设,每年还投入巨资设立专门的"再生补助项目",希望找到一些恢复生态环境的方法。而在我们的一些沿海地带,仍在拓展房地产和工业化用地,某些地方正掀起新一轮填海造田高潮。2011年初,一份历时六年的中国"908专项"海岛海岸带调查曝光,中国海岸线因填海造地导致逐年减少,过去二十年间共有七百多个小岛消失。

故乡人,还没有真正体会到捉海的代价。作为子孙后代,我们似乎习惯了一辈辈人向海洋要土地,因为生存,因为生产,也因为生活。但是,与过去千余年间海岸线向外迁移四次相比,如今四年填出一个四万亩大的新城,情况已经大大地不同了。

一想到那些消失的海岸线、那些远去的鱼虾和候鸟,很可能需要我们的子孙后代去呼唤归来,我的内心不由一阵收紧。

但愿,这只是不必要的担忧。

2012年

大海与盐

晒盐

站在四万亩一望无垠的荒野中,脚下传来了海浪隐隐的汹涌之声。不不,远不止海浪的声音,还有号子声,嘈杂人语,与汗滴砸落地面的回声,甚至,撕杀、搏斗、呐喊等等糅杂在一起的,隆隆的叩击大地的声响……

这是一片填海填出来的大地,脚下,过去是那远远伸出去的像手掌一样的大陆架,是潮涨潮落的海涂、浅滩、潮沟,是招潮蟹、花跳、蛏子这样的海洋小生物,是宽阔、深长的湿地、堤坝、木麻树,是沙鸥、鹭鸟、雨燕这样的南来北往的候鸟,是数不清的盐田、盐坛、盐仓,是风、潮汐、太阳这样的看得见的自然之子。

一同被填埋的,还有祖祖辈辈流着血与汗,挑泥、耙土、泼灰、撒花、淋卤的足迹,是隐忍、抗争、械斗、死亡、新生的苦难与繁衍。

盐,曾是一代又一代故乡人的生计、烟火和生死。

故乡人最早是从什么时候开始晒盐的?从志书上的一些记载可

以看到一些痕迹。

地处东海之滨的故乡,位于浙南与闽南交界之处的江南平原,因为靠海,产盐历史悠久,早在唐宋甚至更早的时候就开始制盐了。宋真宗咸平三年(1000年),设有天富南监场,以管理盐业。

故乡人晒盐的方法历经更替。唐时用土法零星制盐,直接将海水煎煮,古称"熬波"。北宋时习用煎灶,以铁盘为主,煎盐结晶。元、明时期铁盘与篦盘并用。到了清代,据《两浙盐法志》载,制卤用刮泥淋卤和泼灰制卤二法,以泼灰为主,到康熙二十年(1682年)左右,废铁盘,改用铁锅,清末引入缸坦晒制,成为主要晒盐的方法,一直沿用至上世纪五十年代。1952年开始试验平滩晒制,1965年后,逐步改造原灰晒盐田为滩晒。

沿用了半个多世纪的缸坦晒制,就是以海水为基本原料,利用近海滩涂出现的白色之泥(咸泥、盐泥)或灰土(泥),结合日光和风力蒸发,通过淋、泼等方法制成盐卤(鲜卤),再通过火煎或日晒、风能等方式结晶,制成粗细不同的成品盐,整个过程包括开辟滩场、挑泥、拖泥、滩晒、制卤、打盐花、挑盐等十几道工序。

我翻阅文史资料里这些简略的文字、粗糙的图片,能感受得到其中无与伦比的辛劳。在靠天吃饭的艰难岁月,我彷佛看到先人们在日头下每天坚持十几个小时的劳作,在大雨、风暴、台风等灾害天气里与天抢饭的渺小与无奈。我在长诗《盐》里写下这样的文字:

因为盐,故乡一再破败

人世飘零,在志书里一页页写着:

宋孝宗乾道二年八月十七日,海潮淹人覆舟,
　　坏屋舍,漂盐场,浮尸无数,田禾三年无收
元成宗大德元年七月十四日,海溢高二丈,
　　飘荡民舍、盐灶,两县溺死六千八百人
明洪武八年七月,海溢高三丈,
　　沿江居民死者二千余人
清乾隆廿八年五月,海溢,水深五六尺,
　　八月潮退,尸横遍野……

也因为盐,故乡从未衰落
伤口本就有盐,因为更多盐的加入
而更快地凝固。盐总在召唤盐
所以泪水会召集泪水,汗水会召集汗水
血性会召集血性
仿佛已被腌制成一块晶石
一个靠海的村庄,拒绝任何的救赎

　　晒盐之苦累,在我小时候的记忆中便是一件深以为恐惧和悲壮的事情,我们的家族为此付出的辛劳与代价,像阴影一样缠绕心头。祖父三兄弟、父亲五兄弟,他们共同经历的晒盐岁月如此不堪回首,甚至成了吓唬儿孙不勤于耕读将必然招致的后果——
　　"再不好好读书,那长大了就去挑盐泥吧!"
　　他们嘴上挂着这样的感叹,然后,就不愿再说下去了。

在很长一段日子里,我们作为小辈,其实并不知道晒盐到底是怎样的生计,只知道"挑盐泥""晒盐晶"等等工序的无比劳累。实际上到了上世纪八十年代——我上小学初中的那些日子——常常到海边捕蟹捞虾,只看到一块一块平整的晒盐场,上面还留着残缺的缸片,只看到剩下残垣断壁的盐仓,早已成了黄鼠狼的窝,当年海滩上一片繁忙、挥汗如雨的场景已不复可见。

其实,在祖辈们的记忆里,晒盐最大的灾难不是天,而是人。

民国《平阳县志》记载:"民国以来,盐政改押外债,即以盐税给英国抵债,因此盐税激增,由每担盐税从民国八年12月的五角二分银元,至民国十年7月增至一元银元,盐民顶烈日、冒酷热,流血流汗晒成的食盐,只准卖给鳌江坛盐总局,每担盐拿不到一银元。"

如果不是因为一场革命,浙南盐民在一个世纪的生涯中,如草芥般的命运恐怕早就湮没于海。

我生长的故乡——现在叫海头村的——早先的名字叫"盐廒"。"廒",是仓库的意思,放盐的仓库,就是一个村庄的名字,多么随性又多么贴切。小时候村里有一个简陋的亭子,叫"盐廒亭",便是盐民们唯一的休憩之所了。九十年代后期,盐廒亭的旧址上面盖起了一座"浙南盐民革命纪念馆",我在回乡的时候曾数次去看过,粗糙的图画和满是错别字的说明,大抵可以看出故乡人存留一段光荣记忆的急切心。

那真是一段苦难的岁月。从可查的资料看,1920年代的盐廒村共有55户人家,以晒盐为生的盐民共183人,这几乎就是全部的青壮年劳力了。只有健壮的体格才能胜任烈日与风雨中每天十几个小时的劳作。但是,收入是极为低微的。地方上的劣绅转包了盐税,开设盐堆,并驻扎了盐警,明抢暗夺,任意加税,使盐民几无生存之地。

这时候,一个叫吴信直的青年带着盐民揭竿而起了。因为住在一个村庄,祖辈们与他都很熟。我小时候听老人们讲,吴信直浓眉大眼,模样周正,而且膂力过人;更可贵的是,他与逆来顺受的大部分盐民不一样,爱打抱不平。这样一种性格的人,在那样一个时代,"革命"必然是他选择的命运。

盐税翻番,甚至超过了收入,养家糊口都成了问题。刚开始的时候,盐民们选择去"告",他们朴素地认为"上面"会管,世上总还有青天大老爷。于是推选了吴信直等二人为代表,上杭州,向伪省府控告平阳县盐局对盐民的剥削与压迫。挨家挨户筹了三百块银元,自带了十二双草鞋,一直走了十六天才到杭州。结局是可想而知的。

暴动的导火索是盐警枪杀了盐民。1922年4月16日,吴信直在走亲戚的途中,看到盐警吃东西不付钱,并在争执中开枪杀人,内心中残存的希望彻底破灭。他拉起了一支24人的盐民暴动队,杀盐警、烧盐堆,干起了最朴素的革命。

在1920年代的中国大地,星火已经燎原。在最初的反抗被屡屡镇压之后,寻找革命的队伍,投入革命的洪流是顺理成章的事情。此后,吴信直带着盐民们二打盐堆、三打平阳城,开展了轰轰烈烈的革命,直至1930年被捕入狱,牺牲于杭州陆军监狱。

吴氏后人为了记录下那段岁月,在政府的支持下,发起成立了浙南盐民革命纪念馆,近年又准备在村子的南头易址加以修建。其实,这是一个村庄、一个县乃至半个省的苦难与辉煌,当为一代代子孙后代铭记。

轰轰烈烈的盐民革命,抒写着大历史。

贱如蝼蚁般的千千万万的盐民,在大历史的背景中向大海讨生活,向一粒盐求乞,渴望的只是延续日子,活下去。

然而,如果没有时代的裂变,缓慢的历史进程带给一代代盐民的,终究仍是那无尽的压榨、苦累、隐忍和沉寂。

史料上记载的烽火岁月,而今在浙南的这个小村庄已尘埃落定了。盐场、盐仓已消失得干干净净,盐民群体也已不复存在,延续千年的古老技艺和劳作群体,在短短的数十年里如一册书页被翻了过去。

可是,我从这个村庄里走出去二十多年了,每次回乡,站在浙南盐民革命纪念馆前,脑中出现的,仍然是祖祖辈辈辛勤劳作的身影,他们挑泥、耙土、制卤、晒滩的佝偻的背、黝黑的脸。我仿佛看到了他们反抗时的犹豫、坚定、无助、高亢、悲切、怒吼。

不止一次地,我仿佛看到了先烈吴信直家里火光冲天,房屋屡屡被烧毁的情景,看到他含泪卖掉女儿,换回两把手枪和三百发子弹的情景。在祖辈们的口述历史中,这样的故事曾令少年时代的我激愤、悲切和敬佩,以至于惊讶于大公、二公、爷爷何以没有投入到这样的洪流中展现血性……

苦难,是一部大的史书,如滔滔江海。而与命运的抗争,是那纵横的阡陌,如涓涓细流。我在步入中年之后,通过对盐的认识,逐渐认识和理解了祖辈和父辈们的人生——

> 盐是生计，因此，暴晒，煎熬，压榨
> 都是可以忍受的劳作
> 盐是生涯，是少年人的一段愁肠
> 是中年的隐疾和老来的霜与雪
> 是说亲，盖房，为老人送终
> 盐是生死，没有盐就没有一个家族的繁衍
> 很难说，一滴海水熬成盐是生还是死
> 如同一粒盐融于水，不知是死还是生

祖父带着五个儿子，日夜忙碌于海滨的滩涂，大抵可以用生计、生涯和生死这样的概括，加以解读吧。

缪氏家族的晒盐生涯，终于在父亲的青年时代宣告终结了。父亲先是捕鱼，后来开船运输，小小的机动船到过宁波、上海甚至青岛，那时候，乡间的所有家庭几乎都托他带过东西，多半是为儿女准备嫁妆用的绒线、毛巾、收录机等等。那是一段风光的岁月。三叔当了小学教师，后来当了乡中的教导主任，四叔经商，成了村子里最早的万元户，二叔、五叔务农，他们都和大海没有什么亲密接触了。孙子一辈十人，更是与大海脱离得干干净净，甚至像水产养殖这样一度极为普通的活儿，也没有人干过。

一个盐的家族，彻底告别了晒盐的生涯。大海，在他们后代的生活中逐步撤离了。

捕鱼

父亲的一生,实际上都在海上度过。作为长子,他理所当然地负担起家中的重担。要知道,除了一个姐姐,他还有四个年幼的弟弟和一个妹妹。十六岁之前,父亲一直跟着祖父晒盐;十六岁以后,他一边晒盐,一边跟着村里一个同宗同房的叔叔捕鱼。在大海中捕鱼需要大的渔船,而家中并没有这样的实力购买,即便只是合伙。祖父似乎也没有买船的心思,他觉得带着五个儿子晒盐,这日子也是过得下来的。直至成家之后,父亲才完全离开在滩涂晒盐的生活,并逐渐成为一个闻名乡里的渔老大。而他在乡间真正的显赫,是作为一艘海轮的船老大,频繁地在温州和上海之间运输货物,那时候,陆路交通还很不发达,火车的汽笛还在遥远的梦里。

我在长篇小说《漂流瓶》里写到的安一船长,其实就是以父亲为原型的。

父亲长得壮实又干净。几乎和所有捕海人都不一样,他梳着一个大背头,胡子刮得干干净净。由于长年出海,皮肤不可避免地是古铜的颜色。他穿着干净的白色长袖衬衫,在乡村,很少见过这种干净的白色。过年,则是一身呢大衣,大头皮鞋擦得锃亮,还有时髦的帽子。他大笑时嘴角会露出两颗金色的牙齿。这两颗金牙是在上海南京路上补的。他曾把船开到了十六铺码头,然后上岸仔细地把两颗率先损坏的牙齿补好。在八十年代初期的乡村,他戴着上海牌手表,用着写有"上海"两字的毛巾和香皂。我的姐姐出嫁,陪嫁的是凤凰牌自行车、蝴蝶牌缝纫机和老式的留声机。这在乡村不仅见所未见，甚至也可以说得上闻所未闻。

父亲的渔船和海轮，其实都是举债买来的。在我的印象中，我们家一直是举债、还债、举债、还债。因为轮船几年就要更新，不断换成大的，又从木头船换成铁板轮，几乎前一笔债务还没有还清，下一笔债务又接踵而至。等还得差不多了，他又为三个儿子盖房、娶亲，没有消停的时候。即使我离开村子到上海读书、工作，家里总归还是给我留了一间房子。想想中国的大部分农民，一生其实都在勤勤恳恳干三件事情，生儿、盖房、送终。我的父亲也不能例外。

父亲作为船老大的生涯，并没有什么传奇。我好奇的是，父亲作为一名渔老大的生涯。我在很小的时候，跟着母亲去看大船下水。那艘大船刚刚造好，在陆地上，简直就是一个庞然大物。我记得爬了几十级竹梯，才登上了甲板。我趴在船舷上，看见下面有一大片人群，他们正准备把大船拉到一条大河里去。我记得大船下面垫着很多粗壮的圆木，记不清有多少人，将大船连推带拉，搞到大河里去。大河通往大海。

每次出海，都得看渔汛，看天象。农历三月份，鰳鱼（白鱼）的渔汛逐渐形成，出海的人要多喊一些，"三月十八白鱼会，日里不会夜里会"，夜里是白鱼溯游的时候，够一船人忙活一宿又一宿的。捕海蜇是在四月，"四月初八满江红"。而捕丁香鱼，就是一个夏天的事情，所以说"夏去夏来"。捕黄鱼也有讲究，"夏至大烂，黄鱼当饭"，就是说夏至时节大雨不止，就会遇到大渔汛，捕到的黄鱼都可以当饭吃了；到了大麦收获的日子，再也难觅黄鱼的踪迹，"大麦赤，黄鱼进石壁"。不同的节气，收获的景象完全不一样。比如捕银鲳，"清明论片，谷雨论担"，清明时节的银鲳从较深海域的越冬场向近岸浅海区域靠拢，形成产卵群的鲳鱼汛，产量就很高，而到了春季的最后一个节气谷雨，气温升高，鲳鱼就大大减少了。捕墨鱼则反过来，它的产卵期比鲳鱼晚，那就变成"清明论粒，谷雨论载"了。

我是家中老幺，没有跟过父亲出过海。即使比我大七八岁的两个哥哥，他们也没有跟着父亲出过海。跟随父亲出海的，是他的几个弟弟，以及同宗同房的族人。东海大洋，那是闪电和风暴的地盘。在父亲出海的日子，母亲一直会在家中亮着一盏灯。

有了大船，情况要好一些。村里有一艘舡公船，还有一艘舡母船，它们是一对组合。在敲舡捕鱼的季节，舡公和舡母会带着大渔轮、小渔船，组成一槽，浩浩荡荡出海捕鱼。

据父辈们讲，舡公舡母船上面摆满了渔网，像一张张床单大小，厚厚地叠着，边上则垒着一堆堆的石块。出海时，除了载着渔网的舡公舡母，一起去捕鱼的往往还有六艘大渔轮，每艘渔轮上都载有六条小渔船。渔轮有二十五米长，宽差不多六米，一百二十匹的马力。这些船上，都载着很多渔工。船上的人，吃住的区域基本上都在船尾，机器、厨房、宿舍，都在船尾的三层舱房里。劳作的区域则在甲板和船肚子上，船肚就是鱼舱，捕来的鱼，大部分贮藏在那里。

大船上有几十个人，除了船长，还有大副，轮机手、渔工，还有专门的伙夫负责给大伙烧饭吃。大肉和蔬菜都是岸上备好的，海鲜嘛，一点儿都不用愁，每一顿都是新鲜的。大米，是从岸上驮过去的，淡水，也是从岸上挑上去的。

父亲最显赫的"战绩",也是他上了年纪之后最后悔的事情,就是敲舴捕杀黄鱼。1993年出版的《平阳县志》,里面有一节专门对"敲舴"作业作了记述:"这是一度一哄而起的破坏性作业。1956年6月福建惠安县渔船,在(平阳县)石砰乡海面开始敲舴捕捞大黄鱼获得高产,渔民纷纷仿效。"而所谓"敲舴",就是"以大群渔船敲响竹杠,利用震动来围捕黄鱼,一次围捕几十万,使大小黄鱼因脑部的受震荡浮水而死"。

据说,台湾暖流在3月份会形成十五米宽的沿岸渔场,冬天会形成六十米宽的沿岸渔场。潮汐会按逆时针方向涡动,鱼虾喜欢聚群,洄游到混合水区找吃的、产卵、繁殖,就在水下三四十米的地方游动。而黄鱼属于耳石科,更容易受到水波的影响,受到毁灭性的打击。

船队找准了海域,舴公舴母两艘船就可以完全并在一起,船上的人可以自由走动,忙碌着把一张张床单大小的渔网串起来。

而在大船的指挥舱里,渔老大正命令渔工举起一面红色的旗子,朝着其他几艘大船做着停止前行的旗言。这些大船上也有红色的旗子挥舞着回应,它们的速度也慢了下来。六艘大船沿着舴公舴母左右散开来,缓缓地围成了一个方圆几千平方米的圆圈。渔工们将大船上载着的小渔船缓缓往海面上放,然后攀着绳索下到小渔船上。每条小渔船上都有三到四个人,依次划着桨散开来。

过了一会儿,一个巨大的包围圈形成了,弧线上布满了星星点点的小渔船。这些渔船上,有两个人划桨,另一两个人坐在船中央,手上拿起木槌,对准横置在船舷上的一块木板。为什么是木板而不是县志上说的竹杠?我求证过好几个老人,他们都说,敲舴捕鱼的工具用的并不是竹杠,而是一种木板。木板采自山上的柚子树,它的声音隔空敲击能够传出很远,仿佛就在耳畔,绵密悠远,声声急促。我认为他们的话是可信的。

一场海上的杀戮开始了——

随着大船上的中心旗高高地举起来,左右大船上的指挥边旗接令后,也依次高高地举了起来。当这些旗帜一起劈下,三十六条小渔船上几乎齐声发出了震耳欲聋的敲舫声……

小渔船两两隔开几十米远的样子,像一条项链甩在了海面上,在略带薄雾的霞光中,如风景画般梦幻迷离。六七十个渔工,奋力敲击隔空的木板,敲舫的声音以每秒三四千米的速度往水面以下传递,无处不在,无所遮挡。它们跟着旗帜的指挥,几乎无所保留地在大海的浅表和深处扫荡,驱赶着大小鱼群,慢慢地向舫公舫母靠近。

舫公舫母上,一部分渔工飞速地穿针引线,将一张张床单一般大小的渔网缝合起来。一部分渔工则飞速地在渔网的底部网兜里装上石块,好让渔网可以沉入海中……

在指挥舱里,几个担任技术员的渔工会向渔老大报告流水的方向。海面上的流水方向,与海面下的流水方向并不相同,那才是鱼群前进的方向,有经验的渔工借助工具才能准确测得。渔老大们根据报告,不断用旗子指挥,相应地调整船队的方向,直到那些小渔船渐渐地缩小了包围圈。

接到指挥旗的命令后,形影不离的舫公舫母这才分开,它们将已经连接好的巨大的渔网放入海中。渔网的一头依靠浮标漂浮着,另一头则吊着石块沉入海中。大网铺展开来,迎着渐渐靠近的三十六条小渔船,慢慢形成了一个巨型的网兜。

不可思议的一幕敲舢捕鱼的场面在海上发生了:

只见三十六条小渔船上响起了越来越整齐划一的"梆梆梆梆"的敲击声,刚刚还是如梦似幻的海面波动起来。先是星星点点,然后是一片攒动,是黄鱼,大大小小的黄鱼,争先恐后地往海面上冒。它们被小渔船包抄着,控制着,驱赶着,往舣公舣母张开的大网游来。

海面上,一条宽十几米、长百余米的黄鱼群密密麻麻地翻起了肚皮,顺着水流的方向向舣公舣母张开的大网涌来。

舣公舣母形成闭环。鱼群已经被赶进大网,连同三十六条小渔船也被包围进来。海面上厚厚地叠起了一层层的黄鱼,金灿灿的黄鱼仿佛已经集体没有了意识,一条条都翻起了肚皮,把一条条小渔船都挤得倾斜了……

大大小小的网兜,从船上伸下来,将满满的黄鱼往竹筐里装,然后又一筐一筐地被吊到舣公舣母和六艘大船上去。

这是我很多年以后才知道的:从五十年代开始的敲舢捕鱼,盛行了二十余年,对大小黄鱼赶尽杀绝,致使在八十年代以后,再也没有形成大小黄鱼汛。

械斗

祖父活了九十六年,算长寿了。更难得的是,祖母也活了九十二岁。他们去世的时间相隔半年。

祖父的晚年,主要在忙的事情就是调停乡村里发生的矛盾和纠纷。其实,就是调解宗族械斗。

江南地区地处狭小的平原,镶嵌于山海交错间,河网纵横,人口稠密。所辖的四个区(镇),龙港、宜山、钱库和金乡,原来隶属于温州市平阳县,1981年以后隶属于从平阳县析置的苍南县。1978年,面积只有400平方公里的此地人口就多达40多万,平均每平方公里高达1000余人,平原人口更是密集,而耕地稀少,人均不足半亩。

人那么多,连饭都吃不饱,就会生出很多问题。从地理位置上讲,三面是山,一面是海,外出讨生活并不是一条容易的路,何况人口流动当时也不受鼓励。偏偏,江南地区自古崇武,是南拳的发源地之一。强烈的宗亲、宗族观念,加上这些要素,问题来了。据不完全统计,1967—1991年,江南地区共发生大小宗族械斗1000多起,死亡20人,伤39人,烧毁房屋218间。1992年,仅在8月16日的一次大规模宗族械斗中,望里镇和新安乡的林陈两姓,就出动23个村共计2000多人,致使5人死亡,18人受伤,为近十几年间县内伤亡最惨重的一次宗族械斗。

密集的、大规模的械斗,古已有之。老的《平阳县志》里就有这样的文字:"江南俗喜械斗,往往因薄物细故两地起争即各持刀械出斗……每械斗一次,地方元气大伤,政教不善莫此甚也。"依附、倚赖宗亲关系生存,在这里的一代代农民、渔民中普遍存在,加之历史上积有的宿怨,宗族、村社为田地、房产、山林、海涂的归属问题争斗不息。改革开放以后,情况有所不同,因为江南地区社会经济发展迅速,产业结构也发生了巨大变化,著名的温州十大小商品产销基地,江南地区占有其四。这个时候,田地、山林、海涂等传统性经济资源在人们心目中的位置大为下降,但是,似乎是某种基因在起作用,宗族械斗仍没有减少。各姓组织发动宗族械斗已不再侧重于"该谁占有"什么,而主要是为了宣泄对异姓的怨恨和炫耀本姓的实力。这就是为什么到了九十年代,宗族械斗仍屡见不鲜的原因。

围绕宗族械斗,活跃着一种被称为"和事班"或者"中人班"的组织,成员一般由地方上德高望重的老人组成,也有冲突双方的代表或双方相好姓的代表,主要在宗族械斗发生前、械斗中或械斗后予以调解斡旋。这就又说回我的祖父了。

缪姓在当地是大姓,有八个村的人口。祖父有五个儿子,被认为"家里势力大",自然就成了"和事班"或者"中人班"组织的头头。从我记事起,就看到各色人等进出家门,找祖父去"和事"。事实上,当械斗双方僵持不下时,通过"和事班"或者"中人班"的斡旋,有可能达成某种协议。一迄协议达成,将对方的人打死、打伤的一方,或示弱求和的一方,为表示歉意,往往会赔偿经济损失,还要给对方送一付猪头、猪肝,一方或双方挂红,放鞭炮,就此和解。有时候,"和事班"或者"中人班"也不会起什么作用,械斗双方终究还得拉出去干一场。即便签订了协议书,双方保证"不再发生类似纠纷",但和事佬与两姓代表尚未到家,大规模宗族械斗就爆发了。

1991年,我在镇上读高中,有一个周末回来,已经是晚上了,发现家里坐满了人,有的还穿着公安的制服。原来,他们正在商量如何处理一起宗姓械斗事件。我至今记得屋子里面烟雾缭绕,还有飞蛾在日光灯上扑打的情景。他们讨论至深夜还没有散去,地上到处是烟头。

这一年的清明节,缪姓一男子在乌岩岭林区祭祖时,因为清理祖先坟头的树木，与当地的山民发生冲突并死亡。血气方刚的族人要复仇，去擂响了本宗的祠堂鼓，族中有的青壮年身着预先约定的统一服饰，佩戴统一标志，手持长矛、大刀，还暗暗准备了手榴弹、雷管、炸弹等，赶赴祠堂集合。械斗一触即发，只是在谁擎"头令"问题上，还没有形成统一意见。"头令"是一面丈余的大纛，多为红色，间有镶黄色牙边，后来延伸为"举事的头领"之意。有族人认为，"头令"应该由死者的儿子当。但因为孩子太过年幼，又有人建议死者的母亲做"头令"。一个年近古稀的农村老太太会有什么号召力？出这样的点子，完全是因为他们是死者的家属。为什么是死者的母亲而不是儿子？因为当"头令"是有极大风险的，司法部门追究责任，逮捕、公审、判刑，"头令"首当其冲。大家自然知道这一点，所以不愿死者的独养儿子承担后果。还有一种可能，族中敢于拼死者跳将出来擎"头令"，在祠堂前跳火盆，喝香灰酒，向祖宗叩头，进行宣誓，然后引导族人成群结队地开赴械斗现场。

由于公安部门及时介入和严厉的管制，也因为"头令"迟迟没有选出，这场械斗终于没有爆发。

县公安部门将宗族械斗案件的特点归纳为"案难破，人难抓，证难取，处理难"。一个人如果在宗族纠纷和宗族械斗的关键时刻，为本族利益作出贡献，往往能获得本族姓人的普遍推崇，致使每每械斗以后，总有乡民勇于为宗族利益出顶服刑，加之宗族组织多为本宗、本大宗、本姓的械斗订立了一系列攻守同盟，采取互相包庇、互相隐瞒、移花接木、弃卒保帅等手段，保护宗族头子和骨干分子，致使警方极难掌握他们的组织状况和活动规律。记得有一年，隔壁的章良和二河两个村庄在械斗中打死了人,可是,凶手找不到。虽然大家都知道凶手就在村子里,可是就是无法找到。公安部门逐家逐户搜查,甚至派了公安乔装成乞丐,在一户户人家乞讨和观察,仍是空无所获。隔了二十多年以后,当年的县长退休后长住上海,碰到我时仍打听此人的下落。我当然无从得知。可见,宗族械斗组织的严密性。

刘小京先生曾在1983—1992年7次赴温州农村地区调研,他以江南地区的宗族械斗问题为个案,对宗族械斗的来龙去脉和事件发生的具体社会背景与历史原由作了独到的分析。他认为,宗族械斗发生在集团之间,其实分为两大类:一是宗姓械斗,即某一宗姓与另一宗姓间的械斗,二是村社械斗,即某一村社全部宗姓与另一村社某一宗姓(多为大姓大宗)或全部宗姓间的械斗。为避免引发与其他族姓的纠纷,械斗地点多限定在参战族姓的田界范围内进行。或田野对攻,或一方扼守村舍工事,抵御另一方的冲击。械斗多由双方互掷雷管、炸药包开始,然后,族众趁烟幕实施突进,短兵相接,在肉搏中决胜。整个械斗过程短促、激烈且异常残酷。一迄械斗的一方退出械斗地点,械斗即宣告结束。如认为需要再斗,必须以集团的名义,依一定程序与对方集团约期再斗,死伤人员家属不得私自向对方寻仇。

这在我有切身的体会。

我的一个姑父住在章良村,每次去他家,就得经过二河村。这两个村庄是世仇。在1968年矛盾最激烈的时候,两个村庄都埋下了大量的雷管和弹药。这让小时候的我们非常害怕。有一次走亲戚,我和几个堂兄弟住在姑父家,但到了半夜三更,我一定要回家去。姑父只好爬起来,把我背在背上,走了半个多时辰才把我送回家。我记得那一晚有很好的月光,树影婆娑,秋虫呢哝,并没有什么可怕的事情发生。姑父告诉我,只要穿一件白衬衫,腋下夹一把雨伞,即使在械斗现场,围观的人也不会被伤害。宗族械斗还有一个规矩,拿起刀枪就六亲不认,即便是外甥和舅舅,丈人和女婿,也形同陌路;而一放下刀枪,就相安无事。常常可以看到两村的人各有受伤,到乡卫生院各治各的,就像没有发生过你死我活的打斗。

祖父活到九十六岁,他去世的时候,来为他送行的人很多。我负责作些登记,以便将来还人情,但除了族人和亲戚,其他一些送行的人我大多不认识。原来很多是祖父当年"和事"时的旧人,有的是亲历者,有的则是某房某宗的代表。他们大多讲到了祖父当年的威望,在一些场合,只要祖父一到,械斗的双方往往会放下刀枪,开始和解。可见,祖父的"中人"做得还不错。

当然,在轻视法理的年代,靠民间的调停,并非都是公平的。在错综复杂的宗亲关系中,强与弱,是与非,偏袒与公正,本来就没有什么明确的界限。祖父受到的误解、非议并不少。在祖父进入耄耋之年以后,我清晰地记得,他"和事"的事情明确遭到了五个儿子一致的反对。我常常看到那些迈进家门的受欺负的一方,最后只得无奈离开。祖父往往耐心听完对方的倾诉,然后说自己已经老了,推荐他们去找另外的"中人"。

鼓词

作为家族中的长子,又是十六岁开始就在大海里奔波,并且做了几十年渔老大、船老大,父亲在乡村是颇有名望的。他经年累月在大海上航行,对大海的熟悉程度,丝毫也不逊色于陆地。

父亲的晚年喜欢温州鼓词。我对文学的喜好,如果也有"家学"的话,这大概是唯一的来源。父亲并没有上过一天学。他识的字并不多,但对语言却很有天赋。除了温州话,他常去宁波、上海,宁波话说得很不错,上海话都能说上一些。

温州地貌多样,在浙闽交界之处,西北依括苍山脉,西南靠洞宫山脉,东临东海,围成一个瓯形地貌。崇山峻岭之中只有中部和东部小部分地方是平地,江南地区就处在东部平地,绵延的丘陵之中水网密布,据说历代劳动人民生息于此,创造了丰富的田歌、渔歌、船歌。不过我在江南生活了十九年,却很少听到这样的歌声。听得多、说得多的是乡谚、民谣,却是没有什么曲调的。试想,如果在挥汗如雨的滩涂上晒盐,或者在风雨无常的大海上捕鱼,突然唱起旋律悠扬的歌声,该是多么唐突?在繁重和剧烈的劳动中,只有吆喝和号子是适合的吧!后来我作了一番了解,发现在乡间流传的温州鼓词的基本曲调"太平调"来自温州地域内的山歌民调,曲调简单,长于抒情,善于叙事,这自然与处于海边平原的江南地区没有太多关联了。

鼓词又称"大鼓",大多流行于北方,能够在温州一带流传,据考证,是宋朝南迁之后南北文化大融合的产物。

唱词人多为盲人,为了有一口饭吃,他们沿着各个村庄走动,说卖艺也好,说行乞也好,其实都是为了能够有口饭吃。由于他们行走不便,往往要找一个少年引路。那些贫穷人家的孩子,就有一两个人被父母送去做差,口食自然是不愁了,遇上好年景,往往也能分点米面和番薯丝,改变一下家中的窘境。盲瞠唱词人一手搭着引路少年的肩膀,一手拄着拐杖,他们沿着小河边的石板路走来的时候,笃笃笃的拐杖落地的声音远远就会传来。

在乡村,盲瞠唱词人算得上是消息灵通的人士,不用说哪个村庄演社戏、办集市这样的大事,就连任何一件红白喜事,包括孩子满月酒、周岁酒、哪家娶亲、嫁女、做寿,上了年岁的老人去世,他们都会闻风赶来。好客和殷实的人家,一见他们到来,就会客客气气地搬出条凳请他们坐下,让他们唱上一曲《精忠报国》《鸿门宴》《封神榜》等等,然后,等他们唱完后端上饭菜,让他们饱餐一顿,最后再往他们的布袋子里倒入一斗半斗的大米。当然,有时吃闭门羹也是少不了的,大狗汪汪一叫,就能让人心里明白几分。

没有红白喜事的时候,他们也会到处走动,到那些大家族和爱听词的人家屋前立定,问一声:"老师伯,今天有兴致听词吗?"

我少年时常见一老一少两个走街串巷的鼓词艺人。老人是个盲人,矮小且瘦弱,不停地翻动着眼睛里的白翳,少年则白净而细长。父亲在家的日子,就会请他们在门口落座。引路少年为老人摆开牛筋琴、扁鼓,老人摸索着从布袋中掏出一副三粒板,清了清嗓子,打几个节拍。随后,他又摸出一根小棒槌,在牛筋琴、扁鼓上一阵敲打,声音甚是悦耳。

牛筋琴是温州鼓词最重要的伴奏乐器,虽然被称为琴,但不是弹的,而是用来敲。演奏时,艺人用小棒槌或者小竹竿子在琴弦的十七弦牛筋上敲击出不同的乐声,音色如古琴,又似古筝,传音悠远,余音绕耳,听来让人十分享受。

我少年时虽然也听过"去年今日此门中,人面桃花相映红。人面不知何处去,桃花依旧笑春风"这样的诗,但记忆较深的仍是《杨志卖刀》这样的唱词:

> 却说汴梁城之中
> 有一位未上梁山的大英雄
> 他名叫杨志,号"青面兽"
> 本领高强志气宏
> 他为求取功名把钱两用尽
> 莫奈何忍痛要把宝刀来卖
> 一心想卖得铜钱把饥肠充
> ……

在温州鼓词的艺人中,这些盲人的等级是最低的,唱的叫"门头敲"。鼓词里头还有一种叫"大词",一种叫"平词"。大词根据佛教、道教的经书和民间神怪故事改编、演唱;平词根据传书、武侠题材改编、演唱。真正有本事的艺人被尊称为"先生",只有他们才能唱大词,一个人可以连唱七天七夜,在家族的祠堂里唱词,戏台下往往坐满了人,有几百上千人。

温州鼓词讲究唱、白、演,唱要唱得优美,白要白得生动,演要演得传神。就拿手部动作来说,指天,看上面;指地,看下面;招手,叫人来;挑手,送人去;搭额,表示思索;指腹,是气填胸;举大指,是赞英雄;伸小指,就是讨厌人;手盖额,那是往远看;手捂嘴,在耳语。除了这些，手还能比作使刀、枪、棍、杵等武打动作。目能生情，眼睛在鼓词演唱中最能够表现一个人的丰富情绪。皱眉，表示凝神、寻思；合眼，表示沉思、思忖；瞪眼，表示急、暴、怒；侧目，表示旁观、卑视、妒忌……嘴脸也能表达不言而喻的艺术效果，如嘴巴闭紧，守口如瓶；掀起嘴巴，腹积烦事；龇牙咧嘴，一种邪相……体态也能表现人物形象：昂首挺胸，那是雄姿英发；危坐正视，表示气宇轩昂；弓背俯视，意味着年老衰弱；挺身仰视，就是凝神远眺；哈腰点头，是在骑马奔驰……

父亲爱听"门头敲"，也喜欢听大词和平词。可见他内心里是十分喜爱温州鼓词的。乡村里每年端午节的集市，看戏和听词是保留的节目，父亲虽然在家时间不多，却热衷于张罗。温州鼓词里最有名的是《南游大传》，也叫《陈十四收妖记》。每年的大集市，乡人要牵着马，将唱词的先生请来，这一唱就是几天几夜。

《南游大传》是一个民间代代相传的故事。说是观音在梳头时，不小心掉了两根头发，落到了人间，就变成了一雌一雄两条大蛇，残害黎民。秀州一带方圆百里的百姓忍无可忍，只得派人去福建古田请一位姓陈的法师来捉妖。不料陈法师背上长了一个痈，疼痛难忍，只得由大儿子法通，带着弟弟法清前往除妖。兄弟两个联手，先是将雌蛇生擒活捉，后来，法通又被雌蛇设下诡计捆住，被贪嘴的公蛇吃了个精光。妹妹陈十四此时虽然只有十三岁，但立志为兄报仇，到庐山学艺三年，最后斩杀了两条蛇精，解救了不少无辜受苦的民众……

我记得那个时候，当戏台上鼓词先生唱到《南游大传》收尾部分《陈十四斩蛇》中最紧张的场景，也就是陈十四（圣驾）和白蛇在法坛

上各自使出浑身本领,点兵点将展开殊死搏斗时,我整个人都屏住了呼吸:

圣驾越打越得法/白蛇汗流如雨下/怒气冲冲白蛇精/立即回头点阴兵/圣驾回头请阳兵/请来阳兵破阴将/白蛇回头点妖兵/圣驾回头请法兵/请来法兵破妖将/白蛇回头点鱼兵/点来鱼兵鱼将杀/圣驾回头请神兵/请来神兵破鱼将/连杀七天并七夜/杀得天黑地又昏……

集市虽然热闹,一年也只有一次,但父亲似乎意犹未尽。晚些年,父亲喜欢的那一老一少唱词人也不来了,也不知有了什么样的变故。好在家里买了双卡收录机,有了磁带之后,家里鼓词的声音就再也没有断过。在我人到中年之后,对温州鼓词的喜爱也与日俱增。互联网和手机端上,经典的鼓词曲目不断被整理出来,十分方便收听。每每听到优美的牛筋琴弹起,我就会想起父亲坐在屋檐下一边晒太阳,一边享受鼓词的惬意、愉悦的神情。

父亲离开我们,已经好些年了。

2019年2—3月

活在民间

那个老盐民——我九十六岁的祖父,开春时莫名其妙死于一场意外。

出殡那天,送行的人有四五百人。长长的秋伍,间隔着花圈、花篮,让人一眼望不到头。

长号鸣响了,出殡的队伍行将出发,我突然看见九十二岁的老祖母坐在屋檐前,看着出殡的队伍。在阳春三月的灰蒙蒙的清晨,她就像一朵枯萎的花朵。一整排的房屋里的子孙们都走光了,她孤零零地坐在空荡荡的屋檐前,像深秋的一只无精打采的老鸟,让人陡生悲凉。坐在一张低矮的老得不能再老的竹椅上,她瞪大了患有严重白内障的双眼,看着眼前一个又一个影子缓慢地前行,她终于数清楚出殡队伍里的花圈共有一百零二个。"你们的祖父,也算死得像个人物了。"她后来说。

祖父是在春节过后的一个午后,在四叔家的别墅花园中摔了一跤的。绊他摔一跤的,是一级低低的台阶。在这之前,他虽然日渐痴呆,但从未被台阶绊过脚,即使是老屋里那旧式的高台阶。这一跤,使他迎面躺倒,额头撞出了一个大洞,鲜血汩汩流出。儿孙们马上将他送到乡村的诊所。包扎了三次之后,他额头上的伤很快结疤了,让人难以相信他已是九十六岁的老人。他的一生似乎没有生过什么病,在他垂垂老矣、人人都以为他行将就木的时候,唯一一次惊动大家的伤病,还让人大吃了一惊。显然,他的肌体还处于良好的状态,一次头破血流并不能阻止他顽强生活下去的勇气和毅力。

但是,祖父从此再也没有起来。在这次摔伤事件之后,他就躺倒在病床上,饭量也越来越少,从原先的两碗米饭,减到后来的一碗、半碗,然后连半碗粥也难以下咽,最后竟滴水不进。他瘦得像木柴,开始慢慢地焚尽自己。

人活到将近百岁,死亡大概已不是令人恐惧的事情。要知道,在儿子儿媳一辈中,已有三个人先他而去。两个老人,一个活到九十六岁,一个活到九十二岁,不能不遭遇一些尴尬。死是不可避免的,死就死吧,很难说有人真正在留恋他们。他们,似乎他们活着,只是一种存在,很难说得上有什么真正的意义了。

只有互相依恋的两只老鸟是各自悲戚的。祖母那段时间显然更加苍老和无精打采。她虽然已经九十二岁了,但在过去的一些岁月中,尤其是祖父日渐痴呆后,她越来越显示出她的巨大作用来。祖父的衣服完全是由她洗净的;一天三顿饭,都由她关照他时间,否则,祖父在晌午时分就开始等待晚饭,而明明本周该到小儿子家中吃饭,他却跑到二儿子檐前坐等。夜里,祖母发挥的作用就更大了,她总是准时地敲响他,拧他,打他,为了让他起来小便,以防尿床……现在,什么事情都不需要她来做了,孙子们都已安排好了,轮流侍候祖父,一夜一夜到天明。她一下子变得无所事事,心陡地悬空了,担忧像水蛇一样缠绕上她的心头。她默默地坐在祖父床边,一副惋然若失的表情令人心生痛楚。在大家的劝说下,她终于离开一会儿,但没过多久,她又重新回来,坐下。她的耳背了,眼花了,甚至看不清陪在床边的人是谁,听不清人们的讲话,但她一遍遍地回到他的身边。越到后来,她越坐不住了。几乎每隔一两个小时,她就走近祖父的床边,用手触摸他的鼻息,然后,几乎千篇一律的,她拐过几步,将手伸进被子,摸摸祖父的手。"手还暖着呢",她说。她将被子掖好,又朝前几步,将手伸进被子,摸摸祖父的双脚。"脚也没有冷",她又说着,继续将被子掖好。做这些事的时候,她踮着三寸金莲,内心显得心事重重,面部表情迟迟疑疑,说话时像自言自语,令人内心悲凉。

祖父鼻息尚存,手脚温暖,虽然行将就木,但在不能饮食之后,仍然顽强地拖了一个多星期。儿孙之中,不管外出经商还是在外读书工作的,都已回到身边。我的姑姑站在他的床头一边哭泣一边对他说:"男女子孙们都回来了,你要走就安心走吧。"有人提议:让他再吃一顿饭吧,老人不肯走,就是还缺他几粒饭呢。祖父的最后一顿饭,也许是他一生中吃得最少的一次,不过几粒饭,他也没有完全下咽,便平静地离去了。

祖父能活到九十六岁,按照我的看法,主要原因有两点,一是心里不放事,二是能吃能拉。

我们家是个大家族,照理说该有不少事值得他操心,但他从不管闲事。儿子成了亲,早早分开过。家长里短,从此充耳不闻。但有事情呢,他是肯帮的。农忙时节,他帮完东家帮西家,站在太阳底下筛谷子,一筛一个下午,没挪一下脚。农闲时间,他则替儿媳们买菜。他人头熟,买的菜新鲜实惠,的确让人觉得少不了他。祖母呢,看孩子,十几个孙子孙女,全由她一手抱大,然后又开始照顾曾孙一代。我的祖父祖母,就像两根顶梁柱一样,支撑着一个大家族,并且从来不把是非带进任一家家门。

祖父能吃。去世之前,每天三顿饭,两大碗还垒尖儿,并且落不得时间。除此之外,他还爱吃零食,主要是吃米糕、柿子、苹果、梨,烂了一点的柑橘是最爱,偷藏在黑咕隆咚的大瓦缸里,趁人不备,摸出来三下五除二吃光。在这一点上,他和祖母简直就是绝配。祖母也爱吃零食,水果藏在床头下的瓦缸里;米糕柿饼一类的,保准在柜子里,用纸包得好好的。她吃零食的时间定在晚上。我小时候夜里起来大小便,远远的就听到窸窸窣窣响,走近了便再也听不到任何声音。有时候明明听到她嘴巴嚼得欢,一靠近,她当即就闭住不动了。这可真难为了他们,十几个孙子啊,她能给得了谁?我以为,这是她的聪明之处,虽然我们没少偷过她的瓜枣,但谁也不会张扬出去。奇怪的是,两个老人吃那么多甜食,偏偏就不得糖尿病;从不刷牙,牙也不蛀,吃东西还嘎嘣脆。

能吃是福,能拉也是福。祖父的大便大堆大堆排出,马桶三天两头就得倒上一回。在他生命的最后十年,他越来越老了,力气也越来越弱,因此,倒马桶这件艰巨的事情,就轮流着由茁壮成长起来的孙子们完成。我们三天两头就听到他跑到屋外叫喊:"我的马桶又满啦,再不端去倒掉,里面的蛆就要爬出来啦。"他这一喊,就马上有人跑去倒马桶了。他的大便结实粗壮,让人暗暗佩服。

祖父在乡野活了一生,少年时不识四书五经,青年时也不见热血沸腾闹起革命,可在乡人眼中居然算得上是个人物。这一是因为他的长寿,在他的同辈人纷纷入土为安,他的两个儿子也英年早逝先他而去的时候,他居然能衣食无忧,活得好好的。二是因为他年过花甲之后,在闹哄哄的"文革"后期和"文革"后做过十年的老人协会会长。

当五个儿子像牛犊一般长起来并且都成家后,我的祖父也年过花甲。在他变得无所事事之后,突然有一天他受了怂恿当起了无人敢当的老人协会会长。这是福是祸?是大器晚成还是自讨苦吃?着实让人捏了一把汗。但祖父在此后表现出来的卓绝的组织和协调能力令人佩服不已。也许身后那五个气壮如牛的儿子的威力,他在缪家桥一带有着不凡的号召力和牢不可破的根基,而缪家桥又统辖着一乡八村,在江南一带是个大姓,具有举足轻重的地位。一开始,祖父就表现出大手笔和大气魄。江南垟陈李两姓一向有宿仇,为争田争地、修桥修路的事动刀动枪已有些年头。是时因赌博之事,两姓人家又从家中拿出刀枪、雷管,严阵以待。祖父受命危难之时,为有备而去,吩咐了缪姓中的青壮年头扎毛巾,手持樱枪,原地待命,而他带上几个老人前往调解。他叫来陈李两姓头面人物坐下,当面晓以利害,一场风波暂时停息了。为解除后患,他还责成两姓村中出钱,为历年械斗中伤残人员作出补偿。最后,缪氏家族还杀上几口猪,叫上陈李两姓代表,觥筹交错一番之后,从此礼尚往来。

如果说祖父常常平息外姓之争赢得了别人的尊敬,那他带人修订族谱、修路搭桥则至今令族人感激。在他任上,缪氏家族分为五大队,每当正月初一至初五,各大队分队祭祖,这些深深地带着传统习俗的行为让族内空前团结,许多多年悬而未决的事情,如修路搭桥的经费问题也顺利以按丁摊派的方式得到解决。

我猜想,祖父在做这些事情的时候,肯定颇有点霸气和匪气。他的所作所为,不管在过去还是今天,肯定要得罪不少人,甚至为一些人所怨恨,但祖父活在民间,民间自有民间的活法,民间的纷争自有民间的解决方法,是非功过不是那么简单可以下定论的。好在,他把他的霸气和匪气用在调解民间的纠纷上,而不是用在当时时兴的造反和迫害他人上,这就显示出他的非同一般的眼光来了。

在祖父长达一个世纪的生命长河中,这十年是短暂而漫长的。但我还是庆幸他有这样的十年,这十年让他的人生饱满起来,不至于太过平淡,虽然这十年很快就被此后的岁月所覆盖,只是在他死亡的时候又倏地亮了一下,此后,便永久地沉寂下去了。

2006 年

望乡

上海！上海！

我出生在温州的一个海滨村庄，但最早认识的汉字却是"上海"二字。这两个字被写在父亲带回的毛巾、旅行包和很多日常生活用品上，被挂在家人和乡邻的口中，并最早地进入我的视界和脑中。这是否早就注定了我成年以后会在上海读书、工作和生活？我不知道。我父亲以在海上运输为生，一艘轮船在大海中漂荡奔波，运着布头、啤酒，往返上海和温州之间。从我有记忆的时候开始，在上世纪七十年代末，尤其是八十年代初期，在物质匮乏的年代里，四乡八村的人都会来找他，托他带回绒线、毛巾、旅行包以及衣服、皮鞋，以备儿子结婚、女儿出嫁和过年过节之用。几乎每隔十天半个月，我们家便门庭若市，那是我父亲回家的日子，走进我家门的乡亲们络绎不绝，他们千恩万谢地领走父亲代买的物品。我的父亲因此赢得了无与伦比的信赖和尊敬，也给我们家带来了无限的荣耀。

父亲的一生没有离开过海，少时在海边出生成长，十六岁以后开始以捕鱼为生。我母亲一再告诉我,小时候我们姐弟四人是吃黄鱼长大的。家前家后晒着鱼干,来人放下一块钱,就可以随便拿走多少。我记得平台上晒着的目鱼,藏着白花花的蛋,摘下一个在口中细嚼,其香无比,至今还有回味。四十岁以后,父亲开始跑运输,从上海运回布头、啤酒,有时候还有文具。对从没有走出过温州的乡人来说,我父亲是见过很多世面的人。

这一种荣耀,其实正是上海这座城市给他带来的。后来我知道,父亲的船经常停靠在十六铺码头。可惜,父子向来缺少交流,相互寡言,他从没有向我讲过上海,我也不知道他曾经到过什么地方。

大概,在父亲的心目中,觉得上海其实和我的将来也没有什么关系吧。万不料,父亲泊岸的上海,后来竟成了我读书、工作和生活的长久之地。

有了这一层因缘,上海在我心中自然意义非凡。也许是幼年时那种荣耀的自觉延续,我虚幻地享受着人在上海的光亮。可惜,最初的很多年我一直没有真正找到融入城市的感觉,正相反,内心里将它视为异乡。近二十年的乡村生活经历,让我觉得自己的血脉是与大海和村庄紧紧相连的,是与那里生生不息的土地和人群相连的。但故乡已把我当成了外人,家人和村人一直挂在口上的一句话是:"这次回来可以待几天?"他们知道我不过是个短暂的逗留者,与那些往低处流的河水不同,"人往高处走"了。

我在过了而立之年后,在上海待了也有十年多了。感觉发生了变化,我觉得与这座城市粘连在一起了。这是因为物质渗入、文化渗入、事业渗入、家庭渗入、方言渗入的结果,血与肉粘连,无法分开了;

更是因为我越来越明白了一个道理：我已经开始了在上海的凡俗生活。人在上海，可以视为因缘，也可以视为巧合，但这不是一种荣耀，也非一个"高处"，而是一个"所在"。我在上海的烟火中生活，渐渐将故乡的炊烟淡忘在记忆、文字和睡梦中，竟有一种说不出的滋味常常在心头泛起。

大海边上的故乡

八月，一场长八公里、宽八百米的龙卷风贴身刮过我的老家。听家乡人讲，也就是说一两句话的时间，一阵飓风如鬼魅般闪过，在昏天暗地中，呼呼吼着叫声，拔毛一般刮过大海边的村庄。所到之处，铁柱被拧成了麻花，小船被掀上了房顶，一棵一百三十年历史的樟树被连根拔起。屋毁人亡，悲声切切，叫人好不揪心。

我少年时候见过的龙卷风，长得像漏斗或绳子的模样，有时也如腾空旋转的圆柱。村中赶着鸭子的中年人，走过一座桥时突然被猛地拔起，还没回过神来，已重重摔在地上。邻居的小孩撑着雨伞去打酱油，突然一阵风来，眼见着他飘过屋顶，落在田里，爬起时一身污泥，雨伞只剩下骨架。这些，不过是极小的龙卷风，但在村人眼里，龙卷风哪是天象？分明是妖风来袭。于是请来僧人，于是搬来灵姑，屋内香火缭绕，口中念念有词，在"中邪者"身上一番折腾，为了驱除魔咒。

可见，龙卷风并不常见，大家还没有习以为常。在我的故乡温州海边，台风才是家常便饭。夏秋之交，三番五次，台风不请自来。逢到台风缺席的年头,村中上了年纪的人便会感叹:"好闷热的天啊,今年台风怎么还不来?来过了,天就凉下来了。"

台风成为牵挂,完全是因为海边人无法躲避。如果风力较小,或者只是路过,台风并不可怕;过一阵风,飘几点雨,天气倒变得凉爽了。但台风正面登陆的时候,所有的村庄会如临大敌。舟楫泊岸,鸡鸭入圈,每户人家都在屋中躲起来,大门、窗户扎上竹子编好的篱笆,只听得呼呼狂叫的风声从外头刮过,猛烈时还感受得到屋子在摇晃。我记忆中通常是几昼夜,停电、停水,在昏暗的平房里,闷热难当地熬着日子,吃着事先备好的粮食和蔬菜,甚至不知道隔壁人家的安危。我的父亲是船长,如果这个时候他还没有归航,就是我们最揪心的日子。在缺乏通讯工具的年代,等待就是唯一的路途。后来就叫他在这个季节歇海,我小时候经常在大清早就听到他打开收音机播放天气预报:"北到东北风五到六级,阵风七级……"在父亲去世后的好些年,我每次听到这样的播报就心惊肉跳。

台风过后,被刮倒和吹垮的房屋、树木随处可见,地里的稻谷和瓜果更是一片狼藉。如果台风碰上汛期,海边养殖场里的对虾和青蟹就乘着大水跑得精光,很远就听得见颗粒无收的养殖户们呜呜的哭声。村中的积水则几日不退,老鼠和蛇到处流窜,一些平常见不到的爬虫沿着墙角蠕动。只有孩子们是快乐的,用木头做成小船,在积水中嬉戏;用渔网在河道和沟壑里捕捞逃出来的鱼蟹,常常能收获颇丰。

这些年来我远离故乡,常常还竖着耳朵听有没有台风的消息。

又因为做新闻工作,一举一动都晓得分明,于是也就更加地牵挂和担忧。但故乡的境况比我小时候的经历要好得多,海边的堤岸修得高大且结实,防护林密密麻麻挡成一排。各家的屋子也更加的牢固,而且紧挨在一起,风雨很难轻易动弹得了。每当台风来袭,各级政府早早就做起动员,该修的修,该藏的藏,该避的避;台风过后,损失有了赔偿,伤亡有了补助,困难有了周旋。这令人欣慰且感激。一代又一代的海边人,依靠大海和土地生活,接受着自然界的馈赠,也承受着自然界的风雨,这是无法回避的宿命。在艰难中积攒智慧和力量,在生活中积累财富和善良,也许可以给命运增添更多的亮色。我如此祝福我的故乡,也祝福一代又一代的故乡人。

十年一觉大学梦

我在报社做了十年编辑,加上实习,大于等于我大学毕业的辰光。十年灯灭鸡啼,等到大学同学从天南海北赶回母校相聚,看着那些已经长到八九岁的孩子,方知日子过得有多快。学校马上搬迁,新校区有条河叫樱桃河,在丽娃河边徜徉过的人肯定不以为然;谁不记得"春风风人,夏雨雨人"的旧词,从心底里叹息时光不可重返的现实?隔几日,宁夏人民出版社为出版的七七、七八级大学生回忆高考的书籍《大学梦圆》开座谈会,邀我去闲谈。一圈听下来,我不由得问自己:和他们相比,十年的日子也算长吗?

然而,我很自然地想到了"梦"这个字。今年是恢复高考三十年的日子。三十年前,我才三岁,不知有梦,无论大学。读到高中,知道了,大学就是一个梦。那已是九十年代初期,但在乡村,读大学还是一个娇滴滴的梦。隔几年考上一个,了不得,几个村庄惊喜、轰动、好生羡慕。于是白天摆上宴席,夜里放映露天电影,久久成为热门话题。无疑,我做过这样的梦,也圆了这样的梦,不算太艰难,但一生都不愿重新来过。那也的确是个磨难。我的一个堂叔,长我六岁,但直到我考上大学第三年,他才圆了大学梦。我看到了他梦魇一般的整整八年。后来,我几次梦到自己重新坐在考场,发现根本答不出那些语数外、政史地的考卷了,十分慌张地醒来,很诧异那么多年前的高考经历,仍然给我留下了阴影。但我从来没有对高考制度反感过,这里面起码有我看得见的机会,让我们这种渔民的后代可以去站在一起跑一跑,实现自己想要读书的梦想。

我的小学与初中,遇见的几乎是清一色的代课和民办教师,挽起裤脚就下地,走进教室还带着泥巴。那些史料和掌故里的乡村读书人在哪里?那些盖了藏书楼、办起书院和私塾的老先生,哪里可以遇见?以前的读书人,晚年时回归故里,门庭学子,书声琅琅,乡村常见一脉书香流淌。现如今,哪里去寻?都在城市远远躲起。寻人如是,寻书亦然。不要说乡村,就是稍微偏远一点的城市,很多书根本就读不到。现在不还是这样吗?我要读书,只有不断地考试,一直到考上大学。要不,我就得做个渔民;要不,跟我姐夫做个木匠;了不起,跟我舅舅学做生意。但,我就读不成书了。

与十几年前相比,现在乡村的孩子读大学要容易得多,但也并非人人都这么幸运。常常禁海,他们甚至做不成渔民了;土地修了房屋、修了公路,没有粮食和瓜果可以伺弄了;劳动力饱和,他们甚至做不成木匠了；没有本钱，他们也做不成生意。为了生计，他们四处打工，乡村里剩下老人、妇女和孩子，还有从山村搬来讨生活的外乡人。农民无法守着土地过日子，渔民无法守着大海过生活，整个村庄顿时恹恹的没了生气。

失地

一条拆了两三年的弄堂，今年春上，随着铲土机的隆隆推进，终于要消失于无形了。日夜轰鸣的声音困扰着我，让我立也不安，坐也不静；飞扬的尘土侵袭着我，紧闭着窗户，地上、桌上仍然很快就积上了灰；离别的惆怅也敲打着我，让我感觉如一棵树被刨走了根。

我近些年来不可救药地觉得自己如失了地的农民。在城市里待的时间长了，也有了一间自己的房子，我却愈加念想起自己该有一块属于自己的土地。这块土地也许称为精神故乡更为妥当吧。我原先料想自己是有这么一块土地的，且长满了绿油油的叶子，半夜醒来却无端地觉得没有了落脚的地方，这让我振翅在空中好生怅惘、无限疲惫起来。这种感觉竟日复一日强烈起来，让我没有了方向。

只有土地能让远行的人感到亲切，而不是空中的云彩。我们家弟兄三人在乡下是有二亩地的，这些年却包给了人家，地是没有荒着，可别人耕耘的就是自己的果实。我回到老家，立在田间地头，看那些饱满的果实，就觉得很陌生。它们也不认我，虽然看着我，心里却装着别人。一条条的公路拉进来，一排排的房子蠢起来，还是那片土地，模样却发生了极大的变化。家乡旧貌换新颜，这让人高兴，但我却觉得自己失去了土地,土地也不认得我了。一个个牛犊一样长大起来的孩子也不认得我,把我当作了他乡的异客。

另一种土地的失去让我更加难过,原先那一排房子里的和睦气氛,这几年都被一些闲言碎语淹没了,家族里缺了主心骨,就如老宅子被卸了栋梁,见风就是雨。不尊老,不爱幼,就失去了和谐的秩序。东家富,西家贫,财富就让人平添了几分嫉恨。家长里短为什么到处流窜?全在于管不住自己的嘴,也没有了管嘴的人。当了家的妯娌们,感觉结构已经发生了变化,内心认同的是财富和利益,这是几头牛也拉不回来的倒退。这些年来,每当纷争传入我的耳朵,我又痛心,又无奈,只好劝常年在外头忙活的男人们:国家都在倡导建立和谐社会,亲朋邻里之间,岂不更应多些友爱?

所以我常常寄情于我家旁的这条弄堂,这块被称为脏、乱、差的狭长的土地,不过三五百米长,背后是蒲汇塘河,前面是林立的高楼,它夹在闹市的当中,自己胡乱生长着。低矮破旧的房子,住着清一色从外地来的农民,他们开着小商铺、小酒馆、发廊、菜场、钟表店、裁缝店、音响店、电话亭,卖着低廉的日常生活用品,过着忙碌而悠闲的日子。傍晚时分,那些散发着泥土气息的新鲜蔬菜、带着尘埃的旧杂志和小人书、破旧双卡喇叭里传出的流行音乐、一路清脆响过的自行车铃铛声,和着逐渐西沉的太阳,让我闻到了乡村岁月熟悉的气息,让我恍惚回到逝去的土地,感受到热烘烘的人群散发出的暖人气息。我在拥挤而热闹的城市里寂寞地行走着,有些时候觉得这块土地可以安妥我的灵魂。傍晚时分我散步其中,感觉自己卸下了疲惫,恢复了一点地气。

现在它要消失了,又一块土地要离我而去了。我原先觉得土地是亘古不变的,只有天空的云彩才到处飘荡,我自比天空的云彩,就很希望脚下有坚如磐石的土地。土地却不依我,兀自化作了空中的云彩,而我成为了孤单的土地,望眼欲穿那些可以逗留在空中的云彩。

没有树木的村庄

十余年间,从家旁到海边的一大片种蔬菜和瓜果的土地,泥土全被打掉了一层。泥土被制成一块块泥坯和煤坯,烧成红砖后,都造了房子。那些地,先要荒上一两年,长野草或一种叫咸青的植物,然后改种水稻。

再也没有可用的泥土了,十几台制砖机一台一台哑了,汉子们都歇了脚,坐在家门口发愁,突然看到:家门口没有树了,整个村庄没有剩下一棵树了。

没有了泥坯和煤坯,就像锅里没有了米,红砖窑的煤烟断了。被煤烟熏得乌黑憔悴的汉子们,揉着红肿的眼睛,屋前屋后转悠,突然发现:村庄里再也没有一棵树了。

十余年前,这个村庄树木葱茏,哪户人家的屋前屋后不都种着几棵木麻、棕榈或者槐树、柑树的?可如今,你再也见不着一棵树。这个村庄就像在一片光秃秃的地里突然冒出来似的。

就是那些红砖窑里冒出来的煤烟,先把这些树的叶子摧落,再把这些树的枝干熏枯,最后,砍掉当柴烧。

我二公还在世的时候,每天起得早,站在桥头,看着村庄里十几个红砖窑冒出的煤烟笼罩着整个村庄,就止不住咳嗽。他的蚊帐被煤烟熏得发脆,手一碰就往下碎;他的那棵心爱的柑树结的果子也越来越小,而且酸得难以入口,到最后不长果子,枯死了。这烟是有毒的啊,二公说,咱们村庄里的树木会死光的,你们都要遭报应的!

谁也没有理会二公的话,那些年烧红砖的收成正好得很,红砖才出窑,就有船等在河埠头了。日夜两趟窑,烧出来的都是钱。

烧窑是一种真正的体力活,只有最勤劳的和最有体力的人才能干得了。先要从地里买进泥坯和煤坯,叠成垄,晒干,再挑进窑,垒好。两块泥坯夹一块煤坯,一天分几次往窑里填,然后不断地将窑下烧好的红砖起出两边的洞口。逢人来买,又要搬下船。这是一种不让人睡好觉也不让人歇上几口气的活儿。可因为来钱,大家都拼了命地干,精壮汉子两个人烧一个窑,力气不够的,兄弟三人、父子四个都干起这行当。

树木都枯死了,整个村庄显得很苍白。春天的地里冒出来的一层浅浅的草,不到夏天都变黄了。在毒日头下走,再也没有一片阴凉之处。屋前的木麻,家后的竹林,河边的老槐树,都成了记忆之物,知了、天牛和各种鸟儿,再也不到这里来了。清晨时醒来,听到家后小河里的桨声,隔着窗户望去,这条河是光秃秃的,河两岸没有一棵树,甚至也没有草,只有和石板路一样颜色的河水。

房子盖起来了,孩子像牛犊一样大起来了,精壮汉子变得憔悴了,不过三四十岁,背就有些驼,头发像一窝枯草,脸色蜡黄,不停地瘦下去。他们开始尝到了恶果。

如今,泥土打完了,那些肥沃的土地,大片大片地荒废了,树木也死光了。村人们赖以生存的土地，就这样无私地让子民们把自己掏光了，似乎只有这样，才可以劝告大家：该歇歇了吧！

摆渡

很多年，每次我回乡，都喜欢经过古鳌渡口。我不仅把她视为一片土地的入口，还把她当成是一种情感的入口。似乎，过了这个渡口，土地就是故乡的土地，而心境，也是故乡人的心境了。

这种复杂的情感，让我感到忧郁。

那个古镇的渡口，长满斑驳的青苔。在潮湿的梅雨季节，旧石板路湿而滑。道路两旁，是一溜子的平房，卖着小商品和南北货。屋檐下滴着雨，瓦楞上方的天空，是长久不曾退去的雾气，灰蒙蒙的，连同那原本青黛色的远山。江上更是朦胧，更不要说对岸的房屋了。渡过江，就是故乡了。

渡口共有两班渡轮，每小时替换一次。人流似乎从未中断，当一班渡轮靠岸时，渡口就变得异常嘈杂和喧闹，驮着担子的，牵着牲口的，推着自行车的，掺杂在人流中，响着吆喝声、叫唤声和铃铛声。穿着艳丽的姑娘，撑着雨伞，皱着鼻子，仔细踮着脚，生怕溅起的雨水脏了自己的裙子。顽皮的小孩甩着湿漉漉的头发，在人群中穿梭着，不断受到路人的呵斥。大家要涌到一个挺着大肚皮的老汉那里，花五毛钱买上一根竹签，进了渡口，再将这根竹签扔进一个竹框里。竹签碰击竹签，发出咯、咯、咯的声音，让人无限着迷。

上了渡轮，但听马达轰鸣，船身也随着微微颤动。烟囱上冒出滚滚黑烟,汽笛一声长叹,声音响过江面,传出很远。浑浊的江水,漂浮着树枝、塑料袋和泡沫,被螺旋桨剧烈地翻起。渡轮笨拙地转身,向岸的另一端驶去。如果靠近栏杆,或者站在甲板上,远眺可以看到浩淼的鳌江。这是浙江的七大水系之一,靠近东海入海口,江水绵长,景色依稀。在江南的雨季过江,甭提多么令人阴郁和惆怅了,但这似乎正是回故乡的正常情调。因为故乡,已经没有母亲了。

于是,摆渡成为一种莫名的情结。我曾经特意去坐过苏州河的渡轮,在最后一班渡轮取消之前。闹哄哄的人群让我感到恍惚,但那又怎么比得了古鳌的渡口?两岸的高楼提醒我,场景和心境都不对头。我在加拿大也坐过渡轮,从温哥华岛的维多利亚,到温哥华去,到盐泉岛去,那渡轮,庞然大物,在上面甚至感觉不到船在动,只有两岸移动的风景告诉自己,这是在摆渡。在越南的湄公河,我也坐过一回渡轮,可惜,脑子里反复出现的是玛格里特·杜拉斯《情人》中的描述,虽然已经没有那种杂乱,也没有那种灰色调,更没有那蝼蚁般劳作的人群。

生活在不断摆渡一个人的躯体,从一片土地,摆渡到另一片土地,从一个时间,摆渡到另一个时间。摆渡一个人的灵魂,却很难。永在此岸的停泊并不令人欢喜,而在河中漂荡,不知归宿,却又令人害怕。但河的彼岸,是否就有我们所要的东西?或许还存在河的第三条岸吧。只是我至今都不知道,那是怎样的岸。

何当慢船回故乡

从上海南站到温州鳌江,动车开了四小时四十分钟。

也就十几年的工夫，回乡的路程缩短了二十个小时。当然，近五百公里的距离是不会缩短的，因为速度的加快，缩短的是一秒一秒跳跃、一分一分走动、一时一时挪移的时间。浊浪滚滚的古老鳌江依旧，但斑驳的青石板和古渡口已消失，连同渡口后那青黛色的一抹远山。

老家在渡口对岸的小镇，故乡迎接我的，是鳞次栉比的高楼。经过二十几年的发展，原先寂寥的农民城，而今人口集聚，房屋密集，一下子膨胀起来，比我去过的许多中小城市还要大，繁忙程度就像一个车水马龙的小上海。但是街道逼仄，环境凌乱，城市显得破旧而拥挤。薄暮时分的镇上，车子多得让人挪不开脚步，空气中尽是些刺鼻的橡胶水的味道，远远盖过了汽车尾气和粉尘的气息。

再仔细看，街上一户一户的人家，住着四层五层高的房子，门口叠着一箱又一箱的印刷品，门外停着车子正等待着装运，人们个个身影忙碌，都顾不上抬头看人一眼。这些年我在外头，偶尔也回来，耳闻目睹这座中国第一座农民城，后来发展成了中国第一座印刷城、中国第一座商标城，虽然也有了集中的工厂，但更多的家庭作坊仍和居民混杂在一起，人们像在一个大的染缸里生存。二十几年了，街道和房屋日显破旧，行道树也日见稀少。几条小河，发黑发臭，要不早就被填埋了盖了房子。

到了夜里，镇上繁华异常。通明的灯火，掩盖了白日的沧桑，小汽车鱼贯而行，三轮车来回穿梭，红男绿女，衣着光鲜。街上到处可见饭店和大排档，污水横流，却不会妨碍顾客盈门。

镇上是这样，村庄里也好不到哪里去。这些年来，我每回一次老家就觉得整座村庄佝偻了,树莫名其妙消失了,草也稀少了,村里的有钱人纷纷搬到了镇上,镇上的有钱人则在杭州和上海都有了房子。你如果在薄暮时分去看,村里尽是些老人和异乡人,显得那个苍白和荒凉,真叫人心酸。

从镇上到村里,公交车破败不堪,更加破败不堪的是道路,狭窄一如从前,而车子多得三五步一堵,十余步一塞,我无奈坐着三轮车沿河道旁小路绕行,那条我小时候游过泳的白沙河,几乎成了一条死河,绿毛莹莹,像条令人恶心的大虫。我叔叔牙掉得没剩几个了,和婶婶坐在门口拣碎布,那些化纤布头是用化工染料染成的,散发一股难闻的气味。天天坐在碎布堆里,对身体自然有很大的影响。更难堪的是,废水和废物都排在了河里,水源和空气的质量就可想而知了。我婶婶这些年奇怪地生了白血病,夫妻俩拣上一年的碎布头,也抵不上去上海看一趟毛病,可不干这个,又没有别的收入。

城市发展了,生活的条件是改善了,而环境却大大恶化了。后果自然是尝到了,生了病的人们着急慌忙地往杭州、上海的大医院跑,得的都是一些肺里、食道、血液里的肿瘤。我每每到医院去办事或者看人,听到那些无改的乡音心里就发颤。还有多少老人、穷人根本就来不了上海看病啊,他们生活在这样的环境里,是更大的受害者。还有那些孩子,莫名其妙地生了白血病、红斑狼疮和低分化癌。这些年,我的一个几乎是从镇上"逃"到上海工作的老师,常常为乡邻和亲戚跑住院看病的事,她庆幸自己"跑"出来了,又不堪为人寻医问药之累。我深有同感。每每遥望那个大海边上的村庄和市镇,心里就一阵一阵揪紧。

故乡的脚步迈得太快了,仿佛从少年一下子走到了老年。生活是好了,人们打扮时髦,城市之夜灯火通明,可蝼蚁般忙碌的众生,再也回不到慢船的时代了。

故乡的脚步迈得太快了,快得我忍不住要喊出声:请慢一点,等一等那些咳嗽的老人和踉跄的孩子,等一等当年我坐着去上海的慢船。

是的,十六年,那时坐船到上海,是一昼又一夜,但没有觉得有多远。那时的故乡还是绿的,碧水长空,绿树成荫,芳草萋萋。乡村,包括刚刚繁华起来的整座农民城,还有着整洁的、朴素的美。

2001—2007 年

温暖

小人书

在家旁边的小弄堂被一条宽阔的水泥路取代之前,我在拥挤的小马路旁淘到了近百本小人书。这些半新不旧的小人书摊在破旧的塑料布上,和菜叶子、垃圾堆、自行车、流鼻涕光屁股的小孩混在一起,在薄暮的光亮或昏暗的街灯下闪动着旧岁月的气息。这些小人书大多是上世纪七十年代末、八十年代初的版本,如此巧合地对应着我的少年时代。小人书曾是我成长岁月中唯一可以阅读的书籍,如今虽无一存留,但给我带来了隐秘、难忘和激动的岁月。不曾料,二十余年后,我会在城市的一隅与它们相遇,拂去岁月的尘埃,熟悉的画面一一呈现,给我带来了激动不安的回忆。

我的少年时代,除了课本,几乎没有读过什么书。是无书可读,的确无法在贫瘠的乡村里找到书籍。小人书是个意外。在我还未识字的孩童时代,爱缠着会讲故事的堂姐,她给我们讲述《大闹天宫》《精卫填海》《后羿射日》。反复讲述的这几个故事,我却百听不厌。

我上学以后发现,堂姐原来藏着几本小人书。于是给她捶背,给她捏脚,给她跑腿,软磨硬施,终于一一讨来看过。但很快就觉得不过瘾。有一日去打酱油,突然发现在供销社的玻璃柜台里,与花花绿绿的糖果摆放在一起的,居然还有彩色封面的《木偶奇遇记》。于是一分一分地攒钱,一等到足够买一本,便飞奔而去买来;小心捧回,寻个角落迫不及待翻看起来。

小人书用最节制的语言,配以画面,将故事情节最大化,它其实在教会一个人怎么样用简短的话语,将一件事情表述清楚,同时又给人无尽的想象空间。当我的肚子里有了一些故事以后,把它们讲出来成了我新的爱好。我带着那些比我还小的孩子游荡于村头巷尾,找到一棵树下或者一片草地,就一屁股坐下来滔滔不绝开讲。有好几次,我还在班级和年级的讲故事比赛中拿到第一名。我一向严厉的父亲因此不得不对我刮目相看,还在我母亲面前好好地表扬了我一番,从此认为我或许可以走上读书这条道。

小人书给了我最初的文学启蒙知识,我后来不止一次看到,一些作家的少年时代都受益于小人书。事实上在很多文学作品被视为"毒草"的年代,只有连环画才是唯一可读的书籍。种类很多,据查,"文革"十年出版的连环画有一千五百多种。印数也十分惊人,仅《铁道游击队》,自1955年由上海人民美术出版社出版以来,先后就再版二十次,累计印数3 652万册。正是这样庞大的数量和种类,没有将我遗漏,使我在贫瘠的乡村仍然可以看到名目不少的小人书,给我的成长岁月带来了无穷的乐趣。可惜,我对那些画面兴趣不大,而对那些有限的文字百读不厌。这也注定了我后来喜爱写作而无缘绘画,在创作时又热衷抒情而不爱写实。

邮递员

十五岁以前,作为一个从来还没有去过县城的乡村少年,我的理想是当一名邮递员。身着绿色的服装,脚踏结实的自行车,一路按响清脆的铃声,在尘土飞扬的乡村小道飞奔而过,那就是我黎明前最黑暗时刻的梦想。

我记忆中的乡村邮递员是个翩翩美少年,瘦长的身材,白皙的面孔,行色匆匆,沉默寡言。每隔几日,有时是黄昏,有时是清晨,他就会在村口的小店前停住他那匆忙的步履,手脚并用支好他的邮车,然后从斜挎的邮包中取出牛皮纸、白皮纸的书信,有限的几封信件,他一一翻看——第一封被插到最后一封——然后留下了三两封,有时甚至只是一封信。少年飞身上车,响起一串铃声,在薄暮或者晨晖中,飞驰而去。

这里面就有我的信件,来自外省笔友的来信、民间的诗报诗刊,还有本县唯一的一份文学杂志。在1990年代初期,文学理想就是今日青少年钟爱的网络游戏、流行歌曲。在贫瘠的乡村,她更像仙女一样让我感受到人生的光芒。这些信件经过长途跋涉,不断地被分拣、被归类,然后从乡村邮递员的手中翩翩而至。当我手拿这些来信,常常会显得激动不安。

文学让我体会到另外一个世界,感觉到内心远比大海辽阔和浩淼,美好的情怀常常让我寄情于山川河流、一草一木,我抒写起人生最质朴的情愫。于是,我更加频繁地买来供销社里简陋的信封和蒙上尘土的邮票,将写满文字的方格纸、练习本甚至草纸一一抚平,郑重装入。这些信件和稿件似乎有了千斤的重量,沉甸甸地握在我的手中。在清晨或者黄昏,我站在路口,看着少年邮递员从尘土飞扬的乡村小道上骑着自行车飞驰而来,往往抑制不住内心的兴奋。我像交付自己的命运一般将信件递给少年邮递员,看着他用修长的手指接过去,装入邮包,然后看着他绝尘而去。少年邮递员身材瘦长,面孔白皙,行色匆匆,不置一词。他就像一个使者一样让人觉得神圣和珍爱,让人充满了向往和等待。

在我的少年时代,等待邮递员几乎成了我生活中重大的事情。当那些外省来信和刊登了我最初文字的报刊来到我的手中,我无限惊奇地发现世界的丰富和文学的美好。邮递员几乎成了我生命中一个重要的隐喻,那是一种与希望、与前程、与命运紧紧相连的隐喻。事实上,我没有失望,邮递员给我带来的正是一种生生不息的希望、一种迥异于乡村生活的前程、一种此后被改变了的命运。

馋

快过年的时候,我大哥说托人从乡下捎来了一袋蛏子干、两只熏好的土鸡、三条晒干的鳗鱼和几斤软壳的对虾。他知道我在上海就馋自家做的这些东西。他在电话里这么一说,我马上感受到了浓浓的年味。我在家等啊等,口水都快流出来了。

我在温州海边长到十九岁,不可救药地爱着大海、海鲜,还有家乡其他的美食。在上海读书工作虽然已到第十四个年头,但乡音无改,口味依旧,常常馋海,馋海中刚刚捕捞上来的鱼虾螺蟹。每次回家,立马站没了站相、坐没了坐相、吃没了吃相。我是真馋。

过年的时候就更馋。小时候,年关将近的时候,春天开始养的一窝鸡,这会儿都长大了,留下几只会下蛋的母鸡,便都宰了,挂在屋前晾干,放锅里加了桂皮、茴香、调料煮熟,然后用米糠熏,香气四溢,让人喉咙口都忍不住要伸出一只手来。剖好的鳗鱼、墨鱼,用筷子撑开,长长地垂挂在屋檐下,鲜美饱满的肉散发出一种甜味。到了一年一度做年糕的时候,闲置的石臼子,曾被风吹雨打,曾被顽皮的小孩撒上尿水,这会儿被冲刷得干干净净,蒸好的几笼糯米饭,倒进去,几个青年抢着锤子,锤成糍糍的一团,散发着热气、散发着香味,被抬上一张早已铺好的门板上,一字排开的雕花印案,抹了菜油,男人们粗厚的手摘来糍糍的一团糯米填进印案,立即压出了一条条的年糕,挤出的一点边角料,便丢给一旁早就流着口水的孩子们。

靠海吃海。虾、鱼、蟹,晒成干,制成冻,挂在阁楼上,藏在家橱里,可以从年尾吃到年头。正月初一,村头舞花龙,正月初三,村尾舞狮子。新桃旧符,爆竹声声。客人一拨一拨地来,晒着太阳,就着海鲜,喝着米酒,脸色酡红,酒气熏天,大话连篇。到了正月初五以后,走亲访友基本结束,年货也吃得差不多了。勤劳的人开始赶海,归来时路过我家门口,那小虾还在箩筐里跳动着,那带鱼还闪着银光。母亲买下一些,再到自家的菜园子里拔几棵盆菜,摘几根小葱,放在锅里一起烧,只需放几粒盐,其味立即鲜美无比。

照理说,这些都是平常的东西,在上海这个饮食文化十分发达的城市,何以会让我回味不已?大概一则因为距离产生了美,二则因为这些年来年的味道越来越淡化了。年味年味,让人馋的是那种味道。这种味道不仅仅是美食的香味,还包括那种平时不闻的燃放爆竹的声音,和那种舞花龙走马灯的喜庆气氛,更重要的是那种终年忙碌后突然空出来的一段可以无所事事、吃吃喝喝、细细回味的日子。如果对食物没有欲望,流水般的日子也不会停顿,怎会让人有不一样的体味?那过大年与过每一个凡常的日子会有什么差别?

可见,我馋的是一种体味。

乡村影像志

1980年代初期,村里有了第一部黑白电视机。那个时候要看电视节目,难。还好,电视机是我叔叔家的。那也不容易,巴掌大的电视机,藏在卧室,夜深了才打开,恐怕只有老鼠才能进得去。总算好,有过年过节,电视要敞开来放几回;有连续剧《射雕英雄传》,因为剧情太吸引人,一到夜里门口就围了一群人,不开放不行。但还是不容易,就心里老是想着这个事儿,用橡皮和糖果巴结堂弟,好能够和他挨一起看看电视。

那个时候,看电视好辛苦。坐在地上,很累地仰着脖子,也就罢了,最受不了室外天线迎风飘摇,常常只见一屏雪花。终于,姐姐出嫁,家里买来一个17吋电视机,狠狠看了几昼夜,可惜马上陪嫁走了。熬到大哥结婚,终于盼来一部可以留在家里的电视机了,但我要转到镇上读中学了。我少年时代希望有一个自己的电视机,日夜抱着睡觉。今天,我家里有了两个电视机,结果,除了收看新闻或者"借壳"看看碟片,基本闲置。

读初中时,乡村里出现了一个录像厅,在河边搭出来一间大毡房,摆上一排排长条凳,一个小小的投影器,在前头高高摆着。卖出的票上虽然写着座次,但一到放映时差不多都要为争位置打架。而放的影片基本都是港台武打片,"好功夫!"谁赢了大家就一片喝彩。拥有一身李小龙式的好功夫是所有年轻人的向往,于是拜师学艺、拉帮结派成为时尚,结果,寻衅闹事,打架斗殴,成为一段混乱的乡村生活史。因为流转不便,几部片子放了不止三遍,反反复复终于把观众弄得乏味,这时候开始"加片",其实,那就是情色片。前两场放罢,"加片"开场。也不卖票,成年人每人收一块钱,半大小伙统统拦在门外。结果毡房的墙上被钻出了很多小孔。那怎么能看得清楚呢?这就是隐秘而躁动的青春期。

在乡村影像中,最繁华和热闹的景象是放映露天电影。每到集市的日子,或者谁家孩子考上了大学,或者村子里的树木被砍了,大家就奔走相告,因为,要放映露天电影了。

谁偷砍了防护林里的木麻树,谁就会被罚放映一场电影,这是村里好些年来的规定。在电影开映前,村长拿着扩音喇叭对大家进行教育:"今天放这场电影,主要是对砍伐木麻树的罚款。大家知道,防护林是用来固土防沙、抗击台风的,而不是用来搭房子当柴禾的。上面有规定,谁砍树,罚谁款。罚款,就用来放电影,对大家进行教育,告诉大家不能再砍树了。"

村民们在底下大声嚷嚷:"快放《地道战》,快放《地道战》!"

为了看电影,大家晚饭后一早就拿着矮凳,在村东头坐好了。两根长竹竿竖在一面斜坡上,一块四周镶着黑色的大白布被挂了起来,这就是银幕。天色暗下来的时候,放映员驾着小船,运来了放映机和装在一个大铁盒里的影片。在村里几个年轻人的帮助下,放映员在银幕前架起了放映机。这时候,四乡八村的人已将村东头一大片空地坐满了。卖零食和水果的小贩也早早抢占了地盘,点起了油灯,开始做生意。

露天电影作为乡村中独特的教育方式,与集体的娱乐事件紧密相连,它其实在默默地传递一种文化和礼教。可惜,在九十年代以后露天电影逐渐消失,只剩下记忆和怀念了。

紫云英

有一种美丽的花,我一直都不知道它的学名。有一个美丽的名字,我一直不知道它是哪一种花。如果我早就知道它叫紫云英,我就不会那么怅惘。如果我永远都不知道它就是紫云英,我也不会那么忧伤。

它叫田草,它叫绿肥,了不得,它叫红花草,哪比得叫紫云英?多美的名字呀,才配得上如此美丽的花!秋收后,它的种子被撒在田里,经过半个冬天,田野上长出星星点点的白芽。春寒料峭,它慢慢长出双叶生的绿叶,开始是一片嫩绿,茵茵如婴儿的浅笑,叶端还有卷曲的嫩须,渐渐爬出长长的翠蔓。暖风一吹,呼啦啦一下蹿出很高,碧绿、深绿、纤尘不染。不久,开出很多蝴蝶状的紫红色的花,接连不断,如华美的地毯,缀着花,铺开在一片荒凉的土地上。三月里,成千上万朵紫云英蓬勃盛开,一直伸向远方,仿佛与天相连。

家前面就是大片的田野，没遮没拦地伸展开来。春天，光秃秃的土地上，突然就绿起来一层，继而，缀上了一朵又一朵的紫色的花，蜜蜂不知从哪里飞来，嗡嗡地追逐着花朵。如果你没有见过那种景色，一定不晓得那种蓬勃。如果你没有在那种环境里生活过，一定也不晓得那种喜悦。从田野上走过，就像走在油画中。摘来带露水的紫云英，春光会把屋子照亮。

然而，紫云英必定要迎接自己悲惨的命运，偶然也有人用它的嫩茎作蔬菜的，但在春播前夕，大片的紫云英还在粲然开放着，突然会被埋在田地里，让它腐而为肥。看着那一卷卷被犁起的土地把紫云英埋葬，心里不知道有多少忧伤。只有那些在角落里、在田埂上的紫云英，还残留着孤独的身影。因为太稀少了，你站在远处几乎看不到它，那些原先胖嘟嘟的花瓣，黯淡了，消瘦了，干瘪了。仅仅几天的时间，一片紫色的云朵就像被风刮走了，留下一片狼藉的土地。

知道结局，就不忍见紫云英。所以，如果你要看紫云英，一定要赶早，看完了，就走吧。每一次逗留都是一种伤害。

但是，怎么会忘得了紫云英？

有一本小说里写到紫云英，从此，我就不忍释卷；有一张图画里绘着紫云英，从此，我就把它挂在床前；有一种蜂蜜采自紫云英，从此，我就长饮不辍。

跳鱼的黄昏

大海的黄昏是宁静的。因为是阴天，夕阳躲在了云层的背后，暮色悄悄笼罩了四野。没有风,没有船,没有归来的赶海人,海面显得干干净净,只有薄薄的一层海水从海天处姗姗而来,迈起了裙边似的脚步。大海就这样被无声无息地浸润了,像一位太过疲倦而沉沉睡去的母亲,任凭孩子爬到身上,拂她的长发、揾她的鼻子、吻她的乳房。

潮水一层又一层叠加上来,海水在慢慢加厚,但黄昏的宁静是依然的。沙鸥无法在涨潮的海面觅食,一群群飞走了;风水蟹、濑尿虾、大脚蟹纷纷躲在了泥洞里、石缝间;只有跳鱼蹲在海岸边,独享这宁静的黄昏。

跳鱼虽有穴居习性,但很多时候它们靠着岩石和堤岸休憩。也许大海太辽阔了,而跳鱼又缺少搏击风浪的本领,所以它们更愿意在退潮时分的滩涂上戏耍、觅食,而潮水一涨上来,它们就一起跳到岸边,排着队,甚至一条叠着一条,静候涛声远去。

这时候,跳鱼都还小,在堤岸边,一只只密密麻麻地排列着,抬头望着天,享受着黄昏无人干扰的快乐,独自拥有宁静的世界。

天色有些暗下来,有些闷热,我怀疑可能有暴风雨。果然,一大片乌云自西北方向卷来。不一会儿,开始有风。一点、两点,豆大的雨开始落下,我们跑上堤岸想看看海,只见顷刻之间狂风大作,夹杂泥沙扑面而来,让人无法睁开眼睛。人似乎也站立不住,在风雨袭击下一时陷入困境。豆大的雨已连成一片,打在皮肤上有些疼。

我们赶快下堤,找到临近的一间小屋躲避风雨。此时向窗外望去,天色阴沉,远山被雨纱隔断;近处的小树在风雨中摇曳,孤单的身影使海滨原野显得更加空旷;空中有几只海燕在搏击风雨,飞得极其缓慢,但没有停止前进,不一会儿,慢慢消失了踪影。

雨下了半小时,渐渐变小,风也止住了,感到有些冷意的身子重新变得暖和。再去看海,海水已经涨高,将海草淹没了。海面还是平静的,空气像被洗过,远处的海船和山丘显露出来了。海变得更大了,开阔的境界把一个人的胸腔撑开,用清新的空气洗涤一番,带走了心中的哀愁。

跳鱼变得活泼可爱起来,它们有的爬上堤岸戏耍起来,有的则在水面上跳跃着、转着圈。小螃蟹们不再躲躲闪闪,而是大胆地爬动着,相互串门。海燕历经风雨,身手变得更加矫健。暴风雨过后,陆续有人来看海,海边变得热闹起来了。

突然,天空出现了一道闪电,过一会儿,又是一道闪电,十分清晰,十分美丽。乡谚说,这是明日天晴的预示。

此时,黄昏已渐渐地沉入了大海。

长夜守灯

八十年代初期浙南乡村的夜晚,电来得晚,去得早。经常停电,电像戈多,让我们久等不来。有电的夜晚,灯很灰暗,是白炽灯,很低的瓦数。远处的灯就像萤火一样。

月亮是经常光顾的旅人。水洗的月亮从大海里爬起来,褪去一层湿漉漉、灰蒙蒙的水气,变得皎洁起来、明亮起来,它在一个个枝丫上做巢,从叶片间洒下碎银般的光亮。有月亮的夜晚,是平静的夜晚、美丽的夜晚。

这一个夜晚停电。月亮也不来。今夜有暴风雨。

父亲的船还在海上，父亲和他的水手，都还在海上。今夜该归船，但今夜有暴风雨。风呼呼地在窗外刮着，像魔鬼在吹口哨；雨在瓦楞上撞出粗大的声响，像魔鬼密密麻麻的脚步声。父亲的船在大海中该是一叶扁舟，在风浪的旋涡中，该是一片飘零的叶子。

母亲的灯亮着，是煤油灯，那时我们还叫洋油灯。很微弱，但很顽强。很粗的灯芯，用剪刀剪去上面的一层，灯火倏地明亮起来。煤油灯挂在织布机上。母亲在织布。

在我的眼前一晃一晃的灯火慢慢端正了身影。我睁开了眼睛，看见母亲在发愣。她回头问我们姐弟四人，你父亲的船，不知停在哪里？

哥哥和姐姐都睡着了。我最小，懵懂无知，只感觉到在黑暗中暴风雨袭来时无边的恐惧。

没有人给母亲以回答。父亲的船也许还未启航，正静静地泊在哪一处码头；也许正与风浪搏击，风雨满舱；也许已提前返航，此刻正泊在江口码头，明天一早，就能回来与家人团聚。

暴风雨在继续，滔天巨浪也在继续。母亲的担忧像无边的大海。听听，你父亲的船开到了哪里？她提着煤油灯，走到床前。很宽敞的床上，睡着我们姐弟四人。她拨亮了灯火，把它挂在床头。她坐在床上，望着灯火发愣。

不知过了多久，我在迷迷糊糊中再次醒来，看到了母亲。她还在用剪刀修剪着灯芯。蚕豆般的灯火在我眼前一跳一跳，在母亲的手移开后再次更加明亮起来。我不解，母亲为何不停地添亮灯火，仿佛一刻都不曾停过。

许多年过后,我读到:法国大作家福楼拜经常通宵写作,他的窗前发出不灭的灯光,塞纳河上的船只依照那灯光矫正自己的航向。我知道了,母亲原来想为父亲点亮一盏灯,好让他在茫茫大海无边的黑暗中,不断矫正他的航向,认得回家的路。海何其遥远,灯火何其弱小,但母亲固执地拨亮灯火,好让它明亮一些,更明亮一些。

那一夜,母亲的灯火终夜不灭,它散发的温暖绵延不绝、无所阻挡;它点亮的希望照亮夜空、所向披靡!

第二天傍晚,父亲平安归来。那艘不足二十吨位的渔船,果然在昨夜经历了一场生与死的搏斗。有好几次,机器被雨水浇灭,黑暗中,不见一丝亮光,船在巨浪中像要翻过来,但父亲心头仿佛正端坐着一盏明亮的煤油灯。作为船长,他以自己的镇定、意志和丰富的经验,带领大家闯出了险域。

母亲,为父亲点燃了一盏爱的灯火。这是一盏无言的灯火,默默散发光亮,让两人默契于心。

事实上,母亲就是父亲的一盏灯。他在海上奔波了四十年,虽然历险无数,但每次都没有危及生命和财产。而在母亲病逝后,父亲郁郁寡欢,数年后终于跟随着去了。

父亲的心中,那盏灯灭了。

羚羊角

三十年前,我三岁,我姐姐十三岁,刚好相差十年,当中隔着两个哥哥。我父亲出海，我母亲因为做手术，住进了乡卫生院。生活的重担压在姐姐肩膀上。姐姐带着我们，吃饭，睡觉，玩耍。她自己还是个小姑娘，瘦弱如黄花菜，不知道这日子怎么打发。

果然，麻烦事情来了。一日夜里，我突然发热，面部及身上出现皮疹。小姐姐哪里懂得我得了伤寒？我喊饿，她便端来冷饭，我喊渴，她便舀来生水。两天后，我身上皮疹突然消退，继而又高热咳喘。热火熊熊，仿佛要从喉咙中冲出来。我日夜啼哭，很快瘦得就剩皮包骨头，奄奄一息，小命几乎难保。

这急坏了小姐姐，她哭着喊着叫叔叔划着小船，将母亲从乡卫生院载回来。乡村的赤脚医生很快被喊来，给我打针。薄薄的一层皮肤挑起来，下面就是骨头了，让人心疼得直掉泪。打了两针，不见效果。赤脚医生冷冷看我，说，要不买一块钱羚羊角屑，调了给他喂下，或许还能活过来。

一块钱，是大价钱了。平常怎么会舍得花？为救命，得花。小叔叔跟着赤脚医生，走了很多路，终于买来一小袋羚羊角屑。小姐姐在锅里调好，给我分三次服下。两日后，热退、喘止，诸症均消。

瘦弱如黄花菜的小姐姐从此记住了：羚羊角，救了弟弟的命，救了她日夜焦灼的心。

对这一切我一无所知。很多年后，姐姐告诉了我。我从此记住了：羚羊角，救了我的命，救了姐姐日夜焦灼的心。

三十年后，姐姐大病一场，在上海住院、看病，守护在她身旁的，是已经健康成长、留在城市工作的小弟弟。为姐姐寻医，为姐姐求药，我就是三十年前那个内心焦灼的小姐姐，而姐姐就是三十年前那个瘦弱的小弟弟。我仿佛看见了三十年前的小姐姐,扎着辫子,背着我,哄着我,一双乌黑的大眼睛在夜里茫然无助地闪动。但当年的小弟弟已经长大了,学会了奔跑,学会了寻找"羚羊角"。

姐姐恢复得很快。治好姐姐的,不再是当年的一小袋羚羊角屑,而是羚羊角的故事留在我们姐弟心底的牵挂和温情。

燕子来时

去年年关时大伯去世,还住在故乡老宅里的,只剩下三伯。今年春天,花褪残红青杏小,翩翩新来燕,双双飞到堂前入住,老宅再一次显得有生气了,令人生出无限喜悦。

老宅有近百年的历史了,从曾祖父这一代开始居住,因为靠近海边,台风来时被刮塌过,涨大潮时被淹没过。我七十年代出生时它已风烛残年,两头造起了一排二层的楼房,把它夹在了中间,像年富力强的青壮年搀扶着老态龙钟的老人。老宅的瓦楞上青苔处处,春天里开着瓦花,从屋檐的细缝间垂下来,像老人细长的胡子。

老宅一直保留,不仅仅是因为里面还有老人守着。最重要的是,作为一个家族的公用空间,老宅一直是祭祀祖先、摆设灵堂之地。几年前我九十六岁的老祖父去世,我们就是从老宅将他送走的。隔半年,我九十二岁的老祖母也走了,我们还是在这里将缩成一只小鸟般的老人送走。没想到一年后,二十八岁的堂弟也被送进了这里,他被车子压折的身子摸上去温润犹存,让人止不住泪如雨下。

老宅阴暗、破旧,常常令人伤怀。只有燕子来时,才显示出生机活力。我记得小时候就和小伙伴们在堂屋的泥地上席坐,一边听燕子的呢哝,一边听摇着纺车的堂姐讲故事。那是春天里最美好的日子,大片的田野在屋前铺展,郁郁葱葱的秧苗上方飞着数不尽的燕子。在哺育的季节,繁忙的燕子爸爸妈妈不停地飞进飞出,每一次归来,燕巢里总是叽叽喳喳伸出五六个黄嘴巴的小脑袋,我小时候最关心的就是,这一回燕子妈妈该把虫子喂给哪一只小燕子了。燕子爸妈很聪明,似乎从来没有把喂食的次序搞乱过。

大伯在世时,老宅的大门都由他开和关。守着老宅的大伯,同时在守着燕子。春天时一早开门,燕子便飞出去觅食,堂屋的地上留着一摊燕子的粪便,大伯乐呵呵收拾干净,从不见他有怨言。夜里,大伯抬头看看梁上的燕巢,看见两只大燕子已经归来,才放心关上门。每一年燕子飞走的时候,都可以看到大伯怅然若失的表情。

老宅堂屋的燕巢,已经存留了很长时间,每一年都不会空着。不知道今朝飞来的燕子,是不是上年那对燕子的后代?每一只燕子对我们来说,都是相似的。每一个燕巢对燕子来说,是不是也都相似?

大伯不在了,老宅还在,燕子照样归来。为燕子开门的,换成了三伯。

童谣里的故乡

从地理位置上讲,故乡不过千里之外,中午驱车出发,可以赶得上吃晚饭。但巢里住着的已不是旧时燕,院里开着的也不是牵牛花。母亲已经不在,那里,就不是可以寄存的家了。

过三十岁后,人的心境大变。在拥挤的城市里行走,疲倦时常常会抽身望一望故乡。那些人、那些事,就会回到眼前,那些景致、那些童谣,就会回到脑海。记忆里印象最深的是这样一首四季谣:

正月灯

二月鹞

三月麦秆做鬼叫

四月地櫺(即陀螺)勃勃跳

五月龙船两头翘

六月六,河水滚河毒

七月七,巧手侬子(一种米做的食物)一畚箕

八月半,粉干一大担

九月九,日头佛落山早

十月十,番芋连根掘

十一月捡猪屎

十二月烘火篓(汤婆子)

这是小时候我经常唱的童谣,一年之中每个月都有一种特别的快乐,在天真活泼的歌声中,整个农村生活的乐趣都显现在眼前。灯,是乡村新年娱乐的一种游艺物,用彩纸粘附在竹条做成的虾灯、鱼灯、马灯、龙灯上,在夜晚提着走,可以带来吉祥。鹞就是纸鸢,做成蜈蚣、蜻蜓、飞鸟、蝴蝶的形状,在二月广袤的野地里,迎风飘摇。三月里,麦秆做成的口笛,横在嘴边,可以吹出螺号般的声音。几个

小伙伴人手一根草绳，轮流抽打陀螺，好让它不停转动，这是四月里我们放学后最爱玩的游戏。农历端午时节，乡村集市，最高潮的节目就是龙舟竞渡，七八条色彩各异的龙舟从不同的村里驶出，在最宽阔的一条干流里一字摆开，河两岸站满了呐喊助威的人群，划水声、锣鼓声、呐喊声，声音传出很远……六月是炎热的季节，乡村里的小河干涸了，可以光脚踩着瓦砾过河。七夕，出嫁的女儿要回娘家，娘家的回礼是一种粘着芝麻的糖饼，咬下去香而脆。八月半就是八月十五中秋节，在物质贫乏的年代里，月饼是稀罕物，吃一顿粉干（米线）就算过节了。九九重阳，节气变化，阳光也柔和了。十月霜降，地里收成，番薯也是口粮，掺在日见稀少的米粒里，可以将一家人的肚皮填饱。十一月准备过冬，背起竹篓捡猪屎，晒干后可以当柴禾烧。到十二月终于可以闲下来了，在寒冷的日子里，手捧火篓子取暖，一年也过到头了。

这首童谣不知始于何年，代代相传，口口相传，十分妥帖地描述了故乡温州的一年四季。它以农历节气为序，结合乡村里的农时、娱乐、交往，呈现的是一幅五彩的画卷。每当这首童谣出现在我的梦里，我看到的就是整个故乡。

2006—2009年

观我

观我

一物有一物的造化,一人有一人的命运。同样是杯子,你看那木头做的就比泥土做的用得长,它不易碎,但成为古董的却是那泥土做的杯子。同样是一个娘胎里出来的孪生兄弟,叫陈文的并不安静,长大后去当了兵,叫陈武的却很斯文,日渐成为一个作家。又比如,我几次到宣城的查济古村落去,别人引我去几个卖旧货的人家,你看他一家子就住在石头堆里,床头、灶间放的都是石狮、石墩和石碑,门口还放着一个牌坊,人家一家子就活得好好的,我的朋友只是买回几块石头,就夜夜做梦,老是患病,最后将石头送人了事。

一日有一日的阴晴,一花有一花的枯荣。有的人活到二十岁,就知道自己一生适合做什么;有的人活到老了,还不知自己的所长。那些知道自己适合什么样的生活的人,却在过着不适合的生活。他是明白人,但也是个尴尬人,尴尬人难免尴尬事,他其实又活得很不明白,很无奈。糊涂人有时又是有福人,他从来不去问为什么,就是跟着走，或者被驱赶着走，糊涂的一生竟是快乐的一生，不免让人心生羡慕。人生一场，没有谁是常胜将军，有失败，也有胜利，这就是正常的状态，也是可以令人释怀的状态。怕就怕人活一世，就是为了不断纠正错误，纠正身体的错误，纠正情感的错误，纠正选择的错误，最后，让死来纠正生的错误。

为了避开错误，或者少犯错误，为了减轻苦闷，或者多些安宁，所以需要观我。《心经》汉译二百六十个字，第一字就是"观"。让参悟者来讲这一个字，三天三夜也讲不完。像我这样的凡人，大概想不透彻这里面深藏的道理，但是观一观自我，似乎还是可以做到的。建筑师登琨艳的工作室里，透明玻璃上，齐人高的位置上就反写着一个字：观。意思是要时时反观自我。每次双眼平视窗外，就会看到这个"观"字。贾平凹的小说《观我》中写道，市府办公厅后勤处的普通干部王小二，陪娘去观音庙烧香，无所事事去读一块石碑，蓦地读到"菩萨观世观音观色观形观我"，心有所悟：世人只知道观音一词，并不多知观我二字，这观我二字取作人名多好！于是，决定改王小二为王观我。福州老字号糕饼猪油糕，用糯米、蔗糖、猪油制成，民国时期便妇孺皆知，店名就叫"观我颐"，你看这是多好的名字！店主人能起这样的名字，生意定然要红火。

观人难，观我更难。现代人的时间被快节奏的生活打得很碎，心情也被打得很碎。只有烦躁、郁闷这些混沌的状态，或者开心、激动这样短暂的情绪，这些都是短波段的都市情怀，不能让人沉潜下来体味喜悦、悲伤、忧郁、怅惘……这样的呈线形的情感，所以很难做到静心观我。观我需要远足，需要安宁，需要阅读，需要交谈，有时候甚至需要失去，需要疾病，需要断裂，需要棒喝。观我当然痛苦。但常常观我，人生便多一些通透。

面孔与命运

二十来岁的时候，我发现自己对人的面孔有一种过目不忘的本领。我常常在突然的时刻会记起一张人群中闪现过的面孔，他（她）是那么清晰，或者欢快或者忧愁，或者转身离去或者蓦然回首，或者粲然一笑或者皱眉沉思。他（她）出现的时间和地点是那么确切，我甚至记得那天下着雨还是刮着风，虽然，我完全不知道这张面孔的主人姓啥名甚。

后来我想，这完全是因为近二十年的乡村生活给我的脑海留下的印记。乡村里都是固定的面孔，极少有陌生的脸庞出现。都是叫得出名字的阿公阿婆阿叔阿婶，还有狗剩招弟银凤什么的同辈。偶有途经的摄影师、养蜂人、耍猴的卖艺人，他们至今还在我的双目中留下了丰富的脸庞。到了城市，在人群中出现的是一张张不同的面孔，我真好奇啊！这一张脸是这样的，那一张脸则完全不同，鲜活而生动，如风景一般变幻，完全不像乡村里如一块块土地般夯实的面孔。有很长一段时间，我走在路上，或者坐着公交车出去，就为了看一张张不同的面孔，像乡村里看着别人吃食的馋嘴孩子，盯了很长时间也不离去，别人一定以为我是个怪人吧。

到了三十岁后，情形完全发生了变化。我记不清人的面孔了。就连打过照面的人也时常记不得，更遑论一张张完全陌生的一闪而过的脸。我的脑海里似乎有了足够的脸谱，很快覆盖了新来的容颜。我记不清人的脸了，却对人的命运产生了浓厚的兴趣。我开始钟情于人物访谈，虽然能够见报的只是少量的简史。相比之下，我更关心那些凡人的离合悲欢，作为一个良好的倾听者，我爱一屁股坐下来倾听他们的故事。在贵州，一个跟我一起出差的青年对我讲述了他少年时代与自己的老师相爱直至结婚的故事，我完全听呆了。在江西一个偏僻的乡村，一个八旬老人跟我讲起了独自一人拉扯三个儿子成长的经历，我觉得那是比《活着》中的福贵更艰难和坚强的人生。和我一起学驾驶的安徽籍早餐店老板，不厌其烦地和我蹲在长满紫云英的路旁，讲述了近十年中他的三次婚姻。"很伤人，也很伤自己。"他说。后来，我又回到了自己的家族背景中，在祖父九十六岁时无疾而终后，我近乎痴迷地寻觅起他的百年人生。亲人、仇人，都成了我的倾听对象。那时候我九十二岁的祖母还在世，她十分错乱地描绘了一张乡村生活的简图，把我完全迷倒了。我还走访了多个县城，找到那些陈旧的县志。祖父丰富的人生故事，折射出海边乡村百年的发展史。我很后悔，没有早一点聆听祖父的亲口讲述。

当不同的人物命运在我的脑海里交织，我对其他的事情几乎不感兴趣了。我孜孜以求想做的事情，就是将这些命运记录下来，交给时间去保管。

慢，是一种修炼

米兰·昆德拉有部长篇小说叫《慢》，里面写道："慢的乐趣怎么失传了呢？啊,古时候闲逛的人到哪儿去啦？民歌小调中的游手好闲的英雄,这些漫游各地磨坊,在露天过夜的流浪汉,都到哪儿去啦？他们随着乡间小道、草原、林间空地和大自然一起消失了吗？"

从布拉格到维也纳的旅途中,我在广袤的乡间悠游,想起捷克作家米兰·昆德拉的这句话,不禁感慨。因为,我真切体会到了一种慢。陈旧的城墙,古老的街道,窗口摆放着色彩鲜艳的花；很少的牛群,更少的人,阳光一万丈长,缓慢地移动着草团的阴影；是秋天,风也很慢,你可以感觉到它在你脸上逗留的时光。如果,这还不能叫慢,那像我们这样的在快节奏的城市中生活的人,大概神经早就麻木了。以前我一直以为,现在的人,是难以找得到慢生活的。整个世界在飞速旋转起来,慢的人和慢的生活已经被甩出了椭圆形的轨道了。米兰·昆德拉有更精彩的话作答:"速度是出神的形式,这是技术革命送给人的礼物。当人把速度性能托付给一台机器时,一切都变了:从这时候起,身体已置之度外,交给了一种无形的、非物质化的速度,纯粹的速度,实实在在的速度,令人出神的速度。"

实际上,我说的慢,或者说我要的慢,不是速度,而是一种修炼吧。慢是一种逆向——在汹涌的人群向前奔走的时候,一个迎面走来的人,他的名字就叫慢。慢是一种停顿——在地铁呼啸而来的时候,一个还在椅子上安静翻阅报纸,静待下一辆列车来临的人,他的名字就叫慢。慢是一种超脱——在进退荣辱面前,没有大喜大悲,没有狂热和过激的行为,表情自若,人情练达,名字就叫慢。慢是一种休憩——在阳台上晒一刻钟太阳,在枝丫间数五秒钟时光,名字就叫慢。慢还是一种清醒——在过多的赞同、奉承,在麻木的惯性、随大流中,缓缓说出你的担忧和反对,名字也叫慢。慢还是一种反思——在习以为常的循规蹈矩、因循守旧中,创新和改进,名字也叫慢。当然,慢还是一种拐弯、一种终止、一种死亡……

人生苦短。短就是快,一切来不及。是感叹人生太短,而不是说苦难太短。换一种理解,人生的苦难如果很长,那就是一种慢。相聚的时光会过得很快,所以常说,幸福短暂。分别的日子很漫长,一日不见,如隔三秋。抓住了快就是抓住了慢,如果,等一等灵魂,慢就是一种快。

诗人柏桦有这样的诗句:"啊,前途、转身、阅读/一切都是慢的。"这是一种时光凝固的自觉的慢,参透了人生的变化和真谛。当人有意识地追求一种慢的感觉,并能抓住手中滑过的时光绳索,心里肯定充盈着幸福的源泉。疾矢不能射中他,流星也不能令他伤感,因为慢才是他内心的轨道,他会在慢的轨道上对轨。

审美残酷

新疆的阿尔金山草原上,藏羚羊四蹄腾空奔跑的样子俊美吗?俊美,俊美极了。但你不知道,它的后面追着一辆拍摄者的吉普车。藏羚羊的心里有多么恐慌、有多么委屈、有多么怨恨,无人能知。藏羚羊是否会撞上山丘,是否会误入陷阱,或者力竭身亡?在美丽的电视镜头后面,其实有着我们看不见的血腥。

青海湖的鸟岛上,万鸟齐飞的场面壮观吗?壮观,异常壮观。但你不知道,摄影师为了达到这种效果,甚至放起了鞭炮,把正在孵蛋的鸟儿全部惊动得飞上了天。鸟儿的心里有多么慌张、有多么失措、有多么顾盼,人们一无所知。受惊后的鸟儿是否会重返鸟巢?孵化中的鸟宝宝是否还会降生?在摄影展前留连忘返的人们,无人得知。

动物园里孔雀开屏的样子漂亮吗?漂亮,真的漂亮。但你不知道,有的动物园为了吸引游客,一直给孔雀喂激素。孔雀把尾屏高高地举起,展成一把色彩斑斓的扇屏,它把本该留给雌孔雀欣赏的美丽,展露给了看客。孔雀有多么羞耻、有多么疲倦、有多么无助,无人关心。孔雀并非一年四季都开屏,只有在发情期,雄孔雀才大显英姿。一拨又一拨的游客受用开屏的美丽,却不知,孔雀的生理习性正因为经济利益的驱使而受到改变。

我们所欣赏到的美,有时恰恰是一种囚禁,囚禁天然,囚禁自由。我们所欣赏到的美,有时恰恰是一场杀戮,人为地去获取,人为地去制造。

可惜,很多时候我们并不知道。因为我们本身就是受到囚禁的人,身子不够平坦,内心不够阔大,目光不够辽远。

寻找原乡

朱赛佩·托纳托雷导演的电影《海上钢琴师》,细腻的手法,忧伤的画面,让我一直记忆深刻。主人公"1900"是个出生时就被遗弃在轮船上的孤儿,那一年正是新世纪的来临之年。大海成了他的摇篮和一生的"所在"之地,在陆地上,他就是个从未存在的人,没有亲人,没有户籍,也没有国籍。然而,太美妙了!他是个天才的钢琴演奏家,大海一般蓝色的眼睛能透过事物的表象感受到内在的生命律动,不管看到什么,都能随即创作出一曲新鲜动人的音乐,让人心潮澎湃。

最让我难以忘怀的是影片最后主人公的独白:"在那个无限蔓延的城市里,什么东西都有,可唯独没有尽头。根本就没有尽头。我看不见的是这一切的尽头,世界的尽头。""天啊!你……你看过那些街道吗?仅仅是街道,就有上千条!你下去该怎么办?你怎么选择其中一条来走?怎么选择'属于你自己的'一个女人,一栋房子,一块地,或者选择一道风景欣赏,选择一种方法死去?""陆地?陆地对我来说是一艘太大的船,一个太漂亮的女人,一段太长的旅行,一瓶太刺鼻的香水,一种我不会创作的音乐。"

作家霍桑的一篇小说《韦克菲尔德》里面讲到另外一个故事:一对夫妇住在伦敦,丈夫借口出去旅行,在靠近自家的邻街上租了房子,从此他的妻子和朋友再也没有听到关于他的任何消息。他的这种自我流放并没有丝毫理由,就在那里住了二十多年。在那么长的岁月里,他每天看到自己的家,也常常看见被他遗弃的孤独的韦克菲尔德太太。在他的婚姻生活中断了如此之久以后——当别人都肯定地认为他已经去世,他的遗产已经安排停当,他的名字已被人遗忘,他的妻子也早已死心塌地中年孀居的时候——他却在一天晚上悄悄走进家门,仿佛他才出门了一天。从此他就成为一个温柔多情的丈夫,直到离开人世。

文艺作品中的这两个故事,很多年来一直并行在我的脑海中,挥之不去。它们讲述的其实都是人存在于这个世界的别样的生活方式,与芸芸众生凡俗的生活不同,它们引发人们思索到底什么样的世界才是自己的,什么才是自己生命中的"原乡"。

在"1900"看来,世界的尽头是无法看见的,大海上的轮船才是他的仙境,"我是在这艘船上出生的,整个世界跟我并肩而行。这里也有欲望,但不会虚妄到超出船头和船尾"。而钢琴是他生命中可以把握得住的,"拿一部钢琴来说,从琴键开始,又结束。你知道钢琴只有88个键,随便什么琴都一样。它们不是无限的。你才是无限的,在琴键上制作出的音乐是无限的。我喜欢这样,我活得惯"。他的处世方式里有着看得见的哲学,那就是抓住自己可以把握的命运。而韦克菲尔德先生不同,他沉默寡言,没有"夫子自道",行为也不知所然,让人摸不着头脑,但这却更符合人们的普遍状态。因为生活有时候的确令人摸不着头脑,也想不明白,从而让人做出离奇的举动。

尽管知道自己的命运,也有美好的爱情令人回味和追寻,但"1900"最后还是选择了与船同毁。而韦克菲尔德先生,离家二十多年似乎想明白了道理,最终回到家庭,从此温柔多情,直至寿终。虽然结局不同,但我以为,他们其实都找到了适合自己的"还乡"之旅。

仰望高邈星空

我平日里在书房闲坐,会念想起我的少年时光。并不见得有如何险峻的身世,少年滋味却可回味悠长。我仰望高邈的天空,至感那些与文字相关的阳光和云彩在过往岁月里的留痕,我怀想激动人心的青春小鸟,也回望令人伤怀的雨季小巷。

曾仰慕"风来疏竹,风去而竹不留声;雁渡寒潭,雁去而潭不留影"的境界,但偏偏以文字为岁月留下了影像。于是我告诉自己,如若浩淼的夜空没有皎洁的明月,没有点点的繁星,岂不多了许多寂寞,少了许多美丽?近二十年过去了,尽管我纤细而敏感的少年情怀已经改变,但是,天空并没有成为历史的天空。如今,当我阅读这些比我年轻的朋友们的文字,不由发出会心的微笑。青春普遍的怅惘和谦卑依然如故,少年人的怀旧依然结着丁香般淡淡的哀愁,无所羁绊的遐想依然激荡着令人羡慕的浪花。这让我想起,天空依然是那片天空,所不同的是,飘荡的是新一拨的云彩。也有变化,《守望星空》中的这些文字相比于我所处的尚还贫瘠的那个年代,少了抒情,多了写实,少了凝重,多了张扬,有着这个时代流行的语境,有着"80后""90后"作家的标志和色彩。关注的事物多了,视野也宽广了,然而内心里也多了一份游离,少了一点属于那个年代的朴素和坚定。不是说哪个比哪个更好,只是同样的美丽里有着不同的色彩,而且我以为,在如今万花纷扰的世界里,热爱文字更有一种难得和不易。

大概是,因为头顶的星空同样吸引着我们。

西方哲学家康德曾说:"令我敬畏的是头顶的星空和内心的道德法则。"托尔斯泰的《战争与和平》中有一个情节:安德烈负伤躺在战场上,他头上什么也没有,只有高高的天空。他心里想:"多么宁静、多么安详、多么庄严,一点不像我那样奔跑。不像我们那样奔跑、叫嚷、搏斗……我以前怎么没见过这高邈的天空?如今我终于看见它了,我是多么幸福!"很多时候,我们都没有留意我们头顶的星空,许多人一辈子都没有发现它的存在。在人的一生中,每个人都会遭遇不同的境况,有时候是风平浪静的顺境,有时候是让人喘不过来气来的逆境,但我们任何时候都不应忽视头顶的星空。永远关怀我们的内心世界,永远关怀大地上人们的苦难与欢欣,会让我们增加许多力量,人生得以诗意地栖居。

米老排

有一个人在这个世界永远消失了。他的博客还开着,叫"生命绚烂如夏花开放",打开页面就可以听得到安静而又哀伤的歌曲,只是,再也不会有新的文章添置进去了。公告上有一行小字写着：2007年8月1日停止使用 milaopai.tianya.cn 域名。

博客上的最后一篇文章叫《告别》："事情的发展让人始料未及,这次去医院检查,情况非常糟糕,我的几乎所有器官都长满了肿瘤……现在全身没有力气,没办法接电话和回短信,每天在麻醉药中昏昏欲睡。今天硬撑着回家过了一个年,这是最后一个春节了。谢谢关心/支持我的各位朋友,大家要好好活着,活得开心/活得好。谢谢大家。"

这个三十岁青年的冷静和执着曾让人动容不已："假如把每天早晨起床当作出生,把每天晚上睡去当成死亡,那么当真正的死亡来临的时候,我们或许会平静面对。""2006,我要做的就是,把自己想做的事做好,让自己珍惜的人开心。其他的都可以交给上帝。"而这样的文字,又令人哀叹不已："大概在十六岁的时候,我曾经制订过自己的人生规划。简单地说,就是三十岁之前好好读书,三十岁之后努力做事。现在看大致按照这个规划在行动,只有一个意外情况是我的身体出了状况,'努力做事'的梦想不一定能够实现了。"如今,这些带着刚毅、带着冷静、带着自勉,当然也带着彷徨的博文,永远地没有了后文。

我不认识他,只知道他的网名。在文化研究论坛和天涯社区里,他似乎一直在活跃着,视野开阔,文章老成。因为是校友,我便开始关注起他来了。昨天晚上,一个校友还跟我讲了他生病的消息;今晨起来的时候,却看到了他已经去世的消息,内心受到了很大的震动。一个人在家看他的博客,这种震动又开始摇着我,感伤难当。

很多人不曾想到,这个看起来一向乐观积极的人,2000年就患上了骨癌,2006年11月又被确诊患上了胰腺癌。而他考研、读博,都是在他当时确认自己只有五年生命的情况下做出的决定。此前,他在1994年考取了中国科技大学。上大学期间,他参加"三下乡"活动,到了安徽大别山地区,为老区人民做了力所能及的事情。1999年,他来到上海航天局做了一名助理工程师之后,主动联系上大别山区一所贫困的中学,支持一名贫困生上学。这一支持就是六年。这六年中,他并没有因为自己身患重病而放弃。在触摸生命底线的时候,他又开始从自然科学转向人文社科,2002年考取了华东师大社会学系研究生,2005年顺利考取了历史系博士。2007年1月,他当选第八届上海十大读书明星之首,当选理由是他已经把读书当成了生活方式。

网友的一篇《印象记》中这样写他:"1999年,皖南某大学,两个少年在做木头燃烧实验。他们发现有两种松树的名字很特别:一种叫深山含笑,一种叫米老排。于是深山含笑成了女孩的网名,而男孩从上网至今,一直管自己叫米老排。"

米老排,又叫壳菜果,别名合常叶,学名:Mytilaria laosensis,属金缕梅科壳菜果属,常绿阔叶乔木,高可达三十米。花色黄色,花期4—5月,果期10—11月。产云南东南部砚山、西畴、屏边。广西、广东有分布。生长于海拔一千至一千九百米之沟谷常绿阔叶林中。经济利用价值较高,木材可供造纸、建筑或制作家具、室内装饰等用。生态价值也很高,具有优良涵养水源、水土保持和恢复提高林地土壤肥力的作用。

鱼刺的报复

一根小黄鱼的刺卡在了我成年的喉咙,让我茶饭不思,坐卧不安。我学着民间的土法子,含上一口大团的饭往下咽,希望连饭带刺一起吞下去,结果不成;我又喝满一口浓酽的醋,捂在嘴里往下渗,企图将鱼刺软化,仍然未就。我恨不得将自己的手伸进喉咙,狠狠将刺拔将出来,折成几段,扔在地上,踩个粉碎,但这又如何能成?我顿然如命运被掐住了喉咙般难受起来,在绝望中荒废了一日的辰光,不得已,第二天夜里去寻医生。

我先前曾经被一根鳊鱼的刺卡了几天,虽也曾去了医院,却不能将它拔出来,开了一些药来,却如何能将它制住?整个身体和灵魂,便都受困于一种尖锐的感觉了,终究还是依靠时间来消除了摩擦。于是暗下决心,从此不再吃鳊鱼了。

我吃鱼的本领,真是越来越退化了,试想我出生于海边,幼年便开始吃鱼,因为父亲捕鱼的缘故,还曾经拿黄鱼当饭吃,什么时候被小黄鱼的刺卡住过?海边人吃鱼吐骨头,有一种天生的敏锐,这完全需要依靠舌头的警觉,哪里会有刺,会有几根刺,神经系统会很清楚地反馈给舌头。所以,在一口鱼肉下肚之前,鱼刺定然被剔除得干干净净。我久在城市里待着,舌头的感觉钝化,这些鱼刺便来找我,藏在肉中来试探我,我却以在城市里吃肉、吃净菜的方式来对待它们,以为囫囵可以吃下去,这怎能不激怒它们?于是它们便卡在喉咙中作弄我,待着不走嘲笑我。

我寻医生帮忙——心底里只是抱着试试看的心理,还因为我已经没有其他的法子了。我想,也许真的只有时间可以消除,但会是几天?先找医生吧。挂号,坐等,终于轮上了。然后,医生吩咐:张嘴,说"啊"。"啊",我忍不住想呕吐。放松,说"啊"。我照办。医生伸进去一把钳子,两秒钟,取出一根不足一厘米长的小刺。好了。好了?我看看纱布上的小玩意儿。就这么点大?很惊讶它却使我不得安生。那你说应该多大?医生反问我。我已浑身轻松,一边忙不迭谢过她,一边狠狠做着吞咽动作。可不是,没了!

但,医生能取喉中的刺,又如何能治人的心?鲠在喉,尚可剔除,"如鲠在喉",又如何治它?那是真正看不见的东西,不吐不快,我们却习惯性地咽下去,含着大团的饭、喝着大口的醋,就是为了能够将真心的话、批评的话、愤懑的话,狠狠地咽下去,不管多么艰难,不管咽得下咽不下,卡没卡住喉咙,先忙着咽下去再说。然后三缄其口,或者吐出来违心的话、奉承的话、虚假的话。这样做,自然比"一吐为快"要平安、要稳定、要周全,可以一团和气。实际上,这些"鱼刺"终究会来报复你,闹腾你的心,麻木你的灵魂,毁坏你的事业。

夫妻埙

有两位朋友先后从宁夏到上海来,第一位给我带了一个埙,第二位还是给我带了一个埙。先前的那个,粗壮且黝黑,顶着一个人头的形状,头发竖起,戴着两个棕绳结起的大耳环,很有图腾中土著的模样;后来的这个,修长且匀称,黑白四根棕绳翘起如辫子,而脑袋则害羞地藏起,头上就是一张大嘴。我将它们摆在一起,越看越觉得它们像一对夫妻。怎么会如此巧合?不同的朋友相隔三个月,给我带来的却是一对埙。它们身上都有七个孔,六个排在身上,一个含在头顶。我摆在书房日看夜看,觉得这种乐器真的带有天地的灵气。人凿七孔而有气,埙凿七孔而有音,莫非上帝捏人的时候,也一道捏了这埙?

据传埙产生于史前时代,首次发现是在西安的半坡遗址中,距今已有七千年的历史。我们的祖先在用石榴星狩猎时发现,若对准石榴星上用来系绳索的小孔吹气,可以发出呜呜的声音,这种声音很像野兽的鸣叫声,古人用它来诱惑野兽,这就是埙的雏形。埙的种类也很多,有瓷制的,有陶土制的,形状除了传统的卵形埙,还有葫芦埙、握埙、鸳鸯埙、子母埙等多种类型。

我在贾平凹的小说里读过吹埙人的故事:男子从潼关来,到西安城谋事,不料自己的所爱竟爱上他人,于是男子夜夜上墙头吹那幽怨苍凉的埙乐,如诉如泣,摄魂夺魄。我是一个笨人,从小到大没有玩过一种乐器,使劲对着孔吹,只有呼呼的气,哪里吹得出音乐来?但一夜梦里,我的这对夫妻埙竟自从书架上走下来,在一堆篝火旁翩翩起舞,奏起了古朴、浑厚、低沉、沧桑、神秘、哀婉的乐曲来,我的数千册书籍,竟听得如痴如醉,神魂颠倒。我诧异不已,第二日醒来,赶紧去买来几盘埙乐的带子,躲进书房听起来。

埙的音色带有特有的精神气质,擅长抒发哀怨之情和制造肃穆、旷古、凄厉的效果。月下吹埙,不知要诱发多少眼泪。悲声切切,叫人觉得好不凄凉。我听赵良山吹奏《哀郢》《楚歌》《长亭怨慢》,听得好生哀婉,但也在这种哀婉中体会无限的沉静和纯净。也有节奏明快悠扬的《南山小调》《湖乡春晚》,让人的心情舒畅欢快,但我更喜欢的是《阳光三叠》《高山流水》《梅花三弄》,发思古之幽情,声声慢,款款情,步迟迟,念悠悠,让人的心儿都陶醉了。

埙音不只是悲切、低沉,还有神圣、典雅、高贵的一面。埙是一种中音吹奏乐器,由于它的音色古朴醇厚,显得格外柔润。在中国最早的诗歌总集《诗经》里就有"伯氏吹埙,仲氏吹篪"的句子,兄弟两人一个吹埙一个吹篪,表达和睦亲善的手足之情。"埙唱而篪和",可谓是儒家"和为贵"的哲学思想在音乐上的反映。但今人听埙,恐怕更多是因为那带着泥土芳香的埙奏出大地的吟唱、天籁的绝响,更能表现人们追求远离尘嚣、至纯至美的精神境界。著名埙乐《追梦》中,在苍凉的乐声中就流淌着这样的词:"梦可寻,追梦,追梦,一曲埙音,带走几何烦恼,却使多少青丝成沧桑。长云散,日升复落,千古同音人事非。看风吹柳绿,雁南飞……又是春来时,滔滔江水长流……"

两只陶埙，千里迢迢来到我的身旁，这是因为与我有缘。而它们竟又长成一对夫妻的模样，可见这是怎样的缘分了。可惜我不会吹奏，误了它们的佳音。借助现代的音响，听一听埙乐，不曾料竟可以安妥了这对夫妻埙，也安妥了我的内心，我觉得这简直就是天地间的大缘了。

近乎道矣

黄永玉在中央美院任教时，曾记下当年徐悲鸿和一位裸体模特老头的对话。当徐悲鸿得知老头曾是厨师时，说："喔！厨房的大师傅，了不得！那您能办什么酒席呀？"老头眼睛一亮，从容地说："办酒席不难，难的是炒青菜！"徐悲鸿听了这句话，肃立起来说："耶！老人家呀，你这句话说得好呀！简直就是'近乎道矣'！是呀，炒青菜才是真功夫，这和素描、速写一样嘛！"

我每次吃青菜，就想到这个故事。不是说我对炒青菜有什么高要求，而是想，只有那些大师和大师傅才讲什么炒青菜是最难的啊，像我们这些凡夫俗子，从来觉得青菜不过大餐的点缀，在饭桌上哪里上得了台面嘛！之所以点上一盆，并且往往一上来就被清扫一空，那不过是因为营养均衡的需要，或者干脆是为了大便的通畅而已啊！

不过炒青菜的味道的确大有讲究。我在上海吃了这么些年的青菜，还是觉得家门口的一家小店的炒菜心烧得最好。这家小店也没有名字，门口贴着红纸，写着"停车吃饭"之类的毛笔字，大约是提醒那些路过的出租车司机。我不是司机,却老去吃那六块钱一份的青菜,时间久了,老板娘一看到我进来就喊:"炒菜心一份。"

当然,我也不是只吃炒菜心,其实还吃煮羊肉,那里的羊肉不知为何没有膻味,且带着细细的骨头,薄薄的脂肪,肥而不腻,还有那调料极好,不知道怎么弄出来的。煮羊肉虽好,炒菜心更佳。那菜心都小模样,水碧山青,干干净净,排得很整齐,吃到嘴里很软塌,很滑腻,很瓷实,却又能脆脆地咀嚼一番。我问了老板娘才知道,他们炒菜心的做法其实很简单,多加油,清炒片刻加入少许盐,稍后捞起就是了。难的是挑选材料,因为是小本经营,老板娘每天清晨都到马路菜场去,一棵一棵挑拣乡下老农篮子里的小根菜。挑走了模样俊俏的,那歪脖子的、大老粗的谁买呀?那老农受不了,挑起担来挪地方。她就跟在后面,手伸进篮子里面一棵一棵继续挑。这些都是带着泥土芳香的绿叶菜,如果还经过秋后的霜露洗礼,那就别提味道有多美了。

这让我想起,小时候在乡下生活时,为什么觉得冬天的蔬菜特别好吃。关键在于原料好啊!每天临吃饭时,从家门口的菜园子里拔出几根青菜来,这些青菜碧绿、饱满、滋润,可能三天前还浇过自家的粪水,两天前还经过风雨的洗礼,这会儿,很倔强很傲然地立在地里,被拔起后也不见伤心,依然碧绿、饱满、很滋润。到家后面的小河里洗洗干净,放在锅里炒,只需撒上几颗盐花,味道就特别鲜美,还有丝丝的甜味。

大概,这就是一种"近乎道矣"!

2005—2009 年

鱼和树

鱼和树

加拿大,深秋的金溪公园,层林尽染,各色的枫叶呈现一片迷人的景色。满是已有数百年历史的树,身上长满了青苔,在雨后,潮湿而又翠绿,显示出沧桑和厚重的历史。

踏着一地缤纷的落叶进入公园,可见一条清澈见底的小溪静静地在丛林中穿过。这就是金溪。仅数公里长的小溪,在这个季节变得异常喧嚣和悲壮。成千上万的鲑鱼逆流而上,在浅浅的溪水里寻找产卵的石床。站在岸边望去,满眼都是一条又一条肥大粗壮的鲑鱼。它们在浅滩里拥挤着,在有激流的地方扑腾着,争先恐后地朝着流水的反方向游去。短短的路程,充满了艰辛和危险,白天有海鸥来觅食,晚上有灰熊出没。值得庆幸的是,它们受到当地法律的保护,无人会去捕杀它们;即使在它们死后,也只有当地的土著居民才可以打捞上来食用。

这群鲑鱼前赴后继地来到金溪,为了繁衍后代而慷慨赴死。

当地人说,这就是"鲑鱼自杀"奇观。当我初闻此事,心中满是悲戚。而若非亲眼所见,真是很难相信世间竟有如此悲壮得令人落泪的奇观。

这群鲑鱼是在三五年前离开自己的出生地的。当地人曾经做过试验,在溪中的小鲑鱼身上做上标记,它们在溪水中待满一年后溯流入海,历经三到五年的海洋生活,最远可游到西伯利亚,但在最后产卵的季节,必定回到这里。

为了让鱼卵产在温暖的地方,这些鲑鱼会在深秋的时候回到出生地,从海上到达淡水区后便不吃不喝。大约有十天的时间,它们寻找着强壮的伴侣,完成交配产卵,然后筋疲力尽地死去。它们不惜付出生命的代价,而且必须付出生命的代价。它们的腐化物最终成为孵化出生的小鲑鱼的食物,保证这些在溪水中生活一年的小生命有足够的营养和食物。

金溪公园因"鲑鱼自杀"奇观闻名于世,但真正能够开此眼界并非易事。金溪公园远在加拿大温哥华岛的维多利亚,而"鲑鱼自杀"的季节又实在太过短暂。

这样一种鱼让我无法忘怀,而同样一种树也激荡着我的内心。

在维多利亚大学校园的边上,有一条狭长的峡谷。峡谷内一片森林郁郁葱葱,树木高耸入云,地上落叶缤纷,鸟鸣清脆动人,充满了静谧和安详,置身其中恍若进入仙境。

给我们上课的布朗妮老师一路行一路介绍着森林里的植物。显然,她对这里的一切都已了然于胸。她讲解着鱼腥草的功效,也讲解着雪梅可以用来洗手;她讲解着红豆之美丽,也讲解着枫树之丰饶。

突然，一棵倒下的树阻挡了去路。

这是一棵因为苍老而被虫蛀后轰然倒塌的大树。撕裂的地方露出巨大的树心，还是那么的清新，那么的富有生气。树枝虽已枯萎，但依然笔直，像平静躺倒的一个巨人。树根虽已撕裂，但依然盘根错节，延伸到无垠的地方。

当地的印第安土著人说，这棵树是这一片森林的母亲。所有的树都是在这棵树的根上生长出来的。它已经生活了几百年了，繁衍生息，不知劳累。现在，它太苍老了，连蛀虫也和时光一起来侵蚀它。它选择倒下，是因为它要把土地供给它的养料让出来，给它的后代，让它们生长得更好。很多年后还会有这样老去的树倒下，和祖先一样，为了一个共同的选择。当地人认为这些树木是神圣之物，所以从来不会去砍伐。

一群又一群小鲑鱼出生了，但母亲们却成了果腹之物。一棵又一棵树木茁壮成长着，但母亲已经永远地躺在了地上。

这样的鱼和这样的树，具有多么伟大的相似之处啊！

死亡，是不是一种基因的记忆？母爱，又是怎样一种感召的力量？

而为什么，一定会以母亲生命的消亡作为代价？

这样的疑惑，真的不愿问这些鱼，不愿问这些树，不愿问自己。

一个环保主义者的印记

Briony Penn，该怎么称呼她？潘？布朗妮？这些恐怕都不重要。

也许更符合的称呼是：

一个赤诚的环保主义者。一个孜孜不倦拥有巨大热情的环境研究者。母亲、妻子，伺候着三个男人的女性。加拿大盐泉岛上的岛民。一个曾经的电视台女记者。再之前曾是一名英姿飒爽的女牛仔，在非洲历险，在北冰洋拍摄巨鲸。一个写作者。一个手绘地图的旅人……

在维多利亚大学给我们上过课的二十几位老师中，布朗妮是唯一一个将课堂搬到野外的人。

"我们去听鸟鸣，"她说，"你可以听出它们的心情。"其实作为一个环保主义者，她知道只有让我们亲身体验，才会对她的课程留下深刻的记忆。

"课堂"就在维多利亚大学校园的边上。那是一条狭长的峡谷，里面的森林郁郁葱葱，树木高耸入云，地上满是枫叶，潮湿处长着各种蘑菇。空气新鲜极了，让人忍不住连连做着深呼吸，让肺部和头脑都能吐故纳新。

布朗妮老师显然对这里的一切了然于胸。她告诉我们雪梅可以用来洗手，她讲解着鱼腥草的药物功效。她时而捡起一片硕大的枫叶，告诉我们这棵枫树的树龄，时而拍打着一棵大树，告诉我们树名和历史。她走在我们的前面，用胳膊挡开枝条。她用手，甚至用嘴，触摸着、品尝着树叶和果子，像给朋友介绍家中的藏品一样，讲解时一脸幸福的神情。

在一棵倒下的大树前，她停下了脚步。这棵大树因为受到虫蛀而倒下，在根部撕裂的地方，还留着生命的气息。布朗妮抚摸着被撕裂的树的肌肉告诉我们，这棵树是这一片森林的母亲，所有的树木都是在它的无限延伸的根上生长起来的。它生活了几百年了，沧桑、劳累，就连虫子也和时光一起来侵蚀着它。布朗妮神情凝重地说，当地的印第安人认为这棵大树之所以倒下，是因为它不愿再徒劳地从土地上吸取养分，而是选择让其他的树木生长得更好。这是一棵伟大的树，土著人将它视为神圣之物，所以这棵树虽然倒下了，但无人会把它挪走，即便这一片森林，也不会有人来砍伐。

布朗妮老师赞赏着这样一种树，同时也鄙夷着另外一种树。

在峡谷通往海边的一条短短的街道旁，她特地在一棵树旁停了下来。对行色匆匆的人来说，是不会发现这一棵树和另外的树有什么特别不同之处的。同样伫立在街旁，同样有双手合围般的粗壮，同样在冬天黯淡了色彩，同样只剩下稀疏的叶子，但布朗妮老师一下就指出了它的与众不同之处：在冬天，当本土的树木因为悠然自得长出苔藓的时候，这棵树的身上依然光秃秃的。这棵树是几十年前从欧洲移植过来的，当时有人希望藉此改变这里的物种。数十年过去了，这棵树还是孑然一身。布朗妮老师自豪地说："甭想改变这里，这里有这里的土壤和环境。"她说这句话的时候显得那么意味深长，让我禁不住联想到加拿大的文化中富足而又抵制的一面。

在此后几天去盐泉岛的时候，有人去拜访了布朗妮老师在岛上的家。

像浮在一片雾气中，盐泉岛的确是个人间仙境。岛上有180平方公里的面积，居民却只有11 000人。也许当地人习惯了人烟稀少的生活，所以认为夏季每天涌到岛上度假的3 000多人，都快使小岛倾斜了。从维多利亚市到盐泉岛上,需要坐45分钟的渡船。当然是可以开着车渡到岛上去的。布朗妮老师有个很大的家,是整个儿从维多利亚搬过来的。因为这座有着一百多年历史的老房子原先面临着被拆毁的危险,要想保留,只有整栋移走。布朗妮老师于是花了1加币买了下来,为了一劳永逸,她把房子搬到了岛上。虽然购买只花了1加币的钱,但搬运起来耗资巨大。搬到了岛上的一片树林中之后,布朗妮老师的房子处在了鸟语花香之中,她的家像始终敞开着一样,蝴蝶和小鸟在家里自由自在地飞来飞去。她就在这样的环境中手绘着盐泉岛的地图,并且给我们每人送了一张。地图上,显目地标着每一片土地上生长着的动植物。显然,她已经走遍了岛上的角角落落,对这里的生态了如指掌。

在从岛上回维多利亚的码头上,我们碰到了来送行的布朗妮老师,她给我们带来了自己烘制的清脆可口的饼干,里面夹着甜美的蓝草莓。在不久以后的一次电视节目中,我又看到了她。她和同伴们一起,赤裸着身子,抗议政府一项破坏环境的行动。我丝毫也不惊讶,这个大声疾呼的人就是我们的布朗妮老师,一个坚定的环保主义者。

2006年初

浮庐笔记

初记

五百米外,盘旋的高架路,车辆如梭。高速之城,尘埃喧嚣。

咫尺之隔,绿树、灰墙和红瓦,推开躁动之音,又如巨掌,将呼啸之声托向高空。

我栖居在浮庐,借窗外一园绿色,满目我日日思念的江南。深夜,常有明月闲来,使我惶惑是否已处身东海之滨的故乡。

历八年,背着蜗居跋涉。至浮庐,于我辈或已是广厦?我不冀望人生繁华,只盼:窗外的桃树,春有花开,夏有果实;紫藤的秋日,不妨心事缠绕,只要冬天,仍是傲骨迎霜。

我只冀望人在浮庐,浮生可寄,不负穹庐。

再记

我常常凝望窗外的绿色,窃喜浮庐藏身于闹市中,不经意借来满园春色。

早春二月,便有十二株樱花蠢蠢欲动,三月里已是满目洁云了。桃花"接龙",而后石榴;爬满棚架的是紫藤,盛夏里开出一朵又一朵惊艳的喇叭花。紫荆、香樟、枫树、石楠,还有那一棵掩映着灰墙红瓦小屋的歪脖子树,这些,都是我喜欢的。在枝头栖落,又飞走,继而隐入树叶间的白头翁、喜鹊、彩蝶,即使叫喳喳的麻雀夫妇,我也欣喜它们来呀;明窗隔不断风景,它们,将我的书香引向自然。

我以书为伴,以诗为柔软的心地,借绿色妆扮匆忙的人生,脚步竟有了根般的错节。

我以春为眼,以秋为希望的原野,借飞鸟拨动枯涩的灵感,心头竟有了泉般的涌动。

其实,我哪里是在意纸上的文章,我是在意那笔下的风流。

三记

黄梅天过后的那几日,真是闷热难当。浮庐虽然冬暖夏凉,这些天也有些气喘吁吁。从窗口望出去,满眼翠绿欲滴,让心中凉爽不少。一株紫藤爬到了石楠的枝头,摆出了一个婀娜的造型,身下片片嫩叶如孔雀开屏般美丽。桃树已结了果子,大约还青涩,无人采摘。红火的石榴也在枝丫间亮出来了,让绿色有了热情,像突然飞出的一个吻……

天色突然暗下来,绿色顷刻如墨,等候即将来临的大雨泼洒。果然,雨急急而下,绿色顿时成为水墨,朦胧中有淡淡的印痕。冲过,洗过,似乎也染过了,雨后的绿色十分清新,开窗就能闻得到一股清香;连同水滴一道滑落的,还有那一声清脆的鸟鸣。

我为什么安居于浮庐?并非只为那一窗的绿色,还为那一脉流动的丹青。

四记

这么集中地听到蝉鸣,是搬到浮庐之后。记忆中只有在乡村的岁月,才听到过这么大把大把的叫声。乡村的大道上,长了许多苦楝树,苦涩的果实,连鸟儿都不愿意吃。知了站在高高的枝头,发出最嘹亮的夏季呐喊。我小时候贪玩,爬上枝头抓知了,只为好奇地看一看声音究竟是从它身体的哪一个部位发出,当然,也从来没有弄明白过。我也见过都市里的捕蝉人,手上拿着长长的竹竿,上头罩着网兜,父子两个,从街道的一棵棵悬铃木旁寻过去,也不知逮了来要做什么。

有诗云:蝉鸣山更幽。在城市里是没有这种诗境的。与汽车的嚣闹声相比,在城市快节奏的脚步中,蝉声是可以忽略的。紧闭窗门,在开着空调的房间里坐着,耳中何曾有蝉声如注?

其实蝉声说不上有多美,更谈不上有多重要了。只是,静下心来听一听呀,这也是生活的脚步声。

五记

紧闭窗门后,喧嚣便阻断在眼前。我常常立于窗前,凝望窗外的绿色。你看那十二株樱花开了又谢,什么果实也没留下,它其实留下的是对青春和美丽的念想,是有了毒又离不开的情怀;你看那石榴谢了又开,枝丫间留下胖嘟嘟红嫩嫩的一群孩子,多么嘹亮啊,又多么让人羡慕;桃树也结了果实,不像石榴张扬,它先将毛茸茸的孩子藏着掖着,不经意间就满怀满抱地亮相了;枫树不开花,在秋天的时候红给你看,从没有人觉得它在自我炒作……

还有一些无名的花,不分季节地开了败,败了开,都快快乐乐地过着自己的小生活。它们懂得,桃树是桃树、樱花是樱花;哪怕只有一天,也要开一次自己的花。它们懂得,观赏者都有自己的喜恶——有人钟情雏菊,有人却独赏蒲公英,而它们自己无法选择开花的季节,更不能选择自己的果实。那么,就开自己的花吧,美给自己看,那么美就是一百分的了。其实,它们也愿意被人欣赏,我在窗前望着它们,它们抬头羞涩地一笑,在风中快乐地摇曳……

六记

雨夜,高架路上的两盏街灯对着我的书窗。绿色的树此时是泼出的墨,枝头似线条在挥洒;大片的黑暗,凝固了;玻璃上映照着书架和书的脊梁。

潮声,车轮带起雨脚的潮声,东西双向滑动。我的脑海可说是混沌的,可说是安静的,可说是木然的。我想到了动与静,想到了黑与白,想到了生与死,想到了梦境与现实。我白天来不及想,现在想了很多。没有思想的力量,只有乱想的活力。这让我很疲乏。睡觉之前,我什么都不想做了,就剩一点点精力,用来乱想。不要做事,没有人干扰,乱想一通,然后睡觉,一靠枕头就入睡,这是一件幸福的事情。

以前怎么没有想过人也需要乱想呢?以前肯定想过的,只不过忘掉了。当我想到人生有时候不妨乱想,我就记住了乱想的好处。尽管乱想了些什么,我什么也没记住。

为什么要记住呢?

两盏灯仍对着我,灯下有大片的黑暗。

潮声依旧。

没有一本书诱惑我翻开其中一页。

七记

枫树的叶子红了,樱花树的叶子黄了,棚架上的紫藤,叶子稀疏了,窗子前方的那一处古老别墅,露出了更多的红瓦和灰色的墙……浮庐的秋天就这样来了吗?

其实秋天早就来了嘛。毕竟到了十一月份,秋风也刮过、秋雨也扫过,能不感到寒意吗?但今年的天特别干,也没有冷空气的频繁降临,在这个四季暧昧得无法明确分割的城市,多么需要一片落叶告知秋的消息啊!

午后,我走到花园中去,却不见一片叶子,他们不知为何要把落叶扫了去?清晨,我复又走到花园中去,这回的落叶是带着露水的,多么静美啊!正是那秋天的模样。

那么,还有什么告诉我现在是秋天了呢?因为,花园里,一颗果实都没有留下来啊!

八记

在秋日的午后,我会走到浮庐外的草地中去。因为偏居高楼一侧,一块狭长草地空无一人,故而安静得令人惊喜。我席地而坐,日头暖和地照在身上,细细的草尖扎着我的臀部,坐长了,还会留下两团湿气。草皮毕竟已经枯黄而且稀薄了,但泥土也因此更贴近我的肌肤。更多的时候,我赤着脚在草地上走来走去,在阳光下温暖的土地,在树荫下湿润的土地,有一种芳芬从脚底传递到心间。

在这样的午后,我常常有惶惑。我少年时在海边的村庄长大,日夜亲近的不就是这样的土地吗?为什么我在城市奔走十数年,最珍惜的却是走到草地中体会自然的情感?最向往的,也是一直在寻寻觅觅的,是那清风、那绿树、那粮食和蔬菜原来的味道?

对现代文明高度依赖,让我们回不到传统的农耕生活中去。一切都太快了,甚至由不得我们去细数工作、生活、阅读,甚至旅游中的慢,以及慢的快乐。

也许,走到草地中,我只是听从了内心对慢的呼唤。

浮庐,宽宥了我的慢,容纳了我的快乐。

九记

大雪节气的前一日,大幅降温10℃,又有寒风凛冽,窗前的那一棵歪脖子树,叶子都被吹得卷了起来,显得更加稀疏了。其他,像石榴、枫树、棚架上的紫藤,也黄了叶子,稀了枝条,更不要说十二株樱花树了。

是的,十二株樱花树,叶子都快落光了,我都不知道!

最近,我站在窗前的时间少了。我神往内心的宇宙,窗外的凋零与遮蔽,便关心得少了。曾经,窗外有樱花万点,我的心中便泼墨如画;如今,我的心中有一棵棵树在生长,窗外,却见一棵棵树在落叶。

我真不知道是应该感伤——那窗外满天飞舞的黄叶命运凋零;还是应该感激——正是树木荣枯,让我感觉到生命的轮转与季节的变幻。

十记

今年的秋天,雨水可真少啊!整个十一月份,据说只下了三十毫米的雨,那会是几滴雨,大抵也可以算得出了。

阳光就特别好。从中午开始,西南方向的阳光就照进大落地窗,越拉越长、越拉越亮,到傍晚时分,才呼的一声,没了。享受下午的阳光,就是顶顶的安详与宁静。如果还没有手机铃声响起,趁机打会儿盹,你知道,那即是幸福生活的一个顿号。

在半困半醒之间,眼睛睁睁闭闭,那便可以看见浮尘在空气中逗留。光影甚至照进了屋角,一束束的,如聚光灯般,吸引浮尘曼舞。再纷扰的世事,在脑中搁一搁,最多也就如浮尘般逗留,而不飞扬了。

香樟木的摇椅,铺上羊毛绒的毡子,仰面躺着,迎面就是一幅王之涣的《登鹳雀楼》条幅,边上则是画着山水的屏风……人在浮庐,不经意间,竟有了"白日依山尽,黄河入海流"的依稀境界了。在喧闹的都市中,忙碌的工作之余,栖居浮庐就是人生的一次布局啊。

这一切,都要拜浮庐的大落地窗、落地窗外的错落秋色,以及少雨的气候所赐!

十一记

今年的雪,来得可真早!不仅早,而且突然。十二月中旬,枫叶还是红的,香樟还是绿的,突如其来的一场雪,点缀上白的,便有了一种惊喜。从敞亮的落地窗望出去,大雪纷纷扬扬,只一两个小时,便在草地、树上和车库的顶篷覆盖上一场晶莹的纯白。可别说,在上海的十二月天中,这真是难得一见的景观。

老实说,静卧浮庐,是不会关心全球的气候是否已经开始千年极寒的,甚至不关心道路是否在哪里堵住了、菜价是否开始上涨、路上的行人是否因为一场雪受阻……允许有这么一两个小时,让我不关心人类和正在发生的新闻,看一看飘飘扬扬的雪吧。第一年住进浮庐,第一次在室内看到无所阻挡的天空落下纯雪,让我想起了小时候在南方的海边村庄,第一次见到飘雪的惊讶,让我想起在加拿大读书的冬季里,一层又一层覆盖大地的雪……

十二记

今年雪花特别多。奇怪的是,多在南方。这种令人纳闷的气候,"给生活和生产带来了意想不到的麻烦",这是报纸上的语气,对在浮庐中晚起,又有一片明窗的人来说,雪大些、多些,倒不失美事一桩。今早便特地晚一些去上班,又泡了一壶铁观音来品尝,见落雪飘洒、窗外银装素裹,内心竟生发出一些神闲气定的豪气来。

已是寒冬,浮庐外一片肃杀。城居二十年,第一次深感季节轮回之阔大了。你不知道,没有阳光的时候,冬日浮庐之肃静了。这全因窗外落木萧萧,枝条稀落,高架路上的来往车辆便显眼地在面前穿梭,似乎尘埃亦多,噪声亦杂。有了雪,大不同,白茫茫的,连歪脖子树也穿上了棉衣一般,枝头上积雪簌簌地落下,一只寒鸦停在最高的一处,在空灵的白雪覆盖的天地间,如在水墨画中醒来一般,润成一个墨点。那些苍虬的枝干,那些落叶的荆棘,就是泼出来的线条了,在褪去绿色的冬日大地,有了新的皈依。

雪大片大片的,仍在飘落,画面便灵动了。窗外的动,烘托出室内的静来,仿佛在一场雪中,止息了奔波和无为,有了慢的原生力。

十三记

今年的樱花开得晚,如此绚烂,却也如此期期艾艾。我一遍遍去看,隔了两周还是花骨朵。晚我也愿意等,期期艾艾我也无悔地等。她太短了,我愿意长久一点地等;她太无邪了,我愿意纠结一点地等;她太美了,我愿意幽怨一点地等。

桃花也未盛开,一点一点地眨着睫毛,数数身旁已经开了一个月的茶花,瞅瞅棚架上一片叶子都未生长的紫藤,她进退维谷,犹犹豫豫。但有一点她真是好,她胸无块垒,无意追求豁达与洒脱,即使怯弱与胆小,也无需掩面,这样,她就能在夏天结下一树的果实。

海棠了无牵挂,开得就很狂野。她就是开给大家看的。开败了,还留在丹青里,给大家继续看。敞开自己,是她的个性,让议论者和窥视者都显得慌慌张张。她不家长里短,所以她就坦然。我觉得她就是难得的好春光。

还有一些小白花独自哼着自己的歌,还有一些小红花暗暗捏着自己的掌,还有一些小黄花披着自己的纱……她们守着惯常的生活,各有自己的趣味和快乐。我守着浮庐的这一方天地,无意打破这一切的宁静。

十四记

春天将尽的时候,来了一场春雨。在今年短暂的三十八天的春的旅程中,这是我记忆中唯一一场像样的春雨。

是夜里来的风,也是夜里来的雨,我清晰地听得到雨打在树叶上、落在地上的声音。密密麻麻的雨脚,有那么一会儿,甚至让我想起了小时候——在老屋天井下听檐角的雨滴,看着院子里结着青涩果子的桃子呀李子呀……

隔三十年,五百公里外,再次在雨中清晰出现在我的脑海中的,是浮庐窗前的一棵桃树和一棵石榴树,它们都在五月里结了青涩的果,拇指大小,一绿一红。它们都是浮庐的孩子,这会儿最是无忧,遇上美好的春天,也无人去采摘它们。开花结果,这真是人世间的赏心乐事。

十五记

一日复一日,在浮庐的日子过得真是快呀,一年的时光将尽,又回到轮回的季节里,去年此时,亦是绿草青青,风动江南,今年树又长高了一截,遮住了红瓦小屋,显得更加影影绰绰,也遮住了高架路上飞驰的小汽车,只有大巴和卡车还在奔跑着跃过眼帘。

渐渐的,似乎观风景的时间少了,而凝思与养神的时间多了。工作的确忙了,我没有好的状态去写作与遐思,自然也告别了小说与诗情。在我,倒不纠结与懊恼。我想,在夏日里何必渴望一场冬雪?而在开花的季节,又何必仰慕那枝头的累累硕果呢?这一季有这一季的风景,且把它看罢,也把它珍藏吧!这样,到了白雪覆盖大地的日子,我也不必留恋夏日的一抹翠绿了,而在秋日的果园中,也无需怨恨春天的花开得太少。

进出浮庐只有两条路,这比人生要简单得多。但人生的选择虽复杂,走起来却只有一条——当你选择了其中的一条,你永远不知道另外那些道路上的风景。

而我,只愿在赋予我的道路上一路前行,一切的繁纷复杂便简化为一。

十六记

六月六日,距离搬进浮庐已经整整一年了。窗外一片墨绿,清新宜人，但不知为何，更吸引我的是那些已不怎么排场的花——石榴树上，有的花已经结了果，有的花还在开着，在同一棵树上，你看，也有不同的心思与行径；紫藤花开了，长嘴的模样，像涂了艳丽的口红般夺目；苗圃里新植的月季矮矮地开着粉色的花，它们真像这一季最意外的暧昧。

不知为什么，看到这些不同的花，让我想起人世间不同的女子。也许世界上有多少种不同的花，便有多少种不同的女子。她们各怀着不同的心思，说不清哪一种是令人欣赏哪一种是令人扼腕的。在盛夏，不妨热烈地奔放吧；到了秋天，这档子事，就可以放下了。

2010年7月20日—2011年6月6日

中文系男生宿舍

我进大学的那一年,所有的新生被安排在同一幢宿舍楼内。据说,传统就是这样被割裂了。那是一种感伤的、潮湿的、带着厚重意味的传统,让人一想起来就看到一床湿厚的印花被子,让人看到忧郁、沉静和冲突。有一回,据说是一些校园作家和诗人们,也就是我们的师兄,来给我们启蒙,说了一些我们都不知道的人和一些都不明白的事。他们争抢着说,口才都极棒,我们的脑袋不断地转,觉得一切都充满了新鲜感,漏过哪一点,都是我们初进象牙塔的遗憾。心中也好生羡慕,希望自己也有那么一天,来那么一回,让人佩服佩服。我们都很少说话,最多只是问一句自己非常新奇的和意犹未尽的。宿舍里的人越聚越多,以至于以后再也没有这么热闹过。他们都说完了,纷纷起身,告诉我们宿舍号码,希望我们有事找他们。然后就走了,我们都围在门口跟他们说再见。

但是我们没敢去一舍。所有的大二、大三、大四的师兄们都盘踞在一舍,一幢古老的潮湿的还堆着垃圾和散发粪便臭味的宿舍楼。那里的人们留着长发,理着光头,行色匆匆,忧郁成性,那里充满了颓废和晦涩的文化意味。他们的饭盒破旧不堪,背面一律脏兮兮的。他们大都只有一个饭盒,饭菜放在一块,用一把调羹一路或快步或悠闲地吃着回来。到他们的"老巢",和着那种懒散和神秘的气息,将饭吃完后,倒一点开水,慢慢地喝。脚踩在凳子上,喝完了就往身后凌乱的床上一躺——脚跷到桌子上。桌子上也凌乱得很,有敲出的或者烧出的或者遗留下来的大洞,桌子上还丢着不知道是谁的衣服。住在上铺的兄弟,上床时就一个箭步蹿上去,来个空中转身,平稳地坐到自己的床上。

那都是我们听说,或者在外部感受到的中文系男生宿舍的模样。在我们未进入"城堡"之前,这里面还有很多想象在飞翔,但很多人终究没有进去过。因为自从那一帮诗人和作家师兄们走后,没几天我们就得到消息说,他们骂我们是"傻蛋"(这是一个口头禅,可以随便用到谁的身上),并且表现出了对我们的极大失望。这不仅表现在我们不谙世事,还在于地域的隔离及由此引发的对传统的无法继承。他们中有很多人义愤填膺,表示对学校的此举不满,并且进一步表示了对我们的同情和可怜,希望在他们的"有生之年",多少能将一些起居衣食读写的知识传给我们,以取得自己的心安和理得。也有的人表现出了漠然和无视,似乎对这一切习以为常或见怪不怪。

可以称得上频繁地出入中文系男生宿舍的大一学生,就是我。一位教写作的老师说:"你的名字非常具有先锋意味。"那时候我已经发表了不少文章,读中文系是我由来已久的愿望。因此那帮非常中文系的师兄,和他们非常中文系的"老巢",对我充满了神奇的诱惑。我终于下定决心,选择一个夜晚,怀着忐忑不安的心情叩响了一位师兄的门。那个宿舍——据说是徐志摩待过的——那里如今尚有三个校园诗人。那种完全属于诗或者颓废小说的氛围,在我初见那气窗上透出的灰蒙灯光时就一下子捕捉到了。我叩门声轻,他们后来说以为是一个女孩站在门外,于是非常庄重和严肃了一阵。有一个柔柔的声音问:找谁?我说出了他的名字,声音几乎有点颤抖。宿舍内一角的白布"刷"地拉开,里面朦胧的台灯光芒映射出来,一位长发披肩,戴着眼镜,落下了很宽的领子的"汗衫"站了起来,声音嘶哑、空洞,充满了遥远意味。他说,我就是!

我进入白布之内,在他坐过的椅子上坐下。那里面有一张书桌,上面摆着一叠稿纸,第一页稿纸上写着:

冬天的火炉抵不过一只酒瓶

女人们四处逃散

有一个追了我很久的人

就是我自己

他掏出一个黑色烟夹,"叭"一声打开它,里面还有两根香烟。烟夹向我横过来:"请抽烟。"我说我不会,他就收了起来,问我:不抽烟如何让诗诞生?我说我只是刚入门。他在桌子底下高高的一叠书中抽出两本诗刊,递给我说:这是我们诗社的社刊,你拿去看。我接过那两本诗刊,应他的要求留下了自己的宿舍号码。

那一次让我感到不可忘记的,是那灰暗的灯光和缭绕的烟雾,凌乱的桌椅和发黑的白布。当然,还有那不知道是残缺还是完整的诗,那横着递过来的放着两根香烟的烟夹。

那本诗刊,我拿回后反复翻阅,那里面全新的世界让我震惊不已,同时心生恐慌,我是指诗的语言和表现出来的那种完全与我相异的气质。一种神秘的力量在左右着我,促使我一次又一次进入那产生诗的中文系男生宿舍。我发现了那里头始终凝滞和潮湿的空气,冷漠的人际关系,发黄发黑的蚊帐,脏兮兮的被子和臭烘烘的袜子,满地的酒瓶子,在地上打滚的酗酒的师兄,破碎的镜子和变形的梳子。他们开始谈诗,大声朗读,拍案而起,脸红耳赤,而后或置之不理,或一个一个往外吐着烟圈。

两年以后我读到:

> 多么啊心醉
>
> 我的一生
>
> 太多的流水与落花

我就想起一个冬日的早晨,阳光斜照着窗户的一角,师兄的房间内还有一半人在沉睡。一台破旧的录音机在桌子上咿咿呀呀响着沙哑的声音,师兄起身后将它打翻于桌子的破洞之中——它永久地停止了歌唱。录音机主人见状气愤地将它扔出了窗口,它像一只黑色的大鸟腾空而起,在一位漂亮的女孩身后落下。那女孩吓软了双腿,像一条蛇一样挂于她男友的腰间。楼上,一场战争纷纷扬扬,如北方司空见惯的落雪……

我破破碎碎断断续续的关于中文系男生宿舍的内心体验,随着轰隆隆的铲土机推倒一舍的瞬间,像河流一般被截断。师兄们四处流散,有的毕业后回归故里,剩下的一批在上海或者异地谋了职业。还在学校的师兄们卷起铺盖,用黄鱼车或者咣当作响的自行车或者两条瘦腿搬运着东西向五舍涌来。在五舍我们已经待了一年半,窝都没有挪动一下,还在一楼住着。他们纷纷涌向四楼,迅速占据了对我们俯视的高度。但一舍那种纯正的中文系男生宿舍的传统带不过来了,似乎被那冒起的商业大楼压入了地下或者顶向了云霄。

他们说暗合的暮霭已经四散

往事如野百合一般苍白

通过那炼炉的烟囱飘逝于远方

也似乎从那时候开始,我注意起自己的宿舍。太明朗了,与那忧郁的色调毫无相同之处。寝室里有了电脑,一个人在玩游戏,很多人围着观看,纷纷伸长了脖子;联系家教的BP机响了;等待发放的广告海报叠满了寝室;从图书馆借的书,每次到期时才发现没看完⋯⋯

我想起了一舍里那断断续续的二胡声、悠扬的笛子忧郁的曲调。想起了厚厚的镜片后面隐藏着的那个时代的小说和诗,瘦弱的身子苍白的手指抖动着大笔,仿佛将缈缈千年一泻而下。想起了在灰暗的灯光下书页翻动,明灭的理想支撑着存在⋯⋯

这种古老的气息我再也闻不到了。在我的身边,没有了那种吱吱呀呀的江南古船摇动的声音,没有了冗长的梅雨季。在泥泞的小巷上行走的一头长发的男孩,再也不是一个突出的个性生命。

太多的浮躁充塞着我们,我们过多地注意身外的世界。炫人耳目的东西蒙蔽着我们,我们可以无所事事,却不愿回过来关注一下自身,探求一下活着的意义和生命的本源。我们就那么潮起潮落,却忘了时辰。我们就那么花开花谢,却难以再分春秋。我们就那么人来人往,却难觅那相知的脸庞。

很多时候我都在怀念,那种自己没有亲历的一件事闪着光芒、一本书更是闪着光芒的岁月,怀念水房里单纯的歌,昏黄的灯光下静静翻动的书页……即使那种忧郁感伤的岁月,我都要去怀念。我宁愿有一种沉重、一种忧郁,也不要一种轻巧的、无所适从的生活状态,因为我是如此期望着一种警醒、一种力度、一种不会充塞着遗忘的岁月。

1998 年

第三辑

诗 百 首

盐

1.

盐是生计,因此,暴晒,煎熬,压榨

都是可以忍受的劳作

盐是生涯,是少年人的一段愁肠

是中年的隐疾和老来的霜与雪

是说亲,盖房,为老人送终

盐是生死,没有盐就没有一个家族的繁衍

盐如此浓缩,让死得以不朽

很难说,一滴海水熬成盐是生还是死

如同一粒盐融于水,不知是死还是生

不知生焉知死。死后复生,生死循环

死生契阔。生即是死,死即是生

生生死死,死死生生

不生不死,不死不生

舍生忘死,忘生忘死

无生无死

2.

传说,为那一方盐池

黄帝和蚩尤曾在涿鹿大战

万乘之国,曾在盐里加价

盐和铁,曾令剽悍的匈奴胆寒

"天下之赋,盐利其半"

盐税开辟滚滚财源

令贱民驱妻逐子,把大海煎干

宫闱服御,军饷,俸禄,一片刀光剑影

一度,盐钞如废纸,朝为豪商,夕伎流丐

几回回,白花花的盐是白花花的银

四十万两白银只够演一出《长生殿》

在最后一个朝代,公卿大夫和闺阁小姐的赌饷

摇动立国之本,那一座盐砌的白塔

国家所托命,隐于黑幕之中

经济的命脉,前途的命门

那是朝廷和老爷们的殚精竭虑

高居庙堂之上,帝王,每天也只需要六克盐

用以维持心脏正常的跳动

连年亏空的国库,须榨干一个大海

食用海底那六十米厚的盐层

而走在山道旁,竹筏上,廊桥中

越了界的盐,是恩怨,是私利,是财富,也是脑袋

惊慌失措的贩夫走卒,皆坐死

江山之大,盐是最重的压舱石

人间悲苦,终究不过细盐一颗

3.

因为盐,故乡一再破败

人世飘零,在志书里一页页写着:

宋孝宗乾道二年八月十七日,海潮淹人覆舟,

  坏屋舍,漂盐场,浮尸无数,田禾三年无收

元成宗大德元年七月十四日,海溢高二丈,

  飘荡民舍、盐灶,两县溺死六千八百人

明洪武八年七月,海溢高三丈,

  沿江居民死者二千余人

清乾隆廿八年五月,海溢,水深五六尺,

  八月潮退,尸横遍野……

也因为盐,故乡从未衰落

伤口本就有盐,因为更多盐的加入
而更快地凝固。盐总在召唤盐
所以泪水会召集泪水,汗水会召集汗水
血性会召集血性
仿佛已被腌制成一块晶石
一个靠海的村庄,拒绝任何的救赎

风声骤,涛声急
盐在加固脊背,迎向一堵堵浊浪
河山飘摇,家国离乱
最终靠一粒盐,定风波

4.

世间万千凝结之物,都被命名为:
永恒。琥珀,玉石,水晶,珍珠和玛瑙
而盐是永恒之恒:它被大海派往人世
走动。它在太阳——这天空唯一的照耀之物照看下
走走停停,壮怀激烈,如同火和火的衍生物
盐让人在大海面前,获得了尊严
让人在太阳眼里,获得了光芒

据说,加热到八百零一度,盐会变成液体

而要得到盐蒸汽，则需抵达一千四百一十三度

没有烟，也没有灰烬

命运如此安排它们：铅与火

烈日。手掌是最温柔的部分

此后，是锅，是沸腾的油和水

此后，是人的周身，是血，汗和泪

这是显而易见的：在人体内反复出现的

也必将在时间里反复出现

前者，味蕾是唯一的检验师

而后者，是无处不在的镜像，是一触即发的感官

盐的真身浩瀚无边，而盐的化身

百媚丛生：它们，时而香汗淋淋，时而喜极而泣，时而歃血为盟

5.

米其林的大厨告诉我

他最喜欢的是纯净的犹太盐

因为，后味回甘而适用于所有食物

我翻阅典籍，知道法国的盐之花

带有奇异的紫罗兰香味

吃下一口夏威夷的黑火山盐

口中会有连绵不绝的焦糖回荡

日本的烟熏盐里，有一股樱桃木的味道
而饮墨西哥的龙舌兰酒
如若在虎口涂抹一层大西洋的细盐
内心会澎湃不已

我还遇见一位焚香的女子
说在四月的甘南和藏南一带
掠过河谷的风，会带来一阵桃花盐
而喜马拉雅的玫瑰盐
会蛊惑一个书生，不再留恋江南
这些，都是我所未亲历的
在一缕沉香中，一粒盐在抒情
这让我愁肠百结

6.

可见，痛苦会变成盐，欢乐
也会抵达同样的终点
从大海到人海，一粒盐走过千百年的孤独
无人能懂。你看到的那些光，是它闪亮的部分
它在记载中消失的部分
属于我们周遭无所不在的暗物质

在绵密的浸润中蚀骨,而又奋臂
在缭绕的气韵中风化,而又加厚
在隐晦的涛声中捉拿身上的妖
在离岸流的撤离中捉拿遗漏的沙
我两手空空,两眼空空——
细盐撤去,粗盐撤去
而后是盐卤,盐泥,盐水撤去
最后是一个大海撤去
只剩那灶间陶钵子里的碘盐
在蓝色的火光中,成为单纯的调味品

2019年2月

听雷

雷暴在空中奏响

有时候会带来一场大雨

有时候,是惊涛骇浪

闪电是必然的光芒,并更早抵达

有时候它会深入到沉船

有时候,它则延续到次日的朝霞

对雷声,我已习以为常

那是地球引力必然会拖来的一条长舌

我在海面以下四十米的地方洄游

觅食,交配和生育

头痛欲裂地看着闪电在天空舞蹈

并看着它因过于恼怒而炸裂

我本不欲与雷声作过多交谈,但

众所周知——我耳际的两颗石头

是它派来的马匹和落日

并因日夜操练而闪闪发亮

你也许有所不知,长久以来

雷声,已成为我在人世的牵挂

因此,当惊雷炸响

我会露出海面看一看

并发出咕咕的叫喊

迎亲的队伍,敲着锣鼓

隔着大洋传来的裂缝

是一条细长的绳索

把鱼群捆绑到近海的暖流

好多的渔网在春天出发

密密麻麻地撒下

运盐的队伍,响起马蹄

隔着大地传来的雷击

是一针又一针绵密的针脚

把浪花和涛声拉近,捏紧

细细地缝起

闷如罐子的海面下

声音在到处反弹

这些人世的声音

在夜晚,安静下来了

迎来了大海上更粗壮的回声

有时候,雷声只是一片虚幻

在一片云的两端,或者

在两片云的中间走动的亮光

会跑很远的路

在一个万里无云的地方炸响

无辜的人们将它命名为晴天霹雳

有可能,这只是命运随意的选择

也有可能,闪电总能找到它所钟情的事物

在孤立的山顶

在河流、矿藏、森林的边界处

在地质的断层地带

在迎风的山坡,在向阳的土丘

闪电总能找到旷野中的人

并给他们喂养

从两片云中下来的愤怒

这无端的猜疑,这无名之火

有时候会找到头发,有时候只是眉毛,有时候

甚至是脚底的一双鞋子

有时候,也会把整个人搬到汽车外

据说球状的闪电

还会让红光或极亮白光的火球
从门、窗、烟囱这样的通道
侵入室内。在每个给定的时刻
世界上都有一千八百个雷电交作
在每秒钟发出的六百次闪电中
地球认领了其中的六分之一

我见得更多的
是那午后的惊雷
从北方来的寒冷气团
像楔子一般插入久晒的暖气团下方
闪电照一照路
过于饱和的水蒸气
便会在海面下起暴雨,甚至冰雹
它会找到铁塔,也会找到巨木,自然还有那风帆
看——
桅杆周围那一道火红的光
被大海上的人求乞为"圣艾尔摩之火"①
乞求神的护佑是徒劳的,因为
据可靠的消息称,雷电正来自于
一位喜怒无常的神
当它把开叉曲折的树枝点燃
枝状的闪电会在生物的神经里流窜

在人的一生中，也在鱼的一生中
留下难以忘怀的恐惧
年少时我曾听我的曾曾祖父说
在高耸的楼房到达海边之前
枝状的闪电每秒钟能够飞行万里
避雷的设备把它的火光取走后
剩余的枝蔓只能敲打那些弱小者的灵魂
当我游到鱼群密集的海域
天空中那片状的闪电也日渐稀少
——在我沉潜的深处
有鲸鲨的脊背，对应并——
校正那古老的星座

我还是说回我那曾曾祖父
这条老迈的鱼王，它的两颗耳石
已壮如落日。那些雷声
并不能激荡它的共振
在数以万计的电闪雷鸣中
它经历太多的生死，而忘记了生死
它对雷声过于敏感的神经
因一再启用而变得迟钝，生锈
它潜得越来越深了
那渔网到达不了的海域

雷电也望尘莫及

人类许以它身上的鱼胶以巨资

据说巨大的伤口在它的作用下

也可马上愈合

与比黄金还珍贵的一条鱼胶相比

肉身不过是腐朽之物

但也因肉身的存在

可以把巨石藏起

并在危险的时刻

释放求生的本能

作为一条孤独的黄鱼

在大海中，我很少找到同类

作为幸存者的后代

我遇到那些被圈养的

肥头大耳的黄鱼们

总是如梦游般不安。它们似乎

对隆隆雷声浑然不觉，或者早已习以为常

这一点，使得我在它们面前自惭形秽

我骨子里的，血液里的惊恐

我基因里的记忆仍在提醒我

雷声，并不仅仅是自然的现象

人为的轰鸣仍在四周潜伏

它潜伏得越深

便能以越快的速度返回

这是我的曾祖父告诉我的

(如今,它也是一条年迈的漏网之鱼)

半个世纪以前,黄鱼家族的头顶之上

一再密布万千的巨雷

它们来自于大大小小的渔船上

一块块绑于船舷上的木板

据传,山上的柚子树,能把声音传得最远

它被解剖成一块块木板

在海面上的敲击之声

胜过那热雷电,锋雷电和超级闪电

在那密不透风的雷鸣中

脑袋里的两颗耳石

会以每秒难以数计的频次击打自身的神经

鱼生,会扑向某种虚空

如在天际的悬浮

只看见高邈的亮光

一个黄鱼的家族

在时兴时落的敲舷声中

争先恐后地扑向死亡

我的祖先因过于瘦小而存活至今
它并不相信,那些恐吓已经消失
那马匹运来的石头仍在滚落
那云闪的光芒,仍有着无法抵挡的电荷
在它垂垂老矣的时候
已无法说出的确切的浩劫
全凭我在新的雷声中辨别
这些书本也不曾记载的知识
在一代代鱼的语焉不详的口述中
日渐式微。而新的雷暴滚滚发生
新的闪电日行万千光年
在自然的风声中
有无法破译的电码
更因隔了一层海水而呜咽不已

雷,回到云层
雷的声音被雨水暂时藏起
那些蓝色的、红色的、白色的火焰
被鸟的羽翼收走并养大
天空,空空如也
只有我脑袋里的两颗晶石
发出幻想般的轰鸣
在整个大洋里

激荡,碰撞,并掀起无风的波浪

2019年2月28日—3月2日

注①：指海员守护神。

羿

第一部 射日

时序的更迭，季节的变幻，上苍自有安排

日月的轮换，阴晴的翻转，人间已是释然

自混沌初辟，天顶地立

太阳便是盘古的左眼，月亮便是盘古的右眼

那忽明忽暗，或近或远的星辰

是盘古的头发和胡须

那飘逸的云雨，那震响的雷电

那巍峨的山岳，那绵延的江河

那崎岖的道路，那丰腴的土田

那铿锵的金石，那柔软的草木

那翱翔的飞禽，那爬行的走兽

世间的万事，世间的万物，世间的阴和阳，圆和缺

无不分有盘古体内的元气，沉浸在它弥散的氤氲中

它们看似已纷纷脱离,不再聚合,不再交集

实则如手如足,如切如磋,如琢如磨,如胶如漆

它们经历自己的成长,经历自己的生老病死

一物的喜怒,交合另一物的欢悲

一物的泯然,涌动另一物的新生

如那电闪雷鸣之后,便是倾盆的大雨

如那屑小的花草,也会长在晴川的顶峰

如那江河也会埋灭道路,如那山峰也会阻断河流

如那人间的灯火,也会黯淡天上的星光

如那金石的叩击,也会发出耀眼的火花

阴阳的交割,爱恨的交集

是这样难舍难离,是这样难解难分

蕴含着盘古的精气,太阳是天地间打开的一扇大窗

一代代繁衍生息,太阳家族最终选择在东海之滨栖居

在黑齿国之北,那是一个名叫汤谷的地方

汤谷里的海水沸腾,那是十个太阳洗澡的池塘

纵使有万顷的碧波,要想清凉也是枉然

就在那滚烫的海水里,竟生长着一棵无比巨大的扶桑

扶桑长有几千丈高,扶桑长有千余围粗

枝繁叶茂,仿若寰宇,置身其中啊无比舒畅

帝俊是太阳的父亲,只有他能诞下这么多骄傲的儿子

羲和是他们的母亲啊,温柔又贤淑

六条龙为她驾车啊,也是心满意足

太阳们栖居在高高的树上,最高的一个最是傲然

细看时他的精魂是一只三足乌

只有出巡时他才是万里的晴阳

其他九个栖息在低处的枝上

如何按序出场他们心中早已了然

一天一人,这是父母亲定下的主张

千百年来兄弟们从不作非分之想

当黑夜即将消逝,黎明就要到来

扶桑之巅的玉鸡,就要发出喔喔的叫喊

它扇动着双翅,好让自己的脖子伸长

它只消一声的鸣响,就会划破星际的迷航

桃都山上,大桃树上休憩的金鸡也跟着叫唤

它这一叫,野鬼游魂就会显得慌慌张张

大桃树的枝干屈盘起来,荫盖的地方有三千三

神荼和郁垒兄弟俩,就守在东北树枝下的鬼门关

大鬼小鬼如若残害了人间的贤良

定叫那芦苇绳子绑了喂虎狼

好啊,金鸡一唱石鸡唱,名山胜水无遗忘

石鸡唱罢雄鸡唱,天下百鸡大欢唱

那澎湃的海潮就应和着喔喔的啼唱轰轰地鸣响

那满天的霞光就铺陈着一望无际的绫罗绸缎

巡行的太阳在咸池里洗罢,就在海潮和霞光中一拥而上

这一天轮到第十个太阳值班,他本是父母最疼爱的儿郎
昨夜他已是一宿的心欢,等候着十日一轮的巡行
当他升上扶桑的顶端,正是叫作"晨明"的时光
当他坐上母亲的车辆,已有了"胐明"的亮堂
六条龙驰骋飞翔,不久就到了一个叫曲阿的地方
那时候也叫"旦明",人间已是一片晴朗
最小的儿子自是最为娇惯,望万里晴川他突发奇想:
"人世春和景明,大地欢乐和畅,
不如邀上九个哥哥,一同流连忘返
何须因循守旧,落得个日盼夜盼"
当他暗暗想完,此时已到了母亲悬车的悲泉
母亲将驾车回返,余下短短的路程由他独自走完
他走进蒙谷的水滨,在桑树和榆树上涂抹几缕灿烂
直至挥洒完最后的金光,他也将沉入代表黑夜的虞渊
母亲穿过繁星与轻云回到汤谷,他也由地下回到扶桑
一天天皆是如此,这一日与另一日别无异样

第十个太阳终究还是按捺不住白日里的奇思妙想
到了月明星稀的夜晚,他就坐在枝头对着一个个兄长宣讲
兄长们个个眼睛发亮,异口同声称赞他的主张
大家商定第二日便轰的一声齐齐飞到天上

谁也不去顾那清规戒律和母亲的阻拦

十个太阳一齐照耀大地，这理由多么冠冕堂皇

他们跳着蹦着，哪会去顾及慈母徒劳的呼唤

他们滚啊踢啊，哪顾得上人间已是一片愤怨

天空被十个太阳烧成紫酱，大地上田土龟裂尸横绵长

郁热而又饥饿的人们原以为十日同时照射不过是几天短暂

不曾想这是十个顽劣而又狰狞的兄弟一日复一日的狂欢

人们躲在幽深的洞穴里苦苦寻觅良方

最后按当时的习俗请出一个叫"女丑"的女巫相帮

却说这女丑原也有通天的力量

只需抬她到王城的附近山坡暴晒，天上便倾注大雨一场

她时常骑一条独角的龙鱼，在九州的原野徜徉

又时常出现在海面，激起大风大浪

还有一只生长在北海的大蟹，背脊有千里宽广

也得听女巫的使唤，并不敢有半点偷懒

那一日擎旗幡，那一日敲钟磬，那一日黑瘦的人们聚成山

那一日折树枝，那一日编藤萝，那一日煌煌彩轿把女丑装

那一日女丑穿一身青色的衣裳，扮作旱魃的模样

旱魃乃是黄帝的女儿，据说是个秃头，长得并不漂亮

她曾助父皇战胜了蚩尤，却受了邪魔的沾染

她居留的地方颗雨全无，旱云长长

人们给她取名旱魃，到处驱赶

黄帝给她划定了固定的地方,不许她东游西荡
人们祝祷她"神啊,你就永住在赤水的北方"
她自知惭愧,就为人们降下活命的甘泉

法事毕,钟磬息,人们把女丑抬到山头的草席
他们四散在周边的树穴,等待着奇迹
女丑独对天上的十日,油亮的脸上布满豆大的汗滴
嘴里的祈祷,眼里的期盼,却满是恐惧的气息
神通似已失效,本领也已遁形,只剩大口大口地喘气
扮相似被识破,威风也已收走,只剩一个人形黑黑瘦瘦
她顾不得求雨的规矩,用宽大的袍袖蒙住了头
十个太阳却不饶她,束束毒焰将她寸寸毒打
扮成旱魃的女丑就这样抽搐着倒下

女丑的被杀令人惊恐,民生的疾苦让尧帝心忧
天上有无尽的火焰,地上有连绵的灾祸
据报从燃烧的森林和沸腾的江河里
已跑出猰貐、凿齿、封豨、修蛇,还有大风和九婴
它们挥舞利爪、巨齿、信子和翅膀
把仅剩的粮食糟蹋,把无路的难民残杀
曾是这样温厚贤良的尧帝,此时也别无他法
他带着部落的首领和劳苦的民众
在王城内,在高山巅,在溪水畔,一日又一夜地祈祷

那哀求的声音一声声传入天帝的耳朵

真叫那帝俊又是烦心,又是为难

一边是横暴顽劣的十个儿子,一边是民不聊生的人间呼告

犹豫中他想到了天神羿,"左臂修而善射"

即使那小小的燕雀吧,也会百发百中地射落

帝俊赐羿彤弓素矰,就是那红色的良弓,白色的利箭

好去射杀那些逞凶的怪禽猛兽,好去教训那些胡闹的太阳儿子

他不知那射手从此是凡人,他不知那九子从此殒了命

啊呀呀,世间也有世间的玉律,任凭那天庭也管不尽!

羿既是潇洒的天神,嫦娥就不是凡常的姑娘

她的美貌人间难得一见,见上了就叫人日夜相思

她朦胧的靓丽早已得到月光的感化,清冷而孤高

即便叫她留在最热闹的王城,她也心有不甘

她跟着羿降到下方,不过吟一曲夫唱妇随的戏

或看看那凡间的胜景,品一品疾苦的滋味

却怎料命运竟是这样的离奇与古怪

先叫她无缘回天庭,又叫她独自舞翩跹

羿带着妻子来到人间,在闷热难当的茅屋里把尧见

愁苦的皇帝吃糙米,清清的汤里野菜稀

走来的后生正是羿,修长的左臂把弓提

啊,是天帝,是天帝派来的天神让人大喜

尧帝带着羿夫妻走到屋外，得到消息的人麇集在王城的广场
十个太阳还在天上照耀，并不管地上的蝼蚁只剩黑瘦的骨头
可即便那奄奄待毙的身首，顿然间也恢复了神奇的魔咒
他们欢呼、呐喊，喉咙里仿佛已有细水长流
这情形让羿激动不已，他觉得自己已是那离弦之箭
一心只有除害的执着，哪顾得耳畔仍有帝俊的嘱托

骄阳似火仍在天上放肆，并不管人间有怎样的折磨
那青山绿水早已失去了模样，世上都是遍地的焦黄
只有在火一样的土地上感受这难忍的炙烤
方知这万千的毒焰是如此的让人难熬
受灾的人们心中有怎样的期盼，羿已是如此地明了
所谓的威吓，所谓的轻饶，哪能把心头的恨来消
哎呀呀，不去管他什么天帝的阔少
负在身后的箭哨，已在天空响起明亮的呼号
只等那朱红的良弓，把弦拉成个圆角

羿立在广场的中央，四周是寂静的辽阔
那濒死的人们也已醒来，枯萎的枝头也在萌芽
作为人间最后的希望，羿愿为除害把生命来抛
只要下定了决心，一切倒也不难办到
羿有天上人间无双的神力，何况还有那天帝御赐的弓刀
他那修长的手臂把良弓张满，他那银色的利箭把弦来紧靠

只听飕的一声鸣响,顷刻就将那火球引爆

四散在空中的是那数不清的金色羽毛

坠在凡尘的正是那太阳的化身——三足的金乌鸟

天空仍有那愤怒的九兄弟,地上已有了微微的凉意

人们欢呼着,沙哑的声音里尽是喜极而泣

羿的心中闪过一阵快意,事到如今哪由得他就此罢休

他接着抬弓搭箭,向东方西方各射出一支响亮的疾电

正欲逃跑的一左一右两个太阳,无一幸免被剌个透心凉

他们哀嚎着沉向波涛汹涌的大海

这一幕足以让剩余的七个兄弟呆立原地

他们排成那半圆的队列,一齐向羿喷射最凶猛的烈焰

羿所站立的山头草木燃烧,烟火四起

第四箭他用足了力气,射出了一个抛物的图形

只见那利刃从第一个太阳穿过,一直到第四个太阳才止住脚步

四个太阳像被无形的铁索串起

齐刷刷地挣扎着滑向大海的海面

海面上升腾的火焰,一直蹿到了高山之巅

围观的人群被扑面而来的热浪冲得摇摇欲坠

剩下的三个太阳脸色煞白,包括那个最小的弟弟

他悔不该当初叫上了哥哥一起来天空嬉戏

如今只落了个骨肉分离,仓皇逃弃

羿已杀得兴起,哪记得天帝的嘱托仍在耳际

他追上一个逃跑的太阳,又是一支离弦之箭

他看到另一个逃跑的太阳,手下毫不留情发力
当他正欲将最后一个太阳消灭干净
回头看背后的袋中已空无一物
收走最后利器的正是尧帝,他抖动着花白的胡子又惊又喜
"就留最后一个太阳照亮天地,若无太阳也就没了生息"
羿看着最小的太阳正在抽泣,就才想起遣他下凡的天帝
这些曾都是他的儿子,如今只剩一个奄奄一息

人间的欢呼惊动了天上的帝俊
他在云端细看这一场风云突变
喧闹的天空已是如此冷清,最小的儿子仍在伤心哭啼
帝俊发出长长的叹息——
羿啊羿,你这神中的叛逆,且叫我如何待你
我原意叫你点到为止,怎料你如此的薄情寡义
我虽有三房的妻子,无数的后裔
怎比得上这十个太阳让我欢喜
娥皇为我生下了三身,虎豹熊黑都争相做他的仆人
帝羲为我生下了十二个月亮,西方的荒野正是她们的乐园
羲和为我生下了十子,个个又是鲜洁又是亮丽
那东方的甘渊曾是他们玩耍的天堂
可怜今后只剩得孤独的羲和,守着清冷的扶桑
那日日劳作,不得停歇的是最小的太阳弟弟
怎不叫我又是心痛,又是长长叹息

羿啊羿，你这神中的叛逆，且叫我如何待你
你且先去除掉残害黎民的猰貐，看看你是否还有活着的运气
你再带着你那娇美的新娘，永在人间彷徨到底
你就生活在为你欢呼的人中，无需拥有天上的神籍！

第二部　除凶

婴儿的啼哭有柔软的情愫，怪兽的嚎叫有骇人的气场
猰貐的叫声类似婴儿的哭喊
初闻时真叫人怜爱，细听时又令人毛骨悚然
最深的恐惧，在心底被唤醒
往静夜的最深处隐藏、躲匿也是枉然
不能燃一盏浅浅的灯，哪怕是阒寂中的萤火
也会惊醒这身长四百尺的猛兽
它尖利如虎爪的四肢可以轻松撕裂一个彪悍的男人
百兽、猛禽，不过是它口中的零食
它如飞地行走，甚至胜过一阵最迅捷的疾风
一座小山在它面前也会轰然倒塌
奔涌着巨浪的江河，在它脚下不过一洼浅滩
它气吞万里，所到之处一片狼藉
人烟、禾稼、草木、晴川，消失无踪
大地上写满了惊恐的眼睛，连风声也竖起了颤抖的耳朵
在猰貐笼罩的世界里

生已不能称为生，死亦不能称为死
一切的命名都叫地狱

猰貐原是天上的神，身边也有满溢的爱
它为何被貳负神和臣子"危"合谋杀害，至今仍是一个谜
黄帝见它可怜，命人将它搬到茫茫昆仑
叫来巫彭巫抵，喊上巫阳巫履，带上巫凡巫相
几个巫师各人拿出不死之药，神奇地将它救活
猰貐身上仍有太多的痛，心里仍有太多的恨，眼中仍有太多的怨
当它活转过来，一头就跳进弱水的深渊
从此成了邪恶的代名词，忘了世间"善"字的笔划
它的龙首里藏满了欲望的火焰，随时都会喷涌而出
它的马尾扫去了最后一丝春风，只剩凌厉和冰冷的寒气
它的虎爪划过平和的山岗，傲然的松柏，以及吐露芬芳的花朵
不让一寸土地复活。它的怒气是繁殖在大地上的细菌
黎明百姓只得躲进洞穴，生活无不饥寒交迫

羿的修长左臂，持着帝俊赐予的朱赤神弓
他背负白色的神箭，在西方的山上寻找恶魔的足迹
羿健步如飞，猰貐行走亦如飞，胜负的较量往往就在瞬间
当然正义必将战胜邪恶，这一点毋庸置疑
生擒既非易事，他就找了一个隐蔽之处，如巨石般安栖
弓满弦，箭在弦上，而羿岿然不动

西山之上,他已完全变成了一块嵌入山体的岩石
山间的走兽,天空的鸟儿,甚至轻轻走过的微风
这些敏锐的动物和屑小的自然,也丝毫未曾觉醒
这个最为鲜活的生命彻底地陷入无生命的等待中
他不休不眠,不吃不喝,连呼吸也融入了大地的起伏
只有那张满弦的弓,那支高速的箭
等待黎明前的那一声巨响

小兽从他的身旁走过,驻足张望或低头想着什么
飞鸟在他的头上停留,梳理羽毛或晒着太阳打盹
似乎世间的风云已停歇,似乎人间的恩怨已化解
连猰貐也失去了警觉,它化作一阵清风在西山走过
以为又可以如往常一般统治自己的世界
哪知就在它收起影子的一刹那
白色神箭策马赶到,在它的心间扎出一个窟窿
飓风从窟窿中涌进,发出呼呼的鸣叫
如婴儿啼哭般的叫喊,在猰貐的喉咙中卡住了
卸下了仇恨、疼痛和喋喋不休的抱怨
归还了安宁、团聚和欢乐,归还了田园、家和生息

西山的风云平静了,云卷云舒,好一片祥和的景象
南方的水泽之地,却仍是一片肃杀的氛围
凿齿在畴华之野肆虐,仿佛它是那里的王

它的牙长达五尺,身上还装备着矛和盾

它藐视着这个世界,连走路都会发出惊天动地的声响

一切生灵不过是他塞入牙缝的零食

它吃起人来,嚼碎骨头的咔啦咔啦声甚至传到百里之外

有时它也会拿起坚硬的磐石炫技

石头在它的巨齿下纷纷化为齑粉

在尘土飞扬的岸边,可以看到它漫不经心地伸着懒腰

在四下死寂的夜里,可以听到它睡梦中仍在霍霍磨牙

它左手持盾,右手持矛,两件利器一刻不离左右

在世间,凿齿已无天敌可惧;在南国,百姓已无立锥之地

人们期盼着救星,可以拯救自己于水火

人们又是渴望,又是担忧:世间是否还有这样的英雄——

可以将恶魔打败,甚至哪怕只是驱逐

羿从西山来,夹道无人烟;凿齿在何方,羿也曾茫然

幸有胆大者,见面喜极泣;冒死领路去,一片水泽旁

巨大的黑影,几乎遮住了整个水泽

凿齿立在水边,看着走来的羿

它怒目圆睁,五尺利齿叩动,发出咔啦咔啦的声音

它本意用气势压倒气宇轩昂的来者,好让他知难而退

但不凡的来者面无惧色,他大步地走来

所到之处,阴影在消退,光明在呈现

水波在荡漾,春风在拂面,枯萎的花朵也重新绽放

看到独享的领地被侵犯，不可一世的尊严被蔑视
邪恶的凶煞惊愕不已，继而恼怒，三丈大火撞击它的胸膛
火焰传递到它右手的矛、左手的盾，矛和盾滚烫得发红
甚至来不及研究一下战术，隆隆的脚步声已经响起
巨矛和利齿几乎同时出击，黑压压的旋风随后赶到
乌云蔽日，火花四溅，百兽也为之尽哑
羿立定身子，左弓在手，神箭离弦
箭簇击穿巨矛，欠一欠身，穿过那厚厚的盾甲
射断那尖利的巨齿，然后牢牢扎在凿齿的头颅
凿齿的身躯轰然倒塌，地上被砸出了一个巨大的深坑
它的身体躺倒，挺立着竟如一座山梁般突兀
它巨大的躯壳内吞噬了多少的血，多少的恨，都已寻来
它可恶的利齿下埋葬了多少无辜，多少离别，都已复仇
它那无坚不摧的矛，它那阻挡万物的盾
从此归到了南山，即便以一万年的暗锈
也难以遮盖劣迹斑斑的过往

越是愚蠢，越是贪婪，如果在贪婪之上加上万吨重力
贪婪就会膨胀，膨胀到无所顾忌，膨胀到令人恐惧
封狶，一头体格庞大的野猪，长着一双小眼睛
它的双眼不敢正视美丽的事物，它们飘忽、闪烁
偶尔透露内心的怯弱，但这不会丝毫减弱主人的残暴
它一张嘴可以拱起万亩良田，侵吞禾稼、瓜果如囊中取物

它一抬脚可以压塌一坡山林，嫩竹、桃木，悉数折腰毁尽
它夜宿山峰之巅，日上三竿起身，四处眺望何处有丰美田园
它四蹄稳健，可以从垂直的山坡一路狂奔而下
丰收的田野，迷人的麦浪，顷刻化作乌有
一年的辛勤，不竭的汗水，刹那无影无踪

天上一轮毒日横扫，地上一头封豨横行
人们期盼着羿，把他视为心中的神
奔走呼告之声，传到了封豨硕大的耳中
它的小眼睛飘忽、闪烁，透露了内心的怯弱
有一些间歇性的时刻，它悄悄收敛了恶行
但贪婪就像内心的汪洋，愚蠢就像剥离不去的黏液
捆绑不住的私欲膨胀，常常挣脱偶尔冒出的惊慌
"我是巨兽，体大如牛，世间未遇对手。
羿为武夫，良弓神箭，安能置我死地？"

黎明即起，羿徒步找到封豨藏身的地方
它埋身深陷的土坑，周遭一片狼藉
持弓的英雄现身它蒙眬的睡眼中
来者正是将猰貐、凿齿化为齑粉的羿
封豨的小眼睛眨成密集的狂风
它慌乱、走神，甚至想到了逃逸和藏匿
它毕竟没有见识过羿的神力，片刻的惊悚之后

它看清了来者终究只是一个壮硕的男子

令人恐惧的是他修长的左臂,熠熠闪光的朱赤良弓,白色神箭

封豨愚蠢的念头再次占了上风,它一跃而起

妄想在神箭离弦之前,扑杀英雄不败的传说

飓风最先刮起,草木簌簌旋走,一座山峰横空压来

又是笨拙,又是迅疾,封豨有千斤之力,一出发就没有想到回头

又是灵巧,又是冷静,羿有四两神功,一较量就没有准备重来

封豨凌空扑来,又稳又狠,似方圆百里皆在掌控之中

羿腾空而起,如光如影,那神圣天空就是俯瞰之地

封豨扑到地上,地动山摇,它只扑到了一对空空足迹

羿跃在半空,张弓搭箭,空中响起一声锐利的箭哨

封豨笨重的身子还未立起,一道白色的光芒已经赶到

把令人痛恨的贪婪、愚蠢和凶残,紧紧钉在了大地之上

蛮荒的年代,赤裸的情仇,但文明已然萌芽,爱恨已有说辞

弱肉强食定有终结,生存的大地,一定给黎明百姓以生机

历史滚滚的车轮不舍昼夜向前驶去,有停顿,有逗留,有阻挠

但终究是朝着人心的向背,驶向康庄的大道

邪恶、虚假,哪怕奉承和做作,终究会显露原形

那一个个倒下的,必是作恶者的下场

猰貐如此,凿齿如此,封豨也如此

那一辈辈受颂扬的,必是赢得了鱼水的欢歌

神农如此,尧舜如此,羿也如此

封豨之后,还有修蛇。凶残之态,凶悍之貌,已达极点
在它的栖息之地,西南洞庭之畔,是一片死寂的大地
天上飞的,地上跑的,水里游的,无一幸免
它已听闻羿的威名,在他的箭下,猰貐、凿齿和封豨,都成过眼云烟
它们统治的大地,果实还给树枝,粮食还给田野,欢笑还给母亲
"但那是它们,与我无关。"修蛇浮游着八百尺身躯,脸露不屑之色
它藏身湖底,八百里洞庭便烟波浩渺
它翻身嬉戏,八百里洞庭便巨浪滔天

没有什么能阻挡羿的脚步,他肩负神圣的使命
那就是他生命的全部,那就是他不竭的力量源泉
修蛇的奸诈之名早已远扬
他深知除了良弓神箭,还得依靠一颗智慧之心:
"不能让修蛇缠身,如同不能让危险缠身"

示弱,有时候也是勇者的计谋
时机,便在那稍纵即逝的瞬间
危险的极点,也就是取胜的刻度
快和慢,早与晚,强与弱,从来难说谁能掌握最好的火候
只有心中那一把跃跳的尺,能够丈量最后的胜负

羿感到恐惧了,羿感到怯弱了,羿面露慌张之色
在狰狞的修蛇面前,这一次,羿把逃跑留给自己

而把突进、追赶、勇猛留给了对方

他同时要把死亡留给对方。这便是不可战胜的信心

羿的慌神,增添了修蛇的喜色

羿的败走,加快了修蛇的脚步

比脚步更快的是血盆大口中的火红色的信子

它因激动而燃烧着,沸腾的毒汁四溅

所到之处,飞鸟纷纷跌落,沉鱼纷纷浮起

不用怀疑:这是一把锋利的毒剑,只需锋芒便可致人死地

羿感到了背部的阴冷,虽然,那突飞猛进的是一团熊熊的大火

羿感到了死亡的寂静,虽然,那排山倒海的是一声轰隆的巨响

只剩一点点时间,只有一点点的时间,在信子近身前的一刹那

羿抽箭搭弓,比风更快地完成了眼花缭乱的动作

如白驹过隙,白色的神箭蕴藏着千年凝就的寒冰

塞入修蛇的咽喉,直至怦然跳动的胸膛

熊熊的大火光燃烧起来,以它来时的速度转身,窜到了蛇尾

那是一片澎湃的火海,翻滚着,蔓延着,不竭地燃烧着

人们不知道它要烧多久——

那是每一只鸟的愤怒在燃烧

那是每一条鱼的愤怒在燃烧

那是每一个呼喊着的母亲的愤怒在燃烧

就让它燃烧得久远一点吧,就让它燃烧得猛烈一点吧

把苦难烧尽,把怨恨烧尽,把泪水和离别烧尽

把掠夺烧尽,把饥寒烧尽,把无处奔走的呼告烧尽

把凶残烧尽,把暴虐烧尽,把四方的妖魔一同烧尽
连同那猰貐、凿齿、封豨一同烧尽,连同那烈日本身,一同烧尽
让它只剩下骷髅,让它堆积成山脉,把它命名为巴陵
在剩下的岁月里,一夜夜地讲着故事,一代代地讲着故事
四凶已除尽,英雄的故事值得万代千秋颂扬
昼夜共安宁,颂扬英雄的故事,也就是祈福平安的日子!

第三部 奔月

嫦娥：情爱的缠绵叫人幸福,俗事的缠绕又令人烦忧
　　　人世间若只有爱的甜蜜,红尘中若没有恨的苦涩
　　　相恋若只有朝朝暮暮,两情若没有聚散别离
　　　相守若可以天长地久,两心若没有猜疑裂隙
　　　又怎会有相思碧海青天,又怎会有愁绪刻骨铭心
　　　我愿那一日即可以一生,我愿那一夜即可以一世
　　　我愿那一人即可以白首,我愿那一瞬即可以永恒
　　　这样的祈祷天上有吗？可恨这人间情仇多吗？
　　　我今夜独舞翩翩,可惜已是无人共鸣
　　　我今夜金樽对月,可叹此身非我所有
　　　仿佛只是那么片刻的工夫,我已不再身轻如燕
　　　仿佛已是长长一生,我寄居的天庭已遥若星辰
　　　是天帝的迁怒让我驻留人间
　　　还是神仙的姻缘于我太浅

仿佛在我跟随羿下凡的一刻已注定

　　爱人啊,在天上我们是人人称羡的神仙眷侣

　　在地上只有你才是解救百姓愁苦的英雄儿郎

　　夫唱妇随我本应做一个从此寂寞的贤妻

　　恋永生我又是如此眷恋天上的云卷云舒

　　今夜我是如此怅惘,今夜我是这样孤单

　　我彷徨着,不知下一步有何处可前往

羿:嫦娥的哀怨似乎还在耳畔,我心中的愤恨日消夜长

　　奉天帝令我一刻不停下凡,射九日我赢得百姓激赏

　　我怎知天帝内心真实所想,天上留一个太阳我已心安

　　上射骄阳而下杀猰貐,于我已是舍生而忘死

　　我又诛凿齿于畴华之野,断修蛇于洞庭之畔

　　更为艰难的是擒封豨于桑林,制肉膏以献天帝

　　亦不能赢得他的龙颜一悦,实为可叹!

　　没有奖赏这且作罢,为百姓苍生无功我也心甘

　　又怎料神籍亦被解下,连爱妻也打回凡尘

　　叫我如何不怨恨难当,叫嫦娥如何不羞愧久远

　　除天帝谁能下如此严惩,于我辈深冤又何处声张

　　罢罢罢,我还不如驾车去那莽莽的原野流淌

　　射杀那长空的苍鹰,追逐那藏匿的虎狼

　　唯如此才可尽展我一身神力,卸下块垒满腔

　　我只管把这一日过罢,不去管下一日的漫长

我只管把自己内心安妥,不去管他人怕与伤
来来来,家奴把车马备上,家丁把弓箭擦亮
我这就要御风而去,过一天就是一天的安详
我这就栖居于红尘,任滚滚烟尘在周身消散

羿在莽莽丛林中驰骋,也在大江大海之畔踟蹰
这要取决于他内心是舒缓还是急湍
他感叹于命运的无情,又不免惊艳于人间的胜景
在洛水之畔,一股幽兰的清香让他迷醉
峰回路转后他窥见一位云裳翩翩的姑娘
她的体态像惊飞的鸿雁,轻盈而又无边妙曼
她拖着薄雾般的裙裾,精美的佩玉在明丽的罗衣上闪亮
她凝思时似轻云笼月,徘徊时似回风旋雪
若把她比作绿波间开放的新荷未免俗气
人间的烟火中哪见得如此娴静柔美的旷古美人
你看她的云鬓乌黑而耸立,秀长的颈脖下双肩似刀削制
明亮的双眸中有一丝清愁,真是惹人怜爱又叫人喜欢
望一眼她的似雪肌肤就让人怦然心动
望一眼她的丹唇皓齿又令人邪念顿消
她就是伏羲的女儿宓妃啊,她就是河伯的妻子洛神
她带着一群女仙在水滨嬉戏,黑色的灵芝和老蚌的明珠任由采撷
宓妃纤纤的素手拾取那翠鸟的羽毛
水鸟在波面翱翔,游鱼在江心腾跃,却不能让她开怀一笑

她的夫君正驾着龙螭在九河遨游,陪伴左右的是一群明媚的女郎
与他的风流倜傥匹配,他每年要娶一位新娘用以寻欢
紫贝的门楼啊珍珠的殿堂,河伯的欢乐里哪懂得宓妃的忧伤

从神到人怎不叫人黯然,满腹的惆怅正叫人心酸
这旷古的佳人啊为何也是这般郁郁寡欢
难不成她也有一样的怅惘未曾有人分担
羿怀着忐忑的心情上前与宓妃攀谈,这样做且莫笑他荒唐
对美人的爱慕啊人人都是一样,羿也是一样心旌荡漾

宓妃的神情既是羞涩,又是惊喜和紧张
羿的美名已天下皆知,不曾料在洛水之畔相逢这样的缘
英雄和佳人惺惺相惜,不相互爱恋那也真叫一个难
一夜又一夜的月上树梢,一日又一日的互诉衷肠
内心的不安里有蜜汁的浇灌,一会儿是笑来一会儿又是烦
天上人哪懂得人世间情为何物
海誓山盟又哪抵得这地裂山崩
情外之情就这样悄然开张,再大的神力也未知如何收场
日月的轮回若肯在红尘中静止,往事就不必去追来事亦无所累
可是谁又能抛开一切,只要这爱恋的矢志无悔、地老天荒

爱情的消息,私密的情事,早就被河伯获知
猪婆龙是他的使者,团鱼是他的前哨

他骑着红鬃毛的白马,戴着黑色的帽子,玄衣飘飘
他在水面上如风急驰,所到之处大雨纷扰
他气恼于伤心的报告,又忌惮于羿的神力与弓刀
他化作白龙在河面上游行,泛滥于两岸的是轩然的洪涛
他虽为探听宓妃与羿私会的形貌,遭殃的却是洛水的父老
羿受恼于河伯的伪装:是英雄是孬种不如决战分晓
何需这样又是打探又是乔装
羿一箭射去正中河伯的左眼,可怜那美男子啊落荒而逃
他到天庭哭诉这不公的人世
天帝听过后,怪他太过招摇

可是啊,经这一闹,情爱全消
可见这爱情的难题是多么古老
悲伤是何其邈邈,来路又是何其迢迢
羿决定回到原先的家中,伤痛全凭着时间来消

谁都惧怕死神,一日日循着光阴的脚步来找
现如今只听说昆仑山的西边,西王母那里藏有不死的良药
羿决心不管路途的艰辛与遥远,求药与嫦娥重归于好
昆仑山啊昆仑山,一万一千里,一百一十四步,二尺六寸高
一层又一层的山,叠起来像城关,它有九重高,一重一云霄
连着地面的是弱水的深渊,任何东西都会沉没,甚至一朵轻轻羽毛
环绕四周的是炎火的大山,任何东西一碰就着,甚至那铁铸的剑鞘

烈焰来自昼夜燃烧的不死树

不死树上开着不死的花,不死花谢结出不死的果

开一次花几千年过去了,结一次果又过去了几千年

西王母将不死果制成不死的药,藏在何处无人晓

就连她也是来去无影踪

一会儿在西方的玉山顶,一会儿又在西极的崦嵫山

多少人想寻觅那长生不老的神药,以化解死亡来临的恐惧

包括坠入凡尘的神灵,也包括叱咤人间的王者

只有羿突破了水与火的重围,攀上了昆仑山巍峨的山峰

远远地他就听到了空中凄厉的长啸

继而他看到鹰隼和虎豹在没命地逃跑

走近了他看到:峭壁上立着长发的怪神仰着脖子呼噪

他长着豹子的尾巴,又装有老虎的利牙

他就是西王母呀,他掌管着灾疫和刑罚

叫世间万物怎不惧怕他的嬉笑与怒骂

待到那长空的鸣啸稍稍停下

三只青鸟从三危山上展翅千里来到玉洞的悬崖

飞禽和走兽在它们的利爪下挣扎

不消一会儿就成了西王母的下午茶

羿爬进西王母的岩洞,他正在挥动剔牙的尖爪

一只三脚的神鸟,正把地上的狼藉轻轻地擦

羿把来意说明,西王母万分同情,万分惊诧

他叫过身边的三足鸟,到岩洞的深处把灵药拿

不死的药丸装在小小的葫芦,仅剩两颗别无其他
吃下一颗就可以长活人间,吃下两颗升天成仙也无差
这昆仑山的玉露啊,到底是灵丹还是毒芽?
得不到时叫人日思夜想,得到后又叫人悔恨交加
人间的爱恨情仇人怎能作主,生死与聚散那都得到天涯

嫦娥:羿从玉山取来了灵药,死亡的焦灼已不再紧逼
当活着不再是一个问题,升天就有了新的契机
想想也真是啊,世道是如此的纷扰,爱情也没有永恒的专一
看日月盈昃,看寒来暑往,那些生老病死仍在身边演绎
哪比得天上逍遥,可俯瞰芸芸众生,号发令施
我本是飘逸的女神啊,驻留人间不免厌倦至极
羿让我保管这两颗长生的药丸,我视它如摆脱梦魇的希冀
是该我许他一个白首偕老的心心相印
还是该他还我一个天上不变的神籍
我的舞是这样的凌乱啊,我的心是这样的茫然
我的夜是这样的漫长啊,我的魂是这样的慌张
听说王城的山上,有一个名叫有黄的巫师
他有一个用以占卜的神龟啊,足足活满了一千岁
他有一百根用以占卜的神草啊,每一根都覆盖着天上青云
我要去找有黄啊,我要去找有黄,他就在王城的山上
让他来替我解忧吧,他的每一次占卜据说都很灵验
有黄一手持着乌黑的龟壳,一手拨着丈长的草茎
他嘴里的喃喃自语,真叫人又是期盼又是不安

是做一个不老的人还是做一个长生的神
　　　下定决心的已不是我自己！
　　　是长相守还是长相离，今日且作个决断不游移
　　　有黄的吐字是这样的清晰：
　　　你要单独到达遥远的西方啊，不要害怕也不要迷离
　　　命中注定是这样的结局啊，命中注定是大吉大利

在静悄悄的夜晚，嫦娥的决心却像烈日升起
她将两颗灵药全部倒在手心，心中却腾起一股彻骨的寒冷
她将两颗灵药一起吞进肚子，双眼却落下两颗晶莹的泪滴
神奇的力量回到她的身体，她感到自己已身轻如燕
当她轻轻飘离窗口，窗外是浩瀚无边的夜空
皓月团圆，星辰环绕，天上的景致与过去一模一样
可是她已形只影单，惶惑到底该前往何方

嫦娥：羿啊羿，我到底还是想起了你
　　　想起了你我就泪有千行——
　　　去天府我无颜以对相识的众神，回人间我又心有不甘
　　　作为一个妻子我已叛离丈夫，仅此一点又有谁能宽恕
　　　可叹那天地之大，寰宇浩森
　　　也不能容下一个女子的心思
　　　从神到人，从人到神，来来去去的命运从不由我
　　　从天到地，从地到天，上上下下的腾挪早就注定
　　　从爱到怨，从怨到爱，左左右右的聚散互有因果

这一切的一切我向谁诉说,向谁诉说这无形的网罗
　　我看那皎洁的明月也是孤单
　　今夜如此盈圆莫非是在迎我?
　　我这就去月宫把自己深藏,是寂寞是忧伤且独自承担

羿:我回到家中,只有空空的房屋,冰冷的灶火
　　葫芦空置,良药已尽,甚至无须去追问谁对谁错
　　贴身陪伴的从此是天人相隔,是无穷的孤单落寞
　　往事已不可追,尽管音容仍历历如昨
　　前程已不可问,哪怕思念会无处可躲
　　夜鸟高飞,夜风如疾,问此生怎安妥
　　夜空高悬,夜黑如墨,只能叹莫莫莫

死亡何所惧,来日恐无多
问人间计无可施,空余力把大雁射落
羞愧如满月的潮汐,烦躁如当空的焦灼
羿的性情从此阴晴不定,怒和恨忽右忽左
老去的生命令人灰心,漫山的浪游也不可解脱
痛恨者的痛恨,只会用竹鞭狠狠诉说
伤心人的伤心,家奴们已无需琢磨
弟子中有叫逢蒙的,论箭术世间曾无双
人们也曾请他把十日射,无奈力不逮,响箭云中返
从此后他把羿来拜,学本领一日比一日勤
练定力:拿锥子去锥他也不会把眼皮来抬

练视力：看一只小小虱子也大如一个车轮
逢蒙的术已可走天涯，逢蒙的心却像针尖
暗算羿的念头常常在他的心头盘绕
受毒打他把仇恨记，挑动众家奴一起欲把羿来杀
除去天下善射者，逢蒙当之无愧可把海口夸
这妒火如在胸中烧，这怒火似在脑中扰
众人悄悄把桃木削，阴谋的圈套就这样设置好

羿在原野把明月眺，明月俯瞰他却不带一分妖娆
他进三步把心思告，明月退三步把青云笼罩
他退三步是心黯然，明月进三步又把清辉照
无边的广寒里，只有蟾蜍和玉兔无声的喊叫
那一棵刚刚长成的桂树，又被吴刚砍倒
月宫挂在天与地当中，此等距离爱与恨哪样能少
羿一腔的愤懑如此难消，且归家田把长夜来熬
谁能料劫数难逃，桃木棒在脑后重重一敲
英勇的羿曾是这样的无敌，可叹竟死于阴谋的圈套
羿死后人们奉他为宗布神，家家户户供堂屋把香火烧
论职务他统领天下万鬼，诛邪恶他仍是天下的英豪
啊呀呀，从神到人，神的踪迹里，人的情感缥缈
啊呀呀，从人到神，人的步履中，神的旨意招摇
古今多少事，都在神话里一曲唱了，一曲唱了！

2017 年 8—10 月

梦幻之鱼

鸟群

砰！一声枪响
整个天空都被网住了

梦幻之鱼

青草高于绿树
白云低于水面

梦幻之鱼
游于无水之间

一翼沉下
成了河底的水藻

一翼升起

成了飞翔的翅膀

五月情怀

蝉声流放未归

一个人　在花的开放中

看到花的凋零

长河流于蓝天

五月的苍穹

高于头颅又低于水面

更白的雪

落于更高的山

问

黑暗漫过了葵花

它浸湿了太阳吗

光明照亮了池鱼

它抵达了沉船吗

排队

一边说：秩序
另一边喊：超过去

有的人在异乡陷入困顿
一些人跟随河流到达大海
更多的人在原地长出白发

镜子

一面完整的镜子
是许多张不相同的脸

一面破碎的镜子
是一个人许多双不相同的眼睛

镜子就是破碎
如同水就是完整

1994 年

把一个英雄的
梦想解下绳索

今夜梦见海

今夜梦见海
把草原小母亲覆盖
一万条鱼儿口发涛声
围着篝火舞蹈
把睡神的梦乡
安置在博格达峰的顶端

草原小母亲
在风声中把自己展开
她的羞涩点燃了篝火
乳房像两只温柔的小绵羊
她的笑容具有月亮的形色
她的皓齿

是星星排成的列队

草原小母亲
要做新娘
今夜海梦见海
我梦见我自己

那拉提草原

在那拉提草原的早晨
醒来后我听到了自己的心跳
我把隔夜的衣领解开
发现自己的心跳就是草原上的风声
和风声中轻轻响起的马蹄

我把一个英雄的梦想解下绳索
我把细小的野白花开上山坡
我把卑微的手掌撑在前额
我看到了雪山　我双目失明

城市中的恋人　乡下故去的双亲：
此时河汉无声　马翼稀薄
在我失明的双目中

一切都只是轻烟

在托克逊下马

在托克逊下马
征尘还未洗去
黄沙更加弥散
我踱进一家面馆
捧着一大碗茶
大口大口地喝

托克逊的天空很低
我仿佛看到了寂寥的星辰
要是在夜晚
托克逊就是一颗寂寥的星辰
用黄沙把我覆盖

我是一千年来最为匆忙的过客
我是一千年来最为脆弱的旅人
如若托克逊把一千年来
所有的沧桑告诉我
让我再转述给你
我也只能说

我在托克逊弥散的风沙中
吃下一碗绝美的拉面
我怀中一串酷似恋人乳头的葡萄
曾接受过托克逊阳光的照耀

我不敢说我已爱上这里

我不敢说我已爱上这里
爱上这里的雪山、草原、戈壁,还有河流

要说爱　我也只敢说:
我爱上了雪山上的一支清流
草原上的开上山坡的小白花
戈壁滩上的一泓沙泉
沙漠里的一株骆驼刺
或者河流中激起的一朵小浪花

因为她们何其阔大
而我何其渺小
我不能因为灵魂受到了一次洗涤
我的正直、谦逊、慈爱、博大
比罪恶、妒忌、残忍、卑琐更清醒一点
而大言不惭地说:

我爱　啊　我爱你们

只有小心翼翼地靠近那些
清流、小白花、沙泉、骆驼刺和小浪花
我的胆子才壮大一点
脚步才不至于颤抖
而我最终才能取得进步
进而获得母亲的胸怀

1999年

独自开放

女孩子

在午后　她带着一身薄荷的清香
脚步断断续续
像轻柔的风　吹过拐来拐去的山口

她驻足　回首　也前行
春天里开得美丽的金盏菊
成了她的掌上客
她或许在想：遥远啊　遥远
就忍不住忧伤

把头发分成两边
把金盏菊留给另外一双手
该别在哪一半呢

此刻　她落座于我的前方
刚换上的背带裤使她显得清新
而羞涩

铃声响了　没有思考的
铃声响了
铃声　使清风撤离了
波动的湖面

在她陌生的城市

多年以来我已习惯在此路过
此刻　将它约定为相遇的地点
两年的相隔飞速化作短暂的分秒
在她陌生的城市

众多的站台让人忧虑
她将在哪里等候　我全然不知
好在　她已飞奔而来
她的动作与城市的秩序构成矛盾

当红灯闪亮　车辆停行
她孤独的奔跑这等醒目

加速了我的心跳

她惊乱的双眼流下泪水
在她陌生的城市　我们相遇
我感觉到　她小鹿一样的惊慌

独自开放

春天带来了离弃
这样一些雨
让阴郁带来了绵长
这样一些阳光
让喜悦变得短暂

除却怠倦　桃花
我奉劝你　独自开放吧
湿漉漉的人群带来滞重
我与你相隔甚远
雾蒙蒙我看你正如一张人面
雾蒙蒙你看我正如一树桃花

不断宽松的寒意
正将虚弱的我一路追打

独自开放吧　桃花

不必等蓝空除却乌云

芬香招来蜂蝶

不必等流水爬上枝干

鸿雁重筑暖巢

独自开放吧　桃花

趁现在你看我

雾蒙蒙正如一树桃花

趁现在我看你

雾蒙蒙正如一张人面

恋曲

1

月光满杯,把独饮的人饮醉

旧时代的窗帘传递着风声

在风声中,干净的潮湿和盈盈水波

把心头揉碎

2

在四月残忍的雨水中

烛火已尽,背对着远去的泥泞小路

恋曲唱给旧相识、新相遇
和蛰伏的致命疾病

3
紫藤、黄蜂，唉，缺少的睡眠！
黑文胸收紧了旅途的疲惫
多么柔软的脚趾，覆盖着飞扬的尘土
来到半道上的家园

4
而青石正斑驳
而渡口正迷离
而夕阳正藏起
而人影正依稀

5
猩红的座椅连成候客的栅栏
我、旅行包和里尔克诗选，坐成一排
火车要来了，火车要来了
火车带走我像带着你在我的窗前经过

6
月光常满杯，唉唉，水波亦盈盈

葡萄散发甜美香气,随身体荡漾
让我告诉你,干净的潮湿和
暖烘烘的潮湿,多么醉人

秋风

秋风吹细了小爱人的腰
若此时处身于江南的荷塘
有无数的雨纱隔着
我就是轻轻荡漾在水面的小舟了
或者就是舟上的一支橹
把她摇成水蛇的模样

这正是去年秋天
秋水流泻于长空
秋风　秋风把我内心的明净打开了
在她转过身来的街角
落叶正是诗中的模样
而她是初秋最美的一帧画
微凉的天把爱意收紧
我身体的温暖正来源于一场秋风

1995—1997年

有一种力量
在空中操持

地铁车站

在一面狭长的镜子前人群交叠着身影
有一双眼睛为何这么熟悉
细看时发现就是我自己

力量

有一种力量在空中操持
让树叶、纸片和沙尘舞蹈
这些上升的精灵们
在强大的法则面前抛弃自我

圈形的前进　藤形的攀升
树叶忆起梦想再次向往远方

沙尘离开大地如同离开死亡
纸片高蹈　重新掌握书本的魔力

神奇的力量回到事物本身
把卑微、琐碎、庸常抛弃
精灵从墙角攀上屋顶
握住新生或重归的情操

雨的声音

雨的声音最先醒来
在雨的声音里
森林在生长
百兽尽哑
看着森林的阴影在加厚

雨的声音将隐晦延至七月
在雨的声音里
亿万只蚂蚁搬动大山
群峰颤抖
仿若系于乌云之下

雨的声音顷刻静止

山中孤独的王

树林中孤独的王

把巨大的手掌

放在一片落叶之上

寂静里没有回声

在雨的声音里

城市被大雾遣散

一个人翻身

把头颅枕在梦乡

一个孩子在风中奔跑

一个孩子在风中奔跑

他的母亲远远地落在身后

高架桥上汽车南来北往

在一路划来的灯光下呈现

同跟它垂直的苏州河一样的暗

一个孩子在风中奔跑　开始下桥

他的速度越来越快　无所阻挡

他的母亲开始上桥　气喘吁吁

把劲压在脚尖　把力放在乳房

我站在桥的中点　观望
三个人　都没有呼喊

大风把尘沙吹尽

大风把尘沙吹尽
把欢乐和忧伤吹尽
只剩下熙来攘往的人群
和与我无关的言谈

清冽的冬日上午
公交车在左方　医院在右边
温暖在手掌中　渐渐散放

秋天

满地的落叶构成不了对我的伤害
那通向落日的大道　我走了一半
另一半　被脚印返回

我甚至能看得到花开
在微亮的暮色中　从透明的纱帐里
落下一只脚　另一只脚弓起

轻　比轻本身还要轻
像要走到月亮里头
月亮从水里来

最能留在心中的
是落叶的叹息

满地的落叶

满地的落叶被风刮起
那挥也挥不去的蝴蝶
翅膀里都带着尘埃
阳光炫乱它的眼

岂止是如此
那被垃圾车运走的
那正在空中飘零的
那正欲脱离枝干的
都是我　秋天的宁静与纷扰之子

后天

她的美丽在后院

但是脸庞已经出现在临街的窗台
她的双眸就是全部
走到底了　只不过是个头颅

我想到明天　啊明天的明天
但我摸不到后天
酒席摆在后天　婚礼就要进行
极刑定在后天　唢呐还未赶到
后天　啊　一连叠过去的影子

今天在摇晃　明天在摇晃
后天相去甚远

一百片叶子中的一片

冬天　会有一百片叶子从窗前飘落
我会为第一片落叶伤感
也会捧起第一百片枯黄　端详
但我不会记住另外九十八片落叶的模样

如果你也要我选择做一片落叶
恰恰相反
我不做第一片叶子

也不做最后一片
我愿做另外九十八片中的一片
被你忽略
然后　遍寻不着

到底有多远

到底有多远　谁知道
也许离我很近
我正要踩上它的脚后跟

也许很远
甚至不见踪影
谁能知道　比如
它比我奔跑的速度要快十倍
又在我放弃的时候返回

到底有多远　谁知道
到底是什么　谁知道

1996—2000 年

带动

带动

1
"翻动的书页带动一扇门"
门带动了这样一个句子
这样一个句子
带动一个下午

2
短暂而循环的秋天带动田野
就像一个人的热情分段燃烧
持续不断的爱情带动一生
就像分散的珍珠串成项链

3

雨季带动了绵长

剥落的墙面带动了隐晦

潮湿带动了阴暗

心中有一条小道带动暮霭沉沉的花冢

4

电话机带动了倾诉

已然陌生的电话号码带动去年的尘埃

模糊的脸庞带动水面

一粒石子带动内心的波澜

5

日记本带动陈腐的气息

繁杂的大事记如今一样

三月二十七日写道:

翻动的书页带动一扇门

6

照相簿是岁月的留言册

不知那时因何发笑

因何落落寡合

遗忘带动记忆一如记忆带动遗忘

7
阅读带动写作
写作带动虚构
虚构带动真实
真实带动谎言

8
门内的风景
带动门外的双眼
一个人的片段
带动另一个人的生活图景

判决

二十岁的女子在病中
她的隐疾将永不消失
她听到医生咬着父母的耳朵：
"控制，而后等待奇迹发生"

现在的生活就像在乡村
一个人对着一电视的雪花
突然的停电让她注意到自己的双眼
她必须等到黑暗中的事物渐显轮廓

才好起身寻找那扇门

现在怎么办?
她感觉到自己在铁皮屋内
万物漆黑　声音杳无
"我什么都看不见"
她在内心里对自己这样说
"我好像要摔倒了"
她在口中对父母这样说

世界开始在她的眼前模糊一片
就像无色的水挡住了视线
她的手开始摸索
摸到了广场一样大的空间
"现在　我该去哪里?"
她站在窗户之前
微风使窗帘轻轻晃动
依次传递到病友的气息中去

世界透亮起来
渐次显示了香樟,古柏,车水马龙
显示了日常生活的图景

显示了幼儿园的阿姨和同桌"小黑皮"

她想到了爱情

就像鸡蛋清那样白

羞涩就像红

从体内染到脸上

该给"小黑皮"生个孩子,她想

要是他在这儿

只需轻轻一吻

她就能生下一位水手

"算了吧

朝里还是朝外,纵身一跃?"

决心就像身上的例假

间歇后来临

阳光背后身影颀长　在墙角折起

白云来到脚下

沿眉毛的方向朝上看

轻烟袅袅从头顶升起

她感到体内空无一物

她身轻如燕

双手化作了翅膀

"我是燕雀?啊不!是鸿鹄?
管他呢!"

2000年

汉语中住着卷舌音
——加拿大诗抄

橡树湾

当着林荫道上纷飞的落叶
一种孤独披着清冷的寒衣飘荡
盛大的秋日走向不远处的海
一路敲响私家游艇上的铃铛

我曾经梦想着远离尘嚣的土地
身轻如燕、通体透明而又情怀富足
如今短暂的时光拽我之足落向梦境
反弹之力却高速将我撕成内伤

我爱我生命中的宁静时光
因而恨那时针走动的脚步声
我怕我平庸的生活如风吹过书页

因而恋我生活中的奔忙昼夜

爱和怕一路追赶我翻江过海
相告着传说是如此久远
恋和恨交织在此地和故乡
灵魂永远徘徊在内心的单人房

异国

夜空描述荒凉
大海走向蔚蓝

伐木者归来
带来了甲壳虫的潮寒

午夜的狂欢
在异国的脖颈上舞蹈

温暖的汉语里
住着打盹的卷舌音

孤寂如同江河
一路赶来

风景

红狮宾馆的清晨
空气如水洗过一般

海鸥和乌鸦
相继停在屋檐和枫树上

街道上奔忙着汽车
偶尔也让道于一只悠然走过的兔子

看不见一群又一群人
他们依然屈从于个体的独立

孤寂正从海上赶来
在城市的天空漏下

圣劳伦斯湖

冬日的圣劳伦斯湖
多么坚固地悲伤着
她敞开着,也有着饱满的热情

但内心里有着彻骨的冷

陶醉的长途旅人
感激冰雪的馈赠
滑翔,再一次滑翔
冰刀划开如玉的容颜

当双手和左脚
展成一个平面
我蓦然看到孤独的雪山
从千里之外迎面撞来

布查特花园

两棵乔木兀立在同一个地方
郁金香依然沉睡在勿忘我丛中

豌豆树和玫瑰苗
在热忱和坚毅的驱使下
一路迎向隆巴第白杨

不凡的决心和幻想
在废墟上开辟出一个花园

车泊邓肯

大海对天空说
到蓝的尽头相见

那一种蓝
不会有尽头

2005—2006 年

沉默之诗

故人

风雪之中,似有故人归来
疑似?
真实的是风雪
是背影
是小伞和碎步。其实
故人……已故

还要等候另一场风雪?
在春日小巷　断头桥上
流水迎来另一茬祭拜

水波

水波发出芬芳
路途,唉,已不遥远

水波,我嘴中的罂粟
甘愿的海已莅临
夺去了惊喜的少年

水波,荡漾了十年
风已平浪已静
在寂静中轻轻晃动
湮没了海

山行

漫长的苦役止于水
灵动之海湮没万山之红
行一程　更知另一程的美丽

也知另一程的酸涩
盈盈一水之间　脉脉无语

便有了永恒的回味

云也有云的心事
且让风捎去同道的祝福吧
——竹叶笛又响起新一季的嘹亮了

沉默

在喧嚣的世界里
人群更需要沉默
生活对沉默者报以白发
这是矜持内在的力度

沉默吧,我主张:
站在风暴的中心一言不发
奔波的人　疲惫的人
暴虐的人　麻木的人
统统口吐莲花

死亡、爆发——
这些都与沉默无关
看这世界表情乖张
沉默是对它最好的报答

分辨

不必分辨白天和黑夜
既然阳光令人眩晕
蝙蝠选择苍白的飞翔
正如你选择致命的月光

不必分辨沉默与喧嚣
它们拥有惊人相似的面孔
如同一枚硬币的两面
被长久地揣在怀中

不必分辨过去和现在
它们如同兄弟
回忆时情同手足
偶尔也会咬牙切齿

远和近

我听见了她
往深处去。靠近我
拍打我

一年一年的光景

十年，一梦
我靠近她
拍打她
一梦一梦的流水

静思

在静止而危险的树梢
春天毕竟来了
多么文弱多么缓慢啊
迎着今年的第五场雪

隆隆的鼓声沿着枝干往上敲
在一个又一个枝桠停顿
而又继续攀援
心在静候中怦怦跳动
——还要察观那风雪的颜色吗

魂灵闪烁

我感到了魂灵的闪烁

唉,我觉得左和右都可

我觉得前和后都可,唉

我感到了魂灵的不可捉摸

我觉得这一日无异于另一日

这一晚等同于另一晚

这一生与另一生相差无几

这几人与另几人都一样面目模糊

你要我说出哪一样

我都会含糊其辞

我感到了魂灵的闪烁

而我,只是一闪中的影子

背景

比一只乌鸦更沉潜于内心

我感到已受惠于沉默的力量

张望银燕打开的天空

风暴的力量被上帝之手轻轻取走

雨打窗帘,一季更比一季的清凉

来自于自上而下的顺从

而脊梁骨突然被抽走
你看到的是我贴在玻璃上的脸——

正顺着一辆506路公交车
缓缓开走

2007年

独语之诗

独语

一滴雨的欢乐
不比一朵花少
一片海的苦难
也并不一定比一粒盐多
从前走过的路
不比现在走过的桥长
明天唱起的歌
也并不一定比今天的嘹亮

我不相信永恒
因而信奉月有圆缺
我相信有离合
但不相信悲欢总无常

你看那姹紫嫣红的花海

一花有一花的姿容

你看那四处游历的云彩

一云有一云的归属

归宿

风吹过山

风忘掉了山

水流过河

水忘掉了河

风的归宿在天空

风不会记得那些石、那些墙、那些树

水的归宿在大海

水不会记得那些溪、那些湖、那些江

我走过路

我就记得那些路

无路可走的地方

叫故乡

乌有

你负责我的左手
因为我的右手已经习惯了敲打
你占据我的黑夜
我习惯于在凌晨入眠

你有时还是午后的一杯茶舞
激动时的片刻眩晕
宴席间滴落于白衬衫的红
和锁不上的袖口

你是我的落寞
我突然袭来的哀愁
你是我的影子,和看不见踪影的风
你是过去的存在、现在的乌有,和未来的增生

恋

鸢尾花还在做着最甜美的梦
紫云英已唱起最哀艳的歌
如果让我选择离去的归途

我倾心那海边的琼楼

野芦苇摇曳沉沉的暮色
狗尾草摆动一季的苍茫
如果让我选择回乡的路标
我瞅准那笔直的炊烟

我愿坐下哭泣
如果旧居已经迁移
我愿跪下祈祷
如果母亲已经变老
我愿长睡不醒
如果,无人将我爱恋!

清明过巴曹山

风吹过我像吹过石头
谁指不定成为谁的依靠

那么,就继续往前走
到太阳升起的地方
摇篮曲里仍有涛声

突然，山上响起了流水声
有理由认为
这是一种哭

一茬又一茬祭拜
风不知道，石头知道
山知道，水又不知道

断章

南方，拥挤的小城
已经将爱遗忘得太久

电线杆上的雨滴可曾记得
如何追逐一只孤独的雨燕？

那一年，你十八岁
一朵山丹丹花开在向阳的石崖
昨天我看见一树的红柿子
不知为何想起了你

火车又要开走
人生就是窗外的风景

松开

船身抓住了波浪
船桨卷住了漩涡
——爱情的老藤缠得越来越紧了

我眼前晃动的不是玫瑰
不是樱桃
而是一树深山里熟透的柿子

可以捏住，可以拽紧
贴心贴肺地揉碎
然后松开——
看她渐渐舒展已经皱了的皮

2008 年

流逝之诗

青山

今秋月明夜
我仍冀望青山
仰看那静美脸庞
可是那秋水辞章

青山外,仍是青山
吴刚闲时寄来的桂花瓣
可不就是——
你分明的双眸

明月仍是那一轮
夜晚已更迭
你若无青山可看

就看那月影下的花丛

悄悄盛开着琼楼

秋日

去年在青山看明月

曾见两棵松立在凄冷夜

今年在故乡不见玉盘

只见你清幽脸庞

和已冰凉的唇

相互取暖的日子渐远

而冬日渐近

抒情打败了晚归人

有人收获残荷

有人收获莲子

有人，干脆就收获影子

勿忘我

年轻时挑水种花

只愿花美，不知己倦

老来才知那花叫"勿忘我"

勿忘我,那忘了谁呢?

其实忘是忘不了的
眉头和心头
一起失守

没有花可以开了

美人蕉已经开败
下一季
要等待漫长的夹竹桃

如果你还要守候
那就期望——
葳蕤的草丛中可能的野雏菊吧

没有花可以开了
要走就放心地走吧
杏花不会因为你的离开
而卷土重来

下一站还是江南吗

秋已尽
秋风不能收藏的
让给冬雨
春花不介意
我何必在乎?

我惊慌的
是我的茫然
虽然,我手有余香

但——
下一站还是江南吗?

少年滋味

无非是春花秋月
无非是楼台倩影

是有那么一朵花
如今已开败

是有那么一轮月

如今已成钩

是有那么一座楼

如今迷于雾

是有那么一个影

如今梦依稀

有吗？

似有似无

说有便有

说无便无

2006—2008 年

不倦的渔火

年轮

稻叶笛总在故园脆脆地响
只听得那夕阳沉没明月升起
飞鸟衔尽最后的谷穗
母亲从荒凉的屋后走到啼血的山头

那一夜,小河奔流入海不复返
少年人沉默着早生华发
青壮年单臂划桨偷偷拭泪
老年人手执拐杖走到清明

稻叶笛总在异乡呜呜地响
河流凝固成街道已不止一条
高架路飞驰簌簌子弹载我

倾盆流星雨化作满城之灯火

这一夜,涛声依旧不问离愁
少年人走着走着驼了背
青壮年眼已昏花,认故人需走近了细瞧
老年人在清明
接受另一茬祭拜

背

父亲俯卧在我的小床
他厚实的身材使小床显得平稳、扎实
裸露着的背部黝黑,像一块船板
而我用一双小手给他撞伤的背部抹上红花油
——记忆中这是我与父亲唯一的一次亲密

他的背粗糙、坚硬,弄疼了我的小手
是这堵背,为我们负起了一个家
为风雨中漂泊的小船遮风挡雨
父亲的背这般伟岸,却为何让我感觉遥远?
——他更多地迎向风雨
却忘了伏身当一回我的坐骑

这一刻　他回到了我的眼前
把伤痛真实地留给床
他终于从模糊的背景中凸现出来
让我的小手受宠若惊
我努力让它们停止颤抖并加上力气细细涂抹

我的双眼被灼伤，双手被灼伤
抹在父亲背部的红花油侵入我的伤口
灼热、麻木的感觉从手上递向全身
而父亲纹丝不动像已入睡
或者正沉湎于我细小的按摩

这一次亲密，几乎用尽我一生的力气
但未能阻挡父亲的背飞速地贴向土地
——父亲的背再也不会摆动了
他变得与大地一样平实
但我们生活的天平已经倾斜

不倦的渔火

涛声从海堤漫上来的时候
她正在箩里收藏一缕月光
然后轻盈地走向小木屋

没有人知道　儿孙满堂
她为何选择在海边独居
只有远去的孤帆
对应她无言的心事

十年前，我去看她
她已经像现在这样老
现在，她更加沉默寡言了
但不忘再送我一盏渔火

每一个在夜晚归来的渔民
都会从她那里得到了一盏渔火
因为有一盏灯在她心中常开不败

这个人，是我的母亲
她十年前就去世了
但依然点亮一盏又一盏渔火
等待父亲从海上归来

怀念

一片落叶砸碎湖面的月亮
那轻风带也带不走的苍白

正成为夜色越来越重的负担

村庄中的青蛙齐声祷告
那一夜　为一个人送别

城市中的青草在我的眼前绿了
此时正是十年后的春天
在夜上海的某个新村
一声蛙鸣凌厉地划过我的脑际

屋前的一池湖水被月色骤然点亮
陡地把我的上下眼皮撑开
我看到——
月亮积攒了自己的力量
把揉碎的皱纹抚平了
清幽的脸庞正是我母亲的模样

幻象之中　我与母亲就此一望
十年前的时光
滴滴答答漏了一晚

手足

他的躯体摆放在老屋
哭声一阵一阵将他抬起
我见到他时,他的脸已破碎
但摸上去温润犹存,富有弹性

胸膛内的心脏已停止跳动
隆隆的声音依然在响起
我的堂弟,二十八岁,身穿制服
与千里迢迢赶回的我作最后告别

整整四年,我们在同一座城市读书
而后,他重归故里,我他乡为客
相见时难别亦难
现在,永久的告别为相见圈上句号

在去火葬场的路上
死者比沉默的青山更平静
而生者比飞扬的尘土还要喧嚣
车轮滚滚,驶向过早来临的死亡约会

不锈钢阀门很快隔开了阴与阳
更平静的沉默,来到汉白玉骨灰盒——
凌晨三时,一辆超载的货车迎面驰来
没有更多的言语,堂弟的小车被掀住推后了五米
在黑暗的夜里,高速的孤独如幻灯般闪现
而堂弟的生命如水银般流泻……

2000—2004年

海之乡

海头

一个靠海的村庄
原来的名字叫"盐廒"
廒,就是仓房的意思
故乡人在这里晒盐、储盐
流下比海水还咸的汗滴
但没有一粒盐是属于他们的

后来的名字,才叫"海头"
在我祖父小时候
这里还是一片海
几十年填海填出的一个村庄
起了一个口气好大的名字
其实,最多也就是大海头上的几缕头发

我倒是蛮欣赏隔壁村庄的名字:海下
本来,就在海的下头
台风每年都来光顾
看着一片汪洋
你就知道这个名字有多贴切

现在,只经过三年围垦
一个四万亩大小的城市就从海面升起了
一把,把故乡挤成了一幢楼
任凭掂起双脚
也吹不到一缕海风

这幢农民公寓
可笑地保留着"海头"的名字

旗杆底

另一个村庄原来的名字叫"旗杆底"
缪家的祠堂就建在那里
祠堂的门前有四杆旗
每一杆旗下写着一位读书人的名字

很多年了,我一直没有搞明白

那里记着哪四位先贤
却一直被祖先们崇尚耕读的精神感动
因为我写过几本书,编了几年报纸
族长打算把其中的一杆旗留给我
原来,在每杆旗下
每个年代都有不同的名字
记着"归去来兮"的子孙

后来,不知道谁改的名字,叫"合理"
除了几个老辈人
所有的乡亲都叫那个村庄"合理"
叫那个村庄的人"合理人"
考上大学时为我放映露天电影的村支书
被抓进去那一年
缪姓八个村庄的人们都在传:
"合理书记被抓起来啦"

其实,合理真正的名字叫"旗杆底"

路角

离"海头"最远的那个村庄
我知道名字的时候已经叫"民主"

母亲在世时信奉基督教
每个星期天做礼拜,她就说:
"我要到民主去了"
那里的村口有一座不起眼的教堂

我在城市待了二十年后
有一天,经过多方打听
终于知道这个扭扭歪歪的村庄
原来的名字叫"路角"
多么令人叫绝的名字啊
过了路角,就是一大片平原

族里第一个读了博士的兄长告诉我
他原来就住在民主
"民主在哪儿你知道吗
过了合理,就是民主"

两个村庄毗邻而居

2012 年

盐的家族

老盐民

祖父的肋骨,在炉火里熊熊燃烧
发出烈日底下盐粒爆裂的声响
整整一个上午,加上延后的午餐时间
子孙们在守候一个大海的盐水被慢慢烤干
直至骨灰如白花花的盐晶
厚实、凝重、沉甸甸地装进盒子

"你们的老爷子,实在太经烧了"
殡仪馆的炉工抱怨着,接过信封里的小费
然后递来温热的汉白玉骨灰盒
祖父,这个行将百岁的老盐民
终于安静了下来
他身上的太阳和汗珠化在了青烟里

自身的盐化在了尘埃里

如若,把祖父的骨头拆下来熬汤
毫不夸张地说,可以熬出整个东海的盐
祖父身上的鞭痕,血痂和愤怒的毛孔
都会决堤……
一想到这些,我的眼里就涌出大把大把的盐
是的,作为一个盐民的后代
我有理由这么咸

盐的家族

父亲也晒盐,十六岁,骨头还没有长硬
他带着四个弟弟,在烈日下暴走
把大海里的水,蒸成薄薄的盐花
五个瘦小的身子骨
在太阳底下晒成又黑又瘦的木材
一点上火就能燃烧,一跳进河里就能把水吸干

到了中年,致命的疾病终于赶了上来
父亲倒下了,三叔倒下了
祖父这个老盐民,却活到了一百岁
他身上有太多的汗,太多的泪,都熬成了不朽的骨

像钢铁一般,不会弯曲和断裂了

这个苦难的家族
前半个世纪,与贫穷和压迫斗争
后半个世纪,与疾病和恐惧搏击
那些惊涛,不会让你找到避风的港湾
那些浪花,也不会给你温柔的抚慰
只有那些交出去的盐
留下一丝甜蜜的回味

海的岸

船是海的第二条岸
海的第三条岸,是盐

岸,渡人生存的大地
船,渡人的躯体
只有盐,渡人的灵魂

出海是船,回头是盐
隔了一百年,祖父想清楚了这个道理
盐,从此被解下了绳索
心,也找到了岸

只是,面朝大海的坟茔
已长满了青青的墓草

变奏

祖父,晒了一生的盐
用来洗涤贫困,隐疾和变数
骨头里有着钙的硬质
日子里有氯和钠的涩和苦

在不屈的灵魂里
隐忍,在潮汐间起伏不安
泪水如大海的波涛般不竭
又如浪尖上的阳光翻涌
而欢笑是如此之少
如柔软的海草拂过

这是一个家族的命运
也是一个靠海的村庄的命运
往大里说,是半个省的命运

当我从太平洋上归来
在高空俯瞰故乡如手掌般伸出的地图

我的血液里弹唱的,仍是大海的变奏
我逃离又归来,逗留又逆袭
身体里的盐,仍在腌制不朽的村庄
和村庄里的家族,家族中的命运

返乡

闪电,亮一亮路
雷声从海上一路寻来
大雨的夜,洗涤一个多盐的村庄

在太阳升起来之前
大地是丰润的
这一泓了无痕迹的水
足够一个家族短暂稀释了咸

从海上到上海,二十年过去了
大雨还在驱赶波涛追逐着我
不管在宽阔的街道还是狭窄的弄堂
我再也不会在阳光下化作盐
我习惯了遗忘,适应了在生命中加入大勺的糖

返乡,让骨头里的盐

一点点咸到我的眼角
是那些梦,牵我回到故乡

回到盐

关于盐,我所知甚少
而关于苦难,我收集甚多
我血液里流淌着这个家族的笑声和泪影
我想,不能只有悲戚,只有苍凉
还需要脉脉的温情,还需要人间的大爱

我还是要回到盐
回到盐,就是回到血液
回到爱和温暖
回到盐,就是回到大海
回到宽广和浩淼
回到盐,就是回到太阳
回到光明和激情
回到盐,就是回到汗水
回到勤劳和收获
回到盐,就是回到健康
回到黑头发和古铜色的皮肤
回到盐,就是树回到根,叶子回到泥土

回到盐,也是回到出发

回到理想的发射塔

回到盐,也是回到宽容和放下

回到家族生生不息的繁衍

        2015 年

秘密

秘密

父亲把风暴藏进了大海
我在黄鱼的耳石里
听到了雷鸣

风暴的前身是闪电
它被祖父藏进了大海
我吃到的盐里有光

作为盐民和渔民的后代
我的胸中藏着一个大海
大海里的闪电
大海里的风暴
都在敲打着我的骨头

夜深人静时我会把它抽出来

像一根笛子般

吹一首安魂曲

连惊涛听了也会翩翩起舞

连乌云听了也会散开阴霾

人世需要这样美妙的声音

如同大海的深渊

都有一根定海的神针

我也有秘不示人的法宝：

一副用以护身的墨囊

用以遮蔽那些天敌的眼睛

它们是：小恶，大悲，绝望，慵懒和虚无

此外，我对世间万物抱有善意

据说，这是一个家族生生不息的秘密

海神

星群在浪涛间隐现

海鱼，在天空中游荡

依照食盐和光的指引

巨人饮下一片月色

潮声退去一些

他推着一架泥马船去采蛏

突然,一个看不见的人跟他厮打起来

一会儿把他打倒在滩涂

一会儿,又被他摔倒在洼地

一会儿把他的手脚用手脚捆绑起来

一会儿,头颅又被他的头颅撞出巨响

两人在海里较量了一个晚上

最后,他一身泥泞爬起来

空无所获回到家中

我的大伯已去世多年

但他当年跟我讲述的这个故事

仍历历在目

仿佛那年跟影子搏斗的人

不是他,而是我

木匠

师父用一把斧头

沿直线将木头劈开

而轮到我,斧头不是往左,就是往右

将一根木头砍得体无完肤

靠墨斗拉出直线

师徒二人,师父在上,徒弟在下

用一把锯子把木头分解成对称的两半

三十年后,我感到手中的力量在加重

立在上边的师父

突然消失了

木屑纷纷落下

掩饰了我的满脸泪痕

生活是一根竹子

巧匠也不能沿着墨迹行走

扒开胸膛取出肺中的锣音

师父,像一个初学音符的吹笛人

交谈

清明时节,我们这样分配祭扫——

温州三年,南京三年

那里,分别埋着我的爷爷,和

妻子的祖父。他们

一个活到了一百岁

另一个,则早早选择了入土

后来,有了第四代

两个不相干的人

因此有了交谈的欲望

如若,我们在同一天里完成对他们的缅怀

毫无疑问

他们会坐起来,喝上一杯

另一个世界自有通道

何须我们劳神

我百思不得其解的

是他们交谈的内容

一个是白发苍苍的盐民

另一个,是受尽凌辱的书生

他们,开始时如何称呼

酣畅时,又如何把衷肠倾诉

悬棺

鸟巢裸露在

褪光了树皮的枝丫

一口钟还悬挂着

当顽皮的孩子把它拉响

树上并没有鸟儿飞出

小学校还在

教室用作花房

头顶那一副悬棺不见了

豁牙的门卫,是我同学的爷爷

每年,他都把棺材放下来

刷一遍桐油

我们在午间围观

并轻嗅它好闻的气味

姨父小史

姨父生前喜爱画虎

求艺于哪位乡间画师已不可考

反正,自他之后这门手艺断了

他的四个儿子踏破铁鞋

也未能在江南平原已被拆除的老宅里

找到他早年无所不在的壁画

他画的老虎纤毫毕现

随意轻抚其中的一根金黄的毛发

都会传来惊雷般的虎啸

仿佛来自遥远的海边丛林

又仿佛来自脚下,两层地板的夹缝之间

早年他闯过东海,声音
只能来自翻卷的涛声
晚年他卧床十年,声音
也只能来自沉沉的深渊

姨父存世的作品却是一只公鸡
画于自家厅堂的门板上
两只鸡爪一高一低
扎成遒劲有力的八字
尾翼高高扬起,盖过挺立的鸡冠
它尖锐的喙子,存有雄鹰的骄傲
仿佛占据过蓝天,仿佛刺杀过猛虎
不过,这些都是我的臆测——
它猛回头时,眼睛
被设置在木板的一块疤痕上,因此,
别奢望能看出它的所思所想
甚至一点点的心理波动

先生小史

先生住在后岸,我住前岸
一条小河当中穿过
它的归宿是大海

养育我们的村庄叫海头

更早的名字叫盐廒

廒,就是仓库。我们以大海为生

捕鱼,晒盐,也种一小片土地

温饱,就是活着的法则

石板路上走着先生

作为乡村唯一的读书人

他的蓝色中山装口袋里

时常别着两支金色钢笔

我从未见过他何时出门

但每天可以看到他踏着晚霞归来

安排好我们的顽劣

他也赶海,插秧,锄草,割稻

他的家在一片稻田和树林的合围中

有时候是蛙声,有时候是蝉鸣

有时候,是琅琅的读书声

会一阵阵把屋子抬起

他也会抓偷瓜的少年

面红耳赤,用土语骂娘

秋冬,落叶纷纷扬扬时

可以看到先生在一片雾气中用清水洗头

我读初一那年,他已年过六十
我考上大学那年,他又接了一届新生
乡村缺的就是好老师
好的老师和好的医生一样
都被唤作"先生"
丁酉年腊月廿九
先生去世,享寿九十
我的脑中翻滚少年岁月,彻夜难眠
起身朝东方叩拜,磕三个响头

2016—2019 年

无尽夏

马槽

秋凉之夜,有虫鸣声声
仍觉——静极
一轮明月前来映照
鱼池里的莲花也睡着了
白日里她则灿然开放——
饶是无根地采来
竟也这般神奇

突听得,马蹄声声,似近,似远
又闻得,马鸣嘶嘶,似有,似无
城中夜,何处有飞扬的鬃须?
凭栏望,哪见得喧嚣的尘土?
双耳依次贴近大地

才感知勃勃的涌动
来自那一方马槽

木质的、鼎状的马槽
数月前被淘至我的院中
有说是清代的,有说是明朝的
至于木头,是榆木,还是枣木
我都不知
曾侍奉于官宦宅邸,还是贫苦人家
亦无所知
只知来自齐鲁大地的乡间
我用来养了花
没有念想去告慰那些绝尘而去的马
花倒也一日日的开不尽

马的气息寻觅而来
好啊!这是一匹骏马
年轻时曾征战沙场,老来亦甘心驮着粮食
举目曾傲视盘旋的雄鹰
低首亦舔过干涸的沙泉
纵然身上有累累刀伤
也不去提啦
无妨!活在世间不过与众人一般

这是马槽养育的众多马匹中的一匹
奔跑,跳跃,老来坦然接受寂寞
与另外一些羸弱的马一起
构成了马槽的一生
如今,静静卧于墙之一角
听虫鸣声声
看一轮明月朗照

捉虫记

在小小的庭院
养花,种菜,施肥,捉虫
是抵抗虚无的全部手工方式
一种长久的敌人叫蛞蝓
从美好的春天到果实飘香的盛夏
它们吸食植物的芳香
甚至不放过佛手的一瓣落英
在雨后它们大量繁殖
用多余的体力爬进密封的厨房
以及四楼的阳台

辣椒水,大蒜汁和生姜粉
我都一一试过,均告失败

除了用稀释的农药和它们自身的蚕粉
我已无计可施
一杯盐水和一把夹子
是我最原始的出征记

好吧,它们每个夜晚都消失了
在第二夜复现
那是另一波敌军
反正,会出现在你任何想象不到的地方

我请教隔壁的老张
他们是不是也有相似的情况
他的回答令人叫绝:
当你对它们视而不见
谁都不会缠上你的生活

我和他不是一类人
但从他的话中我也想明白一个道理:
当你把捉虫当作日常生活的一部分
并且乐此不疲,倒也不失美事一桩

修树

我喊老曾来修树
老曾带来了他的儿子

这是一棵有年头的鹅掌枫
每年春天都把阳光删去十行

河那边也在修树。那是一条小河
河边的路却叫滨江大道
那里修的是香樟
居民们对修剪枝叶很有意见
于是电视台的人扛着摄像机来了

老曾很紧张,他不知道这事会上电视
两周前他已经收下了我太太给的小费
"都在一个小区,只是顺便修一修"

老曾让小曾上树
他要去拿一根绳子
好把那些可能敲窗的枝条拉住

小曾大学毕业,待业家中
爬树他是一个能手
蹲在树杈上,很像一只大鸟

老曾骑着黄鱼车去拿绳子
半途却被物业经理拦住
他得去西郊苗圃运一车麦冬

天擦黑了,老曾满头大汗地回到树下
他很生气,"龟儿子,你咋个还蹲在树上"
小曾问,"你把绳子拿来了吗"

无尽夏

这一季的乡愁是无尽夏
热烈而悠扬,几日就是一大丛
一直蓬勃和葱茏地绽放
让人喜悦于盛夏除了果实
其实也有繁茂的初恋

更熟悉的名字叫绣球花
好啊,这个称呼!
她就在门口长着

好像是哪个古代的女子
穿越时空抛来的姻缘

当然,有时候在夜里
我也会想起它有一个名字叫紫阳花
因为在渡边淳一的小说里写着
顿时有了暧昧不清的情愫

睡莲

为了给鱼池增加一点亮色
几片浮叶,一朵睡莲,被采来了

日光暴晒,锦鲤穿梭其中
风景竟也真的不同往常了
睡莲白日里纯净而利落地开
天色将晚,就地一滚,和衣而眠

我自然是见过万亩莲塘的
更不消说一池的绽放
但怎么看
眼前的这朵睡莲都更像一个寄人篱下的女子
未几,她便怏怏地没了生气

无法收拾果实
当然亦无需顾影自怜了

好生后悔将她采摘啊
现在,不知如何收场了

幸福

阳光好的时候我就去晒太阳
蓓蕾绽放,我就去赏花

修剪枝叶,洒扫庭除
比去见夸夸其谈的人重要
觥筹交错这就免了吧
我正在种一畦无公害蔬菜

欢迎蝴蝶来,蜻蜓来,小蜜蜂也来
夜里,我也要打着手电筒抓青菜虫子和蛞蝓
为九条锦鲤如何躲过黄猫的偷袭暗暗着急

明月是我的镜子
茉莉和玉兰开花的时候
就能为我拭去心头的雾霾

我是一个幸福的人
如果,我这样觉得的话

田园

三根丝瓜,五根茄子
或者一小篮的辣椒
再或者吧,一把刚刚红透的小番茄
和一个长歪了的苦瓜
它们,都来自我的小小田园

我的田园是个综合体
住着休闲农业,都市观光,诗意和禅

喜悦,则是我在乡下时就种下的根
一茬一茬的,跟随清风和玉露冒出头
这是看得见的——
我的心是一片干净的原野
长着杂草,也长着更高的果实

2017 年

上海密码

陆家嘴

经济脱实向虚

陆家嘴是反对的

在寸土寸金之地

它越长越高

东方明珠、金茂大厦、环球金融中心、上海中心大厦

每一次拔节

它都没有虚度年华

与纽约来客谈完一桩国际并购

我喜欢到国金中心的五十八楼

吃下午茶

烈日下的黄浦江

安静极了

上海证券大厦显示屏上的股指
竖起耳朵
倾听外滩海关大楼的钟声
一艘巨轮的隆隆驶近
也不过是一张轻轻翕动的羽翼

有那么片刻的眩晕
让我以为已经君临天下
其实,我的头上,头上头
都还在陆家嘴的脚下

金融城的脑际有一片云
贮存着层层叠叠的密码
可以敏锐地捕捉到
密西西比河每一丝细微的风暴

鹦鹉螺

上海光源,形似一只神秘的鹦鹉螺
装置内的电子以近乎光的速度
不舍昼夜放射七条幻彩螺线

一只九千九百年前的古雏鸟

静静躺在一枚硬币大小的琥珀里
等候鹦鹉螺里一束光芒的鸣叫
唤醒沉睡的尖爪和层叠的飞羽

华夏最大的同步辐射装置
与世上最小的恐龙
直接相逢了

这是一张天使之翼
细微如万分之一发丝的脉动
在超级显微镜下鲜活如昨
它也许正是在一次激烈的捕食中
受困于一滴树脂的滑落
却在近万亿年后的邂逅中
留下最古老的传说

每当我走进鹦鹉螺
都可以听到
白垩纪时期的花朵
一声沉重的叹息

大洋山

东海有六千三百六十五座航标
我为洋山港布设的那一枚最有诗意——
它重达四吨
我在上面画了一艘航船
准备在大海里存留一万年

你看,来往自贸区的万吨巨轮
都要靠它给个航向
它撞向高倍望远镜里的乡愁
我在郑和下西洋时就有过
如今我把它引向东非、红海,还有巴拿马
让瓷器、丝绸和茶叶
变成机电、汽车和石油

江海也是道路
古代也是今朝
你也就是我
命运让我们成为共同体
以至于我忘了肤色、语言和距离
今日我们抚琴唱和

明日我们把酒临风
宽阔的太平洋容得下百舸争流

我明亮的航标如此轻盈
今夜,你可以把它带入梦中

醉白池

李白定然未曾来过
要不然
主人何以要引一泓思慕他的酒池
顾大申与我一样神往白居易
仿效诗人韩琦的醉白堂
费数十年临摹了一座园林

"太白有知定高歌,乐天若闻诗混成"
后来,我更频繁地来到了松江
在谷水之阳
见到了更早时的陆机和陆云
看罢《平复帖》,又赞《文赋》美
陈继儒的《小窗幽记》里写着:
雅集时我也取了一瓢饮
董其昌即兴给我留了一幅墨宝

回到静安寺时我已不知它在何方

至今我想起醉白池豪迈的名字
就想起佘山之巅
还未曾留有我的一首名诗

雀鸣渡

在崇明,十八米以上的天空
都划给了候鸟和春风
在东海和长江交汇之处
湿地、潮沟和滩涂
属于我的朋友秋沙鸭、震旦雀和大苇莺

一只来自澳大利亚的大滨鹬
五天五夜之前就给我发出邀请
它即将滑行一百二十个小时
约我到一直向往的雀鸣渡一见

"赤喙啴青翎,东滩在何许"
当我涉水而去
一千顷秋芦,早已十面埋伏
作为爱情和美食的敌人

入侵的互花米草节节败退
海三棱藨草和咸水稻
是这个季节留给白天鹅的诗篇

大滨鹬也是一个人的名字
他守候着这一片湿地
一待已经十七年
听得懂每一种候鸟的方言
这是黑脸琵鹭悄悄告诉我的:
"他早已是我们永久的情人"

好吧！就在观海楼,观一轮日出
听白鹭、大雁和银鸥
弹一首大海和江河的协奏曲
在一万只候鸟口衔的涛声中
迎来上海的早晨
与雀鸣争渡
争渡！

2017 年

走失

星空

在巴拉德罗,凌晨醒来时
隐隐有涛声
似来自左边的墨西哥湾
又似来自右边的大西洋
潮音,并不怎么湿咸
无边的星体,裂炸,闪烁
被固定在透明的尘埃中
又一把一把地撒向黑暗的大洋

作为世界的秘境之一
星空,是人类追寻生命意义的通道
星子弹跳,人心便深不可测
星子黯淡,人心便被雾霾笼罩

星子滞留,动与静便暗暗较量
就像正义和邪恶难分难舍
星子落入凡间
人世便繁华灿烂
有时也不。星夜——
帝王辗转反侧,发布国家守衡的法则

回响

向远处看,巨木是一颗草芥
往大里想,尘埃是一座星球

越过山丘,正是一片大海
绝望时有一叶扁舟飞来
在巨浪中,你也可能到达不了彼岸
在沉船中,你也可能获得宝藏
在弥留之际,一朵鲜花正是恋人的模样

当我转身,老人正换上少年的脸庞
我喊他的名字,回响空空荡荡

偏右

晚风吹来的偏头痛
使日影西斜了
所有的蝉鸣,车轮和落叶
都在右边,它们集中在右边
包括还在开放的花朵

晨起时的喧嚣
占领午后静谧的时光
墨迹未干的抒情诗
正躺在少女的笔记本上传唱

更多的老年在山歌里
声音从广场方向传来
每一群欢乐的大妈中
都有一个笨拙的老汉

面具

牦牛各有面具
原上与我对视的这一头最是神秘

它的头像是一副嶙峋的骷髅
仿佛早已破获人世的秘密
它知晓一个英雄的梦想
如何在边塞走失
又如何在空转的抒情中
被失落的诗人接住

立冬

安静只是一个表象
老者，在浮萍里吸食耐心
好解开年轻时就缠身的一团乱麻

蓝天只留下风筝的滑翔
那一段喷雾的划痕
显然不是这个季节的谜底

星子落在涟漪里
才有了宇宙一样浩淼的谜
鱼在半空喊叫
这才续上了叫声零落的蝉鸣

当我从垂钓者的身旁经过

他突然将一桶的收获

倒入盛满月色的河里

发觉

隆冬一场极寒天气

小河冰封三日

直至蚯蚓翻身,花朵饱满地开放

传来冰河开裂的声响

隐隐的不易觉察的裂纹

是春风吻上河水的羞涩的唇红

是初恋的少女

最为大胆的,在肩头轻轻一拍

撕开的口子是如此细小

却密如蛛网,无从修补

如那青春的模样

在中年的狂雪中跳动

如那吹弹可破的肌肤

在双手遮羞处颤抖

我呆坐河边

因为秘密被发觉而怅然若失

集结

一场大雨集结城市
变得更加紧张、拥挤和茫然失措

雨水在街道上流窜
找不到大海、江河和溪流
甚至找不到空闲的下水道

整整四个小时
我看到熄灭的汽车、赤脚的白领
和在伞上消失了的天空
在此起彼伏的喇叭声中绝望

我想起自己在乡下的二十年
大雨就是日常生活
沿着屋檐而下
沿着土地流走
到沟壑、到小河、到湖泊、到大海
然后再到天空、到云朵、到瓦楞
大雨是灵动的
它就是一座村庄的故乡

明日依旧晴阳
大雨,在城市是一种记忆
标着一百七十八厘米的雨量
一百三十年一遇的纪录
等待下一场雨的改写

梅雨

这一夜,又一日的淫雨
密密麻麻地缝进
这一日,又一夜的思绪

这一天,又一地的迷雾
像纤细的手,像盘绕的腿,缠住
这一地,又一天的愁眠

这一地,又一天的愁眠
密密麻麻地缝进
这一夜,又一日的淫雨

这一日,又一夜的思绪
像纤细的手,像盘绕的腿,缠住
这一天,又一地的迷雾

2017—2018 年

只留下远方,
命名为思念

边塞

穿云去兰州,看一眼黄河,去凉州
凉州无词,斩两斤驴肉,沏一壶好茶
一路饱嗝,去甘州。八声慢,九粮醇
木塔和土塔,在醉醺醺的夜晚摇摇晃晃
这一夜雨声淅沥,任丹青为丹霞绘上新颜
也不能留我:西出阳关
一路无诗,亦无故人可辞。这就
翻越达坂山,八月竟有大雪
一路将我扑打,好似我在边塞
立过赫赫战功,身下有万骨枯朽
而我正走在班师的途中

马蹄寺

迎面的一个石窟里,佛的真身已经不在
取代他的是三只嗷嗷待哺的乳燕

有时候,所谓渡劫,所谓轮回
就是一年又一年的,似曾相识燕归来

——壁立千仞,那些未完成的空门
实际上早已完成

下西洋

郑和在刘家港设宴
邀一位六百年后的诗人饮酒

那时,我正在第一千趟中欧班列上
与一位东非的小伙子读诗——
"星牵沧海云帆耸,浪系天涯纽带长"
话音未落,三宝先生的微信来了

在义乌,我卸下一节车厢的软饮和母婴用品

换一骑宝马抵浏河镇

他刚好在午后醒来

此时,离第六次起锚已经过去了十年

出征的鼓点有越来越多的杂音

中途不断有老马倒下

包括两个皇帝

茶还未凉。沙漠驼铃声中响起火车的笛鸣

九桅十二帆的宝船

倒影是一艘航母的侧身

今夜饮什么酒

舌头都会提炼出富含香料的词藻

就让日月星辰排成上古的阵法

管它什么洪涛接天,巨浪如山

你只须云帆高涨,昼夜星驰

宽阔而浩荡地走下去

所有通往衰老的航道,我都已修改

只留下远方

命名为思念

勒山

在古丝绸之路的北端
一艘形似跟随郑和下过西洋的航船
被巧妙地安放在一座山上
是不是一种有意为之?
风吹着那桑叶、金桃和古兰经
吹着那已经消失的楼兰、依旧繁华的莎车
把大海的暮年,腾挪到茫茫的戈壁

落日翻看万卷书册
风沙在上面写着隐秘的文字
好一片大漠啊——
一万零一年的流沙
把一万年的波涛覆盖
红柳、荆棘和骆驼刺
在那些干涸的蟹洞、鱼槽里顽强生长

勒亚依力塔格山,以开阔的胸膛
向一片老去的大海致敬
我从千里之外赶来
仿佛就是为了读懂——

山和海可以相互转换

如同昼和夜的更替

如同生和死的轮回

黑山

天空不断开阔

来时的路却在一点点收窄

前方,不知何时染上黑色的忧郁

沙丘隆起

风吹来海的波澜

玛瑙和有色石

铺陈在粗粝的荒野

过多的碎片

串起献辞的手链

四驱扬起的沙尘

仿佛让人看到了英雄的马蹄

嘶鸣之声远去,留下空空回响

四野无人

沙上的车痕

留下另一个苍茫的问

红山谷

面前的无阵之阵
像中年的抒情?
不不,一颗巨石像青春
已袒露了心迹——
现在该迎向开阔的高原
向着高峰吼出雪山的心跳

其实,越向峡谷,阳光才越清澈
那漫上来的光芒
不过是镜头里一帧给别人看的风景
到了头顶就只剩下风
风呼呼地刮过去
似乎从来没有停下过,也从来未曾离开

往低处去,红山谷的景色是美的
在远处看,红山谷不过是一列隆起的山丘

2017—2018 年

出埃及记

金字塔

法老有一座金字塔
二百三十万块粗粝的石块
垒着欲望、权力、生死
垒着灵魂和永世未解的谜
神秘的甬道通往星际的迷航
据传有万千的宇宙波
会在合适的时候聚集在它的能量场

我有一座尖字阁
尘埃里隐藏着人世间的爱恨情仇
一点也不比它少
当我与它站成一排的位置
吉萨高原上的砂砾就在身边聚拢

我的背影也有了一座三角的模样

从远山采来巨石
在星空唤来磁场
十万人民伏地劳作
尼罗河细长细长
在幽暗中闪着星光
当我途经此地
河流中似乎还漂着羊皮筏子
似乎要把下一座金字塔
筑在一个诗人的心中

飓风折了一个对角
从胡夫金字塔五十二度的坡面卷起
巨驼、马队和粗糙的工艺品
在太阳下一粒粒晒着
唯一被遗忘的
是北侧的一扇巨石之窗
四块方石垒成一个三角的入口
如果太阳直射到塔底
法老的肉身将复活
然后驾船、狩猎、欢宴
开罗城中据信已有爆炸的声响

而此处正安静

胡夫、哈夫拉、门卡乌拉

三个金字塔一字排开

有人在最佳的摄影点留影

双手各撮起一个尖尖的顶

中间的一个含在圆睁的口中

虚构了一场气吞山河的豪迈

名利和欲望都有尖尖的顶

爱也有，最高的一块石头，叫恨

只有永生没有边界

最高的石块上，写着绝望

四千七百年了

塔尖才被自然的法则削去十米

塔台上为何只有蜗牛的遗迹

这是宇宙留给我们的天问

是的，中古时代的国王

用磊磊巨石构筑他的王国

在浩瀚的沙漠中

隐藏着一艘真实的航船用以摆渡

我用尘埃，垒一座尖字阁

四面等边的三角坡面

三面写着时光、情爱和故乡
一面留有空白

把面包、书籍、诗歌
有时候也有相思和欲望
翻卷成隆隆的惊雷
最高的一格住着什么
我前年想的是金币
去年改为美人
今年念念不忘春风

尼罗河

尼罗河一直向北流。
自小我被教育着：
河流自西向东
地中海在北方
尼罗河不向北流
难道她要右转向东？

尼罗河是一位母亲
她婉约时叫白尼罗河
她豪放时

叫青尼罗河

她们互为情人

母亲再伟大

她也需要一位情人

不然她何以度过

漫长的一生？

虽然这位情人

就是她的化身

有时候

情人也是我的父亲

父亲啊

你懂母亲吗？

你懂得为何

在六至十月她将泪水洒向河滩吗？

我从不作猜想

我只把种子

撒在退潮的河床

把牛和羊赶上

使劲踩在肥沃的田土上

啊，我想起来了

年少时我曾看过一本

没有封面的书

后来我知道
那叫《尼罗河上的惨案》
灶火明灭
它差点葬身炉膛
隔三十年后
我到访金字塔的故乡
我趁着夜色
在尼罗河上游荡
阿拉伯的王子
正在游艇上举行盛大的婚礼
新娘神秘的面纱已被解下
她和伴娘们唱啊,跳啊
在这世上最长的河流上
让我恍惚她是巴西的姑娘

2018 年

梦境突围

日月诗篇

1

……给太阳造一座金字塔

也要给月亮造一座金字塔

在月亮金字塔那边

把沉静的人,雄壮的人

胸膛剖开,取出不停跳动的心脏

穿过宽阔的亡灵大道

残垣的壁画上有隐现的美洲豹

消失的头颅上呼出隆隆的惊雷

行到一千零一步,云层散开了

爬上二百四十八节阶梯

神庙的咒语关紧了

太阳金字塔上,大火在燃烧

2
在特奥蒂瓦坎消失的数百年里
强大的死者安详极了
在万寿菊的花瓣上走动着的骷髅
仍栩栩如生。他们行动自如
随手将落下的趾骨装好
但生者倒也习以为常
人们走到月光下
在遗忘中徜徉一番
又在太阳下操持起补钙大法

3
写下即遗忘,而遗忘
正是生活赋予我们的隐身术
遗迹是历史赐予我们的哑谜
神造的建筑,把时间的入口
压在身下
亡灵们在地底下畅通无阻
并乐此不疲地在天花板上
将我们的脚印一个个摘走
我爬到他们够不着的台阶上
有时候在太阳金字塔,有时候
在月亮金字塔

当我坐在太阳金字塔的塔台

月亮金字塔看上去不过是一轮土丘

当我走到了月亮金字塔

太阳金字塔不过是另一轮土丘

眼前只有浩荡的亡灵大道

小贩们用工艺品呼出口中的虎啸和鹰哨

似乎在集体排练一场

浩大的祭祀仪式

4

天空中伟大的发光体

永远照耀着人类

以明和暗,圆和缺表述自己的爱憎

世间的神殿和庙宇

凡尘的虚幻与追寻

恐惧、向往而又难舍难分

永在而又隐匿的力量

一片云都可以遮挡

一片海也无法吞没的火轮和玉盘

我爱你们的熟视无睹、失之交臂

和厮守终生

我派两座金字塔供你们抛锚

我在较小的那一座上

屠宰、祭祀，念念有词

我在更高的那一座上

献礼、祈祷和高声喧哗

必定需要死亡、燃烧

才拥有夜晚共同的语言

必定需要铭记、遗忘、存留和消逝

才拥有万古长青的江山、美人和情仇

5

日月本按时序更替

特殊时分也同放光芒

细想倒也无妨：

世间万物，都属天生

情同手足本也自然

眼见为实：

人们从来没有为冥王星筑一座坟冢

明亮如北斗七星

也不会有一座金字塔用以写墓志铭

唯有太阳和月亮

在一条中轴线上平坐

活人和亡灵们穿梭忙碌

准备祭品、咒语，云雨和炼狱

被摘取的心跳

仍有均衡的脉动

而弱者生存,因悔恨而涕泪交加

黑马

一匹黑马,在黑夜中奔跑

它这么匆忙,却闻不到喘气之声

马尾甩动一轮白金色的光芒

并把它全部地覆盖

有可能,这是一匹白马

但在黑夜中奔跑的,只能是黑马

它甚至不是在奔跑

它只是四蹄踏在一个球状之物上

日行千里,却依然在原地踏步

("立马滚蛋",我在霍去病的墓前

曾被告知"马踏飞燕"的另一种戏说)

黑马确实在奔跑

铁蹄,终究会发出巨响

惊雷总归会炸响

我的心跳也是日行千里,但也仍在胸膛跳动

一匹马被黑夜染黑

它不可能不是黑马

它跑进白昼仍是黑马,在我失明的眼中

即使我有双瞳，它仍是黑马

在我的世界里，我只认识黑马

白马非马，如海马非马

白金色的光芒并不能把一匹黑马洗白

甚至不能照见它的真身

马尾把白金色的光芒抚慰

白金色的光芒把黑马养大

养大为一匹梦里的马

黑马甚至就是梦的本身

以马为梦，大于以梦为马

黑马不可能跑远

它跑了那么久远

却不能圈下一块土地

长夜赋予它屎壳郎的使命

黑马只能奔跑

它领受的命运

赋予它从命运的内部突围

它在球状的闪电上突围

它在等比缩小的地球上突围

它甚至在灼热的太阳上突围

在刚刚被命名的星球上突围

黑夜递给它无数的球体

甚至包括我的眼球

它无法停下来了
在球状的物体上，苍穹是圆的
宇宙是圆的
它们与马蹄下的滚动之物同一圆心
黑马，是宇宙中的一个黑点
黑点是黑色的
黑马只能是黑色的
黑马在奔跑。谁看见黑点在奔跑？
黑马依然在奔跑

　　　　　　　　　　　　　　　　2018 年

生命和盐

撒盐

雪,覆盖在孤独的高速公路
地上撒着盐,在更广阔的苍茫中
是更孤独的存在。它似乎要把万事万物
极力拖入自己细小的掌控中
它把白色浓缩成粗粝的灰色和黑色
再次施展从大海中修炼成一种晶体的本领
并紧紧拽住命运的方向盘

寻盐

盐是想象
空气、水、土壤、阳光
是边界,也是无边无界

经由人,盐形成闭环:
泪水,血和汗
传导复杂的人性
让盐成为情感

溢出的那一部分
让盐成为理智
你甚至不能在上面添加任意一勺

旱地

在走向陆地之后
海涂,先在自己身上长出低矮的碱蓬
然后,站直一些,催生一种叫咸青的植物
——在变淡之前,她抽筋剥皮
把骨子里的盐一点点赶出来,挤出来,渗出来
唯恐不能交代自己所有的过往

然后是种番薯,藏着,掖着,在地下生长
长成后让猪拱,让鼠咬
然后是种瓜,甜瓜和香瓜
然后是种豆,绿豆和毛豆
最后,才成为一畦旱地

每天浇灌淡水
把最后的血稀释

——人们干得真绝
现在,可以在她的果实里撒盐了

敌意

对盐的敌意,来自那勺子上
多出来的坡度
居委会阿姨送上门来的生活指南
反复告诫我们,那多出来的部分
会成为晚年必然的隐忧
与油一起,盐,成为日常生活中
无所不在的敌人
记得,这些物质刚刚还是我们匮乏的部分
如今已快速溃败为不怀好意
并如影相随的病原体
——我这么说,自然是对盐怀有深深歉意
似乎她是从家乡来的,被需要
又不受待见的老母亲

送行

有三百或者五百人,为祖父送行
那天,天才蒙蒙亮,队伍看不到头
这时辰,他年轻时已经去晒盐
这时辰月光还在
像撒在地上的盐
乐队,唢呐和吹打,在队伍中间隔着
轮流把乐曲吹得响亮
鸟铳,鞭炮,女儿们的哭声此起彼伏
反正,都是一些吵闹的动静
告诉人们,一个长寿的老人走了
而最喧闹的大海,却安静下来
潮声还没有起来
——只有等潮水涨上来
才能为墓穴安上最后一块砖头

寂静

祖母长久地坐着
她不太愿意在太阳底下
而是钟情那幽暗的角落

一张竹椅已经泛黄,磨得发亮

她深陷里面,仿佛二者本身就是一体

突然窜出的孙子往往被她吓一跳

而她纹丝不动,甚至那眼睛的细微一眨

就这样,她长久地对抗光阴的脚步

她想着什么,没有人知道

甚至她自己。她一定什么都没想

直至夜幕把她淹没

小小的盒子把她盛放

她都没有发出哪怕一点点声音

简史

百年人生删繁就简

无非就是将大海浓缩成一粒盐

然后加入阳光,雨水,笑声和泪影

把盐粒养大。

咸是不变的基因

把泪水多的,唤作女儿

把汗水多的,唤作儿子

把那些流入大海的血

唤作黄鱼,青蟹,红虾,淡菜和望潮

和子孙一起,投入生长

并继续打捞

捞出风景,也捞出风暴

捞出故乡,也捞出异乡

捞出记忆,也捞出遗忘

风眼

一小片树荫

刚够一支蜷蚁部队搬运粮食

躯壳已被驮走

知了的真身在枝丫间喊魂

蝉鸣被削制成四四方方的一块疼痛

塞进装有蚯蚓的火柴盒

用以河边垂钓

一条锦鲤,吞下了锐利的烦躁

一整个夏天在它的体内爆燃

带着一条河流闯入大海

大海也不能阻止一条鱼的愤怒

热带风暴来了,就在我的故乡登陆

我童年的木屋在风眼

一只蝴蝶停在草茎上,一动不动

山居图

危险的盐商在扬州,繁华还未到来
温州,只是一个盛满了盐的瓯
微风把射出箭镞的光速改变
时间,尚不能称为时光。时间——
在改变的空间里唯命是从
就这样一过经年

我带着蛮夷之地的稻黍和鱼群
回到宋朝,与我同名的皇帝正在弹琴
并在琴声中逃亡。
千里江山一路泼墨,在江南,在烟雨的江南
褪色成青绿的山水
且在此喘息——
远山长,云山乱,晓山青
一捧翠绿,在茶碗中兀自干了

2019 年

第四辑

把诗歌当药？

夏雨诗歌

　　1993年初秋的一个夜晚,天气尚有些闷热,我走出寝室,穿过丽娃河,来到第一宿舍,怯生生地敲响了某个房间的门。听到一声洪亮的"请进"后,我走进了房间。里面的情形却吓了我一跳:这里好像刚刚结束了一场热烈的讨论,烟雾缭绕、烟蒂满地,泛黄的蚊帐和墙角的空酒瓶,蓄着长发或理了光头的人影憧憧,这一切似乎正符合初出茅庐的我对诗人学长们的想象,但我还是忍不住吃惊。这是我与夏雨诗社的唯一一次接触。1995年初,一直安排给中文系男生住的第一宿舍被拆除。接着,传来消息说,闻名全国的夏雨诗社自行解散了。

　　回顾华东师大校园诗歌写作的历史,夏雨诗社无疑是其中最引人注目的篇章,它成立于1982年5月。在第一期的《夏雨岛》诗刊中,发表了主编李其纲撰写的《夏雨,年轻而执着——代发刊词》,以及著名诗人辛笛的《献给夏雨》。从1982年5月成立到1995年上半年自行宣布解散,夏雨诗社出有社刊《夏雨岛》十五期,以及《归宿》四期、《盲流》一期,铅、油印诗集《蔚蓝色的我们》《再生》。

十多年来，夏雨诗社人才辈出，出现了李其纲、宋琳、徐芳、张小波、旺秀才丹、余弦等一批优秀的诗人，夏雨诗社也以其独特的姿态在全国高校乃至整个诗坛占有一席之地。除了这里集结了一大批热爱艺术、热爱诗歌的年轻人以外，更重要的是，它与新时期诗坛"城市人"这一写作流派的形成，有着不可分割的联系。（由宋琳、张小波和复旦的孙晓刚、李彬勇四人合著的诗集《城市人》，1987年由学林出版社出版，影响深远。）宋琳的诗被批评家们称为"显示出典型的'学院派'写作特征"。的确，宋琳的诗歌较早地开拓出现代城市文化视野，在"城市与人"的主题下更新了诗歌的某些知识结构，并呈现出学院式写作的重智性、重技巧、重规范的特征。他在1983年毕业后留校任教多年，尤其是他对诗歌技艺操作规范的追求，成为此后一届又一届校园诗人学习的榜样。宋琳和另一位留校任教的诗人徐芳，对华东师大校园诗歌写作起到引领的作用。诗人张小波的诗歌更多展现身处都市的现代人的复杂心态，零碎拼贴的城市意象，新奇杂陈的词汇，明显折射出诗人的焦虑之情，也有美学上的独特效果。上个世纪八十年代，城市逐步步入经济发展的轨道，华东师大地处上海，有七成以上的学生来自异地，他们要在这里度过他们人生中最重要的转型期，可以说，"外省青年"对都市的感性触摸，诉诸直觉甚至官能上的某种隔膜与排斥感，成为自此以后校园诗歌写作的一大主旨，而这，本来就是"城市与人"的题中应有之义。

从上世纪九十年代初开始，这一时期是夏雨诗社的又一高峰时期。以陆晓东、余弦、陈哲、江南春等为代表的夏雨诗人们，在城市诗的写作中确立了美学上另一重要的风格：抒情、典雅的风格，更多的人将目光投向人类灵魂的彼岸世界,形而上、个人化的诗思多了起来,我想这与社会的某种大环境转变有关。华东师大校园是极美丽的,围墙隔出的宁静为青年学子提供了安置个人情感或逃避所谓"世俗"的平台。他们的诗歌受到中国古典诗词和俄罗斯诗歌的影响,在总体语言风格上呈现出纯净、明朗、抒情的特征。陆晓东的诗充满了忧伤和怀旧的色彩,他孜孜不倦地追寻自己的精神家园,他的诗歌热衷指向人类灵魂和生命本真的归宿。在余弦的诗作中,世界是陌生、无序和不可理解的,人无法稳定地把握自身的存在,他的诗通过对现实世界的不断怀疑,持续地追问那更高的存在。综观之下,这时候的创作实绩丰盛,许多诗人除了在社刊上发表作品外,还成为较有影响的文学刊物如《上海文学》《萌芽》《飞天》的作者。八九十年代之交的中国诗坛在经历了一些变化之后,显得颇为低迷、杂乱、彷徨,这时候人们常常提到的一个词是"废墟",反而是这批校园诗人,有比较坚定和自觉的行动,他们也因此备受瞩目。曾经担任夏雨诗社社长的分众传媒董事局主席江南春,当年对夏雨诗人的创作做过较为准确的概括:"新一代夏雨诗人正是通过对这片废墟的否定的理解,从而将关注的目光和对象转向了人类精神的归宿和生命超越有限的可能。他们试图在缺乏文体结构的文化空间里,重新创造出超越现象世界、具有鲜明的形而上指向的诗歌文本。在这其中,一种人学尺度正在复归。"(《在语言的湖边洗涤》,《夏雨岛》第十四期)

上世纪九十年代中后期,包括华东师大在内的众多校园诗社纷纷宣告解散。夏雨诗社解散后,华东师大的校园诗歌写作趋于沉寂。当然,写作者并没有绝迹,但像那样集合的群体再也没有出现过,后来者更多地是以个人的身份搞创作,他们仍然在孜孜不倦地进行艺术探索,他们中的志同道合者也自印过一些集子,还建设过网站,悄无声息地坚持着。群体宣言和相对统一的美学风格已经不可能成为这些写作者的追求了。从诗歌本身来看,这些个体体验的书写似乎在某种程度上突出了诗歌的叙事性特征,单纯抒情的风格不再得到延续。曾经辉煌的夏雨诗社留给后来的诗歌写作者的,恐怕只是一种模糊传承的身份而已。

2003 年

诗歌生态恶化是谁惹的祸

在公众的视野中,2006年的诗歌事件显得十分热闹。在我的印象里,似乎自上世纪七八十年代的朦胧诗运动、1986现代诗群体大展至1999年的盘峰诗会争论以来,还没有哪一年像2006年这般引人关注。在这一年,对诗歌再不关心的人,难免也要耳闻"梨花事件""韩寒与诗人们的骂战""保卫诗歌""诗人裸诵"这样的事件和字眼。与以往任何一次不同的是,2006年发生的"网民恶搞诗歌"和"诗人自我恶搞"事件,因为《人民日报》《中国青年报》等主流媒体和《新周刊》等杂志的大面积介入,并引发"强烈要求记者道歉"及"网络檄文"等后续事件,使诗歌无比尴尬地凸现于公众的视野之中。当代诗歌受到公众的集体冷遇和嘲讽,虽然与真正的诗歌没有多大关系,很多优秀的诗人并没有或不屑卷入其中,但究其实质,却是诗歌生态遭遇极大破坏的一次生动而集中的体现。诗歌为什么会遭遇如此的境况?只要对诗歌和诗人的现状作一探究就会发现,当下一些诗歌在价值、尊严、情感、审美等基本元素方面的极度缺失,已经使诗歌远离公众成为不争的事实。

自朦胧诗运动以来,关于诗歌看得懂和看不懂的问题,一直是大家争论的焦点。朦胧诗后,第三代诗人的写作开始疏离对时代的命名,开始从对意识形态的反叛和对宏大题旨的叙述,转而回到诗人的内心,这体现了诗歌真正意义上的回归。但旋即出现的意义和价值的丧失,不仅导致过于随意的写作,而且直接把"个人写作"简单和庸俗地推向了极端。当下的汉语诗歌文本,无论在民刊、网络,还是所谓权威的杂志、选本上,相当的版面充斥着的是平庸之作,仿佛只要是分行排列的文字就是诗歌,这大大降低了诗歌的审美标准和艺术纯度。对无聊的生活细节大规模地简单复制,甚至把过于肮脏、庸俗的"下半身"写作看成是个性的张扬,使诗歌写作的难度大大降低,同时也使诗歌的魅力黯然消失。

于是,诗歌便从"看得懂和看不懂"的争论中,卸去了神秘的外衣,从精英意识、贵族气息高高的台阶上跌了下来,这不能不造成网络时代的一次次集体狂欢事件。"造诗软件"的出现、女诗人赵丽华遭遇网民恶搞,正是网民对随意分行的文字成为诗歌这一随处可见现象的嘲弄。更有好事者专门建立"梨花教"网站,编出"梨花体万能写作技巧":随便找来一篇文章,随便抽取其中一句话,拆开来,分成几行,就成了"梨花诗"。

诗歌面对现实生活的失语,对时代脉搏把握能力的孱弱,创造力和想象力的严重缺失,是很长一个时期以来诗坛的现状。这也是当下汉语诗歌远离公众的一个最重要的原因,是公众对诗歌最大的诟病。诗人们无意义地热衷于对诗歌流派进行命名,对梦魇般的呓语和技巧进行雕琢,对江湖义气和圈子意识热情拥抱,却无法潜心写作,致力于诗学建设,终其结果,只能是空有概念和口号,而无真正的流派和文本,只能是对世俗生活简单的复制和模仿,而无震撼人心和得以流传的杰作,只能是对现实生活的大面积失语,而无对真实世界的把握、抒写和揭示。

一方面,我们要指出和分析诗歌精神和诗人责任的缺失,另一方面,我们也不得不指出,诗歌背离公众,并且受到无情的搁置甚至嘲弄,有其深层的时代背景。

事实上,早在上世纪八十年代中期,诗歌领域就出现了反价值、反崇高、反英雄的思潮。作为文学领域中最为敏感的环节,诗歌在上世纪九十年代后现代主义思潮的直接推动下开始走向极端,成为"否定""解构"特征在思想文化形态上极端化的具体表现。新世纪以来,互联网成为社会文化活动中压倒一切的主导性传媒。诗歌作为上几代人情感诉求的古老道具,已经被新新人类弃之荒野,而新的道具是短信、短片、博客、流行歌曲……蔑视人类的基本精神向度和宏大题旨,解构崇高、英雄和理想等人文精神,恶搞流行大片乃至红色经典……在这样的语境之下,相当一部分诗人和诗歌写作无法逃脱被强暴、被肢解、被吞噬的厄运。从大场景上看,诗歌恰恰只是被丢弃的副产品之一。

一方面是平庸诗歌的泛滥与诗歌精神和诗人责任的缺失,另一方面,面对泛娱乐化的态势又缺少相应的体系来发掘和培育诗歌精神,于是优秀的诗歌和诗歌精神受到极大遮蔽,陷入一场集体的混乱和迷茫中。这就是问题的症结所在。

谁是这个时代优秀的诗人?哪些诗歌是这个时代的杰作或佳

作？因为价值体系的混乱、发现者的缺席以及极度弱化的普及力,使我们在今天要读到一首好诗成为奢侈的事情。评价一首现代诗的好坏,标准是什么？是节奏、是韵律、是意境、是美感、是语言,还是形式？所谓号角,所谓喜闻乐见,所谓真善美,这些都是宽泛的概念。我们不知道已经被宽泛的概念耽误了多久,并且还要耽误多久。如今,想重新唤起麻木的神经实在是件不容易的事情。紧接着的问题是,谁来发现和评价好的诗歌？是教科书吗？数十年缺少变化和寥寥无几的现代汉语诗歌,在书本中居极其次要的地位,再加上僵化的教育模式,很难想象能够培养学生对诗歌的审美能力。那么,是诗歌刊物？十分有限的发行量,加上圈子意识和滞后的办刊方针,使多少诗歌可以进入公众的视野？那么,就是诗评家们了吧？但我们这个时代有良知的有能力的诗歌评论家们都在哪里？

显然,要恢复诗歌的生态,保护诗歌的纯粹性是至关重要的问题。只有以恢复诗歌及诗人的尊严为突破口,才能进而重新构筑诗歌精神和诗歌文本,使诗歌重新确立一种新的价值向度。这就要求我们的诗人应该把独立的精神与责任注入自己的写作立场和理想信念中,对生命意义的当代性进行追问,奉献出优秀的诗篇,留下对一个时代的价值、尊严、情感、美丑、幻变的揭示和体认。要保护诗歌的生态,发现优秀的诗歌并获得更为广泛的传播,是另一个至关重要的问题。这需要首先建立一种发现和梳理的渠道,让那些直面现实、体现人性之光和汉语之美的诗歌,能够从浩若星海的书籍、报纸杂志和网络论坛中显现出来。当代汉语诗歌,三十年来好像从没做过权威和有效的整理,在不断的呈现和湮没中,被遗忘成为必然的命运,而要得以传播,必须从浮出水面开始。在传媒高度发达的今天,让这个时代优秀的诗歌走向公众,并非难事。在此,并不是要求诗歌走向狂欢,诗歌的失落和全民皆诗都是不正常的,保持这个时代人们内心中坚韧丰盈的诗意,才是真正的要义所在。

2006年12月

把诗歌当药？

在一个诗歌寂寞的年代,关于诗歌的新闻却不寂寞。最近我就翻阅到两则消息,一是零点调查集团以"寻找诗情"为标题发布了他们针对北京、上海、广州、厦门、重庆等五市1 500名市民的随机抽样调查结果,结果表明,五市只有3.7%的市民说诗歌是他们最喜爱的一种文学作品,近四成的居民认为当代的人们已不大会以欣赏诗歌为乐。另一则消息说,日本的许多医学家对吟诗进行精心研究后发现,吟诗犹如健身体操,对失眠症、忧郁症、精神分裂症等有较好的疗效,日本还由此而出现了一股人数达50万人以上的吟诗热潮。美国一些医学家十分欣赏这种疗法,并加以积极指导。在意大利的一些药店里,有些药盒内装的不是药,而是诗歌。

这样的两则消息摆在一起读,真让人觉得意味深长。首先给人的一个感觉就是,诗歌作为一种文体在当下已经十分没落了,如果还想让诗歌能够热起来或者受人欢迎,只好把它作为一种健身体操,要有正确的站立、挥臂姿势。按照消息内的说法,诗歌疗法叫"药方",那么诗歌则成了一种药。常言道:良药苦口。不知道诗歌疗法备受推崇,诗歌本身是苦还是甜？我们姑且可以撇开这点不论,因为我们的内心至少还是高兴的。吟诗疗法作为医学、文学和心理学综合效应的结果,至少恢复了诗歌愉悦性情的功能,再加上微量运动,反复吟诗可使大脑皮层的抑制和兴奋过程达到相对平衡,激素和其他生物活性物质分泌增加,血流量以及神经功能的调节处于良好状态。

这当然是非常好的事情,这会使"这个时代已不需要诗歌"的说法站不住脚,会使"诗歌是受欢迎程度最低的一种文学作品类型"的说法受到冲击。然而终究人们还是没有摆正诗歌的位置。诗歌作为一种药,恐怕会不受欢迎的。谁会喜欢吃药呢？再说,"吟诗疗法"这个词或者说这种治病方法里最重要的不是"诗",而是"吟",这使我们很容易联想到,我们以正确的站立、挥臂姿势唱一首歌,或者吟诵一篇精美的散文、一个小说片段、一段话剧,更甚至于自言自语,就可以怡情悦性,说得更不留情面一点,你保持愉快的心情去运动就是了,何必需要诗歌？

时下,一个写诗的人(特别是未成名的)如果不是在一个小圈子内交流,而是被大众获知,往往会被某些人视为怪异,他们会说"你是写诗的,哦你是诗人",声音里很有一种怪怪的味道。我就遇到过几次这种情况,如果不是我作为一个记者的身份掩饰了我写诗的业余爱好,与对方的交流都会显得十分困难,诗歌的境遇由此可窥一斑了。

在欧洲,崇尚诗歌是被人们引为自豪的一个传统。中国作为一个诗的国度,在这一点上显然不如人家。举个简单的例子,即使像上海这样的大都市,迄今为止也没有举办过一届诗歌节,而在欧洲,举行诗歌节活动是很频繁的,意大利和德国尤甚。如拉纳这个意大利北部盛产苹果的城市,居民仅两万,读诗者不足千人,却因举办一系列国际性诗歌活动而在欧洲享有盛誉。所以,我们对零点公司调查的五市只有 3.7% 的诗歌爱好者这个数据完全不必感到意外。

我想说的是,关键不是我们的诗歌爱好者在群体中占了多大比重,也不是把诗歌作为一种什么疗法,而是:我们为诗歌做了什么?

1998 年

诗　内心　抒情

布罗茨基说:"诗歌是对记忆的表达。"我十分欣赏这句话,可以从两个方面来阐释欣赏的原因。

一是,诗回到了内心。

记忆与内心有着如此紧密的关系。温暖、冷漠、亲密、背叛;一朵花、一个微笑、临终的眼神、水和火……内心的情感只要一搭上记忆的旋盘,往事就如复活的风景。

内心是一个浩淼的宇宙。

里尔克说:"请你走向内心","试行拾捡起过去久已消沉了的动人的往事,你的个性将渐渐固定,你的寂寞将渐渐扩大,成为一所朦胧的住室,别人的喧扰只远远地从旁走过"。(《给一个青年诗人的十封信》)在此,消除了人们对"回到内心"就会回到"个人主义"的顾虑。"个性"取代了"个人"。没有办法,一个人只能表达个性的世界,这与大众的世界或有共同之处,但又是相异的。

回到内心又呈现了平静。

平静——太令人心驰神往了。这说明了平静的不易。生活、工作、疾病、相爱、交流……有时常让平静远离。平静的获得需要功力。用诗歌表达记忆,就是平静地独对内心的时候。

二是,诗回到抒情的本质。诗无法离弃抒情,再叙事的诗也是。叙事越来越受青睐,这是一种对抒情的缺席和失语的弥补。但叙事从来就不是孤立的,尤其是诗歌进入不动声色的叙述之后,抒情就隐含在事件与细节之中,叙述时稍一停顿,就可以感觉到抒情无边的弥漫。"四尺的棺材,一年一尺",爱尔兰诗人谢默斯·希尼怀念四岁夭折的弟弟时的诗句,一下子就让我感受到了一个重叙事的诗人诗作中的抒情美。

我想再次提及的是,诗歌对记忆的表达,在这两句简短的诗作中得以完美的体现。

2003 年

作为一个人而生,作为一个诗人而写作

一

我越来越意识到:对于诗歌,一个人应该写得很少,而发表得应该更少。因而我不得不承认,收在诗集《独自开放》里的诗歌显得太多了,更令我惭愧的是,发表的诗作数量还远远超过了它,更不要说已写出的数量。因为言说是困难的,作为诗歌的言说难上加难。有时候我甚至偏执地认为,真正的诗人是不着一字、不为人知的。

唯一令我感到欣慰的是,收在这本集子中的诗作,表明了我从未中断过诗歌写作。从1991年至今,诗歌来到了我经历太少、磨难甚多的人生,为我的生命加上了一点苦难意识。每当我想起陀斯妥耶夫斯基的话"我只担心一件事:就是怕我配不上我所受的苦难",对此简直深怀感恩之情。

本书中的两卷诗作,在写作的年代上我作了大致的分类,从中可以看出我简单的人生履历:前二十年凝固于海边乡村,而后十年在城市生活中游离。诗选虽然几经增减,但从一开始我便放弃了在每首诗后标明具体写作时间的做法。我对某些诗人将自己诗歌的写作时间有意拨前到"文革"中,以争取某种身份的做法,感到的只有厌恶;这还因为我的固执己见:在此,时间并不能为风格的变迁作出见证,更不能成为划分好诗坏诗的依据。

二

如果要用一个词,为我的生命状态和诗歌写作状态作个概括,毫无疑问,我会选择"独自开放"这四个字。虽然我的家族甚为庞大,兄弟成群,但我没有走上任何一条相同的道路,这也注定了我只能有不同的心路历程。而从诗歌开始来到我的人生,我便一直没有与任何团体发生关系。事实证明,这是困难的,也是我所不愿的。从另一方面说,我以为生命之美在于"开放",而艺术之美在于"独自"。诗歌作为一种生命的艺术,"独自开放"是一种至纯至上的境界,它应该成为我的向往。

如果要为本书换一个书名,不容置疑,我会选中本集中的另一诗名:在陌生的城市相遇。我对这首诗的偏爱缘于两个词:"陌生"和"相遇"。我们来到这个世界,正是因为相遇,并且,完全是为了相遇。"相遇"饱含着这样的含义:缘分、惊喜、别离、思念、唾弃、相忘、言归于好……而"陌生",让人保持着警觉、爆发出狂喜、弥散着战栗,或者无视地走过,或者会心地微笑……这便是一首诗应该带来的。

三.

名利不是我进入诗歌的理由。虽然这是一个诗歌遭遇冷遇和漠视的年代,但因为诗歌而获得宴席和观光、权力和地位的仍不乏其人,至于帮主、老大、导师则更多。隐形的名利更是随处可见:摆脱苦闷和压抑、附庸风雅或哗众取宠、为丑陋的灵魂编织光彩的花环……名利,这是诗歌最大的敌人,我们见到了太多的夸夸其谈、吹捧和棒喝、误导和扰乱!

倾诉不是我进入诗歌的理由。倾诉甚至是诗歌的敌人。因为倾诉带来了未被化解的情绪:不平、愤懑、兴高采烈、博取同情的愿望等等。倾诉恰恰掩盖了诗歌的重要品质:意志。倾诉伤害了诗歌,就像私欲伤害了一个人。诗歌应该传达出意志、力量和美,而倾诉恰恰将这一切化为乌有。

幸福不是我进入诗歌的理由。当曼德尔施坦姆写下他的名句"黄金在天上舞蹈,命令我歌唱"时,我其实看到的是幸福在天上高蹈,但那是何其遥远?而当茨维塔耶娃写下"以其所需地恪守诺言,自卫着、抵挡着幸福"时,我看到的是幸福那闪闪发光的充满锋芒的伤害。不得不承认,幸福对真正的诗人是残酷的,她很少来到他们中间,并被他们自身真实地触摸到。仿佛有意为之,幸福站在远处历练着诗人的意志。

四

茨维塔耶娃的同时代诗人爱伦堡曾经这样说:"(她)在谈到马雅可夫斯基的死时说'作为一个人而生,并且作为一个诗人而死',对于茨维塔耶娃则可以换一种说法:作为一个诗人而生,并且作为一个人而死。"

只有极少数的天才来到诗人中间,因此"作为一个诗人而生"和"作为一个诗人而死",都是困难的,而诗人,只不过是他们在写作诗歌时的一种状态。

天才诗人茨维塔耶娃一生最不朽的诗句,我认为应该是她留给儿子的遗言:"请转告爸爸和阿利娅——如果你能见到的话——我直到最后一刻都爱着他们,请向他们解释,我已陷入绝境。"这种绝境源于精神和物质的双重危机。这无比凄美,也无比真实。

回到自身而言,我愿意自己是:作为一个人而生,作为一个诗人而写作。劳作、间歇、付出和获取,这些生活的残酷和美,比诗歌更让我感到无处不在,同时也更让我感到真实和欣慰。

2003 年

新时代,诗人何为?
——兼论城市诗歌创作的一种方向

诗歌是时代的号角,这句耳熟能详的话,如今听起来却颇感遥远。对时代的探寻和正面观照,似乎成了报告文学作家们的专利,成了小说家们的事业。诗人们似乎更愿意在语言艺术的探索上孜孜以求,强调个体经验,注重内视、观我、顿悟,在流派、代际、圈子里热热闹闹地写作和争论,虽也有在大时代背景下的抒怀和吟唱,但在读者心目中,与这个时代同频共振的大音之作,并不多见。

这里不仅仅只有诗歌写作的局限,也有传播的片面和狭隘、诗歌审美标准的多元造成的原因等等。尤记得朦胧诗建构的浪漫主义和崇高美学,及其所携带的集体印痕和历史记忆,曾是第三代诗人们鲜明反对的东西,一种更加注重个体经验的诗歌所在都有,无疑对"大写的人"构成了一种反讽。此后一些伪诗、庸诗、俗诗在一定范围的盛行,更对诗歌生态构成了一定程度的破坏。

无可否认汉语新诗在八十年代以降的发展成就,尤其是对诗歌语言的探索,对个体经验的挖掘,对诗歌技艺的拓展,一大批优秀的诗人写出了灿若星河的作品。可以说,放到世界范围,我们的一些诗人也不逊色,随着这些年来国际诗歌交往的越来越频繁,越来越深入,中外诗人同台对话、切磋乃至"较量",从中都能得出这样的结论。

如果我们更进一步,把当代诗歌放在时代大背景中去观察,有理由提出更大期待。正如吉狄马加所说:"一个诗人除了有责任抒写个人的喜怒哀乐和所见所闻所感所想之外,还应该对这个时代甚至人类的整体命运有及时和有效的把握与反映,应该能够具有精神引领作用和思想的提升能力。我想,这是当下的中国诗人应该努力的大方向。这是一个历史的标准,也是时间的标准。"(《他们代表了多元化的写作方向——第七届鲁迅文学奖诗歌奖获奖诗人的阅读印象》)

诗人们敏锐的触觉,应该努力去把握时代发展的脉搏。毫不讳言地说,事实上有相当一部分诗人在自己封闭的世界里,与这个时代相隔甚远。当然,诗人们可以与世隔绝或者遗世独立。可是,当一个诗人的经验来自故纸堆,当他的生活来自微视频,他对自身所处的环境和内心都所知甚少,可以想见,他对这个时代的言说是多么遥远、多么可疑。当一个诗人并不能对一个大时代作出自己的见证或解读,他的小情小调和茶杯里的风波也不具有辨识度,他仍然可以是个热衷诗歌的写作者,却难以写出读者所期待的大作品。这些年,我们似乎都在期待一种大作品:那是跻身时代洪流、对这个时代的丰饶景象作出精到而独特的言说;是无论抒情或者叙事,又属于这个纷繁时代的言说。无疑,诗人们需要努力辨认属于这个时代的表情、神态和情感,努力破译属于这个时代的精神密码,努力创作或者创造一种具有精神引领作用和思想提升能力的诗歌。

新诗在过去的一百年中,贡献了自己在每一个时代的优秀作品。就以上海这座国际大都市来说,上世纪二十年代,郭沫若写下了《黄浦江口》,五十年代,公刘写下了《上海放歌》,艾青写下了《大上海》。如今,我们在思考这些年为什么没有茅盾的《子夜》、周而复的《上海的早晨》这样的全景式作品,甚至俞天白的《大上海沉没》这样充满忧思的作品,同时也应思考城市诗歌写作中同样存在的匮乏和不足。

在2017年的上海国际诗歌节上,叙利亚诗人阿多尼斯写下了《节日结束,聚会开始》,他这样写上海:"……薄暮时分,黄浦江畔,水泥变成了一条丝带,连接着沥青与云彩,连接着东方的肚脐与西方的双唇。金茂大厦正对着天空朗诵自己的诗篇。雾霭,如同一袭透明的轻纱,从楼群的头顶垂下。……我打量着,看宇宙之蛹如何破茧而出,如何在机械的周围伸展身子。而操纵着机械的,是一个并非来自现实、也非来自神话的神灵,它来自另一个创世的伤口,另一个幽冥的所在。"虽然这只是诗人即时性的、片段性的诗歌之作,但仍引起我的思考。当我们身处一个大时代,身处一个大都市里,往往缺少一种自觉的意识去思考和把握这个时代与城市,而是被时代的各种景象簇拥着向前跑去,如同上了一列高速运行的火车,窗外的风景一一掠过,有时经过高山,有时经过隧道,更多的是相似的城镇、乡村、田野,因为太快,并不能在我们的心中留下什么深刻的印象。而当人们在列车的播报中获知停靠的是一处名川胜景,放眼望去,蓦然撞见壮美河山,顿时就会心生豪迈之情。四十年来生活的巨变同样如此,以看似浑然不觉的方式悄悄发生,而当我们进入更大的视野和尺度中去观察,才会恍然意识到,根本性的变化,就在身边风起云涌。

由此我想到,在新时代的诗歌创作中,我们恐怕首先要有自觉意识。这种意识是对大时代的正面响应,甚至需要一个诗人去"强攻"。了解这个时代,观察这个时代,才能深入思考这个时代,才有可能去把握这个时代,进而书写这个时代的精神图景和身处这个时代的个人情感和命运。

今天我们探讨的是新时代的诗歌,我想我们不应该脱离具体的语境。何为新时代?这是从中华民族复兴进程、从科学社会主义的发展进程、从人类历史进程几个方面作出的判断,"经过长期努力,中国特色社会主义进入了新时代,这是我国发展新的历史方位"。党的十九大对我国社会主要矛盾发生历史性变化的重大政治论断是:"已经转化为人民日益增长的美好生活需要和不平衡不充分的发展之间的矛盾。"社会主要矛盾是时代变革的基本动力和显著标识。社会主要矛盾不变,则时代不变;社会主要矛盾发生变化,时代必会发生变化。矛盾之变带来的是时代之变,而时代是思想之母、文学之母、诗歌之母。对这样的历史性变化,以及这样的变化带来的命运、生活、情感的变化,诗人们不能无动于衷。也就是说,诗歌在这个时代要有有效的言说和对称的精神高度。因此,诗人的自觉意识就显得尤为重要。

其次,新时代的诗歌创作,需要诗人们除了增强脑力和笔力外,也要增强脚力和眼力,去精准地把握大到一个国家,小到一个城市、一个村庄、一个个体的命运,大到一个时代,小到一个年代、一个片段、一个瞬间的情感。脚力、眼力、脑力、笔力是环环相扣、互为补充、紧密联系的统一整体。如果说脑力是思考力,笔力是写出好作品的能力,脚力就是保障力。"问渠哪得清如许,为有源头活水来。"没有好脚力作为保障,眼力、脑力、笔力就是无源之水。"纸上得来终觉浅,绝知此事要躬行。"脚力,对于一个诗人来说,首先就是自觉贴近生活,深入实际,认识时代。就拿城市诗歌来说,过去那些年的城乡两元对立写作,在今天还要坚持吗?面对迅速互联的交通和更高质量一体化的发展,乡愁还是哪张旧邮票吗?大量几乎从来没有被命名过的生活和事物纷至沓来,诗人的返乡之旅,精神世界已然改变。眼力则是面对纷繁复杂情况时的发现力、辨别力。诗人在处理当下的日常生活时,旧有的经验够用吗?可靠吗?我们当然可以说,大量文学的母题是亘古不变的,她们并不会因时代之变而变,可我仍然固执地认为,旧有的书写并不能带来让人阅读的兴奋,也不会留下鲜明的印记。显然,对个体传统经验的依恋、倚赖乃至寄生,必然会使得诗人们对现今的生活进行质疑、游移甚至拒绝;对新的处理经验感到茫然、恐慌甚至逃避,这也必然使得写作呈现出严重的隔离和撕裂。

深圳诗人远洋近年来在跟踪翻译大量的普利策诗歌奖作品时发现,罗伯特·哈斯、莎朗·奥兹、特蕾西·K·史密斯等诗人突破了人们的视野,获得新的表现元素,如罗伯特·哈斯在诗歌中展现了广阔的美国自然生态特别是城市生活景象,一种活生生的时间和空间。21世纪法国很有影响力的诗人博纳富瓦则创造了一种新的抒情方式。他认为,没有现实与超现实,而只有现在,"现时存在",就是现实世界中纯粹、统一的即时体验。他认为诗歌不应封闭在纯粹的语言结构中,而应面向现实世界,把语言植入诗人所经历的生活的厚实基础中,诗歌中的情感应当高于语言。希尼、拉金、休斯等诗人则对英国传统日常生活方式及"现时"文化都进行着深度的挖掘,即使在各种不同的诗歌流派中,仍能看到这些诗人鲜活的日常生活场景及由此引发的多维度的情感向度书写。这些国际上的诗人的写作态度和对新鲜经验的开拓,或许可以使我们获得一些启发,让我们在新时代的诗歌创作中,走出一条自己的路子。

2019 年 1 月

附 录

读克构诗集

辛笛

缪克构君是更年轻一代的诗人,我在报刊上曾读到过他的一些诗文,留有印象。现在,放在我面前厚厚一叠诗稿是他从最近十二年所写的诗歌中用心挑选出来汇集成书的,我为他感到高兴。

诗集名《独自开放》用的是内中一首诗题,象征了他在诗歌创作中个性化的追求。诗选分为两辑,卷一选自1997—2002年,卷二选自1991—1996年。这样从近而远的时间排列方式,我在编《辛笛诗稿》时也曾有意识地作过尝试。自认为,任何人不论在哪一方面的写作都应该是以此时此地的作为来判断,但承出版社的编辑好意相告,这样远近倒置的编法总令人感到别扭,不易从发展中看到变化,还是以编年体为好,所以我最终没能尝试成功。

现在我读克构的诗集,并没有感到别扭,后六年的诗作和前六年的诗作有一脉相承之处,那就是孕含着真挚的感情,尤其那些抒写亲情的篇章,如卷一写外祖父去世的《腾空》、写父子之情的《背》,卷二写怀念母亲的《望世的忧伤》、写难舍故乡情的《大道》《与稻田的距离》等。以《背》为例,有视角——记忆中童年的"我",

有场景——父亲俯卧在"我"的小床上,"我"用小手给父亲撞伤的背抹上红花油,有感觉的转换——红花油使"灼热、麻木的感觉从手上递向全身",转而体察父亲"或者正沉湎于我细小的按摩"。最后一节让人为之动容:

> 这一次亲密,几乎用尽我一生的力气
> 但未能阻挡父亲的背飞速地贴向土地
> ——父亲的背再也不会摆动了
> 他变得与大地一样平实
> 但我们生活的天平已经倾斜

失去父亲的悲痛和父亲在生活中的分量落在了最末一句,平淡中有着沉甸甸的情感。对已逝母亲的思念用词比较独特,给人印象鲜明,如忧伤"将清明/勒出两道深深的血痕",不直白地说泪水涌出,而是运用通感的手法——"咸咸的声音自我的喉咙升起/一直升到眼角",《望世的忧伤》这首诗总体的感情抒发显得更轻柔温馨一些:

> 阿妈　在我每一次忧伤的醒来
> 都可以感受到
> 你传递于另一个世间的温暖

两卷的区别只是在于后六年的卷一中诗的视野更宽广些,诗艺更成熟些。克构有诗人的敏感和观察力,他在报社的辛苦工作并没有磨损他的感觉,相反,由于沉入生活,善于感受和思考,入诗的素材也就丰富些,有城市景观、自然现象、人物素描、草原风光等。都市中人们熟视无睹的事物在克构那里不仅寻找到诗意,如《馈赠》《去年春天》等,而且更有了描述,揭示了哲理,可以《过道灯》为代表,第一节正面叙述装着声控传感器的过道灯给"我"带来的方便,第二节笔锋一转,描写过道灯对任何声响的敏感,第三节进而想起除夕夜爆竹令它彻夜不灭,"对每一声威吓/都警觉地瞪亮双眼",最后一节抽象出哲理"生命凋零　才华耗尽/像这尚未损坏的过道灯/虚掷光阴",经描述之后所下的断语让人略感意外,却在情理之中,又发人深省。他笔下的爱情也有与城市相关的,如《在陌生的城市相遇》《最后一班地铁》等,在特定的情景中有含蓄的恋情溢出。还有关注自我的《碎片》《容颜》等,颇具现代感。

克构的诗篇幅都不长,这也是我所欣赏的。我自三十年代读大学时就形成自己的诗观,认为长诗不如短诗,叙事诗不如抒情诗,诗人把诗写得那么长,实在是浪费才华。当然,年长一些,对别人在长诗和叙事诗方面的探索也能理解。只是我至今仍觉得短诗对语言的提炼、意象的浓缩、结构的营造都提出了更高的要求,而且可以挤压掉新诗中水分过多的弊病。

我希望克构更多地阅读中外优秀的古典诗歌和现代诗歌,用自己的生命体验去融化这些传统,精心炼字炼句,注意谋篇布局,写出更多更好的诗歌来。我把中国新诗发展的希望寄托在像克构这样的年轻诗人身上。生活中不能没有诗歌,他们在追随诗神的过程中也会有困惑和痛苦,但只要他们坚持不懈地探索下去,就一定会走向新诗发展的新高峰。

2003 年 10 月

(本文为缪克构诗集《独自开放》的序言)

盐：一种鲜为人知的家族抒情

沈健

在缪克构的写作生源和话语谱系中，《盐的家族》也许是一部足以引发转型评价的峰值之作。之所以谓之峰值之作，是因为它一改诗人此前轻车熟路的诗写路径，转入了地方家族史的探索书写。在这里，他以个人记忆的诗性镜头，通过粗粝与精致并重、尖锐与厚重合一的盐雕式语言，创写了一个智性叙事者的家族抒情的祠堂。

> 祖父是一个在海边晒盐的盐民/每年夏天,都会拦截一段大海/在太阳底下蒸发/凝结成一种称为"盐"的晶体/父亲则是一个渔民,他在茫茫大海上/一次次撒下渔网/有时候空无所获,有时候/捞上来满载的鱼虾和蟹/而我,既不会晒盐,也不会捉海/只会写一些"无用"之诗
>
> ——《名字》

祖孙三代，采盐、捉海、写诗，在生活的大海之上，既涂抹着一定的传奇色彩，也落满了日常凡俗的尘埃。字里行间，志史趣味、家谱

取向、自叙传偏好,和个人心灵成长史的追溯,以一个浙南海滨渔村——盐廒的家常欢愉和生死轮回为核心情景,构写了一部当代诗坛"盐民"的精神档案。

> 我的祖父,年轻时争分夺秒/老来发现,时间怎么也用不完/他被长寿逼得走投无路/又被死亡驱逐得无家可归/在一间草草搭就的土房子里/身边那个睡了七十多年的女人/半夜总是准时捅醒他/不要把小便尿在床上
>
> ——《祖父小史》

"祖父",是"盐的家族"的主角,也是诗人倾力塑造的精神源头,"必须用力过猛,祖父/才能在大伏结束前晒出一担好盐"。以至于后来孙子读了书,视野的拓宽与话语的长进,发现要用"锰"字命名"猛"字,因为"祖父像一个化学家一般/把五个儿子融进海水",而"高锰钢""坚硬""富有韧性,用途广大"(《锰》)。但是,到了上述引诗《祖父小史》中,寿多则辱的祖父曾经那么蛮豪壮迈,"在一垄垄波涛上种上盐/喊来雷声催眠",如今却英雄迟暮,在时光的贬谪和现实的尊崇中,苟活在"不要把小便尿在床上"的屈辱和尴尬之内。这是何等的惆怅悲怆?又是怎样的唏嘘慨叹?

《祖母小史》则更其简洁、真实、直接,作为一个传统盐业社会最底层的女性,"祖母"和她的女性先人一起,被历史地埋没在无名无姓的家族承传的"盐粒"中:

费了好些时日,终于弄清/祖母原来姓余。缪余氏——/在她晚年的画像下方/画师明白无误地写着。/经求证,唯一的来源是祖母的口述/那年她还活着/画师用炭笔,画了整整一个下午

活着即存在,画像即记忆。"在一个孙子眼里,祖母永远是个老人,永远那么老",她曾经的青春、美丽、智慧,欲望和疼痛交集的活生生的存在,直到最后连"姓氏"也只能以自我"口述"的方式得到确认。而且,据诗人所称,"这是幸运的,有多少乡村的老人/死的时候才被扶起来/留下一生中唯一的画像/即便挂在堂屋供子孙瞻仰/他们的双目也紧紧闭着"(《祖母小史》)。诗人的语调是如此朴实而客观,底层生命平凡的图景是如此真实而直抵人心。

《大海与盐》一辑共二十六首诗,构成了《盐的家族》一书的核心内容,将祖父、祖母、父亲、姨夫、先生、木匠等构成的家族群像,甚至"妻子的祖父",一个"受尽凌辱的书生",通过缅怀和祭奠组织到族群的对话、交谈中,"把衷肠倾诉"(《交谈》)。他们交流诉说的也许是过去,可能是今天,更会是未来;也许是日子的艰辛,可能是生活的快乐,更多的会是关于生命的感恩、慰藉与追忆。

父亲也晒盐,十六岁,骨头还没长硬/他带着四个弟弟,在烈日下暴走/把大海里的水,蒸成薄薄的盐花/五个瘦小的身子骨/在太阳底下晒成又黑又瘦的木材/一点上火就能燃烧,一跳进河里就能把水吸干//到了中年,致命的疾病终于赶了上来/父亲倒下了,三叔倒下了/祖父这个老盐民,却活到了一百岁/他身上有

太多的汗,太多的泪,都熬成了不朽的骨/像钢铁一般,不会弯曲和断裂了//这个苦难的家族/前半个世纪与贫穷和压迫斗争/后半个世纪,与疾病和恐惧搏击/那些惊涛,不会让你找到避风的港湾/那些浪花,也不会给你温柔的抚慰/只有那些交出去的盐/留下一丝甜蜜的回味

这是一部微观家族史,也是一部百年村落史,更是一部从陆地走向海洋、从乡村走向城市的帝国子民嬗变史。而且,在持续的写作中,更可能是一部正在展开的盐的家族的可能性与复杂性交织而成的东方传统部落精神史。

需要我们提问的是,诗歌毕竟不是历史的记录与述评,如何在个人化历史想象力的主导下,使历史的个人化与个人的历史化达成充满张力的平衡?诗,是对不能拥有世界的个人化表达,成熟的诗人要以全新的感性要素发现,来完成对世界的去蔽与命名,从而实现对存在独一无二的占有。唯其如此,诗人才能成就其独特个性,带动其作品抵达前所未有的深刻性、繁复性与广阔性。具体到缪克构热烈叙事与冷峻抒情诗写中,其个人化家族史创构何以可能?他感性发现的独创性——在诗思切入点、句式语调、结构方式等层面的独门技艺究竟何在?我以为有三点值得细说。

一是对人性细节特立独行的发掘。显然,缪克构不是一个盐业场域的参与者和见证者,也不是一个研究者与批判者,他最多也只是一个盐集体无意识的传承者与朝圣者。当原始盐业经由工业化的改造而异质于祖父的盐场,他只能从童年经验与中年回忆出发,通过

语言的镜像一次次回溯、抵达和反刍,将心灵的光束集中在人事沧桑的细微肌理与光影折皱之处,匠心独运地放大家族史书写中"那几乎没有注意到的渺小"(里尔克语)。请读一读《背》:

> 这一刻　他回到了我的眼前/把伤痛真实地留给床/他终于从模糊的背景中凸现出来/让我的小手受宠若惊/我努力让它们停止颤抖并加上力气细细涂抹

这是一次儿子给父亲背部伤口涂抹红花油的叙写,"记忆中这是我与父亲间唯一的一次亲密接触"。在传统诗学和小说叙事中,父子间的精神紧张是一个语义辽阔的场域,生物的、伦理的、心理学的、精神分析学的交流与碰撞,往往在精确而独到的修辞中,实现人格型塑与精神传承的审美预期。在这首深情绵密的小诗中,父亲"背部黝黑""粗糙、坚硬","弄疼了我的小手",可以想见作为体力劳动者的父亲从无柔情示人的一面,它海峡一般阻隔在父子之间。由于意外的受伤,精神的栈道得以搭建,人伦的海峡得以弥合。

> 我的双眼被灼伤,双手被灼伤/抹在父亲背部的红花油侵入我的伤口/灼热、麻木的感觉从手上递向全身/而父亲纹丝不动像已入睡/或者正沉湎于我细小的按摩

这是父亲身体的一次"撞伤",也是儿子灵魂的一次"灼伤",更是父子间交换血液的一次疗治仪式。"沉湎于我细小的按摩",这一细

小的场景何其趣味横生,多么丰盈浑厚。就这样,当我们读到"生活的天平已经倾斜",一场精神与肉身、成长与叮嘱、责任与义务、柔情与意志的双向建构,业已在充溢着冥想与超验的细节性返照中得以精彩地完成,诗意在瞬间通过语言盎然呈现。

二是对智性箴言情有独钟的淬炼。新世纪以来,诗歌在日常叙事、口语抒情的潮流中,不能不说出现了言词卑陋、修辞猥琐、气韵萎靡、境界俗庸的倾向,导致了诗学维度上的崇高性、阳刚美、英雄感被扫地出门,以至于沦落为对诗性正义一种有意识的放弃。在这一取向中,上海诗人似乎守望了一种九十年代知识分子写作传统,他们的作品较少凌空虚蹈,也并不专注于伏地不起的日常经验,比如我喜欢的王小龙、默默的口语诗,在句段转折处暗设了超越性的起落引擎,指向一种高远与阔大;再比如我喜欢的张烨和陆忆敏,对个体经验的纯粹独白,形成异质而精确的略带淡淡反讽的女性抒情,总是在引领我们登高远望。作为"70后"代表,缪克构的诗偏向于智性抒情一路,情感精致细腻,语言精粹锐利,结构起承转合,文本精粹优美,具有独特的感性魅力。如《三角梅》《星空》《鹦鹉螺》《外省书》《听泉》《死亡证明》等小诗,以全无"屈从于个体的独立",在浩如烟海的诗歌群像中,保持了独有的棱角与峥嵘,恰如其诗句所写:

看不见一群又一群人

他们依然屈从于个体的独立

——《风景》

这种美学与人格的独立是建立于诗学自信之上的。长期以来，在现象学的直觉洞察力与理性抒情的感受性发幽入微的烛照中，缪克构打通了个体、现场、历史和自我的内在界域，通过变形、焊接、拆卸、重组等常见句法，将日常生活的现实叙事转换成历史诉说的超验境像，炼就了一种简一中包蕴复杂的技艺与能力。翻开《盐的家族》，我们对缪克构的笔力不能不暗生敬佩。

"船是海的第二条岸/海的第三条岸，是盐//岸，渡人生存的大地/船，渡人的躯体/只有盐，渡人的灵魂"（《海的岸》），这是对人生的转喻与重构，通过"岸""船""盐"意象的多重转换，直抵生命救赎的本质浩叹；"我逃离又归来，逗留又逆袭/身体里的盐，仍在腌制不朽的村庄/和村庄里的家族，家族中的命运"（《变奏》），这是对乡愁和精神之根的永恒皈依；"江山之大，盐是最重的压舱石/人间悲苦，终究不过细盐一颗"（《盐》），这是对盐的社禝功能与象征价值的艺术指陈。"这是显而易见的：在人体内反复出现的/也必将在时间里反复出现/前者，味蕾是唯一的检验师/而后者，是无处不在的镜像，是一触即发的感官/盐的真身浩瀚无边，而盐的化身/百媚丛生：它们，时而香汗淋淋，时而喜极而泣，时而歃血为盟"（《盐》），这是对盐的精神肖像千手观音式的反复曝光。总之，精警、结实、峭丽、幽深的智性箴言星罗棋布在缪克构的心游万仞之间，组合成了一个自足的诗意星空，为当代诗坛添加了些许个人化的光芒。

三是对影视结构心有灵犀的挪用。诗人与诗人的差异性，一首诗和另一首的差异性，客观上表现为语调、音质及其修辞藻饰的综合混凝的复杂性与综合性，内在表现为观念、技术的开放性及其心灵创

构力的搅拌性。他的《下西洋》一诗给人以一种时空穿越研究者的眼光,以及强大的多主体穿透力:

> 郑和在刘家港设宴/邀一位六百年后的诗人饮酒//那时,我正在第一千趟中欧班列上/与一位东非小伙子读诗——/"星牵沧海云帆耸,浪系天涯纽带长"/话音未落,三宝先生的微信来了//在义乌,我卸下一节车厢的软饮和母婴用品/换一骑宝马抵浏河镇/他刚好在午后醒来/此时,离第六次起锚已经过去了十年/出征的鼓点有越来越多的杂音/中途不断有老马倒下/包括两个皇帝//茶还未凉。沙漠驼铃声中响起火车的笛鸣/九桅十二帆的宝船/倒影是一艘航母的侧身//今夜饮什么酒/舌头都会提炼出富含香料的词藻/就让日月星辰排成上古的阵法/管它什么洪涛接天,巨浪如山/你只须云帆高涨,昼夜星驰/宽阔而浩荡地走下去//所有通往衰老的航道,我都已经修改/只留下远方/命名为思念

这是一种影视结构的诗意挪用,时空的穿越、人物的对话、器物的镶嵌、场景的幻接,都是一种超现实的想象力致幻剂驱动下的物象拼贴与诗意并置。在近代东方历史"下西洋"的展览馆内,"火车的笛鸣""航母的侧身""倒下皇帝""出征的杂音"……无不在一个语言的穹顶之下形成一种内在的透视关系,指向了现实、历史、政治、经济、社会、个人、东方、西方的焦虑与乐观、颠覆与重构的紧张之弦。在这里,"诗歌努力逃离了线性的、指称的、逻辑上注定束缚它的语言句

法,进入诗人视之为即时、直接、自由的音乐形式"(乔治·斯坦纳语)。如前所述,诗,是对不可能的可能性拥有,历史与现实转换书写尤其如此,只有构建一种内在的透视关系,并在焦点上动态地隐含多重、复杂、神秘、幽昧的暗示,诗,方可宣称对不可能的可能性尽可能广阔的拥有,对不存在的存在性尽可能丰富的敞开。《金字塔》《亡灵节》等小诗,也属于善运用影像拼贴、时空错杂、视轴倒置等技艺的佳作,显示了诗人发展的可能性。

就诗坛而言,"盐"作为隐喻谱系并非全新之地,北岛、多多和芒克曾多次写到过"盐",聂鲁达、圣-琼·佩斯、米沃什也都涉及到"盐",然而真正将兴观群怨的笔尖落地为犁插入盐场家族的血肉深处,并以回望视角透视族群内部复杂多元生活的审视者与体验者,就我个人视野而言,还真不多见。正是在这一维度上,我才说《盐的家族》是一部足以引发转型评价的峰值之作,无论对缪克构个人,还是对整个诗坛,其开创性与后续发展可能性都颇值得关注。

在经历了时代、文化和自身的裂变之后,曾经的家乡、盐场、家族已经土崩瓦解,猝然到来的现代性与社会转型,导致了包括诗人在内的所有人前所未有的不适、尴尬、分裂。这种现代性症候视野下的盐民生活是值得毕生开掘的取之不竭的精神盐矿。

在我个人期待中,诗人不仅仅要成为一个场域、一段家史、一处地域的记录者与洞观者,而且还要从人类学的高度来完成对世界的超越,来实现个人化的自我型塑。我以为,在家族史探掘进程中,缪克构并未像当年杨炼、江河一样指向辽阔历史宏大话语的演绎,这是非常好的一个认知前提。如果他能集中于采盐业这一题材,深入到近现代盐业历史与现实中去,将涉及这一行业的民间笔记、地方史志、家族素材、风俗传说、地方戏剧、宗教话语等元素引入诗歌,将民歌、方言、专业术语、现代化盐业等元件汲纳到文本中来,熔铸成一种为"盐的家族"持续命名的个我独有的话语谱系,那么,我以为,他将足以担当"作为晒盐人的子孙"的当代承担,也足以减轻"让我陷入长久的羞愧"这一有负"盐的家族"嘱托的心灵焦虑。

安德烈·纪德说过:"你的理想和栖息地之间,隔着你的整整一生。"是的,为了这一期待,也许需要付出毕生的努力。而付出的过程,即为生命诗学的前倾耕耘。

2019 年 9 月

小说短论

缪克构的叙事魔法

罗四鸽

一直以为缪克构是一位诗人,第一次在《上海文学》上看到缪克构的小说《暗器》着实有些吃惊,不过原因却不是诗人写小说了,而是小说本身。一段父亲"我"的回忆、一段儿子"我"的叙述,亦如一枚变幻莫测的暗器,在三千字不到的篇幅里,闪现几个片段,便将一个瞎子三十年复仇的传奇故事讲得波澜起伏,令人叫绝。早在1936年,本雅明就悲叹道:"讲故事这门艺术已是日薄西山","要想碰到一个能很精彩地讲一则故事的人是难而又难了"。而缪克构似乎便是如今那些"难而又难"碰到的能很精彩地讲一则故事的人中的一位。因此,对于缪克构的小说不由多了许多期待。果然,他的《一个人的航线》《漂流瓶》《黄鱼听雷》以及《少年立权之死》《渔鼓》《这是真的吗》,都给了我极大的阅读乐趣。

如缪克构本人所说,其小说创作大多借助于少年时的记忆。忧郁而孤独的少年、流浪的渔鼓艺人、沉默的渔夫父亲、海边小渔村,缪克构的小说虽然不多,但只要看过一篇,便能轻易地认出他的小说,并为他小说中所展现出的温州文化气息所着迷:有些神奇且神秘的渔夫生活、略带传奇的民间渔鼓艺人、尽显地方文化习俗风采的鼓词等等,都成为其小说独特的印记。不过,其中最让我着迷的还是缪克构讲故事的艺术。

在媒介网络发达的今天,媒体的新闻报道,已经让文学中任何个人经验与故事变得苍白,另一方面却又让个人经验与故事主宰了文学。于是,故事越来越平滑通顺,而文学的经验却越来越贫乏,这或许是如今长篇小说兴盛而短篇小说却日渐无人问津的一个原因吧。因为短篇小说,正如海明威所说,是最富有挑战性的艺术形式;他甚至还戏谑地建议,任何一位有责任心的作者都不应该去尝试短篇小说创作,因为如果尝试了他将不得不被迫承受做一个建筑设计师的命运。因为短篇小说有限的字数,写作空间的弥足珍贵,于是在有限的空间如何依赖形式叙述便显得格外重要,这就更需要作家具有高超的讲故事的艺术。对此,奥康纳在其描述短篇小说发展史的著作《孤独的声音》中早有评述:"短篇小说,正是由于它远离社会群体的性质,表现出浪漫的、个人的、不妥协的特点。"在他看来,短篇小说,不仅是一种现代的艺术形式,而且是一种个人艺术。与长篇小说相比,短篇小说没有必要的形式要求。因为它的实践者通常不以人类生活的全部作为自己的参照框架,而必须挑选出那些对个人来说是最为机警或最为孤独的时刻,而这每一次选择的过程就酝酿了产生新形式的可能性,短篇小说在叙事上实验的可能性是不可穷尽的。

而缪克构的短篇小说便提供了这样的实验范本。

在《暗器》中,缪克构选择了复调的叙述,在不到三千字的空间中,父亲、少年"我"、母亲和现在的"我"的叙述,打破了小说的线性叙述,仅冰山一角,便将一个故事讲得风生水起,尽得风流。在《这是真的吗》中,缪克构再次显示了这种叙述的魅力。《这是真的吗》从凉棚巷的剃头洪达家的母鸡生了一只猴子开始讲起,"我们"的追问和反应不断提醒这是一个人在讲故事,直到故事高潮才知道讲故事的人是二公,而二公却中断了这个有些滑稽的故事,开始反复唠叨三十块大洋被盗与独生儿子被抓去台湾两件事情。紧接着听故事的人便到了"我"侄儿一代,叙述者"我"从小说中抽身而出,让故事按其自身的逻辑继续展开,让人物按各自独特而合理的方式去活动。此时,二公在故事中已经"越老越不行"了,然而这个令人生厌的故事的主人公、被抓去台湾的二公的独生子八叔回来了。二公对着八叔又讲了这个他讲述了一生的故事。八叔在家睡了一个少有的安稳觉,然而却丢了三千元钱,谁拿走了那三千元?两年后二公去世,谜底才揭开。二公的叙述、"我们"的叙述与成年后"我"的叙述,小说视角的不断转换,让短短的小说有张有弛,高潮迭起,最后戛然而止,不露声色的人世沧桑包含其间。

与《暗器》相似,《渔鼓》也仅2500字,几个片段,不过这一次,缪克构没有用复杂的叙述来讲故事,甚至可以说是惜墨如金。"我爷血气翻涌,心跳'嘭嘭嘭'响起,比渔鼓还响。""我爷落下两行泪,转身离去。""渔鼓'嘭澎澎'三声,余音不绝于耳。唱毕最后一句,我爷用力过猛,板油薄膜'嘭咚'敲裂,留下一声空洞的回响。"简简单单几句话,便将"我爷"的爱情的发生、发展与结局叙述完毕。然而却不吝篇幅用了五段鼓词,将一位民间渔鼓艺人可望不可即的爱情渲染得温暖而又哀婉,有情有义的"我爷"跃然纸上。与之相反,《少年立权之死》却用细腻的笔调讲述了聪颖、勇敢、富有正义的少年立权的死亡,甚至是一反通常克制、简略的叙述,用抒情的笔调讲述这个忧伤的故事。

小说就是让小小的事情变得兴味盎然。"兴味盎然"或许应该成为如今小说家在表达上的一种追求——如何选择唯一的形式去表达唯一的故事。缪克构的小说叙事可谓各有特点,然而却又有着他独有的风格,略带童趣的叙述、质朴无华的对话、真实与虚幻的水乳交融,仿若一位天真烂漫的孩子,无意中的几句话却道破成人无法看破的人间世,貌似漫不经心,却有着几经沧桑的冷静、淡定与智慧。

1859年,乔治·艾略特(George Eliot)在其小说《亚当·比德》开头写道:"埃及魔术师把一滴墨当作镜子,竭力为每一个偶然来此的人,揭示遥远过去的幻象。我要为读者诸君做的就是如此。"诗人缪克构似乎也如此,用其短篇小说向世人展示其叙事的魔法。

2010年

那些极富戏剧张力的文字
——读缪克构长篇小说《少年海》

张　裕

缪克构在文坛,是以诗人的身份闻名的。但相比他的诗歌,我更喜爱他的散文,尤其钟爱那篇《黄鱼的叫喊》。他的文字中涌动着生活,尤其是童年的海滨体验滋养着他的创作。在缪克构的记忆深处,荡漾着浙江东南的一片海。那片海,就是缪克构的文学故乡。

在那片海边的生活,令他写出了散文《黄鱼的叫喊》,如今,又催生出长篇小说《少年海》。艺术来源于生活,此言果真不谬。在缪克构的《少年海》中,那些山山水水、草木众生,都是作家魂牵梦萦的。作家在深情回眸他曾经走过的路,回望海岸边与他共生共长的人与事,把那些点滴的生活凝结起来,并加入奇妙的艺术构想。小说中的那些故事,又不是海边生活的原样写照,而是作家对生活的艺术提纯,营造了一种张弛有度的戏剧空间,给人以时空的阔远和深邃。缪克构在《少年海》里,引领着读者一同回望各自的人生足迹,进而珍惜当下,眺望那总有波澜的未来。

一口气读完了《少年海》,读得酣畅淋漓,令人颇感到有些言语龃龉在心头,不吐不快。这些言语,似乎与文学、与书评关系不大,却与戏剧的种种相关。从戏剧的视角来看《少年海》,它是一部与戏剧艺术有着很高契合度的小说,也就是说,它非常适合改编成舞台剧或者影视作品。

戏剧特别讲究作品的戏剧张力,有张力的戏剧,往往抓得住观众,让观众看得欲罢不能。所谓戏剧张力,依我个人的看法,如同压弹簧,这弹簧压得越紧,一旦松开,产生的弹力也就越强烈。《少年海》的强烈张力表现在铺陈情节时积聚的势能。小说中,"我爷爷"看不上他弟兄们三十几个儿子,却从山里抱来了"我爸爸"洪林,引起了爷爷兄弟们的不满。这弹簧已开始蓄势,逐渐下压。洪林的堂兄弟洪财发现洪林不劳而获、箩筐里依旧草料满满的秘密后,气急败坏,把洪林奖赏弟妹的糖果一股脑儿吃进肚子里。洪林醒来,果然与洪财起了争执,两个少年互相抬杠。当洪财意气用事,举起锄头,洪林也犟头倔脑,不收回手臂。洪财没想到,他一锄砍下,洪林会不收手;洪林没想到,洪财胆敢一锄砍下。然而,这一锄真的砍下了,洪林手臂刹时被砍断,骤然间,戏剧矛盾被急遽压紧。这一场面,弥漫着血腥和残酷,然而,作者没有对此渲染和张扬,而是急速收笔,因而产生了强烈的戏剧张力。洪财一锄头砍断洪林手臂,是压紧弹簧的一个重要的戏剧举动,或者是整部小说的一个重要戏核。后面洪财因此被关押半年,以及洪林和洪财家的各种矛盾皆由此引发,并且一步步、一层层将弹簧的压力越压越紧。

戏剧的反转出现在很多年后,洪财的父亲洪江去世,一辈子受父亲支使、没有一点主心骨的洪财除了骂人,根本不知如何料理父亲的后事。这时,父亲洪林带着"我"进了洪财家,不计前嫌,张罗后事,还亲自抬棺上山。那些绵延经年的恩怨,原本在这里已经跟入土的棺材一起被埋葬了。也就是说,洪财那一锄头砍断洪林手臂的弹簧压力,到这时已经被释放了。但是,高妙的是,作家还能再掀一波高潮,那就是斩杀大海蛇。往日的仇家洪林和洪财携力而战,砍杀了来偷虾仔的大海蛇。洪财哭着对"我爸爸"洪林说:"兄弟啊,对不住,是我害你失去一只手臂……"洪林对洪财说:"你也被劳教了半年……不说过去的事情啦!"两人一起爬起上了岸。这一上岸,挣脱的是苦无边际的仇恨之海洋。前后两个戏剧动作都是"砍",前面一锄砍下,播下了几十年的仇恨;后面一刀砍下,几十年的恩仇都得以消弭。人性的复杂在恩恩怨怨中展现，但最后，作家还是相信人性为善。时间能冲刷仇恨，血缘亲情能化解人性之恶。作家在娓娓铺陈那些跌宕起伏的戏剧情节时，内心里却坚信人性本善，而这，让小说在充满戏剧张力的同时闪烁着人性的亮色。

在戏剧界，评价一部戏剧作品是否出色，一个重要的标准，是舞台上是否塑造了一个或者多个性格鲜明、形象凸显的人物。我想，这条标准在主流小说的评判上或许也适用。《少年海》的人物，辨识度都很高，形象也很鲜明。给我印象最深的是两个人物，即作者笔下的两个伙伴立权和"堂弟"洪玉。立权，一个面貌英俊的少年，学习成绩第一，却生来是个驼背。这样集美与丑于一身的人物，命中注定是一个悲剧人物。最初的立权善良、好学、求上进，可惜，他穷困的家境异化了他的人性，在同学洪富的威逼利诱下，立权人性中的天平失衡，对物质的贪婪引诱着他，让他向着死亡边缘滑去。当立权从苦楝上坠入河里，苦苦挣扎，最终被河水吞没的那一刻，我感觉好像有一把刀在刺痛我。这就是悲剧的力量，美的事物就这样被无情地撕碎。

在我看来，立权和洪玉是一体两面。立权如缺月般阴郁，洪玉如太阳般明亮，这是两个性格迥异却有种某种人性共通的少年。洪玉，人如其名，是块通体透亮的美玉，他纯真无瑕，他是真诚地、无防备地想跟小说里的"我"交朋友。洪玉是作者心目中的完美少年，几无杂质。戏曲的好角儿常常会在一台戏里一饰两角，譬如"四大名旦"之一荀慧生就特别喜好在一出戏里前面演花旦，后面演青衣。我想，如果《少年海》搬上舞台，可以让同一个演员来演绎立权和洪玉，这两个性格差异巨大，但又有着某种内在的关联的角色。作家把这两个人物塑造得性格鲜明,如果演员能演好了,应该既过瘾又出彩。

然而,很多戏剧演员为了过瘾和出彩,恨不得"拉警报"、"砸台板"、飙高音、要掌声。一些文学作品为刻意追求戏剧效果,也有此般"洒狗血"之嫌。让我惊叹的是,缪克构对文字的收敛与把控。"我爸爸"洪林被一锄头砍断手臂、立权从苦楝树上坠河而亡,如此富有悲剧性的场面,作家却以克制、内敛的笔触来冷静描述。然而,就是这样的克制、内敛,却营造出了强烈的戏剧张力,传递出让人扼腕的悲剧的力量。我期待有朝一日,《少年海》能化身舞台剧和影视,让更多的人体验它的戏剧张力,感受它的艺术魅力。

2018年4月

呈现复杂多样的童年风景
——读缪克构长篇小说《漂流瓶》

郝瑞娟

缪克构的长篇小说《漂流瓶》以一个神秘的漂流瓶引出,讲述了少年"我"在父亲出海失踪后被接到新的家庭开启一段喜乐悲欢成长之旅的故事,作者将漂流瓶奇幻的魔力与现实生活中"我"的人生际遇结合起来,用孩童的眼光写出儿童成长路上特有的趣味和忧伤。小说不仅塑造了坚定勇敢、机智乐观的少年形象,而且用诗意的笔调将浙南海滨农村独特的地域风俗刻画得淋漓尽致,在叙述童年故事的同时传达出一种达观向上的人生态度,具有真实而丰富的人生况味。

漂流瓶原本是茫茫大海中人与人之间传递信息的一种交流工具,作者在小说的一开头就让奇特漂流瓶出场。父亲出海时偶然带回来一只漂流瓶,它不似之前的弹涂鱼、大蟹与海螺,看似其貌不扬却有着神奇的魔力,不仅可以不断复制,自由长大,而且还能影响周遭世界。在它被打开的一刻总会有无法预知的事情发生,它会让弹涂鱼消失又复现,会将唱着婉转歌谣的五色鸟吸引来又莫名死去。漂流瓶的秘密让人捉摸不定,它带来的喜悦令人向往,悲伤让人心生恐惧,正当"我"无法招架漂流瓶带来的大悲大喜时,感受到父亲的指点,"有哭泣,也有欢笑,这就是你以后要面对的生活"。事实果真如此,父亲消失之后,"我"被接到新的家庭成为香火延续的继承者,在新生活中,当"我"享受专属的房间,结识朋友、玩游戏、品美食、听唱词、逛集市时是那么的兴奋激动,充满期待;当"我"忍着饥饿做农活,被批评打骂,被威胁、冷落、禁足时,内心是那么的难过沮丧,气馁失望。漂流瓶特异功能仿佛预示着父亲不在时"我"将要面临的生活,有苦涩,也有欢乐,安逸之时难免有波折,困顿之处生出新的希望。作者将小小的漂流瓶隐秘之处与小说中的"我"的生活境遇相联系,让"我"在一番经历之后收获生活的真谛。在此,漂流瓶不仅仅是一个玩具,一个交流的工具,更具有一种象征的意蕴,它的奇异之处指引着生活舞台上的每一个"我",面对新奇的世界,总可能会有欢欣和失落,"哭时莫徘徊,笑时须思量",关键在于我们如何对待这些未知的变化。精巧的构思之外,作者还用温情的笔触将儿童的童真童趣予以表现。"我"沉浸在梭子蟹、梅童鱼、海螺构成的童话世界中,少年茂科专注于自己的扁鼓、牛筋琴、三粒板之间,当"我"和茂科相遇,便构成了完整而丰富的童年时光。茂科是一个英俊洁净、聪慧机智的少年,他给"我"剪头发,带"我"到他的房间介绍各种有趣的宝贝,"我"和他一起下稻田捉鲫鱼,一起坐船邀请大师父来盐廒村唱鼓词,一起出海,一起找寻苦笑树。虽然他和"我"一样失去父亲,但他成熟、勇敢、有主见。他喜欢鼓词,便能舍弃其他选择认真地学习鼓词,坚定理想去做自己感兴趣的事情,完成自己的梦想。茂科不仅是我的好朋友,更像榜样一样指引我如何在漫漫人生路途中做自己的主人,正如他所说的:"没有爸爸,我就做自己的爸爸。"

在《漂流瓶》中,作者通过对富有地域特色的民俗风情的描写,再现了江浙海滨乡村生活的真实的场景,既让读者感受到浓郁的生活氛围,又传达出深厚传统文化的精神魅力。在小说中给读者印象最深的莫过于对独具特色的江南饮食文化的刻画。作者不仅介绍了种类丰富的菜品,如虾干、鳗鱼鲞、银蚶、鱼饼、猪油渣、油炸菜丸子、盘菜生、腌菜梗、灯盏糕、藤桥熏鸡、黄鱼鲞烧肉、家烧蛼螯、葱油蛏子等,还用细腻的笔法详尽地展示出色香味俱全的佳肴是何其诱人。如热气腾腾的猪肉炖萝卜、结合完美的带鱼烧盆菜、碧绿与焦黄相协调的韭菜炒鸡蛋、口感爽滑的蒸黄三、大开胃口的鱼味汤等。这些颇具风味的地方美食,跃然纸上,仿佛近在眼前,让人垂涎欲滴。乡间集市记录了普通百姓原汁原味的生活方式,作者用儿童的眼光向读者展现了嘈杂喧闹的的赶集场景。水泄不通的凉棚,熙熙攘攘的人群,摆满摊头的桥面,"有卖头巾、篦子、梳子的,有卖麦芽糖的,也有卖镰刀、菜刀、锤子的,还有卖水果、蔬菜的",场面之热闹可见一斑。

五月桃的甘甜清脆，牛油渣的酸辣刺激，诱惑人心的弹子球游戏，紧张激烈的赛龙舟比拼，以及让人沉浸其中的唱词演奏都让人身临其境，流连忘返。作者错落有致、细致入微的描写让我们感受到充盈于文字间的民间原生态文化的活力，既重现了过去乡村集市的风貌，也表达了作者对美好童年生活的怀念与留恋。除此之外，小说中还有传统习俗的元素，如二月二龙抬头要理发、五月端午节要赛龙舟等传统文化习俗。对"温州鼓词"的这一传统艺术形式的书写是作者的主要着力点，从说唱鼓词的辅用工具牛筋琴、扁鼓、三粒板、二胡、小抱月、小云锣、小钹到说唱鼓词的分类"门头敲""平词""大词"，作者都给予细微的描写。走街串巷的鼓词艺人常常在村里演社戏，办集市，或者为孩子办满月酒、对周酒（周岁酒）、娶亲、嫁女、做寿时被邀请来说唱。说唱的曲目，从神话传说《宝莲灯》，到唐诗经典"人面不知何处去，桃花依旧笑春风"，从《西游记》中《猴王出世》，到《水浒传》里《杨志卖刀》《鲁提辖拳打镇关西》，再到温州鼓词里最经典的《南游大传》，作者不厌其烦的描述，既凸显了地方民俗文化特征，又再现了将近失传的传统民间艺术的魅力，增强了作品的文化内涵，也传达出传统文化的魅力。

儿童文学是重在书写儿童生活，展现儿童精神世界的文学。儿童文学创作的最终目的之一是对儿童的精神世界的建构，帮助儿童树立正确的价值追求，提升儿童的精神世界。小说《漂流瓶》为读者创造了独特的想象的空间，在讲述引人入胜的故事的同时，还传达出一种面对生活坦然达观的人生态度。小说中的主人公"我"自幼失去母亲，父亲也在一次出海后下落不明，留下"我"一个人孑然面对未知的世界。在一次虚幻的梦境中,"我"听到父亲嘱咐:在林子里有一棵哭笑树,能结出哭笑果,失望、哭泣、悲伤的时候吃笑笑果,得意、发昏、忘乎所以的时候吃哭哭果。父亲的这番话看似荒诞不经,实则蕴涵着深厚的人生哲学。它不仅告诉"我"怎样面对无所适从的当下生活,而且指导"我"如何看待漫长人生道路上的坦途与困境。父亲失踪后,孤独的"我"被送到盐廒一户人家,作为家中唯一的男孩儿,"我"得到他们的盛情款待,不仅举行了隆重的宴席,还把一个单独的房间让给"我"住。然而没过多久婶婶因为姑妈的失误迁怒于"我",原先优渥的处境很快丧失,"我"从单间中搬出,去田里劳动,被责罚,甚至禁足,无法去参加渴望已久的赶集大会。就在"我"几近绝望的时候,叔叔出海回来了,他带"我"到心心念念的赶集市场,给"我"买美味的摊边小吃,最令人兴奋的是,他带回来一个令人振奋的好消息,父亲没有死,只是辗转流落到琵琶岛。可当"我"满怀期待,兴致勃勃跟随叔叔去找寻父亲下落的时候,却被告知父亲已经离开琵琶岛,原本的希望落空,父亲又一次不知所终。"我"的经历一波三折,当面对困难不知所措的时候,往往出现好的转机,当以为可以高枕无忧地享受时,又会出现新的障碍,生活正如父亲所言,难过的时候吃笑笑果,迎来转机;得意的时候吃哭哭果,告诫自己潜下心来脚踏实地。作者将这种积极豁达的道理用艺术的形式表达出来,让儿童能够在文学的堡垒里获得成长。不止于此,作者还在对"我"的叙事中融入了传统说唱《南游大传》中陈十四除妖斩魔的故事,陈十四几经起伏与妖魔作斗争的故事与"我"跌宕起伏的经历暗合,表达了作者对儿童的寄托,要学会"机智勇敢,不怕失败,不怕困难和不屈不挠的精神，永远向前看，永远怀着希望"。这种元叙事的叙述模式，拓展了小说的叙事维度，让一部儿童文学作品展现出更深广的精神空间。

总之，作者用细腻的笔调将儿童简单、纯美、快乐的童年时光表现出来，为我们呈现了复杂多样的童年风景，又在想象与虚构出的艺术空间里加入了现实的社会内容，将一个失去父亲、寄居他乡少年的脆弱、敏感的心境表现出来，在跌宕起伏的故事情节中教给儿童如何应对生活中的困境，获得心灵和精神的成长。小说将儿童文学的趣味性、故事性、教育性融为一体，更有诗意的世俗风情之美，具有独特的审美价值。

2019年10月

缪克构创作年表

1991年　/ 17岁,诗歌处女作《月下母亲河》发第5期《东南诗报》
　　　　/ 暑假创作《短诗十三首》

1992年　/《短诗十三首》陆续刊发于《中国校园文学》《中学生》《全国中学生优秀作文选》《校园诗报》等报刊

1993年　/ 9月进入华东师范大学中文系就读
　　　　/ 散文《今夜,我在水之上》获校报新生征文第一名
　　　　/ 诗歌《与稻田的距离》发第12期《中国校园文学》
　　　　/ 散文诗《永远的白鸟》(三章)发第6期《散文诗世界》

1994年　/ 散文诗《寂寞梧桐》(五章)发第4期《散文诗世界》
　　　　/ 诗歌《农具》发第5期《中国校园文学》,《你说春天已经来临》发第6期《词刊》,《一天中的两个部分》(二首)获"九四中国校园诗大展"一等奖
　　　　/ 多篇短小散文发《新民晚报》《青年报》

1995年　/ 诗歌《梦幻之鱼》(二首)发第1期《飞天》"大学生诗苑",《影子》发第4期《广州文艺》
　　　　/ 散文《废园》发第7期《雨花》,《我的船长父亲》发7月1日《开放日报》

/ 短篇小说《淡淡的风景》发第9期《广州文艺》

1996年 / 缪克构作品小辑发1月10日《青年报》
/《诗三首》获"第三届全国校园风文学大赛一等奖",被评为"95全国十佳校园作家";《怀念阿妈》发第2期《时代文学》,获"巧嫂子杯"全国诗歌大赛一等奖;《良好的心情》(二首)发第4期《青年作家》,《女孩子》发第6期《青春》,《离家》(二首)发第3期《绿风》,《丰收的日子》(二首)发第9期《中国校园文学》
/ 中篇小说《有点不对劲》发第6期《佛山文艺》,短篇小说《不治而愈》发第2期《温州文学》
/ 长篇散文《父爱的疼痛》发第6期《萌芽》,《罗教官和小芳》发第3期《散文选刊》
/ 论文《死亡的言说和言说的死亡》发第2期《辽宁教育学院学报》

1997年 / 7月进入文汇报社工作
/ 诗歌《访》(二首)发第6期《萌芽》,《人群中的鸽子》(二首)发11月27日《文学报》
/ 人物传记《戴家祥:寂寞白鹃楼》1月在《温州日报》连载

1998年 / 诗歌《爱情的三种心境》(组诗)发第4期《绿风》,《独自开放》(二首)发第11期《星星》,《大风把尘沙吹尽》(组诗)发第12期《星星》
/ 随笔《把诗歌当药?》发4月23日《文汇报》

1999年 / 散文《中文系男生宿舍》发第2期《萌芽》,《澜亭长短》发第9期《美文》,多篇短小散文发《扬子晚报》《新民晚报》《羊城晚报》等
/ 诗歌《一个孩子在风中奔跑》发第1期《诗神》,《村庄、河流及其他》发第4期《诗刊》
/ 散文《湿漉漉的脸庞》、诗歌《词语与回忆》(组诗)分别获得"春笋杯"全国诗歌散文大赛金奖、银奖

/ 加入上海市作家协会

2000年 / 诗歌《在她陌生的城市》发第4期《诗刊》,《因为月亮》(二首)发第8期《星星》,《最后一班地铁》(二首)发9月28日《文学报》,《把一个英雄的梦想解下绳索》(组诗)发第11期《飞天》,《情诗》(六首)发第2期《诗文本》
/ 短篇小说《苍茫》发第8期《花溪》,《地铁情人》发第11期《春风》
/ 一系列短小散文发《钱江晚报》《羊城晚报》《扬子晚报》《新闻晚报》等

2001年 / 诗歌《情爱四重奏》发第1期《飞天》,《短诗六首》发《中国诗人》(夏之卷),《幻象》(三首)发第8期《星星》,《场景与描述》(三首)发第11期《长江文艺》
/ 散文《没有树木的村庄》(三篇)发第8期《鸭绿江》,《顺道去永嘉》发第8期《美文》,一系列短小散文发《解放日报》《南方日报》《广州日报》等
/ 论文《城市诗:对城市的多元体认》发第6期《鸭绿江》

2002年 / 诗歌《望世的忧伤》(组诗)发《中国诗人》(夏之卷),《都市麻雀》(三首)发第5期《绿风》,《有一种力量在空中操持》(组诗)发第9期《诗歌月刊》,《过道灯》发第9期《人民文学》
/ 散文《家族》(二篇)发第1期《鸭绿江》,《琐忆飘零》发第9期《美文》,一系列短小散文发《新民晚报》《扬子晚报》《中国文化报》

2003年 / 长篇小说《少年远望》8月由湖北少年儿童出版社出版
/ 诗集《独自开放》12月由中国文联出版社出版
/ 诗歌《诗歌女神》(二首)发第2期《上海文学》,《地铁车站》(三首)发第8期《星星》,《背》发第10期《诗刊》,《最后一班地铁》(三首)发第11期《诗歌月刊》
/ 散文《后窗》(三篇)发第3期《散文天地》,一系列短小散文发《新民

晚报》

2004年　/ 诗歌《双手握紧一把苍凉》(组诗)发第1期《绿风》,《一条实心的鱼》(二首)发第1期《中国诗人》,《缪克构的诗》发第2期、第4期《诗选刊》,《爱情观》(三首)发第7期《星星》,《大道》(二首)发第7期《诗刊》,《上海正午》发第11期《上海文学》

　　　　　/ 与宫玺、宁宇、米福松、徐芳、程林合著《六个诗人和一座城市》

　　　　　/ 散文《城市笔记》发第5期《广州文艺》,一系列短小散文发《新民晚报》

　　　　　/ 散文诗《一个人的故乡有多远》(八章)发第6期《散文诗世界》

　　　　　/ 论文《辛笛90年代新诗论》发《诗探索》(春夏卷)

2005年　/ 诗歌《时光的炼金术》(二首)发第3期《星星》,《漠漠生烟的时光》(组诗)发第5期《上海文学》,《不倦的渔火》(组诗)发第4期《扬子江诗刊》,《缪克构的诗》发第5期《诗选刊》

　　　　　/ 开始创作一系列人物访谈,陆续发《文汇报》近距离人物专刊

2006年　/ 诗歌《城市书》(二首)发第3期《星星》;《诗八首》入选《海上诗坛六十家》(上海文化出版社);《南方的安慰》(组诗)入选《新锐诗歌》(华东师范大学出版社),获上海文学新人奖

　　　　　/ 执行主编人物访谈《激情中国》,7月由上海书店出版社出版

　　　　　/ 在《青年报》开设"夜开花"专栏

　　　　　/ 加入中国作家协会

　　　　　/ 被评为"第六届上海十大文化新人"

2007年　/ 散文集《青春变成鱼尾纹》5月由宁夏人民出版社出版

　　　　　/ 诗歌《下一站还是江南吗》(组诗)发第2期《上海诗人》,《傍晚》(二首)发第2期《中西诗歌》,《枫叶飘零的国度》(组诗)发第7期《星星》

　　　　　/ 人物访谈、散文和专栏文章发《文汇报》《新民晚报》《青年报》等

/诗论《诗歌生态恶化是谁惹的祸》发1月17日《文汇报》

2008年　/诗歌《冰雪中我们守望相助》(组诗)发2月6日《文汇报》;《沉默之诗》(十三首)发第1期《中国诗人》;《沉默之诗》(三首)发第4期《星星》;《沉默之诗》(组诗)发第6期《诗选刊》;《带动》(组诗)发第5期《上海文学》,获第9届上海文学奖;为汶川地震写作《挽歌和颂词》《哀悼与和鸣》《恋曲与回响》发5月20、21、22日《文汇报》;《独语》(组诗)发第5期《上海诗人》

/人物访谈、专栏文章发《文汇报》《青年报》

/诗论《夏雨诗歌》发12月21日《文汇报》

/执行主编纪实作品《汶川地震24小时》,9月由上海外语教育出版社出版

2009年　/短篇小说《暗器》发第1期《上海文学》,第3期《小说月报》转载,被收入《2009中国最佳短篇小说》;短篇小说《一个人的航线》发第7期《上海文学》,被收入《蓝色的诱惑——中国海洋小说选》

/在《移居上海》杂志开设人物访谈专栏

/《一生从容——18位文化名人近距离访谈》8月由东方出版中心出版

2010年　/短篇小说《少年立权之死》《渔鼓》《这是真的吗》发第6期《西湖》"缪克构作品专辑",《少年立权之死》被收入《2010中国最佳短篇小说》

/诗歌《流逝之诗》(组诗)发第2期《上海诗人》,《旧雪》(二首)发第10期《星星》,《这一年》(组诗)发第11期《上海文学》

/诗论《作为一个人而生,作为一个诗人而写作》(二篇)发第6期《中国诗人》

/散文《黄鱼的叫喊》发2月20日《文汇报》,获中国报纸副刊作品金奖、中国新闻奖二等奖

/人物传记《笔墨人生——书法家徐伯清传》5月由复旦大学出版社出版

2011年　／诗歌《诗人地理》(组诗)发第2期《上海诗人》
　　　　／中篇小说《公安不会来啦》发第9期《西湖》

2012年　／编选五卷本《辛笛集》,10月由上海人民出版社出版
　　　　／散文诗《浮庐八章》发第3期《中国诗人》
　　　　／诗歌《海之乡》(组诗)发第11期《上海文学》,《缪克构的诗》(九首)被收入《上海诗人30家》(上海文艺出版社)

2013年　／散文诗《浮庐十六章》发第3期《上海诗人》
　　　　／10月开始担任文汇报社副总编辑

2014年　／主编《近距离——与22位文化名人的亲密接触》,1月由中国青年出版社出版
　　　　／获第十二届上海长江韬奋奖

2015年　／诗集《时光的炼金术》10月由北岳文艺出版社出版,获上海市作协年度作品奖
　　　　／散文《活在民间》发第9期《上海文学》

2016年　／散文集《黄鱼的叫喊》8月由上海书店出版社出版,获上海市作协年度作品奖
　　　　／诗歌《一百片叶子中的一片》发第11期(下)《诗刊》,《木耳》(三首)发第12期《人民文学》
　　　　／诗论《命运或孤独的生涯》发第3期《上海诗人》

2017年　／长篇小说《少年海》8月由少年儿童出版社出版,获上海市作协年度作品奖
　　　　／诗歌《盐的家族》(组诗)发第1期《上海文学》,《缪克构的诗》(八首)发第1期《中国诗歌》,《缪克构的诗》(十二首)发第2期《诗选刊》,

《勒山》(三首)发第3期(上)《诗刊》,《上海密码》(组诗)发第10期(上)《诗刊》

/ 诗论《上海城市诗观察》发第5期《诗歌月刊》

2018年 / 诗歌《幸福》(三首)发第5期(上)《诗刊》,《横沙岛》(二首)发第5期《星星》,《走失》(组诗)发第6期《上海文学》,《把我领回澄明与寂静》(组诗)发第6期《草堂》,《无想》(组诗)发第5期《十月》

/ 长诗《羿》发第1期《岭南文学》,获第三届中国长诗奖,收入《开天辟地——中华创世神话新史诗》(上海文化出版社)

/ 短篇小说《廊桥约会》发第12期《雨花》

/ 10月,应邀参加第三届上海国际诗歌节

2019年 / 诗集《盐的家族》8月由华东师范大学出版社出版

/ 长篇小说《漂流瓶》11月由长江文艺出版社出版

/ 诗歌《日月诗篇》(组诗)发第4期《上海文学》,《秘密》(组诗)发第4期《诗歌月刊》,《捕捉》(组诗)发第6期《诗潮》,《听雷》(长诗)发第3期《扬子江诗刊》,《生命与盐》(组诗)发第9期《作品》,《大船》发9月30日《文艺报》,《盐》(长诗)发第11期《星星》,《人海》发第11期(上)《诗刊》,《盐,几种命名》(二首)发第12期《人民文学》,《烟雨江南》(组诗)发第6期《上海诗人》,《在江南,在多雨的暮春》(组诗)发第6期《江南诗》

/ 短篇小说《黄鱼听雷》发第9期《山花》

/ 诗论《新时代,诗人何为?》发第3期(上)《诗刊》

/ 主编《我和我的祖国——时代人物故事》,12月由人民出版社出版

2020年 / 长篇散文《大海与盐》发第1期《上海文学》

/ 文学作品自选集《渔鼓》4月由华东师范大学出版社出版,系"华东师大作家群丛书"之一